KB218756

각하는 로맨티스트

각하는 로맨티스트

이무영 지음

1판 1쇄 발행 | 2013. 9. 18

발행처 | **Human & Books**
발행인 | 하응백
출판등록 | 2002년 6월 5일 제2002-113호
서울특별시 종로구 경운동 88 수운회관 1009호
기획 홍보부 | 02-6327-3535, 편집부 | 02-6327-3537, 팩시밀리 | 02-6327-5353
이메일 | hbooks@empal.com

값은 뒤표지에 있습니다.
ISBN 978-89-6078-163-4 03810

이무영 장편소설

각하는 로맨티스트

Human & Books

목차

앵커의 회한

텔레비전에 뉴스 속보가 흐르고 있었다. 노태우 전 대통령이 끌려간 게 겨우 보름 남짓한데, 이번엔 그 전임인 전두환 씨가 검찰에 나타났다. 노 전 대통령과 달리 전 전 대통령 이름 뒤에 씨 자를 붙인 건 결코 불경스러운 게 아니다. 그가 대통령직에서 물러나 민간인으로 돌아간 지 꽤 많은 세월이 흘렀기 때문이다. 아마도 더 정확히 말하려면 전 전 전 대통령이라고 해야 옳을 것이다.

화면은 시간을 건너뛰더니 곧바로 건장한 두 남자에 의해 검은 세단 뒷좌석에 태워진 채 끌려가는 전 전 대통령의 모습을 보여주고 있었다. 불과 며칠 전만 해도 연희동 골목에서 중국 갱영화를 방불케 했던, 그 대단한 전임 대통령의 모습치곤 실로 초라하기 그지없었다. 그래도 한때는 모두가 각하라 부르며 그를 숭배했는데 말이다.

뉴스를 지켜보던 유재민 앵커는 갑자기 목마름을 느꼈다. 초로의 몸을 일으켜 세운 그는 냉장고로 향했다. 냉장고를 열고 물을 꺼낼 때를 제외하곤, 그의 두 눈은 정확히 텔레비전 브라운관에 고정돼 있었다. 아마 눈도 거의 깜박하지 않는 듯했다.

솔직히 전 전전 대통령 각하 때문에 재민의 인생은 완전히 무너져 내렸다. 그의 인생뿐만 아니라, 그가 사랑한 사람들의 인생도 완전히 개뼈다귀가 됐다. 그렇다고 이 모든 불행을 전 전전 대통령의 책임으로 몰아갈 수만은 없다는 걸 재민은 잘 알고 있었다. 재민 자신과 사랑하는 이들의 삶을 망가뜨리라고 그가 지시한 바는 없기 때문이다. 아니 오히려 그들이 잡혀가 고초당한 사실을 알았을 때 전 전전 대통령은 매우 언짢아했다고 한다.

근데 전 전전 대통령이라고 쓰기가 너무 길다. 세 전자 중 앞 전(前)자 하나를 줄여 전 대통령이라고 하거나, 그냥 전두환으로 써야겠다. 사실은 각하라고 하면 제일 좋다. 하지만 그가 만인지상의 자리에 있는 게 아니니 각하란 칭호는 지금으로선 적합지 않다.

전통(全統)이라고는 절대로 하지 않겠다. 당사자에게 매우 불경스러운 일이고, 또 요즘처럼 모든 걸 줄여 부르는 짓거리엔 낭만이 없기 때문이다.

뉴스 속보가 끝나자마자 재민은 텔레비전을 껐다. 그리고 창가로 다가가 문을 열었다. 초겨울 바람이 상쾌하기도 했으나, 그 치욕적 고문을 당할 때 다친 발목이 겨울이면 꼭 어김없이 시려온다.

여러 차례 코로 바람을 들어 마시고 나서 재민은 창문을 닫았다. 차분하게 창밖을 내다 보니 벌써 곳곳에 크리스마스트리와 장식물들이 보였다. 이제 겨우 12월 초인데 말이다.

마치 크리스마스트리의 반짝이는 전구와 장식품들처럼 세상은 참 아름답게 돌아가고 있었다. 마치 자유당도, 유신도, 5공도 존재한 적이 없었다는 듯, 목숨을 잃은 자들과 그 가족들의 눈물이 이미 다 말라 사라졌다는 듯 무관심했다.

타인의 슬픔에 무관심한 세상, 악의 준동에 눈을 감는 세상, 불과 얼마 전까지만 해도 대한민국은 그런 세상이었다. 아무리 양심의 눈을 닫은 대가로 대한민국이 선진국 문턱에 다다랐다 해도, 이런 성과가 억울하게 목숨을 잃은 자들의 몸에 다시 생기를 불어넣을 수는 없다는 걸 재민은 누구보다 잘 알고 있었다.

그렇다면 그는 어떠했는가? 재민은 스스로 자신의 과거를 돌아보며 부끄러움에 얼굴을 들 수 없었다. 오뉴월 날씨라 해도 그는 민망함에 치를 떨었을 것이다. 재민은 가장 치욕스러웠던 그 3일 동안의 낮과 밤이 그의 비겁함에 대한 신의 응징이라고 생각했다.

물론 그게 정확히 3일이었는지는 알 수 없다. 고문의 장소에 시계 따위가 있었을 리 없기 때문에 그 당시 얼마나 오래 갇혀 있었는지 재민이 정확히 말할 수 없는 건 당연하다.

그때 그곳에서 그 무서운 치욕을 안겨준 놈들의 얼굴이 이젠 잘 기억이 나질 않는다. 아무튼 그들의 얼굴을 기억하든 아니든, 재민은 그들을 원망하고픈 마음이 전혀 없었다. 왜냐하면 지금까지 그를, 그리고 그를 사랑하는 사람들을 무너뜨린 모든 불행의 씨앗은 재민 자신으로 인해 비롯됐다고 믿기 때문이었다.

그의 양심은 그제나 지금이나 매우 괴로웠다. 아니 어쩌면 두려움에 악행을 모른 척 외면한 그때보다 최소한 가슴속에 양심의 전구가 켜진 지금이 그는 더더욱 괴로웠다. 마음속으로 그는 스스로를 경멸하며 다음과 같이 외쳤다.

"오랜 세월 나는 민중에게 가장 정직하게 세상 돌아가는 소식을 전해야 할 자리에 앉아, 독재 세력이 시키는 대로 그들이 원하는 뉴스를 읊

어대던 양심불량 뉴스 앵커였다. 솔직히 말하자면 뉴스 앵커가 아니라 그들의 애완용 앵무새였다. 그러면서도 나는 전혀 양심의 가책을 느끼지 않았다. 오히려 은근히 그 유명세를 즐겼고, 악마의 사슬에 묶여 죽어가던 이들의 고통을 너무도 쉽게 외면했다. 내가 이 세상에서 가장 사랑한 아내마저도 그 사슬에 묶여 고통받다가 죽었다. 그때도 나는 무기력하게 그 어떤 양심적 행동도 취하지 않았다. 그리고 결국 나도 그 사슬에 묶였다."

앵커(anchor)가 무엇인가? 사전을 보면 닻이란 뜻이다. 닻을 제대로 내리지 못한다면, 배가 제대로 정박해 있을 수 없다. 세상의 닻이 되어야 할 앵커가 아니라 앵무새로 살았던 부끄러운 삶이었다.

앵커는 정신적 지주란 뜻도 있다. 세상의 닻 역할도 하지 못한 주제에 정신적 지주라니. 재민은 세상의 정신적 지주는 고사하고, 아내에게 조그만 위로조차 주지 못했음에 괴로웠다.

재민은 오래전 구름 저편으로 떠나간 아내를 떠올렸다. 그녀는 용기있게 악과 맞선 대가로 짧은 인생의 말년을 상상할 수 없는 고통 가운데 살았다. 그리고 고고한 꽃처럼 시들기 전에 졌다. 반대로 재민은 악마의 사슬에 묶이기 전까지 단 한 차례도 진실의 입술을 열지 못했다. 결국 그 열매는 초로의 비루한 삶으로 귀결됐다.

재민은 오래전 떠나간 아내가 사무치게 그리웠다. 하지만 그것보다 더, 그녀가 부러웠다. 그 용기가. 그 극렬한 고통 가운데서도 양심을 부여잡은 채 놓지 않으려 몸부림치던 그 우아하며 고결했던 모습 말이다.

그녀는 일찍 죽어 시골 밤하늘을 찬란하게 비추는 이름 모를 별이 됐다. 그리고 재민은 비루하게 살아남아 그 밤하늘 별을 보며 그리움에 울부짖는 하찮은 늙은 개가 되고 말았다.

그래도 천만다행이다. 그 하찮은 늙은 개가 이제 최소한 짖을 줄은 알게 됐기 때문이다. 이제와 자신의 죄악과 시대의 오류에 대해 솔직하게 고백할 양심은 갖게 됐으니 말이다. 과거 그 개는 두려움에 통 짖질 못했다. 짖으면 몽둥이찜질을 당할까, 혹시 집 밖으로 내쳐지지 않을까 두려웠다. 그랬기에 쉬지 않고 주인 자격도 없는 강도를 향해 꼬리를 쳐대야 했다. 주둥이는 다문 채. 그러면서 그 두려움을 아내와 무남독녀를 지키려는 가장의 책임감으로 미화했다.

돌아보면 참으로 허접스러운 삶이었다. 차라리 태어나지 않는 게 낫지 않았을까 하는 생각이 늘 그를 괴롭혔다. 하지만 그나마 재민은 이제 자신의 비겁했던 모습들을 가감 없이 후배들에게 알림으로, 마지막 남은 실낱같은 양심이라도 지켜내기로 결심했다. 자신의 수치를 드러냄으로써 다신 이 나라 언론 역사에 같은 일이 반복되지 않도록 해야겠다고 스스로 다짐했다. 솔직히 이것마저도 평생을 두려움 속에서 살아온 그가 감당하기엔 굉장히 버거운 일이었다.

재민은 안중근과 윤봉길, 전태일과 같은 투사들을 떠올렸다. 어찌하여 그들은 목숨을 내던지는 상황에서도 그토록 반석처럼 흔들림이 없었단 말인가? 이제 겨우 짖을 줄 아는 정도의 개로 살아가려는 것도 이렇게 두려운데 말이다.

재민은 또 한 차례 부끄러움에 몸을 떨었다. 갑자기 마른기침이 목구멍을 뚫고 터져 나왔다. 그렇게 한동안 재민은 기침을 해댔다.

가까스로 마른기침을 이겨낸 재민은 눈을 돌려, 굳게 닫힌 안방 문에 붙은 거울을 보았다. 기침으로 새빨개진 두 눈은 더욱더 초라했다. 재민은 그 얼굴이 보기 싫었다. 그래서 서둘러 씻기로 했다.

약 한 시간 후.

재민은 말쑥이 양복을 갖춰 입은 채 낡은 소파에 기대앉아 벽시계를 물끄러미 바라보았다. 아직까지도 그에게는 약속 시간에 맞춰 집을 나서기까지 한 시간 정도의 여유가 있었다. 다시 텔레비전을 켤까 하다가 그만두었다. 보나마나 계속해서 전임 대통령들이 수모당하는 모습을 골백번 반복해서 보여줄 게 분명했기 때문이다.

물론 많은 이가 그들의 몰락에 기뻐 박수를 칠 것이다. 하지만 재민에게 늙은 전직 대통령들의 모습은 다시는 돌이키고 싶지 않은 끔찍한 과거의 편린일 뿐이었다.

텔레비전을 켜는 대신 재민은 오늘 후배들과 만나는 자리에서 어떤 말을 할지 차분하게 떠올렸다. 지난 6월 항쟁 때 용감하게 사표를 쓰고 퇴사했다는 이유로, 후배들이 '오늘의 아나운서'란 기념패 하나를 주겠다고 마련한 자리다. 재민은 사랑스러운 후배들에게 감사하고 황송할 따름이었다. 군인들이, 아니 군인의 탈을 쓴 악마들이 세상을 지배하던 시절, 애써 양심의 소리를 멀리하며 보신하기에 급급했던 하찮은 선배를 위해 특별한 자리까지 만들어 준다니 말이다. 물론 그들 중에는 "왜 철밥통 자리를 버리고 나가"라며 자신을 비웃는 놈들도 있을 것이다.

재민은 지난 87년까지 약 20년의 방송 생활을 돌이켜 보았다. 문득 벽에 걸린 액자 속 사진이 눈에 들어왔다. 무남독녀 수영의 첫 번째 생일, 아내 김현숙과 함께 찍은 돌 사진이었다. 사진 속 아내는 우는 수영을 안은 채 달래느라 쩔쩔매고 있다. 셋 중 유일하게 환한 미소를 짓는 건 재민 혼자뿐이다. 지금까지 재민에게 있어 가장 행복한 때는 바로 그 사진 속, 시간이 완벽하게 멈춰 버린 그 순간이었다. 매일 대하는 이 사진이 오늘은 더더욱 사랑스럽게 느껴졌다. 재민은 만약 저 사진 속 아내와 다시 함께할 수 있다면 지금 자신의 살을 찢고 피를 말려 박제라도 할 수 있을 듯했다.

재민은 서서히 일어섰다. 그리고 사진 속에 담긴 가족 3인의 멈춰진 과거 모습으로 다가섰다. 세 명 중 이제 이 집엔 남은 자는 재민 하나밖에 없다. 아내가 갔고, 지난 달 수영마저 미국 노스캐롤라이나로 유학을 떠났다.

재민은 고독했다. 혼자라서. 부끄러웠다. 민망하게 살아남아서.

재민은 발꿈치를 들어 죽은 아내의 얼굴에 입을 맞추었다. 한참 만에 입을 뗀 그는 다시 딸 수영을 끌어안고 있는 아내를 바라보며, 그 옛날 그녀 앞에서 하던 대로 귀엽게 얼굴을 찡그렸다. 이런 그의 얼굴 위로 슬며시 미소가 피어올랐다. 찡그림과 미소는 눈물이 흐르는 걸 막기 위한 조치임이 분명했다.

재민은 서서히 고개를 돌려 그 긴 세월을 흘려보낸 아파트 안을 돌아보았다. 수영이 초등학교에 입학할 무렵, 여의도 아파트 건축 붐이 일기 시작할 때 이곳으로 이사 왔다. 이후 내내 여기서 살았다. 그 이십여 년의 세월 중 초반 얼마 동안 재민은 아내와 함께 정말 행복했다. 그러나 그 이후의 삶은 슬픔과 외로움으로 점철된 고독의 사슬이었다.

재민은 문득 버려진 시간의 기억 속에 무심하게 떠나보낸 그리운 이름들을 떠올렸다. 그 명단 중 최우선은 재민이 유일하게 사랑한 여인인 아내, 열혈 기자 김현숙이었다. 그리고 지독한 치질로 인한 잦은 하혈을 괴로워하던 욕쟁이 피디 최영호와 굵은 갈색 스카프 차림으로 어설픈 신상옥 흉내를 내던 선배 카메라맨 팽동수의 얼굴도 떠올랐다.

재민은 눈물겹도록 그들이 그리웠다. 그리고 미안했다. 재민은 심장에서 우러러 나오는 진실한 언어로 세 사람에게 용서를 빌었다.

그대들의 영혼은 내 비겁함과 미련함의 칼에 의해 쓰러졌노라.

별이 된 그대들이여. 이제와 새삼 염치없지만,

오늘 내 용렬한 심장으로 주제넘게 그대들에게 약속하노라.

그대들에게 가기까지,

저세상 그대들 앞에 서서 내 죄를 내어놓고 용서를 빌기 전까지,

절대로 더 이상 두려움의 올가미 속에 숨어 지내지 않겠다고.

그대들이 알던 앵커 유재민은 오래전 죽었다.

그러나 그대들이 미처 알지 못했던 새로운 유재민은

오늘 이렇게 새롭게 태어나 양심의 숨을 쉰다.

박력 있게 요동치는 내 붉은 심장의 바다를 내려다보며

세파의 시험에 넘어지지 않으려 애쓴다.

나 혼자 달려가기 버거우나

별이 된 그대들이 저 하늘 위에서 날 비추어줄 것을 알기에

평온한 마음으로 내게 남겨진 시간의 길을 걸어갈 것이다.

영부인의 죽음

뭔 생각이 떠올랐는지 재민이 갑자기 일어났다. 거실을 가로질러 부엌 옆에 붙은 서재 문을 열었다. 얼마나 오랫동안 출입하지 않았는지, 밀폐된 공간에서 퀴퀴한 냄새가 강하게 새어 나왔다. 수많은 책과 원고 뭉치에서 흐르는 낡은 종이 냄새였다. 그런데 재민의 시선은 책들이 아니라 그의 눈앞에 산더미처럼 쌓인 거대한 뉴스 원고 뭉치에 꽂혔다. 뭉치는 여럿이었고, 대부분은 재민보다 키가 조금 더 컸다.

재민은 뭉치들 중 가장 누런, 그러니까 가장 오래된 것 윗부분에서 뉴스 원고 한 묶음을 꺼냈다. 얼마나 오랫동안 그곳에 누워만 있었는지 뉴스 원고 위로 먼지가 가득했다. 깔끔한 성격의 재민은 책상 위에 놓인 두루마리 화장지 몇 장을 뜯어내서 먼지를 닦았다. 그랬더니 200자 원고지 위에 만년필로 쓰인 원고 내용이 선명하게 보였다. 분명 과거 어느 한순간 재민의 입을 통해 국민들에게 전달된 뉴스 중 하나임에 틀림없었다.

'무슨 내용이 담겨 있을까?'

설레는 마음으로 재민은 원고를 읽어내려 갔다. 갑자기 다신 돌아가고 싶지 않다고 믿었던 아나운서 시절로 재민은 서서히 빠져들고 있었다.

"박정희 대통령 각하와 육영수 여사께서는 오늘 아침 일찍 청와대에 마련된 투표소에서, 유신헌법 통과를 위해 소중한 한 표를 행사하셨습니다. 박 대통령의 영도 하에 새로운 시대를 열어갈 유신헌법은 결국 91.9퍼센트의 투표율에, 91.5퍼센트의 압도적 찬성으로 통과되었습니다. 이제 대한민국은 1백억 달러 수출, 천 달러 국민소득의 시대를 향해……."

습관은 무서운 것이었다. 재민은 어느새 젊은 시절의 뉴스 앵커로 돌아가 암울했던 시절 자신이 앵무새처럼 읽은 원고를 또박또박 사무적 톤으로 읽어 내려가고 있었다. 이 순간 그는 환갑을 눈앞에 둔 노부가 아니라 흑백TV 화면 속 30대 앵커였다.

한참 만에 원고 읽기를 마친 재민은 한바탕 미친 사람처럼 웃어 젖혔다. 효율적 독재를 위해 유신헌법을 만들고, 이를 통과시키기 위해 온갖 사특한 방법을 동원하려 애썼던 고 박정희 전전전 대통령의 얼굴이 떠올랐기 때문이다(박정희 전전전 대통령도 그냥 박 전 대통령으로 쓰자).

"병신 같은 놈! 어떻게 이렇게 낯 뜨거운 내용을 읽을 수 있었을까?"

과거 앵무새처럼 뉴스를 읽던 자신의 모습을 떠올리며, 재민은 스스로에게 욕을 퍼부었다. 견딜 수 없이 얼굴이 화끈거렸다. 아무리 생각해도 과거의 자신은 우스꽝스러운 광대와 매한가지였다.

내친김에 그는 다른 뉴스 묶음 하나를 집어 들었다. 역시 먼지가 가득했다. 재차 화장지를 뜯어내 닦은 후 재민은 뉴스 원고의 앞부분을 살폈다. 내용은 72년 말 통일주체국민회의의 투표로 당선된 박 전 대통령 내외가 청와대에서 삼부요인을 위해 베푼 만찬이었다. 다시 젊은 시절로 돌아간 재민은 또박또박한 뉴스를 읽어 내려갔다.

"박정희 대통령 각하와 육영수 여사께서는 박 대통령 각하의 8대 대통령 취임을 축하하는 청와대 만찬에서 삼부요인, 그리고 국가 원로들과 함께 기쁨을 나누었습니다."

재민은 그때 뉴스를 전하며 본 화면 내용을 정확히 기억했다. 박 전 대통령과 그의 주구들이 잔을 부딪치며 환하게 웃던 장면이었다.

"나쁜 놈들!"

평소 욕과는 담을 쌓고 지내던 재민은 자신의 입에서 스스럼없이 육두문자가 새어 나왔다는 사실에 놀랐다. 재민은 계속해서 다른 뉴스 원고들도 살펴보기로 했다. 하지만 더 이상 읽는 것은 하지 않았다.

> 박정희 대통령 각하와 육영수 여사께서는 전자부품공단을 방문, 대한민국 수출 역군인 노동자들을 위로하고 격려했습니다. 박 대통령 각하께서는 앞으로 전자산업이 대한민국 경제를 이끌어 갈……

박 전 대통령과 육 여사가 전자부품공단을 방문, 생산라인 노동자들을 위로하는 내용의 뉴스였다. 이런 뉴스를 통해 드러나는 그의 모습은 쿠데타로 정권을 장악하고, 20년 가까이 국민들을 숨 막히게 만든 독재자의 모습과는 다소 거리가 있었다.

박 전 대통령이 독일을 방문했을 때 외화벌이를 위해 그곳에 머물던 한 간호사의 눈물을 닦아 주었다는 얘기를 들은 적이 있다. 이때 재민은 박 전 대통령도 인간의 심장이 뛰는 가녀린 영혼이 아닐까 생각했다. 물론 독일에서의 이런 모습이 조작됐다는 주장도 있었지만 말이다.

갑자기 재민은 육영수 여사의 장례식에서 눈물을 흘리던 박 전 대통령의 모습을 떠올렸다. 자신도 뉴스를 전하면서 마음속으로 그와 함께 울었던 순간이 주마등처럼 스쳐 지나갔다. 하긴 그때 마지막으로 청와대를 떠나는 육 여사를 향해 하염없이 눈물짓던 박대통령의 처량한 모습을 보며 울지 않은 국민이 몇이나 될까? 남녀노소 모두가 흘린 눈물을 합한다면, 한강 수위를 몇 밀리미터 높일 정도 분량은 거뜬히 되었을 것이다.

재민이 기억하는 육 여사 사망일은 원래 대한민국 역사에 기록될 매우 경사스러운 날이었다. 건국 이래 처음으로 서울역에서 청량리까지 운행하는 지하철 1호선이 개통된 날이며 또 광복절이기도 했다. 대한민국 국민치고 이날을 기뻐하지 않은 이는 간첩이나 치매 노인 정도밖에 없었을 것이다. 또한 대형 기독교 부흥회 '엑스폴로 74'가 열린 여의도광장에는 매일 1백만 명 이상이 몰려들어 축제의 분위기를 뿜어냈다.

바로 그날 어디서 무얼 했는지 재민은 마치 엊그제 일처럼 지금도 정확히 기억하고 있다. 그는 여의도 방송 스튜디오를 떠나 8·15 광복절 기념식 행사장에서 생방송 중계를 하고 있었다.

삼엄한 경비 속에서 박정희 대통령 각하와 영부인 육영수 여사가 입장해 시작을 기다리고 있었다. 행사가 시작되기 직전까지 국립극장에 운집한 대부분의 사람은 지하철 개통에 대한 얘기를 나누고 있었다. 얼마나 신기했을까. 전차가 땅속으로 달리니 말이다.

중계석에 앉기 전 재민은 이곳저곳으로 귀를 기울이며 사람들의 말을 경청했다.

"이제 우리나라도 개발도상국을 넘어 선진국 수준에 진입한 거야."

"이게 다 박 대통령 각하의 영도력 때문이지. 생각해 봐. 만약 아직까지 무능한 장면이 통치하는 세상이었다면, 유신도 새마을운동도 없었을 거야. 그럼 지금도 세계에서 가장 못사는 나라로 뒤쳐졌을 거야."

"영부인의 내조도 참 대단하지 않나? 참 곱기도 하시지. 전형적인 한국의 미인상이야."

"각하는 참 대단한 분일세. 만천하를 다 가질 수 있는데도, 부정 축재와는 거리가 멀지 않은가. 참 서민적이고 소박한 분이네."

맨 마지막 사람의 말에 재민은 하마터면 큰소리를 내어 웃을 뻔했다. 재민은 생각했다. 그의 말처럼 대한민국 전체가 다 자기 것인데, 심지어 사람들 목숨까지도 자기 것처럼 마음대로 빼앗을 수 있는데, 박 대통령이 굳이 뭘 가지려고 욕심낼 필요가 있을까?

물론 재민은 그 사람의 말이 완전히 틀린 건 아니라고 생각했다. 만천하를 소유했음에도, 그걸 외국으로 빼돌린 악독한 독재자가 수도 없이 많기 때문이다. 박 대통령을 이런 악마들과 비교하는 건 어불성설이다. 그분 입장에서도 너무 억울한 일일 것이다. 재민은 인정할 수밖에 없었다. 현존하는 세계 모든 독재자 중 그래도 가장 나은 건 박정희 대통령이라고. 그렇게 생각하니 대한민국 국민이라는 게 상당히 우쭐하게 느껴졌다.

재민이 중계석에 앉은 후 얼마 지나지 않아 생방송이 시작됐다. 자그마한 흑백TV 모니터에 나란히 앉은 박 대통령과 영부인 육 여사의 모습이 보였다. 카메라에 빨간 불이 들어왔다. 재민이 현란하게 혀를 놀려댔다.

광복절 기념식은 상당히 엄숙한 행사라서 애드립(ad-rib)은 필요 없었다. 그냥 원고에 쓰인 대로 앵무새처럼 읽으면 그만이었다. 현장의 생동감을 전달하기 위해 재민은 좀 더 목소리 피치를 올렸다. 약간의 긴장감과 흥분을 조작하는 것이다. 음량뿐만 아니라 감정의 고저마저도 자유자재로 조절할 줄 아는 재민에게 이따위 중계는 식은 죽 먹기였다. 재민의 목소리는 여전히 또박또박했다. 그리고 대한민국에서 가장 올바른 서울 사투리를 구사한다는 그의 발음은 징그러울 정도로 명확했다. 뛰어 읽기와 고음, 저음, 아나운서로서 재민의 능력은 단 하나도 흠 잡을 게 없는 완벽 그 자체였다.

"박정희 대통령 각하와 육영수 여사, 그리고 삼부요인과 독립유공자들이 모두 입장해 있습니다. 대한민국 서울에 지하철이 달리기 시작한 이 감격의 순간, 대한민국의 순국선열들은 지하에서 감격의 눈물을 흘리고 계실 것입니다. 박정희 대통령 각하와 육영수 여사께서는……."

박정희 대통령 각하와 육영수 여사! 생각해 보면 재민이 방송국에 입사해서 육 여사가 서거할 때까지 가장 많이 지껄인, 그래서 그의 입에 인이 박힌 말이었다. 박정희 대통령 각하와 육영수 여사!

현장 스피커를 통해 "국민의례가 있겠습니다. 내빈 여러분은 모두 일어서서 단상의 태극기를 향해 주시기 바랍니다"라는 말이 흘러나왔다. 이후 국기에 대한 경례와 애국가 제창 등에 이어 순국선열 및 호국 영령에 대한 묵념이 진행됐다. 귀에 익숙한 구슬픈 음악이 흘러나왔다. 재민도 잠시 마음을 가다듬고 순국선열들을 떠올렸다. 그의 마음에 가장 먼저 떠오른 사람은 역시 백범 김구였다.

전반부의 모든 순서가 다 지나간 후 박 대통령이 단상에 올랐다. 그는 기념사를 통해 평화통일의 기반을 다지기 위해 공산권에도 문호를 개방하고, 남북한 유엔 동시 가입을 목표로 한 6·23 선언에 이어 북한에 상호 불가침조약 체결을 촉구한다는 내용의 연설문을 읽어나갔다.

"나는 오늘, 조국 통일은 반드시 평화적인 방법으로 이루어져야 한다고……."

이때 객석 맨 뒷부분 어딘가에서 둔탁한 소음이 들렸다. '픽' 소리 같기도 했고, '퍽' 소리 같기도 했다. 그러더니 갑자기 권총을 든 한 젊은 청년이 일어서 총을 겨누며 단상을 향해 빠른 걸음으로 다가오기 시작했다. 재민과 대한민국 국민 모두는 얼마 지나지 않아 그가 조총련 출신이며 이름이 문세광이란 사실을 알게 됐다.

어쨌든 문세광이 일어나기 전까지 박 대통령은 원고에 열중하느라 어떤 일이 일어나고 있는지 미처 깨닫지 못하고 있는 듯했다. 단상을 향해 돌진하는, 총을 든 문세광의 모습은 왠지 둔해 보였다. 실수로 자기 허벅지에 총을 쏜 사실이 나중에 알려졌다. 바보 같으니라고.

박 대통령의 연설은 계속 이어졌다.

"다시 한번 강조하면서, 우리가 그동안 시종……."

총을 든 문세광이 단상에 가까이 다가가자 이를 알아챈 행사장 내의 사람들이 소리를 지르기 시작했다. 단상 뒤쪽에 앉아 있던 박종규 경호실장이 문세광을 발견하자마자 총을 든 채 뛰쳐나왔다. 두 번째 총성이 울렸다. 총탄은 박 대통령 앞의 연대를 뚫었다. 박 대통령의 표정은 놀란 토끼 같았다. 위험을 감지한 그는 장군 출신답게 날렵하게 연대 뒤로 몸을 감추었다.

문세광의 총이 다시 불을 뿜었다. 그리고 더 이상의 행운은 없었다. 세 번째 총알은 아무 죄 없는 영부인의 몸을 뚫었다. 아름다운 그녀의 고개가 뒤로 젖혀지는 모습이 텔레비전 화면에 보였다. 육 여사의 몸이 무너지는 장면, 박종규가 권총을 빼들고 단상 밑으로 몸을 날리는 장면, 문세광이 입에서 피를 흘리며 끌려가는 장면들이 파노라마처럼 차례로 재민의 눈앞을 스쳐 지나갔다.

문세광은 곧바로 현장에 있던 한 용감한 시민에 의해 제압당했다. 하지만 광복절 기념식장은 이미 쑥대밭으로 변해 버렸다. 이 아비규환의 상황이 모두 텔레비전 생중계를 통해 국민들에게 전해졌다. 국민들도, 박 대통령도 모두 깊은 충격에 사로잡혔다. 모든 국민은 문세광을 사주한 북한 괴뢰정권에 분노했다. 모두가 영부인의 쾌차를 빌었다. 하지만 애석하게도 육 여사는 그날 밤을 넘기지 못한 채 불귀의 객이 되고 말았다. 건국 이래 가장 경사스럽다던 바로 그날에.

그날 재민은 일찍 집에 돌아왔다. 중계차를 통해 전화를 건 본부장이 일찍 집에 가서 마음을 추스르라고 했기 때문이다. 그러면서도 다음 날부터 시작될 긴 국민장 기간의 뉴스 대부분과 영결식 중계 등을 맡으라는 명령도 잊지 않았다.

집에 도착해 현관 벨을 눌렀다. 오후 두 시였다. 문을 열어준 아내 김현숙을 향해 재민은 단 한마디도 하지 않았다. 입으로 먹고 사는 그이지만, 육 여사의 죽음으로 인한 크나큰 충격은 잠시 그를 벙어리로 만들었다. 그것도 현장에서 직접 본 것이니 그가 받은 충격에 대해 새삼 설명한 필요는 없을 듯했다. 거실 소파에 실성한 듯 앉아 있는 재민에게 아내는 냉수를 갖다 주었다.

냉수 마시고 속 차리라는 옛말은 결코 틀린 말이 아니었다. 찬물을 죽 들이키고 나니 정신이 번쩍 들었다. 재민은 정말 아파트가 무너질 정도로 크게 한숨을 내뿜었다.

재민의 귀에 갑자기 여자아이의 울음소리가 들려왔다. 비스듬히 열린 문틈으로 새어 나오는 수영의 울음소리였다. 이제 갓 초등학교에 진학한 어린 수영은 분명 아빠와 놀이공원에 가지 못하게 된 게 슬퍼서 훌쩍거리는 듯했다. 재민은 말을 할 기분이 아니어서, 그냥 뚱한 표정으로 현숙을 쳐다봤다. 아내는 싱겁게 웃었다.

"오늘 대공원에 데려가기로 했잖아. 갑자기 일이 생겨서 안 된다고 했더니, 계속 저러네."

갑자기 재민은 화가 치밀어 올랐다. 영부인이 서거했다. 아무리 어린 나이라도 슬픈 줄 알고, 놀이공원 가는 따위의 하찮은 일은 포기해야 하는 것 아닌가?

"당신 설명 안 해줬어? 무슨 일이 벌어졌는지?"

짜증 섞인 재민의 어투에 현숙도 마음이 상한 듯했다.

"알아. 다 얘기했는데도 우는 걸 어떡해? 모처럼 휴일에 아빠랑 놀러 간다고 해서 얼마나 마음이 부풀었겠어? 실망하는 게 당연하지."

"무슨 애가 그렇게 성미가 고약해, 사람이 죽었는데? 그것도 영부인이. 애가 잘못됐다고 생각하면 당신이 가르쳐야지."

마음 약한 재민은 말을 뱉자마자 곧바로 아무 잘못도 없는 아내를 다그친 자신이 잘못됐다는 것을 깨달았다. 하지만 그래도 너그러운 현숙은 남편을 면박주지 않았다.

"어린애가 뭘 알겠어. 수영이에게 놀이공원 못 간 게 영부인이 죽은 것보다 더 아쉬운 건 당연한 거지, 뭐. 나도 육 여사가 안됐다고는 생각하지만, 대통령이 벌 받은 거라는 생각이 들기도 해. 너무 많은 사람이 죽었잖아."

솔직히 현숙의 말이 전혀 틀린 얘긴 아니었다. 인혁당 사건으로 억울한 여덟 명이 형장의 이슬로 사라진 게 겨우 1년 4개월 전의 얘기다. 그 외에도 이런저런 허무맹랑한 간첩단, 반국가단체 사건으로 목숨을 잃은 사람들, 그리고 행방불명된 사람들의 숫자는 그보다 훨씬 더 많았다. 현숙이 알고 지내던 한 젊은 목사 부부도 행방불명됐다. 그 목사는 설교를 통해 자주 유신체제를 비판하곤 했다. 재민은 쥐도 새도 모르게 사라진 그들 중 아직까지 숨을 쉬고 있는 이는 단 하나도 없을 거란 사실을 잘 알고 있었다.

비록 목숨을 잃은 건 아니었지만, 현숙이 기자로 몸담고 있는 라디오 방송과 신문사의 여러 직원도 유신의 서슬 푸른 칼날 앞에서 부들부들 떨어야 하는 무서운 일이 발생했다. 지난해 현숙과 기자들의 '자유언론 실천선언'으로 인해 다수 기업의 광고가 무더기로 해약되는 사태가 발생해 방송국과 신문사가 극심한 경영난에 빠지고 말았다. 그것이 박 대통령의 분노에 의한 것이든, 아니면 수하 어느 놈의 과잉 충성이든, 어쨌든 현숙은 벌써 반년 가까이 임금을 받지 못하고 있었다.

그래도 그녀는 나았다. 처자식을 둔 가장으로서 용맹스럽게 이 위험한 저항의 게임에 뛰어든 몇몇 언론인은 호환마마보다 더 무섭다는 해고의 철퇴를 맞았다.

"그래도 오늘만큼은 대통령 각하나 영부인에 대한 험담은 안 하면 좋을 거 같아."

잠시 말을 멈춘 재민이 현숙을 물끄러미 쳐다봤다. 언제 어디서나 그의 언변은 화려했으나, 지금 이 순간만큼은 특별히 뭐라 할 말이 떠오르지 않았다. 잠시 뭐라 말할까 고민하던 재민이 입을 열었다.

"죽었잖아. 다시 안 돌아올 거잖아. 아무리 박정희가 악당이라 해도, 오늘만큼은 상처 입은 영혼이잖아."

사슴처럼 선량한 눈으로, 하지만 또렷하게 재민을 바라보던 현숙이 나지막이 대꾸했다.

"독재자를 위해서까지 연민을 베풀진 마. 당신이 그렇게 걱정 안 해줘도 금방 잊을 거야. 암, 악인은 착한 사람보다 좋은 기억을 빨리 망각해

버리는 훌륭한 능력이 있거든."

"그렇게 말하지 마, 여보. 당신은 신이 아니잖아. 박정희가 절대 악이라고, 결코 당신 생각이 틀리지 않았다고 누가 보장해?"

재민은 아내의 양심이 올바름을 누구보다 잘 알고 있었다. 그렇기에 더더욱 그녀의 마음이 그녀가 악인으로 지칭하는 존재의 영향으로 인해 강퍅해 지는 게 싫었다. 그는 양손으로 무릎을 디디며 일어섰다. 서재로 사라지기 전 무언가 한마디 마무리가 필요했다. 현숙을 향한 재민의 마지막 한마디는 꽤나 상투적이었다.

"슬프잖아. 누군가를 잊는다는 건. 잊혀 진다는 것도. 오늘 하루만큼은 각하와 영부인을 불쌍하게 여겨줘. 당신이 믿는 하나님은 분명 그런 마음을 흐뭇하게 여길 거야."

재민에 말에 현숙이 빙그레 미소를 지으며 일어섰다. 그녀는 곧바로 엄지와 검지로 재민의 코를 꽉 쥐었다.

"이 착하디착한 순둥이 남편을 어찌해야 하나. 독재자를 향해서도 연민을 갖는 이 착한 남편을……."

말을 마친 현숙은 세게 재민의 코를 잡아당겼다. 재민은 비명을 내질렀다.

"아얏!"

현숙은 곧바로 안방으로 달려가 문을 잠갔다. 재민은 달려가 빨리 열라며 문을 두들겨 댔다. 영부인이 돌아가신 그 슬픈 날, 우리 부부는 그렇게 유치한 사랑놀이에 몰두했다. 그래도 참 행복했다. 하지만 아내 현숙과의 아름다운 날들은 그리 오래 지속되지 않았다.

지난 며칠이 어떻게 흘러갔는지 모르겠다. 그동안 재민은 겨우 하루밖에 집에 들어가지 못했다. 여의도 방송국 근처 목욕탕에서 몸을 씻었고, 면도는 대충 화장실에서 때웠다. 어차피 국상 중이니 외모 때문에 고민할 필요는 없었다.

국민장 마지막 날, 8월 19일. 운구차가 청와대를 떠나는 날이었다. 방송 3사는 모두 엄숙하게 영부인 장례식을 방송했다. 재민과 제작진 모두는 떠나는 영부인과 홀로 남은 박 대통령, 그리고 가족들에게 누가 되지 않기 위해 최선을 다해 방송에 임했다.

모든 장례 절차가 끝나고 운구차량이 청와대를 나섰다. 텔레비전 화면으로 애써 눈물을 참는 언니 영애 박근혜와 동생 영애 근영, 영식 지만의 모습이 보였다. 어머니를 잃은 저 세 아이는 과연 어떻게 살아가야 하나? 재민은 가슴이 찢어지는 듯했다.

하지만 그보다 더 재민의 가슴을 무너뜨린 건 박 대통령의 모습이었다. 평소 그 몸속에 붉은 피가 흐를까 의심스러울 정도로 철의 사나이라 느껴졌던 그가 울고 있었다. 영부인이 청와대 정문을 벗어날 즈음, 그는 차마 운구차에서 손을 떼지 못한 채 오열했다. 눈물을 훔치는 그의 모습은 절대로, 절대로 독재자의 모습이 아니었다. 그저 짝을 잃은 채 울고 있는, 아내를 떠나보낼 수 없어 애통해 하는 필부의 모습이었다. 박 대통령은 청와대 정문에 선 채 운구차가 경복궁을 돌아 시야에서 사라질 때까지 눈물이 그렁그렁한 슬픈 눈으로 사랑하는 아내의 마지막을 지켜보았다.

평상시 슬프든 기쁘든, 항상 기계처럼 돌아가는 재민의 목소리지만, 이날만큼은 진짜 구슬프기 짝이 없었다. 재민은 평정심을 잃은 채 울먹거렸다.

"사랑하는 아내를 악랄한 괴뢰의 흉탄에 잃은 박정희 대통령 각하의 심정을 그 무슨 말로 헤아릴 수가 있겠습니까? 현모양처의 으뜸으로, 지난 15년 동안 우리 국민들을 길러 주시고 보살펴 주셨던 육영수 여사! 이제 우리에겐 그분에 대한 추억만이 존재할 뿐입니다. 국모를 잃은 우리 대한민국에 이보다 더 슬픈 날은 앞으로 없을 것입니다. 아아! 하늘도 땅도 함께 우는 오늘!"

재민이 말을 맺지 못한 채 울먹거렸다. 연극이 아니었다. 진심이었다. 박 대통령을 내팽개친 운구차는 이제 효자동을 지나 세종로로 들어서고 있었다. 막 착공한 세종문화회관의 황량한 공사장 탓인지 광화문과 이순신 장군 동상 사이의 길은 그 어느 때보다 삭막하게 느껴졌다.

이렇게 느린 속도라 해도 운구 행렬은 한 시간 남짓이면 동작동 국립묘지에 도착할 것이다. 한여름 8월의 맑은 하늘 위로 간간이 뭉게구름이 흘러가고 있었다. 슬픔과는 너무도 거리가 먼 여름 하늘은 아래 세상에서 벌어지는 슬픈 장례식이 지루하다는 듯 하품을 하고 있었다.

육영수 여사 영결식 중계방송은 국립묘지로까지 이어졌지만, 재민은 그 전에 마이크 앞에서 물러났다. 평소 자애로운 인품으로 다수 국민으로부터 사랑받았던 육 여사는 그렇게 역사 뒤편으로 사라졌다. 명성황후가 일본 자객에 의해 시해된 지 정확히 80년 후 영부인은 일본에서 온 교포의 손에 목숨을 잃었다. 참 역사의 아이러니가 아닐 수 없다.

범인 문세광은 조총련을 통해 북한과 접촉했고, 박 대통령 암살 지령을 받았다. 도대체 뭘 얻을 게 있다고, 사람 죽이는 일에 그렇게 적극적으로 나섰을까? 실패하든 성공하든, 무조건 목숨을 잃는다는 사실은 사전에 알고 있었을까? 혹시 문세광은 자신의 행동을 안중근이나 윤봉길의 의거와 동일시했던 것은 아니었을까?

다행히 암살은 모면했지만 사랑하는 아내를 잃었으니, 박 대통령에게 육 여사 서거는 행운이라 할 수 없는 사건이었다. 천신만고 끝에 암살은

면했지만, 그의 수명도 그리 긴 게 아니었다. 겨우 5년 후 아끼던 후배의 총에 맞아 죽었으니 말이다. 어쩌면 믿었던 가까운 사람이 아니라 문세광 같은 타인의 손에 죽는 게 더 낫지 않았을까.

영부인의 죽음으로 박 대통령은 큰 충격과 슬픔에 휩싸였다. 눈물과는 거리가 멀었던 그는 자주 눈물을 보이곤 했다.

이듬해 봄, 박 대통령은 신민당 김영삼 총재와의 청와대 회담에서 창밖에 홀로 날아오르는 외로운 새 한 마리를 보고 "내 신세와 같다" 하며 손수건을 꺼내 눈물을 훔쳤다고 한다. 가까운 친구나 동지도 아닌 정적 앞에서 눈물을 보일 정도였으니, 그가 육 여사 시해사건으로 얼마나 큰 충격을 받았으며, 슬픔에 빠졌는지를 잘 알 수 있었다. 재민도 사랑하는 아내를 잃고 나서야, 육 여사 서거 이후 박 대통령이 얼마나 슬프며 외로웠을까를 몸서리치게 깨우쳤다. 그렇게 애처로운 모습으로 육 여사를 떠나보낸 박 전 대통령은 오 년 후 사랑하는 아내의 품을 향해 저세상으로 떠나갔다.

각하의 죽음, 아내의 죽음, 그리고 아침이슬

"고 박정희 대통령 각하의 유해를 모신 운구차가 이제 막 중앙청을 출발했습니다. 겨레와 함께 나라 발전에 헌신하신 박 대통령 각하! 그의 마지막 가시는 길목을 메운 수많은 시민! 가난한 농촌에서 태어나 그 서러운 가난을 대한민국에서 몰아내기 위해 불철주야 애쓰고, 겨레의 가슴마다, 하면 된다는 신념을 일깨워 준 겨레의 아버지 박정희 대통령 각하. 태산이 무너지는 이 슬픔을 어찌 우리 감당하겠습니까?"

방송 3사 텔레비전 화면에는 박정희 대통령 영결식 특별 생방송 장면이 펼쳐지고 있었다. 곳곳마다 태극기가 조기로 게양되었고, 장기 집권 대통령의 죽음을 애도하는 총성이 광화문 전체에 울려 퍼졌다. 슬픈 음악이 애잔하게 흐르는 가운데 청와대를 떠난 박 대통령 운구차가 광화문을 지나 국립묘지로 향하고 있었다. 수많은 사람이 쏟아져 나와 각하의 죽음을 애도했다. 곳곳에서 눈물을 흘리며 나타나 운구차로 몰려든 백성들은 마치 주인을 잃은 개처럼 처량하게 짖어댔다.

눈물, 콧물 다 흘리며 재민이 겨우 뉴스를 마쳤다. 평소 때 뉴스가 끝난 후 함께 진행한 여자 앵커와 반갑게 인사를 하던 그가 테이블에 머리를 처박은 채 엉엉 울기 시작했다. 그런 채로 거의 십 분 이상 재민은 일어날 줄을 몰랐다. 재민이 오열하든 말든 무심한 FD(floor director, 막내 연출)와 촬영 스태프들은 스튜디오 정리 작업을 시작했다.

이때 검은 양복을 입은 젊은 남자 여럿이 스튜디오로 밀려 들어왔다. 중앙정보부에서 방송국을 감시하기 위해 파견된 직원들이었다. 참으로 우스꽝스러운 것은 이들 모두가 포마드를 발랐고, 이대팔 가르마를 하고 있는 것이었다. 검은 양복에 주로 붉은색 넥타이 차림으로 통일한 것도 가관이었다.

이대팔 가르마들 중 우두머리로 보이는 사내가 양복 주머니에서 손수건을 꺼내 재민에게 건넸다. 배석봉 계장이었다. 한참 오열하던 재민이 힘겹게 몸을 일으켰다. 그리고 그 손수건으로 눈물 콧물을 닦아냈다.

"고마워, 배석봉 씨."

배석봉은 아무 말 없이 부드럽게 미소 지으며 축 처진 재민의 어깨를 어루만져 주고는 스튜디오 밖으로 사라졌다. 몇몇 부하가 그의 뒤를 따라 나갔다.

재민이 뉴스 세트에서 일어났다. 하지만 그는 충격 탓에 휘청거리다가 다시 자리에 앉았다. 재민의 입에서 다시 울음소리가 터져 나왔다. 이층 주조에서 젊은 최영호 피디가 내려왔다. 그는 아직까지 세트에 남아 있는 몇몇 중정(중앙정보부) 직원 눈치를 보며, 서럽게 울고 있는 재민을 향해 다가왔다. 위로랍시고 최영호는 재민에게 농담을 던졌다.

"수고했어, 형. 근데 형은 진짜 방송 천재야. 울음 참으면서 뉴스 하는 거, 최불암 수사반장 연기보다 더 감동적이더라. 근데, 아무리 대통령이 돌아가셨다고 해도 그렇게 슬플까?"

최영호의 말에 아랑곳하지 않은 채 재민은 더욱 서럽게 울어댔다. 이런 그를 최영호 피디는 놀려 주고 싶었다.

"뭐야, 애들처럼 질질 짜고. 마누라 죽은 것도 아닌데……."

최영호의 말에 재민의 흐느낌은 더욱 격해졌다. 한참 꺼이꺼이 울던 재민이 슬픔이 가득 찬 목소리로 힘겹게 한마디를 던졌다.

"최영호, 우리 마누라 오늘 저녁 병원에서 죽었대."

말을 마친 재민이 또다시 엉엉 울며 스튜디오 밖으로 뛰어나갔다. 최영호가 마치 망치로 한 대 맞은 듯 멍한 표정으로 그의 뒷모습을 바라봤다.

먼지에 쌓인 뉴스 원고들을 읽어 내려가던 재민은 갑자기 아내 현숙 생각에 눈시울이 뜨거워졌다. 재민이 그녀의 죽음을 알게 된 건, 박 대통령 영결식 방송 15분 전쯤이었다.

보도국장은 그에게 생방송 중계를 맡지 않아도 된다고 했다. 다른 아나운서에게 맡겨도 무방하다고 했다. 하지만 재민은 그렇게 할 수 없었다. 밀려오는 슬픔을 조금이라도 더디 오게 하려면 차라리 생방송을 하는 게 낫다는 판단 때문이었다.

하지만 생방송 내내 그의 가슴은 날카로운 낫으로 도려내듯 고통스러웠다. 솔직히 그 순간 박 대통령의 죽음은 재민에겐 아무 관심거리도 되지 못했다. 그가 어디서 어떻게 죽었든, 그가 어디에 묻히든, 사후 그가 좋은 세상으로 가든 지옥으로 떨어지든, 그건 재민이 알 바 아니었다. 아니 아내 현숙의 죽음이 유신으로 인한 것이고, 그 유신은 바로 박 대통령의 산물이라고 생각하니 오히려 분노가 밀려왔다.

육 여사 서거 이후 박 대통령의 가슴이 많이 연약해졌는지 모르지만,

반대로 유신의 칼날은 더욱더 무자비해졌다. 더 많은 야당 인사와 언론인들이 잡혀가 고초를 겪었고, 행방불명된 사람들의 숫자는 늘어만 갔다. 김영삼 신민당 총재는 79년 직무정지 처분에 국회의원직까지 제명당하는 고통을 겪어야만 했다. 그는 암울한 시대의 슬픔에 대해 "닭의 목을 비틀어도 새벽은 온다"는 명언을 남기며 고통을 참아냈다.

역으로 민주 세력의 저항은 더욱더 거세져만 갔다. 재민과는 차원이 다른 양심적 언론인들도 이 정의로운 몸부림에 힘을 보태려 애썼다. 물론 그 대가는 정권 차원의 무자비한 탄압이었다. 재민의 아내 현숙이 몸담고 있던 방송과 신문사는 전보다 더 무서운 탄압에 시달렸다.

어느 날 군인들이 탱크를 몰고 와 방송국을 빙 둘러 에워쌌다. 죽음의 그림자가 세상을 짓누르고 있었다. 재민의 아내 박현숙을 비롯한 몇몇 불온한 기자들이 끌려갔다. 영장도 없이.

장을 보러 집을 나섰던 현숙은 무려 5일 동안 집에 돌아오지 않았다. 그 초조하며 지루했던 시간 동안 재민은 백방으로 그녀의 행방을 수소문했으나 허사였다. 재민이 방송사 아나운서이기 때문에, 그녀가 별 탈 없이 곧 돌아올 것이라고 누군가가 귀띔을 해주었다. 물론 나중에 알고 보니 헛된 추측이었다.

불행한 시간 속에서 재민은 현숙에게 고문과 같은 범죄가 가해지지 않길 간절히 소망했다. 그리고 딸 수영에게 좋은 아빠가 되기 위해 애썼다. 그것으로나마 최소한 아내를 지키지 못한 죄책감을 덜고 싶었다.

초조함 속에 5일은 매우 더디게 흘러갔다. 그리고 "닭의 목을 비틀어도 새벽은 온다"는 말처럼 그녀가 훈방돼 돌아왔다. 재판도 받지 않았고, 당연히 그 어떤 처벌도 없었다. 비록 반강제로 사표를 써야 했지만 재민의 봉급으로도 어느 정도 생활을 꾸릴 수는 있으니, 그나마 불행

중 다행이었다.

그런데 조사 과정에서 무슨 일이 있었는지, 집에 돌아온 이후 현숙은 거의 말을 하지 않았다. 비록 얼굴이 핼쑥해지긴 했지만, 그녀의 얼굴이나 몸에서 고문 흔적 같은 건 찾아볼 수 없었다. 유신정권에 반대하다 잡혀갔으니, 조사 과정에서 분명 폭언 정도의 수치는 겪었을 것이라고 재민은 생각했다. 그렇다면 혹시?

조사 과정에서 수사관들에게 성폭행을 당했거나, 성적 수치심을 느낄 만한 일이 있었을까? 분명 충분히 가능한 일이었다. 하지만 그런 가능성에 대해 아내에게 직접적으로 물어볼 수는 없었다.

"좀 더 시간이 흘러 언젠가 때가 되면 정확히 무슨 일이 있었는지 말해주겠지."

재민은 아내가 사라진 5일에 대한 궁금증을 해결하지 않은 채 견디기로 결심했다. 하지만 아내의 상태가 점차 호전되리라고 믿었던 그의 기대는 불행하게도 빗나갔다.

현숙의 행동은 점차 이상해졌다. 햇살 가득한 대낮에 창의 커튼을 닫았다가, 밤이 되면 열곤 했다. 그리고 밤이 되면, 홀로 일어나 조용히 우는 날이 많아졌다. 이럴 때마다 재민은 아무 말 없이 그녀를 끌어안았다. 그 상태로 꼴딱 밤을 새곤 했다.

귀가 후 얼마 동안 이런 불안정한 상태로 지내던 현숙이 첫 자살 시도를 했다. 딸 수영이 외가인 안성으로 놀러간 주말, 숙직을 끝낸 후 귀가한 재민이 아파트 문을 열었다. 온갖 주방 기구와 살림 도구들이 박살 난 채 나뒹굴고 있었다. 놀라 뛰어 들어간 재민은 거실에 붙은 화장실 바닥에서 정신을 잃은 채 널브러진 현숙을 발견했다. 깨진 사금조각으로 팔목을 그은 것이었다.

재민은 아내를 들쳐 업은 채 성모병원을 향해 뛰었다. 다행히 상처가 깊지 않고, 또 일찍 발견되어 목숨을 건질 수 있었다. 재민은 이 사건 이후 여러 차례 현숙과 대화를 시도했으나, 번번이 거부당했다. 그녀는 그때마다 "미안하다"고 말할 뿐이었다.

현숙의 상태는 재민뿐만 아니라 수영에게도 지옥으로 작용했다. 수영은 말없이 허공만을 응시하는 엄마가 두려운 모양이었다. 가끔씩 현숙이 안아주려고 하면 소스라치게 놀라 도망치거나 숨곤 했다.

그런데 역시 더 큰 문제는 언제 또 현숙이 자살 시도를 하느냐였다. 방송사에 매인 몸으로서 하루 24시간 아내를 감시하기 위해 집에만 있을 수는 없는 노릇이었다. 결국 재민은 장모에게 도움을 청하기로 했다. 그녀에게는 현숙에게 정신적 요양이 필요하다고만 말했을 뿐, 끌려갔던 일에 대해선 일체 언급하지 않았다.

착한 장모는 사위의 제안을 바로 수락했다. 그리고 딸을 설득하는 데도 성공했다. 아내를 차에 태워 안성 처가에 데려 준 날은 정확히 부마사태가 발생하기 열흘 전이었다. 돌아오는 차 안에서 재민은 마음속으로 희망했다. 아내가 고향집에서 몸을 추스르고 나면 분명 과거의 모습으로 돌아올 수 있을 것이라고. 그리고 그녀가 그렇게 간절히 고대하는 사람 사는 세상이 도래할 것이라고.

하지만 이런 재민의 기대는 겨우 스무 날 정도 만에 산산조각 수포로 돌아갔다. 처음 고향집으로 돌아간 후 아내가 식사도 잘하고, 한결 얼굴 표정도 밝아졌다고 장모는 전해 왔다. 재민은 뛸 듯이 기뻤다. 그러다가 10월 26일 박정희 대통령이 김재규가 쏜 총탄을 맞고 쓰러졌다. 아마 아내는 이 사실이 너무 기뻤나 보다. 그녀는 박 대통령 서거 이후 매일 자전거를 타고 안성 시내에 나가 술을 마셨다고 한다. 그리고 영결식 날 새벽 만취 상태로 귀가하다 저수지로 자전거와 함께 떨어졌다. 그렇게 현숙은 그녀가 그토록 경멸했던 박정희 대통령을 뒤따라가고 말았다.

마지막 순간, 죽음과 대면하며 아내는 무슨 생각을 했을까? 술에 젖어 아무 생각이 없었을까? 아니면 곧 아름다운 세상이 될 것이라 믿었을까? 잘 모르겠다.

하지만 그녀도 이거 하나만큼은 꿈에도 몰랐을 것이다. 또 다른 군인들이 나타나 박 대통령 각하가 비워 놓고 떠난 자리를 차지할 거란 사실을.

재민은 아내의 죽음에 대해 방송국에 널리 알리지 않았다. 최영호 피디도 재민의 뜻을 존중해 입을 다물어 주었다. 그런 탓에 방송국에서 문상을 온 이는 최영호와 카메라맨 팽동수 선배뿐이었다. 재민은 그 둘이 고맙기도 했지만, 동시에 귀찮게 느껴지기도 했다. 재민은 심지어 직속상관인 박세표 아나운서실장에게도 알리지 않았다. 권력에 아부하길 즐겨하는 그런 소인배가 자신의 장례식에 나타나는 걸 아내가 좋아하지 않을 거라는 생각에서였다.

아내가 몸담았던 언론사 동료 대부분은 장례식장을 찾아주었다. 특히 그녀와 함께 프로그램을 했던 라디오 피디와 작가들은 함께 밤을 새며 빈소를 지켰다. 생전에 현숙은 강직하면서, 동시에 부드러운 성품 때문에 동료들 사이에서 항상 인기가 좋았다. 그녀와 동료들은 혹독한 반정부 투쟁을 통해 끈끈한 우정을 쌓은 사이였다.

이미 신문과 방송사가 문을 닫았고, 직원들도 뿔뿔이 흩어졌기 때문인지 장례식장까지 사람을 보내 감시하진 않았다. 재민은 배석봉 계장의 개입으로 장례식이 별 탈 없이 치러질 수 있었음을 나중에 알게 됐다.

발인 역시 장례식과 마찬가지로 조촐히 진행됐다. 최영호 피디와 팽동수 선배는 끝까지 의리를 보여주었다. 모든 게 끝난 후 재민은 딸 수영과 단둘이 현숙을 떠나보내는 시간을 갖고 싶었다. 사람들을 태우고 왔던 버스가 언덕을 내려가는 게 보였다. 멀리 보이는 양수리 물가에는 뒤늦은 아침인데도 안개가 무럭무럭 피어오르고 있었다.

"긴 밤 지새우고, 풀잎마다 맺힌, 이슬보다 고운 아침이슬처럼……."

평소 엄마가 즐겨 흥얼거린 노래를 이젠 딸이 부르고 있었다. 장례식 내내 너무 많은 눈물을 쏟아낸 탓인지 수영의 두 눈에서 더 이상 눈물이 흐르진 않았다. 물끄러미 수면 위 물안개를 바라보던 재민이 아직 이슬이 채 마르지 않은 풀 위에 엉덩이를 깔고 앉았다. 어느새 재민도 수영을 따라 김민기의 노래를 흥얼대기 시작했다.

"내 맘에 설움이 알알이 맺힐 때 아침 동산에 올라 작은 미소를 배운다."

검은 옷차림의 부녀는 누가 먼저랄 것도 없이 손을 잡았다. 아내가, 그리고 엄마가 사라진 마당에 둘은 서로에게 끝까지 함께해야 할 마지막 남은 동지였다.

"태양은 묘지 위에 붉게 떠오르고, 한낮에 찌는 더위는 나의 시련일지라. 나 이제 가노라, 저 거친 광야에 서러움 모두 버리고 나 이제 가노라."

별 느낌 없이 노래 부르기에 동참했지만, 후렴구에 다다르자 감정이 격해졌다. 재민은 폐가 터져라 울부짖었다. 현숙은 노랫말처럼 모든 서러움을 버리고 떠나갔지만, 자신은 앞으로 딸과 살아갈 일을 걱정해야만 하는 신세였다.

홀아비로서 어떻게 이제 겨우 고등학생이 된 딸과 살아간단 말인가. 유일하게 사랑했던 아내가 영영 돌아오지 못할 길을 떠났으니, 이제부터 다가올 무서운 고독을 어찌 견디며 살아갈 것인가. 오만가지 생각이 다 떠올랐다. 재민은 아내 현숙이 가슴 사무치게 보고 싶었다. 그리고 원망스러웠다.

어느새 노래가 다 끝났다. 재민은 자신도 모르는 사이에 훌쩍대고 있었다. 수영이 잡은 손을 풀고는, 그 손으로 재민의 뺨을 어루만져 주었다. 마치 과거 현숙이 자신을 위로해 주던 때와 흡사한 느낌이었다. 재민은 수영을 끌어안고 통곡하기 시작했다. 이제 더 이상 어린아이가 아닌 의젓한 딸의 품에서 항상 남 눈치를 보는 방송인이 아니라 한 자연인으로서, 사랑하는 아내를 잃은 슬픔에 엉엉 목 놓아 울고 싶었다.

"아빠, 울지 마. 이제 엄마는 돌아오지 않아. 이제 내가 대신 아빠를 지켜줄게."

"고맙다. 고마워."

흐느낌 사이로 재민은 딸에게 고마운 마음을 전했다. 한참 그렇게 딸의 품에서 울던 재민이 몸을 일으킨 후 고개를 들었다. 애써 소리를 내어 울진 않았지만, 수영의 두 눈에 다시 눈물이 고였다. 재민이 자신의 눈을 훔치며 물었다.

"아빠보고 울지 말라면서, 너는 왜 울어?"

"울음소리는 이를 악물고 안 낼 수 있는데, 눈물은 어쩔 수가 없나 봐."

"너도 울지 마. 그리고 엄마를 잊어. 나도 그럴 거야. 네 엄마가 너무 나쁘잖아. 우리 둘만 어떻게 살라고, 이렇게 혼자 도망가냐고?"

"엄마가 일부러 그랬겠어. 다 사정이 있었겠지. 인간이 아무리 가까운 사이라도, 그 마음속까지 다 아는 건 아냐. 가족이라도."

맞는 말이었다. 딸이 말한 대로 재민은 아내를 매우 사랑했지만, 그녀의 깊은 마음속까지는 끝내 알지 못했다. 그렇게 사랑스럽고 친절하며 상냥하던 그녀가 어쩌다가 서둘러 세상을 떠났는지 말이다. 세월이 좀 더 흐른 뒤, 딸 수영이 악랄한 권력의 마수에 유린당하기 전까지 재민은 무엇이 아내를 극한의 고통과 절망으로 치닫게 했는지 정확히 깨닫지 못했다.

재민은 아빠로서 상심한 딸에게 위로를 주고 싶었다. 하지만 그의 입을 뚫고 튀어나온 말은 꽤 어설펐다.

"너 박근혜 봤지? 박 대통령 영결식 때."

수영이 고개를 끄덕였다.

"엄마에 이어 이번엔 아버지를 잃었는데 얼마나 슬펐겠어. 그런데도 국민들에게 약한 모습 보일까봐 참잖아. 예전에 박근혜는 엄마가 돌아가셨을 때도 끝까지 울음을 참더라."

"알았어, 아빠."

별로 내키지 않는 대답이 분명했다. 엄마 없이 세파를 헤쳐 나가야 할 딸이기에 강인해져야 한다고 믿는 재민은 한마디 덧붙였다.

"다들 그 아버지에 그 딸이라고 하더라. 저세상에서 엄마도 네가 박근혜처럼 강한 모습을 보여주길 바랄 거야."

수영이 발끈했다.

"아빠, 난 그러기 싫어. 아무리 박근혜가 의젓해도 독재자의 딸이잖아. 엄마가 돌아가신 것도 다 박 대통령 때문이잖아."

재민은 갑작스런 수영의 공격에 난감했다. 바로 대응하려 했으나, 이 세상에서 가장 아끼고 사랑했던 대상을 떠나보내는 마당에 부녀로서 서로를 보듬어 주어야지, 언쟁을 벌여서는 안 될 일이었다. 그러나 동시에 이제 하나밖에 남지 않은 피붙이 딸이 자기 엄마처럼 거칠게 살다가 혹시 험한 꼴을 보지 않을까 아비로서 매우 두려웠다.

재민은 한 인간으로서 아내 현숙을 존경했다. 그리고 딸 수영에게 그런 양심의 기질이 살아 있음이 기쁘기도 했다. 하지만 한 치 앞을 내다볼 수 없는 이 어려운 시국에 딸이 투사로 성장해 가는 걸 가만히 바라만 보고 있을 순 없었다.

"박 대통령도 너희 엄마가 이렇게 된 걸 알았다면 슬퍼했을 거야. 물론 박 대통령이 독재자라는 네 말을 반박하고 싶진 않지만, 그가 이 나라의 대통령으로서 잘한 일도 엄청나게 많단 걸 잊지 말아야 해. 옛날에 비해서 우리나라가 얼마나 잘살게 됐는지 너도 잘 알잖아?"

"아빠, 그게 무슨 소리에요? 엄마는 그 사람이 쿠데타로 대통령이 됐기 때문에 인정할 수 없다고 했어요. 아무리 잘살게 됐으면 뭐해요? 사람들을 그렇게 많이 죽였는데? 솔직히 군인들이 월남 간 것도, 겉으로는 자유민주주의 수호 같은 거 부르짖었지만, 목숨 내놓고 달러 벌려고 간 거잖아요."

재민은 할 말이 없었다. 대학 갓 입학했을 때 만난 현숙의 거침없는 모습과 다를 게 전혀 없었다. 그야말로 모전여전이었다. 순간 재민은 뜨거운 기운이 등뼈를 타고 올라오는 것을 느꼈다. 그는 두려움에 움찔했다. 엄마 현숙의 가르침대로, 이대로 수영이 커간다면 십중팔구 대학에 진학해 학생운동에 가담할 게 분명했다.

"오늘같이 슬픈 날 우리 둘 다 위로가 필요하잖아. 그러니까 이렇게 불필요하게 말다툼은 하지 않았으면 좋겠어."

더 이상 다투기 싫은 재민이 선을 그으려 했다. 하지만 수영은 할 얘기는 해야겠다는 식으로 계속 자기주장을 펼치려 했다.

"아빠는 좋은 사람이야. 엄마가 그렇게 말했고, 나도 그렇게 생각해. 하지만 엄마는 아빠처럼 착하기만 해선 안 된다고 했어. 먼저 무엇이 옳고 그른가를 알아야 하고, 알게 되면 옳은 편에 서서 최선을 다해 살아야 한다고 했어. 단 하루를 살더라도 그릇된 세상의 꼭두각시로 살기보다는 차라리 자유로운 영혼으로 무덤에 들어가는 게 낫다고 했어. 엄마는 올바르게 살기 위해 최선을 다한 거야. 자유롭기 위해서도 최선을 다했고."

커다란 수영의 두 눈에서 다시 눈물이 왈칵 쏟아졌다. 재민은 자신이 판단한 것보다 딸이 훨씬 더 어른스럽다는 걸 깨달았다. 그리고 그녀가 저세상으로 떠난 엄마로부터 동지 의식을 느끼고 있고, 앞으로도 계속해서 엄마가 생전에 품은 뜻을 좇아 살아갈 게 분명하다는 것도 알게 됐다. 비록 그 길이 원하는 길은 아니지만, 재민은 딸이 자랑스러웠다. 자신이 아니라 엄마를 닮았다는 게.

재민은 빨리 딸과의 말다툼을 끝내고 싶었다. 그러기 위해 그가 내뱉은 말은 참으로 옹색하기 그지없었다.

"이제 나에게 양심을 지키는 길은 너를 지키는 것뿐이야. 너를 지키지 못하면, 아빠로서 양심을 지키지 못하는 게 되는 거야."

말도 안 되는 소리였다. 하지만 다행히 아빠를 불쌍히 여겼는지 수영은 반박하지 않았다. 재민은 앞으로 사랑하는 딸과 단둘이 어떻게 살아가야 할까 고민하기 시작했다. 우선 밥과 청소, 빨래와 같은 기본적인 것들이 문제였다. 물론 꽤 오랜 기간 현숙이 주부로서 제 구실을 못하는 동안, 재민과 수영은 번갈아 살림을 돌보며 상당한 실력을 쌓았다.

그럼에도 재민은 이제 3년 바짝 공부해서 대학에 가야 하는 딸에게 살림의 짐을 지게 하고 싶지 않았다.

"앞으로 살림은 어떡할까? 네가 원한다면, 일주일에 두세 번 파출부를 불러도 좋을 것 같아."

재민이 조심스럽게 물었다. 그런데 수영의 대답은 거침이 없었다.

"파출부 필요 없어, 아빠. 그냥 설거지하고 빨래는 내가 할게. 아빠는 청소 맡아."

"그럼 밥은?"

"우리 둘이 함께해. 같이 배워가면서 요리하면, 실력도 늘고 부녀 사이도 돈독해질 거 아냐."

수영의 가벼운 농담에 재민은 마음이 급히 밝아졌다.

"알았어. 하지만 아빠가 술 약속이 있거나 야근하는 날은 너 혼자 먹어야 돼."

"알았어. 그 다음 날 아침 해장국은 내가 끓여 줄게. 나 콩나물국은 자신 있거든. 대신 옷에다 토해 갖고 오면 빨래는 못해줘."

"홀아비 된 아빠한테 너무 야박한 거 어니니?"

재민이 일부러 눈을 흘겼다. 수영이 귀여운 척하려는 아빠 재민의 귀를 잡아당기며 말했다.

"그러니까 작작 마시란 얘기지."

재민이 픽 웃었다. 그러고는 부드럽게 수영을 끌어안았다.

"그래도 아빠는 엄마가 좋은 때 떠날 수 있어서 너무 감사해. 무더운 여름이거나 추운 겨울이었으면, 이렇게 여유롭게 앉아서 얘기를 나눌 수도 없잖아."

"그러게 말이야. 난 지금 엄마가 여기 우리랑 함께 있는 것 같아."

수영의 말에 재민은 다시 눈물을 흘릴 뻔했다. 혹시나 눈물이 흐를까 봐 보이지 않게 하기 위해 재민은 수영을 꽉 끌어안았다.

양수리 물가 위를 가득 메웠던 물안개는 어느새 자취를 감춘 상태였다. 눈 깜짝할 사이에 말이다. 엄청나게 커다란 태양이 점차 하늘 높이 피어오르고 있었다. 하늘 꼭대기까지 떠올라 한낮에 묘지 위로 붉게 타오르려 준비하듯 말이다.

각하의 등장

재민은 꼭대기가 아니라 뉴스 뭉치의 중간쯤에서 원고를 빼냈다. 먼지는 없었지만 누렇게 빛바랜 종이가 역시 이것도 흘러간 과거 어느 날의 역사임을 확인해 주고 있었다.

그런데 자세히 보니 평범하고 하찮은 날의 뉴스가 아니었다. 원고 맨 꼭대기에는 '1979년 12월 12일 12시 마감 뉴스'라고 적혀 있었다.

재민은 이날 생방송으로 뉴스를 전하던 그 시간을 대체로 정확히 기억하고 있었다. 그의 기억으로는 당시 벽에 걸린 시계가 10시를 가리키고 있었다. 재민은 프롬프터(prompter)에 적힌 대로 덤덤하게 뉴스를 읽어 내려가고 있었다.

"……고 박정희 대통령의 시해사건을 수사 중인 계엄사령부는 김재규가 단독으로 계획하고, 그의 부하들이 실행에 옮긴 사건으로 결론을 내리고 수사를 종결했습니다. 이로 인해 항간에 떠도는 정승화 계엄사령관의 연루설은 사실무근임이 확인됐습니다. 윤세황 기잡니다."

"커트!"

생방송 주조에 앉아 있는 최영호 피디의 한마디에 텔레비전 화면은 어느새 자료 화면으로 넘어갔다. 기차 화통을 구워삶아 먹은 듯 시끄러운 최영호의 목소리가 재민의 이어폰을 통해 흘러 들어왔다. 담배를 꼬나문 채 조연출을 맡은 피디와 엔지니어들 앞에서 세상 돌아가는 일에 대해 아는 체를 하느라 정신 팔려 있는 게 분명했다. 화려한 육두문자로 치장한 그의 언변이 빛을 발하고 있었다.

"씨팔, 내가 그랬잖아, 정승화는 아니라고. 그런 범생이가 뭐가 아쉬워서 김재규랑 그런 모험을 하냐고? 그나저나 앞으로 전두환이가 좀 곤란해지겠는데……."

최영호의 말이 끝나기도 전 왁자지껄한 소리가 들리더니, 누군가가 구둣발로 주조 문을 박차고 들어오는 소리가 이어폰을 통해 들려왔다. 그들이 군인들임을 재민이 알아차리는 데는 그리 긴 시간이 걸리지 않았다.

"너희들 뭐야, 새끼들아?"

최영호의 목소리였다. 생방송 중 신성한 텔레비전 주조를 침입한 자들에게 이 정도 욕설을 퍼붓는 건 당연지사였다.

곧바로 '퍽' 하는 소리에 이어 날카로운 비명이 들려왔다. 주조 스태프들의 소리가 금방 잠잠해졌다. 분명 군인 중 하나가 총 개머리판으로 누군가의 머리를 찍어 버린 것이었다. 재민의 이어폰을 통해 주조 안에 흐르는 무서운 적막이 전달됐다. 오로지 소름 끼치는 군화 소리만이 또렷하게 들려왔다.

"책임자가 누구냐?"

꽤나 근엄한 말투였다. 말투로 보아 당연히 사병은 아닌 듯했다.

"저, 저, 전데요."

평소에 기고만장하다가도 겁먹은 순간이면 어김없이 말을 더듬는 최영호의 목소리였다.

"이름이 뭐야?"

"최영호 피딥니다."

"네가 여기 대장이야?"

겁먹은 최영호는 아무 대답도 하지 못했다.

"빨리 이거 내보내."

긴박한 상황임에도 침착하고 절도 있는 장교의 말투였다. 아마도 그는 미리 준비한 원고를 최영호에게 건넨 모양이었다. 과연 이들이 어느 편 군인들인지 명확치 않기에 재민은 답답했다. 전두환 보안사령관 아니면, 장태완 수경사령관 중 하나의 부하들임에 틀림없었다. 최영호가 원고 내용을 살피는 모양인지 긴 침묵이 재민의 이어폰을 타고 흘러 들어왔다.

"저기 어디서 오셨는데요?"

최영호가 긴 침묵을 깨며 용기 있게 한마디 내뱉었다.

"뭐? 내가 그걸 왜 너한테 얘기해야 돼?"

"제가 이 뉴스 책임자이기 때문입니다."

최영호의 말이 끝나자마자 '철커덕' 소리가 들렸다. 장교 말투의 사내가 최영호의 관자놀이에 총구를 들이댄 것이었다.

"개새끼야, 니가 책임자니까 얘기하지, 똘마니면 얘기하겠니? 이건 부탁이 아니라 명령이야! 지금 너 같은 놈 하나 뒈지는 거, 아무도 눈 하나 깜짝 안 해."

"네. 알겠습니다."

최영호가 풀 죽은 목소리로 대답했다. 그리고 채 2분도 지나지 않았다. 프롬프터에 장교가 건넨 원고 내용이 떴다. 이 원고를 타이핑한 스태프는 대한민국에서 타자를 가장 잘 치는 여자였다.

"속봅니다. 정승화 계엄사령관이……."

프롬프터 화면에 뜬 뉴스 첫 문장을 읽던 재민의 눈이 휘둥그레졌다. 내용이 조금 전 자신이 읽은 것과 달라도 너무 달랐기 때문이었다.

"정승화 계엄사령관이 김재규, 김계원 등과 공모, 박정희 대통령을 시해한 것으로 드러났습니다. 조금 전 전두환 보안사령관은 최규하 전 대통령의 재가를 받고, 정승화 계엄사령관을 보안사로 연행했습니다. 전 보안사령관은 시해사건에 연루된 인물이 더 많을 것으로 추정, 발본색원의 의지로 수사를 펼쳐나가겠다고 발표했습니다. 전두환 보안사령관의 대국민 담화입니다."

사전 녹화된 전두환 보안사령관의 연설이 모니터에 흐르기 시작했다. 군인들은 뉴스 원고뿐만 아니라 화면까지도 준비해 온 것이었다. 물론 내용은 정승화 육군참모총장이 박 대통령 시해사건에 깊이 연루됐다는 것이었다. 전 보안사령관의 담화가 끝나자 다시 재민의 얼굴이 모니터 화면을 채웠다.

"이것으로 KBS TV 마감뉴스를 마치겠습니다. 유재민이었습니다."

뉴스가 끝나자마자 조잡한 내용의 국정홍보 캠페인 광고가 흐르기 시작했다. 샌님인 재민이지만, 신성한 뉴스를 자기들 마음대로 좌지우지하는 군인들의 만행이 쉽게 용서되지 않았다. 재민은 가볍게라도 항의하고자 했다. 이어폰을 집어던지며 2층 주조를 올려다봤다.

"아니, 아무리 비상시국이라지만, 뉴스 내용을 자기들 마음대로 바꾸는 게 어디 있어?"

재민의 소극적인 시위에 카메라맨 팽동수가 손가락으로 조용히 하라는 시늉을 하며 다가왔다.

"아무 말도 하지 마. 잘못하다가 끌려가면 좆 돼."

"뭔 소리야, 형? 이게 무슨 뉴스야? 개판이지."

재민의 말이 맞았다. 개판이었다. 그의 말이 끝나기도 전에 중무장한 군인 수십 명이 스튜디오 안으로 몰려 들어왔다. 좀 전까지 항의라도 해야겠다던 재민의 생각은 온데간데없이 사라졌다.

신군부 주도의 12·12 군사 쿠데타가 성공을 거둔 이후 세상은 서울의 봄을 맞아 부풀었던 국민들의 기대와 달리 매우 흉흉하게 변해 버렸다. 방송국도 마찬가지였다. 곳곳에 군인이 즐비했고, 모든 뉴스는 방송국에 파견된 보안사 직원들의 검열을 받은 후에야 보도될 수 있었다. 그들은 아예 방송국 내에 사무실을 꾸며 상주했다.

뉴스가 전파를 탈 때마다 텔레비전 뉴스 스튜디오와 주조에도 항상 보안사 직원들이 있었다. 나이가 지긋한 기술 스태프들도 새파랗게 어린 그들에게 함부로 말을 걸지 못했다. 심지어 새파랗게 젊은 보안사 직원들은 곳곳에서 맘대로 담배를 피우는데, 나이 든 스태프들은 그들에게 허락을 받고 담배를 피우는 형국이었다. 예절 교육이라곤 전혀 모르는 고얀 군바리 놈들이었다.

그들 중 상당수는 선글라스 쓰는 걸 즐겼다. 그리고 이대팔 가르마를 고수하고 있었다.

방송사 직원들끼리도 서로를 믿지 못했다. 만에 하나 세상 돌아가는 일에 대해 울분이라도 토로했다가 잡혀가면 순식간에 삶이 끝장나는 판이었다. 낮말은 새가 듣고 밤말은 쥐가 듣는 게 아니라, 낮말은 동료가 듣고, 밤말은 친구가 듣는다가 더 어울리는 세상이었다. 재민이 아는 한 대학교수는 여러 차례 신군부를 독하게 비판했다가 끌려갔다. 돌아온 그는 앉은뱅이가 돼버렸다.

이런 때를 이용하여 출세를 노리는 인간들은 당연히 있기 마련이었다. 방송국 내에서 박 대통령을 위해 용비어천가를 부르던 놈들이 이번에는 전두환 장군이 대통령이 돼야 한다고 떠들고 다녔다. 박세표 아나운서실장은 그런 부류 중 하나였다. 하지만 이런 종류의 인간이 모두 다 성질이 개떡 같고, 남에게 인색하다고 생각하면 오산이다. 겉으로 보기에 박세표는 상당히 친절하고, 부하 직원들을 챙기는 데도 열심이었다. 이런 그가 가장 아끼는 후배 중 하나가 재민이었다.

사실 처음부터 박세표가 재민에게 친절했던 건 아니었다. 오히려 5년 후배인 재민이 아나운서로서의 역량 면에서 자신보다 훨씬 더 많은 평가를 받자 꽤나 오랫동안 그를 미워했다. 하지만 이런 인간들은 서둘러 체념하는 데 선수다. 어차피 재민과 척져봤자, 자신에게 도움이 될 게 없다고 판단한 박세표는 아예 그를 자신의 편으로 만들기 위해 애썼다. 당연히 뉴스의 꽃인 9시 뉴스는 가장 뛰어난 역량을 갖춘 재민의 몫이었다. 높은 사람들은 이런 박세표를 호인으로 치켜세웠다. 대부분의 상사가 자신보다 뛰어난 역량을 지닌 후배를 무너뜨리려는 게 다반산데, 박세표는 그렇지 않다는 것이다.

박세표의 껍데기 재민 사랑은 여기서 그치지 않았다. 서울 출신으로 상당히 부유하기도 한 그는 자주 재민을 테니스 시합에 초대했다. 그의 테니스 실력은 아마추어치곤 상상을 초월할 정도로 대단했다. 오히려 집안 환경이 좀 더 불우했다면, 테니스로 성공했을 거라고 그는 종종 떠들곤 했다. 테니스 시합이 끝난 후 박세표는 항상 여자들이 있는 술집으로 데려가 술을 사주었다. 물론 술값을 그가 내는 건 아니었다. 항상 박세표의 술값을 내주기 위해 기다리는 스폰서들이 있었다.

박세표는 술자리 매너도 상당히 품격이 있었다. 젊은 호스티스들의 가슴을 만지거나 치마 속으로 손을 넣는 등의 유치한 짓거리를 하지 않았다. 그는 호스티스들에게 꽤나 인기가 높았다. 매너뿐만 아니라 항상 만 원대의 팁을 뿌리는 그를 젊은 여자애들이 싫어할 이유가 없었다. 비록 기름기가 좔좔 흐르는 느끼한 얼굴이었지만, 나름 박력 있게 생긴 외모 역시 호스티스들에게 호감으로 작용했다.

박세표는 명동 단골 술집 위에 있는 호텔에서 호스티스들과 뜨거운 밤을 즐겨 보내곤 했다. 집에는 어려운 시국을 핑계 대며 야근한다고 둘러댔다.

마음씨 좋은(?) 선배 박세표는 한두 차례 사랑하는(?) 후배 재민에게 호스티스를 붙여주려고 했다. 등 떠밀리듯 호텔 방까지 끌려갔으나, 아무리 사별한 홀아비라 하더라도 딸 수영과 겨우 서너 살밖에 차이가 나지 않는 여자애들과 박세표가 즐겨 하는 그 짓거리를 할 순 없었다. 다행히 박세표는 재민의 마음을 알아채곤 더 이상 그 짓거리를 권유하지 않았다. 얼핏 보기에 후배를 위한 배려로 보였으나, 실상 그는 돈을 안 써도 되니 오히려 잘된 일이라고 생각하는 게 분명했다.

박세표 부국장은 술자리에서 자주 신군부 세력과 전두환 장군을 언급하곤 했다. 순진하게 '서울의 봄'을 믿은 국민들이 바보라고도 했다. 어차피 정치는, 특히 대한민국 정치는 힘에 의해 결정된다고 그는 굳게 믿고 있었다. 정승화도 결국은 힘이 없었기에 일개 사병으로 강등되는 수모를 겪게 된 것이라고 했다. 언젠가 김영삼이나 김대중이 대한민국 대통령이 되는 때가 온다고 믿는 것은 미친 짓이라고 박세표는 힘주어 말했다. 군인이 통치하는 세상은 최소 뉴 밀레니엄까지, 라고 그는 힘주어

말하곤 했다. 재민이 '밀레니엄(millenium)'이란 단어를 처음 알게 된 것도 박세표를 통해서였다.

박세표는 재민에게 전두환 장군과의 친분을 과시하곤 했다. 테니스를 좋아하는 전 장군과 여러 차례 시합을 가진 적도 있다고 했다. 처음에는 항상 이겼지만, 조금씩 지는 횟수를 늘려가며 전 장군의 환심을 사게 됐다고 그는 열을 올렸다. 이렇게 함으로 전 장군이 자신의 실력이 향상되고 있다고 착각하게 할 수 있고, 그렇게 되면 실력 향상의 이유가 자신이 되어 전 장군은 자신을 좋아할 수밖에 없다는 것이 그의 논리였다.

박세표는 비록 12·12 이후 전 장군을 한번도 만나지 못했지만, 언젠가 그가 대통령이 되면 자신을 불러줄 것으로 기대하고 있는 듯했다. 그는 청와대 테니스 코트에서 전 장군과, 아니 전두환 대통령과 테니스 시합을 하는 게 가까운 장래의 꿈이라고도 했다.

"그럼 먼 미래의 꿈은 뭔데요, 선배님?"

어느 날 술자리에서 재민이 불쑥 던진 질문이었다. 박세표가 빙그레 미소를 지어 보일 뿐 아무 말도 하지 않았다. 재민은 이런 박세표를 놀려 주고 싶었다.

"국회의원?"

"에게, 겨우 국회의원? 좀 더 써봐, 유 앵커."

재민의 눈이 휘둥그레졌다.

"문화부장관요?"

박세표가 환한 표정으로 입을 열었다.

"그 정도는 해줘야지. 아니면 십오 년 쯤 후에 대통령?"

재민은 어이가 없었다. 대통령이 될 자격이라곤 쥐뿔도 갖추지 못한 놈의 꿈치곤 너무도 야무지다는 생각에 헛웃음이 나왔다.

"전두환 장군 쪽에 줄 서면, 바로 출세 길로 달리는 거야. 나는 전 장군이 대통령이 되면 좀 눈치를 보다가 일찍 사표 쓰고 국회의원 출마할 거야. 그리고 또 아나. 운 좋으면 끝까지 갈 수 있을지도."

"에이, 선배님, 꿈도 야무지시네요. 그런 자린 하늘이 내리는 겁니다. 괜히 헛된 꿈 키우다가 잘못되면……."

말을 하던 중 재민은 혹시 박세표가 기분 나빠 하지는 않을까 그의 눈치를 살폈다.

"선배님, 제가 이런 얘기 한다고 고깝게 듣지 마세요. 저는 선배님이 이대로 잘 근무하시다가 은퇴해서 훌륭한 언론인으로 남길 바랍니다."

재민은 자신의 말을 비웃고 싶었다. 박세표가 이대로 늙어 정년 은퇴하더라도, 절대로 명예로운 언론인으로 남을 길은 없었다. 이런 작자에게 아부를 떨고 있는 자신의 모습이 한심스러웠다.

"자네가 날 생각해서 하는 말이라는 거, 잘 아네. 하지만 인생이 뭔가? 한 방 아닌가? 어차피 한 번 왔다 한 번 가는 것, 만인지상의 자리를 꿈꾸는 게 뭐가 문젠가?"

박세표의 말도 안 되는 헛소리를 듣고 나니 왜 그가 그동안 자신에게 잘해 주었는지를 알 것 같았다. 그리고 박세표는 곧바로 이런 재민의 짐작이 절대로 틀리지 않았음을 입증해 주었다.

"말이 나와서 말인데……."

말을 멈춘 박세표는 잠시 뜸을 들였다. 자신의 입으로 다음 말을 이어가는 게 스스로도 조금 민망하다고 생각하는 듯했다.

"내가 출마할 때 재민이 자네가 유세를 도와주게. 자넨 지금 대한민국 국민들이 가장 신뢰하고 좋아하는 뉴스 앵커일세. 그러니까 도와주게. 그동안의 의리를 봐서라도."

박세표가 재민의 손을 잡았다. 박세표가 뭘 원하는지를 안 이상 재민은 이 실랑이를 길게 끌고 가고 싶지 않았다.

"당연히 도와드려야죠. 하지만 대한민국 국민이 신뢰하는 앵커라는 말만은 거두어 주십시오. 검열해 주는 대로 뉴스를 읽는 앵커는 신뢰할 수 있는 게 아니라 양심 불량이지요."

재민으로선 나름 양심선언이었으나, 박세표는 그 부분에 대해선 아예 관심도 없었다. 그의 유일한 관심은 국민들의 사랑을 받는 유재민 앵커가 자신이 국회의원이 되는 데 도움이 되느냐는 것뿐이었다. 그렇기에 재민의 수락에 뛸 듯 기뻐했다.

"고마워, 재민이."

박세표가 자신의 이름을 이렇게 다정하게 부른 건 처음이었다. 아니, 지금까지 후배나 당신이라고 칭했지, 단 한 차례도 이름을 직접 부른 적이 없었다. 그만큼 이제 박세표가 자신을 친밀하게 여긴다는 거였다.

"조금만 기다려 봐. 이제 전 장군이 대통령이 되는 건 시기만이 중요하게 됐고, 몇 년 후가 될지 모르나 당신이 내 유세를 돕기로 했으니, 내가 국회에 자릴 트는 일도 따 놓은 당상이 됐네. 일단 내가 국회에 들어가서 입지를 굳히면, 곧바로 자네를 추천함세. 자네 정도가 고향에서 출마한다면 당선은 백 퍼센트지. 암, 백 퍼센트! 그리고……."

박세표가 말꼬리를 흐리자 재민이 뭐냐고 다그쳤다.

"재민이, 자네 아나? 전 장군 부부 둘 다 자네의 열렬한 팬이라네."

말을 마친 박세표가 껄껄 웃어 댔다. 그날 이후로 박세표는 더욱더 든든한 재민의 빽이 됐다. 하지만 그 든든한 빽도 나중에 재민이 갇히게 되는 덫 앞에선 크게 힘을 쓰지 못했다.

이날 이후 박세표는 재민을 더욱더 신뢰하게 됐다. 물론 재민은 정반대였다. 그가 자신의 비빌 언덕이 된 건 고마운 일이었으나, 눈곱만큼도 존경할 수 없는 인간과 엮인다는 건 그리 유쾌한 일이 아니었다.

그로부터 얼마 후 재민은 이상한 꿈을 꾸었다. 박세표와 같은 인간의 입장에서 보면 길몽이었겠지만, 분명 재민에겐 흉몽이었다.

대통령이 된 전 장군, 아니 전두환 대통령 각하의 초청을 받은 박세표와 재민이 청와대 테니스 코트 위에 섰다. 각하와 영부인 대 방송국 아나운서실장과 뉴스 앵커의 대결이었다. 영부인의 테니스 실력도 상당했으나, 남자들과 복식을 치르기엔 역시 조금 힘이 모자랐다. 하지만 승부욕으로 똘똘 뭉친 각하에겐 영부인의 실수를 용인하고 보듬을 만한 여유가 없었다. 몇 차례 영부인의 실수로 크게 스코어가 뒤지자 각하는 라켓을 팽개치는 등 스포츠맨십에 반하는 만행을 여러 차례 저질렀다. 그럴 때마다 영부인은 "이 사람이 참 순박한데, 이상하게 시합만 하면 짐승이 돼요"라며 부드럽게 응수했다.

비록 꿈에 본 모습이지만, 재민에게는 영부인이 각하보다 훨씬 더 아량이 있는 인물로 보였다. 영부인이 이렇게 부드럽게 나올수록 각하는 더욱더 기세가 등등해져 갔다. 급기야 각하는 아웃을 인이라고, 또 인을 아웃이라고 주장하며 억지를 부리기도 했다. 그럴 때마다 미소를 짓던 영부인의 머리 뚜껑도 결국은 쉼 없이 계속된 각하의 잔소리에 완전히 개방되고 말았다.

"그러니까 제가 각하하고 한편 먹고 복식은 안 한다고 했잖아요. 왜이래요, 뚜껑 열리게."

이처럼 화가 머리끝까지 났지만, 영부인은 결코 라켓을 집어던지지 않았다. 아무리 분노해도 품위를 잃지 않는 그 모습은 국모로서 완벽한 자격을 갖췄다고 해도 과언이 아니었다. 영부인은 라켓을 든 채 그늘이 있는 등나무 아래로 가서 앉았다.

재민이 각하의 표정을 보니 당연히 심기가 불편했다. 왜 또 그 쓸데없는 승부욕으로 사랑하는 아내의 심기를 망쳤을까 하는 자책감 가득한 표정이었다. 하지만 그도 야전에서 뼈가 굵은 사령관 출신이었다. 절대로 사나이가 먼저 아내에게 다가가 화해의 손길을 내밀 순 없었다. 그런데 이런 기회를 자신의 이익을 위해 효과적으로 이용하는 부류가 있다. 당연히 재민의 복식 파트너 박세표와 같은 인간이다. 박세표는 각하에게 다가가 고개를 숙이더니, 그 귀한 귀에 대고 지껄여 댔다.

"각하, 영부인 말씀이 맞습니다. 영부인은 여성이십니다. 여성으로서 각하와 한편 먹고, 건장한 남자 둘과 시합을 해서 이긴다는 건 말이 안 되죠. 저희가 생각이 짧았습니다. 그러니까 가서 다시 시합하자고 말씀드려 보세요."

꿈이기에 재민은 멀리 떨어진 채 각하에게 떠들어 대는 박세표의 말을 다 들을 수 있었다. 각하와 영부인을 위해 일부러 져주겠다는 말을 말이다. 박세표의 말에 따라 각하는 등나무 아래 벤치로 다가가 달콤한 언어로 영부인을 설득했다. 약간의 실랑이가 오간 후 영부인이 다시 코트에 섰다.

재민의 꿈속에서 각하는 내내 의기양양한 표정으로 스매싱을 퍼부었고, 그럴 때마다 간신배 박세표는 "나이스 샷!"을 연발했다.

재민이 평생 꾼 꿈 중 최악의 악몽 중 하나였다. 이런 악몽에서 깨어나는 일은 가위에 눌리는 것보다 훨씬 더 어려웠다.

각하의 세상

계속해서 재민은 또 다른 신군부 시절 뉴스 원고를 하나둘씩 꺼내 읽어 내려갔다. 워낙 매일매일이 변화무쌍한 때여서인지 시시한 뉴스는 하나도 없었다. 재민이 손에 쥔 원고 내용은 5·18 광주 민주화운동 직후의 상황을 말해주고 있었다.

"지난 열흘간 도시 전체를 공포의 지옥으로 몰아넣은 폭도들이 일망타진되고, 광주는 빠르게 질서를 되찾고 있습니다. 북한의 사주를 받은 폭도들은 선량한 시민들을 살해하고, 이 책임을 계엄군에게 떠넘기려 획책하였으나……."

이 뉴스 내용을 보며 재민은 울고 싶었다. 어떻게 이런 뉴스 원고를 아무 양심의 가책도 없이 읽을 수 있었을까? 아무리 후회하고, 또 후회해도 결코 돌이킬 수 없는 과거였다. 이미 엎질러진 물이었고, 지나간 버스였다. 갑자기 재민은 이 당시 자신은 앵커가 아니라 악마였다고 자책했다. 결코 박세표 아나운서실장 같은 인물을 비난할 게 아니었다. 최소한 이 시절만큼은 재민이나 박세표나 별 차이 없는 완벽한 어용 언론인들이었다.

재민은 그때 뉴스를 전하며 텔레비전 화면을 통해 본 광경을 떠올렸다. 실제 벌어진 사건과 달리 광주시민군들이 북한의 사주를 받은 폭도들로 그려졌던 모습이 생생하게 떠올랐다. 수백 명 죄 없는 목숨이 산화한 비극의 상황에서 그는 "광주 시내가 계엄군에 의해 질서가 확립되고 있다"는 식으로 뉴스 원고를 읊어댔다. 재민은 마치 어제 일처럼 그때를 또렷이 기억하고 있었다.

재민의 이런 행동이 더더욱 용납될 수 없었던 것은 그가 당시 광주에서 어떤 일이 벌어지고 있는지에 대해 비교적 다른 언론인들보다 정확하고 상세하게 파악하고 있었다는 점에서였다. 당시 그는 한국특파원으로 와있던 캐나다 출신 제리 해리슨 기자를 통해 계엄군의 만행과 수백 광주시민의 억울한 죽음에 대해 상세히 알고 있었다.

하지만 재민은 무덤덤했다. 아니 역사의 비극과 타인들의 슬픔에 대해 아예 무관심했다. 오히려 자신과 딸이 광주에 없으니 다행이라고 생각했다. 죽은 이들과 그 가족들에 대해선 "참 안 됐다" 정도로만 여겼다.

왜 그때 양심선언을 하지 못했을까? 뭐가 그토록 두려웠을까? 딸을 뒷바라지하지 못할까봐 그랬을까? 아니면 평생 다시는 카메라와 마이크 앞에 앉지 못할까봐 두려웠을까? 전자라고 주장해야 그나마 낫겠지만, 아마도 후자가 아니었을까. 그때 일을 생각하니 얼굴이 화끈거렸다.

그가 손에 쥔 그 다음 원고는 80년 8월 14일 뉴스 내용이었다. 날조된 내란 음모 혐의로 붙잡힌 김대중 등 재야인사 24명에 대한 첫 재판과 전날 신군부의 강압에 의해 정계 은퇴를 선언한 김영삼에 관한 뉴스였다. 갑자기 그날 뉴스를 전하던 자신의 목소리가 생생하게 귀에 울려왔다.

밀려오는 죄책감에 재민은 두 눈을 질끈 감았다.

"대한민국 정치사에서 야당의 대표적 인사로 활동했던 양 김 씨가 나란히 역사의 뒤안길로 사라지게 됐습니다. 어제 정계 은퇴를 선언한 김영삼 씨에 이어, 오늘 김대중 씨도 내란음모죄로 사형선고를 받음에 따라……."

다음으로 재민의 눈을 사로잡은 뉴스 원고는 2주 후, 그러니까 80년 8월 27일 전두환 장군이 통일주체국민회의 투표를 통해 11대 대통령에 당선된 소식이었다.

"전두환 대통령 각하께서 11대 대통령으로 당선되심에 따라 대한민국은 더 희망찬 앞날을 향해 힘찬 발걸음을 내딛게 됐습니다. 박정희 전 대통령의 서거로 인해 대한민국에 드리워졌던 암울한 그림자가 새로운 겨레의 지도자 전두환 대통령 각하의 등장으로 말끔히 걷어지게 됐습니다."

사실상 전 대통령이 똘마니들에 의해 추대됐음에도 불구하고, 뉴스는 당선이라고 우겼다. 재민은 아무 거리낌 없이 이런 뉴스를 국민들에게 퍼 나르는 꼭두각시의 역할을 충실하게 수행했다.

수락 연설을 하는 전두환 대통령을 보며 재민은 무덤덤했다. 달라진 게 뭐가 있는가? 하나의 군인 출신 독재자가 가고, 새로운 군인이 그 독재의 자리를 물려받았으니 말이다.

박정희 전 대통령을 존경하는 새 대통령이니, 분명 새마을 정신을 물려받아 계속해서 경제 발전을 이룰 것이다. 그리고 안 됐지만, 민주주의는 계속 암흑 속에서 피눈물을 흘릴 것이다. 새로 각하가 되신 분은 영리하니 유신의 철권통치가 어떤 결과를 초래했는지를 잘 알 것이다. 그렇다면 새 각하는 국민들을 박 전 대통령처럼 숨 막히게 압박하지는 않을지도 모른다. 채찍과 함께 분명 당근도 준비하지 않았을까. 그래도 국민이 선출한 장면 정부를 무너뜨린 박정희 대통령 시대보다는 통일주체국민회의가 선출한 최규하 대통령을 물러나게 한 제5공화국이 정당성 면에서 좀 더 낫지 않을까. 물론 그래 봤자 도토리 키 재기지만 말이다.

그날 9시 뉴스 내내 재민이 차분한 목소리로 뉴스 원고를 읽어 내려가던 것과 달리 최영호 피디는 대단히 흥분한 채 이리저리 마구 욕설을 내뱉고 있었다. 물론 평소에도 욕쟁이로 소문난 최영호였으나, 이날은 유독 그 정도가 심했다. 아마도 하찮은 군인이 만인지상의 자리에 올랐다는 게 못마땅한 듯했다.

명문 S대학교를 우수한 성적으로 졸업한 최영호는 평상시 군인들이 나라를 다스린다는 데 대해 엄청난 거부감을 갖고 있었다. 고학력자인 방송국 피디나 기자 다수도 최영호와 비슷했다. 물론 그렇다고 이들이 대놓고 새 대통령, 그것도 군 출신으로 권력을 쥔 각하를 향해 욕설을 퍼부을 정도로 겁대가리가 없는 건 아니었다.

계속된 최영호의 욕설로 인해 이어폰을 낀 모든 스태프의 인상이 날카로워졌다. 짜증나긴 재민도 마찬가지였다. 목소리 톤까지 짜증스러운 터여서 멀쩡한 사람을 빙빙 돌게 할 지경이었다. 스튜디오 스태프들의 짜증이 이 정도니, 주조에 함께 앉아 있는 스태프들은 오죽했으랴.

"뭐해, 씨팔! 자빠져 자, 지금? 커트 좀 제때제때 넘기라고. 전두환 상판 좀 제대로 보게."

분명 뉴스 자료화면이 바로 뜨지 않자 곁에 앉은 엔지니어에게 욕설을 퍼붓는 모양이었다. 그의 욕설 지수는 심기가 불편하면 할수록 더 높이 치솟았다. 그런데 이건 큰 실수였다. 평상시 뉴스 원고를 다 검열하고 생방송 뉴스까지 다 감시하는 보안사지만, 가끔 9시 뉴스 정도 되면 한잔 때문에 주조를 비우는 일도 다반사였다. 하긴 이미 다 검열해 놓은 걸 앵무새 앵커가 읽는 것뿐이니 기술적인 방송 사고 외에 특별히 문제가 발생할 가능성은 거의 없었다. 기술적 문제로 인한 방송 사고는 어차피 보안사 직원들의 책임도 아니었다.

보안사 감시조가 있을 경우 순한 양처럼 조용히 뉴스를 진행하는 최영호였지만, 그렇지 않을 경우 이처럼 가끔씩 고삐 풀린 망아지가 되곤 했다. 그런데 이날 보안사 직원이 단 한 명도 없다는 최영호의 생각은 착각이었다. 특별히 사명감이 강한 어떤 놈이 그날따라 조금 늦게 주조에 들어와 신문으로 얼굴을 가린 채 뉴스를 듣고 있었던 것이다.

물론 이날 뉴스가 시작될 무렵 보안사 직원들이 코빼기도 보이지 않은 건 사실이었다. 재민도 이 사실을 잘 알고 있었다. 왜냐하면 뉴스 직전 9시 뉴스 감시조 중 가장 연장자인 보안사 고위 직원 배석봉에게 말을 전해 들었기 때문이다.

다른 보안사 직원들이 무뚝뚝하고 무례한 데 반해 배석봉은 매우 부드러운 인상으로 방송사 사람들을 친절하게 대했다. 이런 극악무도한 시대가 아니라면, 그리고 극악무도한 집단에 소속된 사람이 아니라고 생각한다면 호인 중의 호인으로 인정받을 만한 인물이었다.

그는 특별히 방송인들과 좋은 관계를 유지하기 위해 애썼다. 재민에게도 형님이라 부르며 따르곤 했다. 그는 또한 방송사에 파견된 보안사 멤버들로 축구팀을 만들어 방송인들과 자주 시합을 갖곤 했다. 비록 선수로 뛴 건 아니지만 재민도 배석봉의 요청으로 여러 차례 경기를 보러 갔다.

"형님만 믿소."

회식 때문에 자리를 비우기 전 배석봉이 재민에게 던진 말이었다. 자신들이 없더라도 알아서 차질 없이 생방송 뉴스를 잘 진행해 달라는 얘기였다. 이럴 때면 배석봉은 상당한 액수의 금일봉을 재민에게 건네곤 했다. 그때마다 그가 내세운 금일봉의 출처는 다양했는데, 이날은 특별히 청와대에서 하사한 것이라고 얘기했다. 봉투를 건네며 대단한 사실이라도 알려준다는 듯 배석봉이 호들갑을 떨었다.

"나도 몰랐는데, 대통령 각하 내외분이 모두 형님 열렬한 팬이더구먼. 당선 기념으로 각하께서 특별히 형님한테 주시는 거야."

일개 방송사의 앵커가 무슨 대단한 존재라고 새 대통령이 특별 금일봉을 따로 내려줄 리 만무했다. 하지만 재민으로선 환한 미소와 함께 상대방을 기분 좋게 만드는 허풍쟁이 배석봉이 미울 리 만무했다. 재민이 빙그레 웃으며 실없는 소리를 한마디 던졌다.

"그래서 방송인들 중에 특별히 나만 주는 거요?"

"물론 아니지만, 앞에 부분에 내가 얘기한 건 사실이에요. 특히 영부인이 빼놓지 않고 9시 뉴스를 보신다네."

"쓸데없는 소리 그만 하고 어서 나가 봐요."

"아냐. 진짜라니까. 혹시 알아. 나중에 국회의원 자리라도 하나 챙겨 줄지. 그때 가서 나 모른다 하면 안 됩니다, 형님."

말을 마친 배석봉은 눈을 한 번 찡긋해 보인 후 나갔다.

뒤에 앉은 보안사 직원이 얼굴을 찡그리는 것도 모른 채 최영호는 더욱더 의기양양하게 욕설을 쏟아냈다.

"재민이 형, 표정 좀 밝게 해라, 씨팔! 새 대통령 당선된 날이잖아? 아니, 누가 죽었어? 물론 그 민대가리가 맘에 안 드는 건 모두가 마찬가지지만. 씨팔!"

말끝마다 욕이었다. 욕설을 담은 최영호의 세 치 혀가 이번엔 특급 카메라맨 팽동수를 향했다.

"동수 형, 내가 재민이 형 얼굴 너무 가까이 잡지 말라고 했잖아."

중앙의 메인 카메라에 얼굴이 가려 잘 보이지는 않았지만, 재민은 팽동수의 언짢은 표정을 적나라하게 느낄 수 있었다. 흥분한 최영호가 급기야 일어서며 펜을 집어던졌다.

"아이 씨팔 정말, 무슨 영화 찍어? 아예 클로즈업해라, 대가리 남산만하게. 공영방송 뉴스 수준이 아주 개똥이야, 개똥!"

메인 카메라에서 눈을 뗀 팽동수의 표정은 더 이상 참을 수 없다는 투였다. 팽동수의 입 모양이 "저 개새끼가!"라고 말한 게 확실했다.

사실 최영호 피디와 카메라맨 팽동수, 그리고 재민은 가끔 만나 소주잔을 기울일 정도로 가까운 사이였다. 그럼에도 불구하고 욕을 남발하는 최영호의 무례함 때문에 멱살잡이를 한 게 한두 번이 아니었다. 모두가 곧 벌어질 일을 예측하지 못한 가운데 재민이 벌써 뉴스 끝인사를 하고 있었다.

"이제 우리 대한민국 국민 모두는 새 대통령 각하를 중심으로 똘똘 뭉쳐, 후손들에게 부끄럽지 않을 자랑스러운 대한민국의 역사를 함께 써 나가야겠습니다. 지금까지 유재민이었습니다."

행진곡 같은 음악이 흐르면서 뉴스가 끝나고 광고로 화면이 넘어갔다. 이 순간이 되면 재민의 일과가 완전히 마무리된다. 재민은 오랜만에 술 생각이 났다. 최영호, 팽동수와 함께 삼겹살에 소주를 곁들이고 싶은 생각이 간절했다.

아내가 급작스럽게 떠나기 전만 해도 재민은 퇴근과 함께 집으로 향하는 샌님이었다. 물론 얼마 전까지만 해도 딸 수영의 뒷바라지 때문에 끽해야 일주일에 한 번 정도의 술자리가 고작이었다. 그런데 이제 수영도 어엿한 대학생이 됐다. 일찍 집에 들어가도 수영이 없는 날이 많아졌다.

외로움은 인간의 의지를 녹슬게 하는 가장 무서운 병균이라고 재민은 생각했다. 외롭지 않기 위해 그는 자주 최영호, 팽동수와 어울렸다. 가끔 보안사 직원들과 축구 시합이라도 열리는 날이면 어김없이 배석봉과도 한잔의 만남을 가졌다.

"동수 형, 뭐 특별히 할 일도 없는 것 같은데, 오늘 한잔 합시다."

재민이 팽동수를 향해 빙그레 웃으며 보챘다. 그런데 팽동수의 표정이 말이 아니었다. 당장 누구라도 때려죽일 기세였다. 팽동수는 재민의 말에 대꾸도 하지 않은 채 느닷없이 외마디소리를 내질렀다.

"최영호, 개새끼!"

평상시 우아하게 느릿느릿 움직이는 팽동수의 몸놀림이 마치 차범근처럼 빨라졌다. 카메라를 팽개치듯 의자에서 솟아오른 그는 그대로 2층 주조로 통하는 회전 계단을 성큼성큼 뛰어올라갔다. 재민은 팽동수가 최영호를 두들겨 패기 위해 뛰어가는 것을 잘 알기에, 어떻게든 말려 보려고 뒤를 따랐다.

회전 계단 끝에 도착한 팽동수는 곧바로 구둣발로 주조와 스튜디오를 연결하는 문을 발로 찼다. 잠겨 있지 않은 문은 쉽게 열렸다.

"야, 이 개자식아!"

물론 여기서 개자식은 최영호를 칭하는 말이었다. 하지만 팽동수는 곧바로 더 이상 한마디도 못한 채 얼어붙었다. 뒤따라 올라온 재민은 눈앞에 펼쳐진 광경을 믿을 수가 없었다.

이대팔 가르마를 한 놈들 중에 쓸데없이 책임감 강한 바로 그놈이 최영호 피디의 정강이를 걷어차고 있었다. 최영호보다 족히 네댓 살은 어려 보이는 놈의 버르장머리 없는 행동이 가관이었다. 턱이 영부인보다 뾰족한 놈은 마치 저승사자 같았다.

"다시 한번 말해봐, 이 개자식아! 뭐, 전두환 쌍판?"

풀이 죽은 최영호가 인상을 찡그리며 정강이가 아픈 듯 몸을 구부려 손으로 쓰다듬었다.

"어쭈구리, 이 개새끼 봐라. 누구 맘대로 몸뚱아릴 숙이래?"

놈이 이번에는 최영호의 다른 쪽 정강이를 걷어찼다.

"아악!"

최영호가 고통을 참지 못한 채 비명을 질렀다. 재민은 보는 것만으로도 그 고통이 얼마나 극심한가를 느낄 수 있었다. 너무도 아픈 탓에 자동적으로 최영호의 몸이 다시 앞으로 구부러졌다. 정강이 아픈 부분을 손으로 주무르려는 최영호에게 가시처럼 따가운 어린놈의 불호령이 떨어졌다.

"너 개새끼, 진짜 죽어 볼래? 차렷!"

놀란 최영호가 곧바로 몸을 곧추세웠다. 부동자세를 취한 그의 얼굴에는 두려움이 가득했다. 평상시 욕설을 즐비하게 늘어놓는 그였지만, 실은 겁 많기 그지없었다. 놀란 토끼처럼 큰 눈이 이 사실을 잘 입증하고 있었다.

"죄송합니다. 전 장군께서 오늘 대통령이 되신 거니까, 익숙하지 않아서……."

"그게 아니라 불만이 있으니까 그런 거겠지. 김영삼이나 김대중이어야 하는데, 또다시 군바리가 대통령 한다니까 고깝다 이거지? 너처럼 좋은 대학 나온 놈한테 겨우 육사 나온 대머리가 대통령이라는 게, 솔직히 맘에 안 들지?"

"아닙니다. 뭐, 힘 있는 사람이 하는 거죠."

겁이 난 상태에서도 마음속에 있는 말을 숨기지 못하는 최영호가 큰 사고를 치고 말았다. 물론 마음속으로 그렇게 생각하고 있었다 해도, 밖으로 내뱉고 싶은 말은 아니었을 것이다.

"뭐, 이 새끼야!"

말을 마치기도 전에 턱 뾰족한 놈이 최영호의 뺨을 후려갈겼다. 얼마나 세게 때렸는지, 최영호의 머리가 아직도 목 위에 붙어 있는 게 용했다. 정신을 차려야 더 이상 얻어터지지 않을 거란 동물적 본능이 최영호로 하여금 입술을 꽉 깨물게 했다. 맞은 지 몇 초 되지도 않았는데 최영호의 뺨이 붉게 부어오르기 시작했다.

"아니 제 말씀은…… 제가 얘기하는 힘이라는 건, 딴 게 아니라 능력을 말하는 겁니다. 능력이 되시는 분이니까, 그 자리에 앉는 게 당연하단 얘깁니다. 왜 박정희 대통령께서도 생전에 자주 나라나 국민이나 모두 힘이 있어야 한다고 말씀하지 않으셨습니까?"

최영호는 매를 맞지 않기 위해 마치 누더기 된 옷처럼 이런저런 변명들을 쏟아냈다. 아무리 욕을 잘하는 그여도, 공중파 방송 텔레비전 9시 뉴스 담당 피디면 대한민국을 대표하는 지성이 아닌가. 그렇게 생각하니 재민은 씁쓸했다. 놈은 분명 이런 최영호를 마음속으로 조롱하고 있는 게 분명했다.

놈의 목소리가 좀 전에 비해 조금 차분해졌다. 아마도 누가 위인지가 정해졌으니, 승자로서 아량을 베풀겠다는 투였다.

"그리고 인마, 명색이 방송국 피디란 놈이 주둥이는 왜 그렇게 더럽냐? 니들이 그따위니까 우리 같은 군바리들이 우습게 보고 이렇게 함부로 대하는 거야. 알았니?"

말을 마친 놈이 다시 정강이를 걷어차려는 시늉을 하자 최영호가 본능적으로 움찔했다. 이를 보며 놈이 비열한 웃음을 흘리기 시작했다.

"하하하, 병신 새끼! 앞으로 그 주둥이 조심 안 하면, 조기 퇴직하는 수가 있으니까 조심해라."

"알겠습니다. 앞으로 주의하겠습니다. 죄송합니다."

의기양양한 뾰쪽 턱 앞에서 최영호는 한 마리 불쌍한 쥐였다. 아니, 최영호뿐만 아니라 방송사 직원 모두가 권력의 발톱인 보안사 직원들의 밥이었다.

갑자기 부끄러움이 물밀듯 밀려왔다. 새파랗게 젊디젊은 놈이 고삐 풀린 망아지처럼 날뛰는 꼴을 보고 있자니 재민 스스로 너무 무기력하고 초라했다. 그래도 용기를 내어 무언가 한마디 하려는데 놈이 좌중을 둘러보며 다시 주둥이를 나불댔다.

"뭘 봐, 이 양반들아? 왜, 기분 나빠?"

놈의 무시무시한 표정에 재민의 마음에 잠시 생겨났던 용감함은 순식간에 사라졌다. 그런데 이 순간 평상시 느려 터진 팽동수가 갑자기 짠하며 정의의 용사처럼 나섰다.

"이보세요, 젊은 양반. 도대체 당신이 누군데 우리 대장한테 이런 행패를 부리는 겁니까?"

좀 전 최영호를 두들겨 패러 주조로 올라온 팽동수가 갑자기 놈 앞에서 그를 대장으로 치켜세우고 있었다. 역시 팽동수는 재민보다 조금은 더 용감하고 의리 있는 사나이임에 틀림없었다. 물론 입술은 벌벌 떨고 있었지만 말이다.

갑작스런 도전에 놈은 적잖이 당황하는 듯했다. 팽동수는 최영호보다도 열 살이나 많았다. 무려 열다섯 살 정도 나이가 많은 사람에게 달려들어 폭력을 휘둘렀다가는 문제가 되어 징계에 회부될 수도 있다는 것을 이 뺀질뺀질한 놈이 모를 리 만무했다. 조금 전 최영호 앞에서 의기양양했던 모습과 달리 놈은 어떻게 이 상황을 모면할까 잔머리를 굴리고 있었다. 그는 일장연설로 위기를 빠져나가려고 마음먹은 듯했다.

"저와 동료들은 방송국분들과 친구이고 싶지, 적이 되고 싶지 않습니다. 그러나 여러분 중 누군가가 대통령을 모욕하는 행위를 할 경우에 저희가 가만히 있는다면, 그건 직무 유기가 됩니다. 앞으로 최소 칠 년 동안은 전두환 대통령 각하가 이 나라의 통치자입니다. 여러분 모두 새 대통령 각하에게 충성을 다한다는 마음으로 그분을 위해 방송에 힘써 주셔야 합니다."

재민은 놈의 헛소리에 어이가 없었다. 방송이 무슨 대통령의 사유물도 아닌데, 버젓이 그 똘마니 중 가장 비천한 똘마니 놈이 대통령에게 충성을 다하는 마음으로 그를 위해 방송을 하라고 하니 참으로 기가 막힐 노릇이었다. 앞으로 대한민국이 박정희 대통령 시대의 재탕이 되는 건 불 보듯 뻔한 사실이었다.

팽동수가 또박또박 말을 이어 나갔다.

"그건 우리도 다 아는 얘기요. 당신이 시키지 않아도 나나 여기 있는 사람은 모두 새 대통령에게 충성을 다할 것이오, 지금 내가 말하는 건 그게 아니라 당신이 우리의 대장 최영호 피디에게 저지른 잘못된 행동이오. 보아하니 당신 아직 나이가 새파란데, 어떻게 한 살이라도 더 먹은 사람을 그렇게 개 패듯 팰 수 있단 말이오?"

놈의 표정이 얼어붙었다. 나이가 다섯 살만 어렸어도 최영호처럼 정강이를 걷어차고 싶은 마음이 굴뚝같다는 걸 그의 표정을 통해 알 수 있었다.

"사과해요."

팽동수가 단호하게 말했다.

"사과할 수 없습니다. 그리고 계속 이렇게 나오면 이 뉴스제작팀 전체를 불건전한 집단으로 상부에 보고하겠습니다. 오늘 최영호 피디가 한 언행을 상부에서 들으면 분명 좋아하진 않을 겁니다."

"그건 당신 맘대로 하시고, 최영호 피디를 폭행한 사실에 대해 사과하란 말이오."

"못합니다. 어쩌시겠습니까?"

놈도 강한 태도를 취해야 할 필요를 느낀 듯했다. 사실 그가 사과하지 않는다고 해서 팽동수가 취할 수 있는 조치는 아무것도 없었다. 잠시 팽동수와 놈 사이에 눈싸움이 벌어지고 있는데, 배석봉이 나타났다. 재민과 술 한잔 기울이고픈 마음에서 돌아온 것이었다. 상사가 나타나자 턱 뾰족한 놈이 곧바로 부동자세를 취하며 거수경례를 했다. 뺨이 불그스레해진 것으로 보아 배석봉은 이미 거나하게 취한 게 확실했다.

"이거 분위기가 왜 이래, 새 대통령께서 취임하신 기쁜 날에?"

"아무것도 아닙니다."

최영호가 풀이 죽은 목소리로 대답했다.

"아무것도 아닌 게 아닌데?"

약간 혀가 비틀어진 목소리였다. 재민은 잠깐 턱 뾰족한 보안사 놈에 대해 항의를 할까 생각했으나, 곧바로 포기했다. 그래서 더 상황이 나아질 것도 아니었고, 괜히 술 취한 배석봉에게 넋두리를 털어놓았다가 어떤 예측 불가능한 낭패를 볼지도 모를 일이었다.

"석봉 씨, 저 먼저 가겠습니다. 오늘밤 통행금지 없다고 딸이 모처럼만에 바닷가 구경 가자네."

한잔 하러 가자는 배석봉을 향해 재민은 거짓말을 했다. 서둘러 도망가려던 재민이 어정쩡한 모습으로 돌아섰다. 괜히 놔두고 갔다가 팽동수가 봉변을 당하지 않을까 마음에 걸렸기 때문이다. 재민은 팽동수를 향해 퉁명스럽게 한마디 던졌다.

"동수 형, 안 가요? 오늘 형수님이 술상 봐놓고 기다린다며?"

재민의 이 말 또한 거짓말이었다.

"어어, 알았어."

팽동수의 대답도 어정쩡했다.

"최 피디, 자기도 빨리 들어가. 또 치질 땜에 죽는 소리 하지 말고. 술 자꾸 마시면 수술해야 돼."

재민은 마음에도 없는 소리를 마구 지껄여 댔다.

"형님, 그러지 말고 한잔 합시다. 이렇게 내가 직접 모시러 왔는데……."

배석봉이 웅석부리듯 계속 혀가 비틀어진 소리를 냈다. 하지만 오늘 재민은 이대팔 가르마를 한 그 어떤 놈하고도 술을 먹고 싶지 않았다. 그중 그나마 사람 향기가 조금이나마 풍기는 배석봉이라 하더라도 말이다.

"배 형, 이미 많이 취했어요. 그냥 다음 주 초에 맑은 정신으로 합시다."

갑자기 재민은 배석봉을 향한 자신의 목소리가 너무 퉁명스럽다는 생각이 들었다. 나름 처세의 달인인 재민은 곧바로 자신의 말투를 부드럽게 바꾸었다. 대한민국 최고 아나운서로 칭송받는 그에게 이 정도 표리부동은 아무것도 아니었다.

"그리고 제발 좀 나 뉴스 끝날 때까지 기다렸다가 함께 시작해요. 뭐 한잔 하려고 해도 이미 인사불성이 돼 있으니……"

한결 부드러워진 재민의 표정과 말투에 술 취한 배석봉이 배시시 웃었다. 재민은 이처럼 사람 좋은 배석봉이 왜 무시무시한 보안사 사람이 되었는지 참으로 아쉬웠다. 배석봉의 얼굴에서 재민은 악한 세상이 선한 사람의 얼굴에 악마의 마스크를 씌어 주는, 암흑시대의 전형적인 모습을 볼 수 있었다.

치질

그날 밤 재민은 딸 수영과 바다를 보기 위해 강원도 바닷가에 가지 않았다. 물론 팽동수도 아내가 있는 집으로 향하지 않았다. 대신 둘은 전두환 대통령이 취임한 경사스러운 날 괜히 매만 맞고 우울하게 퇴근하는 최영호를 낚아채 위로의 술을 선사하기 위해 택시를 탔다. 괜히 여의도 바닥을 어슬렁거렸다가 배석봉에게 걸리면 낭패였기 때문이다.

세 사람을 태운 택시가 마포대교에 진입했다. 바닷바람에는 미치지 못하지만, 초가을 한강 위를 맴도는 바람은 꽤나 상쾌했다. 세상이 어찌 돌아가든 상관없이 이 상쾌한 바람은 최소한 자기 역할은 하겠다는 듯 기분 좋게 다리 위로 불고 있었다. 택시는 세 사람을 공덕동 뒷골목에 있는 한 꼼장어 집 앞에 내려 주었다. 최영호의 억울한 마음을 달래기에 안성맞춤인 집이었다.

연탄불 위에서 꼼장어가 이미 난도질당한 몸을 배배 꼬며 익어갔다. 방송사 아나운서랍시고 몇 차례 해외를 나가 보았지만, 술자리만큼은 대한민국이 최고로 정겨웠다. 뉴스 중간에 최영호를 향해 주먹이라도 날릴 기세였던 팽동수는 언제 그랬냐는 듯 연신 최영호에게 위로의 잔을 건네고 있었다.

솔직히 이날 기분이 더러운 건 최영호 피디만이 아니었다. 알량한 양심의 부스러기라도 남아 있는 자라면 대한민국에서 벌어지고 있는 이 서커스를 못마땅해야 하는 게 당연지사였다. 한 조간신문은 '온 겨레의 축복 속에 새 시대가 열렸다'고 호들갑을 떨었다. 편집국장이 누군지는 모르나 분명 몇 년 후면 새 각하의 똘마니로 국회위원 나온다고 까불게 분명했다. 그토록 심히 민망한 기사를 쓰고 낯 뜨거운 제목을 뽑은 자들은 과연 세월이 많이 흐른 후 그들의 손자, 손녀를 무슨 낯짝으로 볼 것인가?

우쭐해지려던 재민은 문득 자신이 오늘 9시 뉴스에서 읽은 내용을 떠올렸다. 과연 '온 겨레 축복 속에 새 시대가 열렸다'는 제목을 뽑고 기사를 쓴 자들보다 자신이 나은 게 도대체 무엇이란 말인가? 무슨 마음을 먹든 겉으로는 용비어천가를 부르고 있는 자신이 과연 그들을 향해 손가락질할 자격이 있는가? 교회를 다니지도 않는 재민이지만, 갑자기 어린 시절 배운 성경 한 구절이 생각났다.

> 너는 네 눈 속에 있는 들보를 보지 못하면서 어찌하여 형제에게 말하기를 "형제여 나로 네 눈 속에 있는 티를 빼게 하라" 할 수 있느냐? 외식하는 자여 먼저 네 눈 속에서 들보를 빼라. 그 후에야 네가 밝히 보고 형제의 눈 속에 있는 티를 빼리라.

재민은 자신처럼 위선적인 인간에게 너무도 적절한 신의 말씀이라고 마음속으로 정중히 받아들였다.

오늘밤 재민은 비굴한 자신이 그 어느 때보다 싫었다. 비록 입을 함부로 놀리다 새파랗게 어린 놈에게 매를 맞긴 했지만 새 대통령 취임에 불만을 드러낸 최영호 피디가 자신보다는 훨씬 더 용감하게 느껴졌다. 그리고 그런 최영호를 위해 어린 보안사 놈에게 맞선 팽동수의 행동은 재민과는 비교가 안 될 정도로 멋진 모습이었다.

"동수 형, 아까 미안해요. 그리고 고마워요."

최영호의 말에 팽동수가 민망한 듯 겸연쩍은 표정을 지어 보였다.

"아냐. 내가 미안했다, 아까. 사실은 니 그 더러운 주둥이 좀 손봐 주러 뛰어올라 간 건데, 그 턱 뾰족한 어린 새끼가 까부는 거 보니까 갑자기 성질이 뻗치잖아. 망둥이가 뛰니까 꼴뚜기가 뛴다고……. 개새끼들, 지들이 뭐 다 전두환인 줄 알아."

"동수 형, 말조심하세요. 괜히 쓸데없이 대통령 욕하다가 끌려가면 험한 꼴 당해요. 영호, 봐요. 뭐 새 대통령을 욕한 것도 아니잖아. 그냥 민대가리라고 한 거밖에 없는데 그 지랄들이잖아."

"아니, 서울의 봄은 도대체 어디 간 거야? 박정희가 죽었는데, 왜 아직도 계속해서 군인이 청와대 주인 행세를 하냐고? 아주 그냥 세상이 개판이야. 최영호 시궁창 주둥이랑 다를 게 하나도 없어요."

재치 있는 언변과는 거리가 먼 팽동수가 별로 웃기지도 않는 농담을 툭 던졌다. 그런데 갑자기 최영호가 엉엉 울기 시작했다. 무가치한 농담을 내뱉은 팽동수나 재민이나 당황하긴 마찬가지였다.

"야 인마, 왜 울고 지랄이야? 솔직히 니 입이 시궁창인 건 사실이잖아. 그래도 내가 그 입 말고는 너의 모든 걸 사랑하잖아."

최영호의 달래기 위해 팽동수가 한마디 던졌으나, 울음소리는 더욱 커져만 갔다.

"형, 왜 다 큰 애를 울리고 그래? 영호가 생방송 때만 되면 미쳐서 주둥이가 시궁창이 되지만, 애는 진짜 착하잖아."

할 수 없이 재민이 나섰다. 그러자 팽동수도 더 적극적으로 최영호를 위로하기 위해 애썼다.

"그래, 영호야. 한잔 하고 다 잊어버리자. 우린 대한민국 최고의 뉴스팀이잖아."

한참 서럽게 울던 최영호가 갑자기 불쑥 일어섰다. 그의 얼굴은 온통 고통으로 가득 차 있었다. 마치 세상 근심을 몽땅 지고 가는 듯 힘들어 보였다. 최영호는 얼굴을 찡그린 채 재민과 팽동수를 향해 입을 열었다.

"저 화장실 좀 다녀올게요."

화장실에서도 최영호 피디는 울고 있었다. 그의 얼굴은 시퍼렇게 멍이 들어 있었다. 나이도 새파란 어린 보안사 놈에게 정강이를 걷어차였으니, 서러운 건 당연했다. 달덩이 같은 허연 엉덩이를 드러낸 채 쭈그리고 앉은 최영호는 낡은 히터를 붙든 채 닭똥 같은 눈물을 흘리고 있었다.

그런 상태로 그는 마치 고문이라도 당하는 듯 처절한 신음을 토해 내고 있었다. 그것은 눈물이나 신음을 넘어선 절규에 가까운 외침이었다.

한참 그렇게 짐승처럼 울먹이던 최영호가 젖 먹던 힘까지 다해 히터를 잡아당겼다. 가냘픈 최영호의 몸에서 마치 헐크와도 같은 괴력이 솟아 나왔다. 결국 히터는 뽑히고 말았다. 비록 낡고 녹슬었다 해도 인간의 힘으로 그 히터를 뽑아낸다는 건 불가능한 일이었다.

최영호가 절규하며 히터를 잡고 씨름하다가, 결국 그 히터를 뽑아 버린 이유는 치질 때문이었다. 그러니까 히터가 벽으로부터 분리된 순간은 엄청난 양의 혈변이 최영호의 항문으로부터 분리된 순간과 같았다. 최영호의 항문을 통해 흘러내린 엄청난 양의 피가 바닥에 깔린 하얀색 변기 위에 가득했다. 히터가 벽에서 분리되던 순간 최영호는 무시무시한 혈변을 쏟은 것이다.

그 순간 최영호 피디의 마음속에 뾰족한 턱을 지닌 그 싸가지 없는 놈은 존재하지 않았다. 오로지 지난 수년간 자신을 괴롭혀 온 치질밖에는 안중에 없었다.

화장실에서 돌아온 최영호 이마에서 비 오듯 땀을 흘러내렸다. 당연히 표정은 굳어 있었다. 영문을 모르는 재민은 팽동수와 최영호에게 잔을 권할 것을 권했다. 팽동수는 여전히 어색한 분위기를 바꿔보기 위해 소주잔을 들어 최영호에게 권했다. 사투를 마치고 화장실을 탈출한 최영호는 축배라도 드는 듯 단숨에 팽동수가 따라준 술을 마셨다.

"미안하다. 낫살이나 처먹어 가지고, 후배가 좀 심란해서 욕지거리 좀 했다고 속 좁게 화나 내고…… 부끄럽다."

"아네요, 형님. 제가 죄송하지요."

최영호가 대꾸했다. 재민은 양주를 좋아하는 최영호를 위해 모처럼 비싼 술값을 지불할 마음이었다. 그의 주머니엔 배석봉이 건넨 두둑한 금일봉이 있었다.

"최영호, 오늘 기분 더럽지? 우리 한잔 더 하러 가자. 좀 근사한 데 가서 양주나 마시자고. 거기 가면 박 대통령이 즐겨마시던 조니 워커도 있어."

주머니에서 돈 봉투를 꺼낸 재민이 의기양양한 표정으로 탁자 위에 던졌다.

"전두환 대통령 각하께서 주신 금일봉이야. 놀라지 마! 거금 백만 원이야. 취임식이니까 특별하게 백만 원 주신 것 같아. 오늘 이거 다 술 마셔 버리고 죽자."

아무 반응 없이 식은땀만 흘리던 최영호가 갑자기 화장실에서처럼 또 다시 울음을 터뜨렸다.

"알아, 알아. 그런 어린 새끼한테 쪼인타 까였으니 기분 얼마나 더러웠겠니?"

최영호의 눈치를 살피던 팽동수가 허세를 부리며 나섰다.

"그래, 영호야. 그 더러운 돈으로 먹지 말자. 내가 인마, 내가 살게, 이 차. 나도 백만 원 정도는 있다."

"그게 아니에요, 형님들."

최영호가, 애써 울음을 참으며 일어났다. 그러고는 눈물을 훔치며 재민과 팽동수에게 호소했다.

"죄송해요, 저 먼저 갈게요. 제가 몸이 너무 안 좋아서요."

"야, 너 왜 그래?"

재민의 만류에도 불구하고 최영호는 고개를 푹 숙인 채 도망치듯 발걸음을 옮기기 시작했다. 재민이 잡기 위해 일어섰으나 이미 최영호는 문을 열고 나간 상태였다. 도망치듯 사라진 그의 등 뒤에 대고 팽동수가 허탈하게 외쳤다.

"놔둬. 저 새끼 소심한 건 알아줘야 돼."

먹이를 놓친 짐승처럼 허탈한 마음으로 문가를 바라보던 재민이 다시 자리에 앉으려고 몸을 돌이켰다. 문득 최영호가 앉은 방석이 온통 새빨개진 것을 볼 수 있었다. 회장실에서 돌아온 후에도 꾸준히 그의 몸에서 굵은 선홍색 피가 흘러내린 것이었다. 깜짝 놀란 재민은 빨갛게 피로 물든 방석과 최영호가 사라진 문가를 번갈아 바라보았다. 재민의 눈에는 최영호가 앉았던 방석의 핏자국이 대한민국의 지도와 흡사해 보였다. 물론 우연의 일치였겠지만.

각하를 닮아 슬픈 사나이

세상이 점차 안정을 찾아가고 있었다. 사람들은 모두 불과 일이년 전의 과거를 모두 다 잊은 듯했다. 이미 박정희 전 대통령은 태조 이성계처럼 먼 과거의 인물이 돼버렸다. 서울의 봄이 다시 찾아왔지만, 그 봄 속에 더 이상 김영삼이나 김대중은 없었다. 민주주의를 향한 희망도 사라져 버렸다. 그나마 불행 중 다행인 것은 김대중이 목숨을 부지하게 된 것이었다. 미국이 관여하지 않았다면, 인혁당 희생자들처럼 눈 깜짝할 사이에 사형이 집행됐을 것이다.

광주에서 벌어진 불행한 일은 여전히 북한의 사주를 받은 불온한 자들이 저지른 내란 음모 정도로 역사 속에 묻혀 버렸다. 재민처럼 실상을 알고 있는 이는 모두 비겁하게 침묵했다. 어차피 떠들어 봤자, 그 말이 어떤 작용도 하지 못할 것이라는 걸 누구나 다 잘 알고 있었기 때문이다.

한때 세상을 떠들썩하게 했던 김재규나 정승화, 장태완 등의 이름도 대중의 관심에서 완전히 잊혀졌다. 솔직히 먹고살기 바쁜 마당에 어떤 놈이 좀 나쁘든, 어떤 놈이 좀 억울하든 국민들은 알 바가 아니었다. 아이러니한 것은 국민 중 상당수가 집권 과정에 상당한 하자가 있는 각하를 별 거부감 없이 편안한 마음으로 받아들이고 있다는 사실이었다.

새 각하의 능력은 재민이 기대한 것보다 탁월했다. 레이건 행정부의 초청을 받아 미국을 방문하고 돌아온 후부터 각하는 국정의 모든 면에서 자신감을 갖추었다. 빠른 속도로 나라가 안정되면서 박정희 대통령 시대의 바통을 이어받은 듯 경제성장이 눈부시게 진행되고 있었다. 앞으로 점점 더 잘살 수 있다는 희망 속에 대한민국과 국민들은 미래를 향해 역동적인 발걸음을 내딛고 있었다.

얼마 전 시작한 프로야구는 성공 가도를 향해 바쁜 나날을 보내는 온 국민들에게 단비처럼 즐거움을 뿌려 주었다. 프로야구 출범 얼마 전부터 보급된 컬러TV 역시 국민을 즐겁게 하는 또 하나의 도구였다. 멋진 컬러TV를 통해 프로야구를 즐기는 국민들은 골치 아픈 문제에 대해선 아예 관심조차 없었다.

국민들에게 즐거움을 주는 건 컬러TV와 프로야구뿐만이 아니었다. 경제의 급속 성장은 밤 문화의 발달로 이어졌다. 서울과 부산 등 대도시는 밤마다 성적 욕망이 꿈틀대는 쾌락의 도시로 변하곤 했다. 또한 극장가에는 성에 대한 훨씬 완화된 검열 덕에 낯 뜨거운 영화들이 버젓이 걸린 채 관객들을 유혹했다.

국민들이 이런 당근들을 즐기는 동안 언론 통폐합과 같은 무시무시한 악행이 번갯불에 콩을 볶아 먹듯 일사천리로 이루어지고 있었다. 국민들이 전혀 의식하지 못하는 가운데 자유와 알 권리들이 세상에서 사라지고 있었다. 이런 일에 개탄하며 저항하는 자들은 잡혀가거나 행방불명이 돼버렸다.

새 각하의 주구들과 언론사마다 포진된 버러지 같은 자들로 인해 대한민국 언론은 암흑기를 맞고 있었다. 삼청교육대와 같은 인권 말살의 만행이 정권 차원에서 진행되는데도 잘못됐다 말하는 이가 없었다. 최소한 박정희 대통령 때 꿈틀대며 저항했던 언론의 모습은 그 어느 곳에서도 찾아볼 수 없었다. 알 권리와 말할 권리가 사라지고 있는데도 불구하고 국민들은 전혀 이런 일들에 대해 문제의식을 갖지 않았다. 재민과 같은 표리부동한 지식인들은 철저히 침묵으로 일관했다. 재민은 어쩌면 새 각하의 정권에 능동적으로 협조하는 자들이 자신과 같은 우유부단한 인간들보다 차라리 더 낫다고 생각했다.

그런 면에서 보면 새 각하는 정치의 천재였다. 아니, 효율적 독재정치의 달인이라고 하는 게 좀 더 정확했다. 그는 엄청난 독재를 펼치면서도 당근을 베풀 줄 아는 멋진 사나이였다. 그는 썩은 냄새가 진동하는 세상에 향수를 뿌려 대는 독재자였다. 국민들은 그 향수에 코가 마비되어 정작 도저히 참을 수 없는, 시체 썩는 것보다 몇 천 배 더한 악취가 난다는 사실을 깨닫지 못했다.

하지만 언제까지 향수로 악취를 가릴 수 있을까? 과연 얼마나 많은 세월이 흘러야 그 향수가 냄새를 잃게 될까?

드라마가 제작되는 스튜디오 근처 로비에 재민과 팽동수 촬영감독이 앉아 있었다. 커다란 창 너머로 보이는 나무들은 짙은 녹색으로 변해 가고 있었다. 점점 날씨가 더워지고 있다는 증거였다.

벽 가까이 설치된 커다란 컬러TV 모니터에 지금 가까운 스튜디오에서 녹화되고 있는 한 장면이 흐르고 있었다. 요즘 약간 인기를 끄는 반공드라마였다. 재민이 방송사 입사 때부터 알고 지내던 탤런트 박영식이 등장하는 드라마라서 한층 친밀하게 느껴졌다. 박영식이란 이름은 그리 유명하지 않지만, 시원하게 벗겨진 이마 때문에 온 국민이 기억하는 탤런트다.

여느 때와 다름없이 뉴스를 서너 시간 앞두고 재민과 팽동수는 커피를 마시고 있었다. 둘 다 커피보다는 프림과 설탕을 잔뜩 타기 때문에 커피라기보다는 설탕물에 가까웠다.

폼생폼사인 팽동수가 파이프 담배를 꺼내 피워 물었을 때 최영호 피디가 나타났다. 각하의 취임식 날 곤혹을 치른 이후 상당 기간 의기소침해 있던 최영호였으나, 이내 예전의 씩씩함과 엉뚱함을 회복했다. 최영호는 만만한 선배 팽동수의 파이프 담배를 빼앗아 피우는 버르장머리 없는 행동(?)을 스스럼없이 자행했다.

"폼생폼사는? 형이 뭐 이런다고 신상옥 되는 줄 알아?"

"야 임마, 내 멋대로 사는 거야. 남이야 파이프 담배를 피우든, 꽁초를 주워 피든 니가 왜 상관이야?"

팽동수가 받아쳤다.

"병가를 냈으면 한 일주일 푹 쉬지, 뭐하러 빨리 돌아와?"

반가운 마음에 재민이 최영호를 향해 활짝 웃어 보였다. 그랬다. 재민은 최영호가 진심으로 반가웠다. 지독한 치질 때문에 고생하던 최영호가 얼마 전 병가를 내고는 한 달여를 쉬다가 돌아왔기 때문이다. 치료 여부가 궁금한 재민이 재차 입을 열었다.

"그래 수술은 받았어?"

"아니."

최영호가 대답하며 고개를 가로저었다.

"병원까지 갔는데 도저히 용기가 안 나더라고. 내가 몸에 칼 대는 거 질색하잖아."

겁 많기로 유명한 최영호는 결국 수술도 받지 못한 채 돌아왔다. 하지만 치질 때문에 얼굴을 찡그리는 것 외엔 대단히 밝고 활달한 모습이었다.

"솔직히 왜 수술을 포기했냐면, 형이 준 약 때문이야. 재민이 형, 형이 준 그 변비약 직방이던데. 똥도 예술로 싸고, 똥구멍도 전혀 안 아프더라고. 그래서……."

최영호가 호들갑을 떨며 재민이 건넨 치질 약에 대해 경의를 표했다.

"너 임마, 유 앵커한테 고맙다고 해. 지난번에 금일봉으로 받은 돈 오십만 원, 몽땅 니 약값으로 썼어."

팽동수의 말에 재민은 민망했다. 하지만 그는 스스로도 칭찬받을 만하다고 생각했다. 아무리 공돈처럼 생긴 것이지만, 남의 치질 약값을 위해 기꺼이 50만 원을 쾌척한 행동은 칭찬받기에 충분했다.

"우리 재민이 형이 천사지. 본인만 원하면 삼삼한 낯짝과 몸매의 재취자리 찾아 놓을 텐데. 옆구리는 안 시린가?"

고마움을 피력하는 대신 최영호가 너스레를 떨었다. 이 기회를 통해 재민은 최영호를 타이르려고 했다.

"내 옆구리 걱정하지 말고, 방송할 때 욕지거리 하는 거나 고쳐, 제발. 주둥이가 똥구멍처럼 지저분하니까 치질 같은 게 생기는 거야."

"그럼 입도 치질, 똥구멍도 치질이네. 야, 암치질이나 수치질은 들어봤는데, 쌍치질은 처음 들어 보네. 이보세요, 샌님 형님. 내가 일부러 그러나? 좋은 방송 만들려고 하다 보면 나도 모르게 입이 걸레가 되는 경우가 있는 거지. 형님들이 이해해 주면 안 돼우?"

솔직히 생방송 중 욕지거리 해댈 때면 두들겨 패고 싶은 마음이 들지만, 역시 최영호는 절대로 미워할 수 없는 사랑스런 후배였다.

컬러TV 속으로 빠져들 것처럼 넋을 놓고 바라보던 팽동수가 최영호와 재민의 대화 사이에 끼어들었다.

"야, 근데 저 사람 전두환하고 똑같이 생기지 않았니?"

팽동수가 말을 마치자마자 재민과 최영호가 동시에 TV를 향해 시선을 돌렸다. 대머리 탤런트 박영식이었다. 연기를 매우 잘하는 것도, 잘생긴 것도 아니었지만 항상 빛나는 머리 때문에 그는 어디서나 돋보였다. 좀 전까지 농담을 지껄이던 최영호의 표정이 갑자기 굳어졌다. 뾰족한 턱의 보안사 어린놈에게 두들겨 맞은 악몽이 다시 살아나는 듯했다.

"동수 형, 입 조심해. 내가 대통령 각하를 민대가리라고 했다가 그 새파란 새끼한테 줘 터지는 거 못 봤어?"

당연한 말이었다. 괜히 입단속 잘못했다가 끌려가 곤혹을 치를 게 뻔한 세상이었다. 하지만 이왕 내뱉은 말. 팽동수는 주변에 아무도 없는 것을 확인하곤 괜히 더 크게 떠들었다.

"그럼 새끼야, 전두환을 전두환이라고 하지, 박정희라고 하리? 그리고 민대가리 맞고, 박영식이하고 똑같이 생긴 것도 맞잖아. 틀린 말 하는 것도 아니고, 다 사실을 말하는 건데, 도대체 그 개새끼들이 날 잡아가서 뭘 어쩌겠다는 거야? 뭐, 나도 민대가리로 만들겠다는 거야?"

"아니 동수 형이 뭐 민주 투사야? 왜 이렇게 까칠해. 사고 한 번 치고 오랫동안 양심수로 좀 썩어 볼래, 빵에서?"

최영호도 주변에 아무도 없는 걸 확인하곤 농담조로 말을 던졌다.

"내가 민주 투사는 아니지만, 우리 아버지가 독립 유공자시다. 지금 국립묘지에 계셔."

최영호가 약간 의심의 눈으로 팽동수를 바라보았다. 재민도 마찬가지였다. 사람 좋은 그이지만, 가끔 말도 안 되는 허풍을 떨기도 했다. 그는 일본에서 제대로 영화를 공부했다고 주장했지만, 재민은 단 한번도 그가 일본 학교에 관해 이야기하는 걸 들은 적이 없었다. 그리고 최소한 재민에게만큼은, 팽 씨 성을 가진 독립운동가는 단 한 사람도 없었다.

"확실해?"

"이 자식이 만날 속고만 살아왔나. 내가 인마, 아버님을 두고 왜 뻥을 치니?"

"혹시 민주 투사가 아니라, 사기 같은 걸로 형을 사신 거 아냐? 내 외가 육촌 할아버지도 국립묘지에 계시니까 다음에 아버님 만나러 갈 때 함께 갈 수 있어?"

"알았어, 인마. 대신 너 진짜면 어떡할래?"

"에이, 또 흥분하긴. 내 말은 어쨌든 괜히 끌려가서 개값 치루지 말고 미리미리 입조심하라는 거야. 민대가리가 문제가 아냐. 개처럼 충성하는 그 똘마니들이 무서운 거지."

재민도 최영호의 말이 틀리지 않다고 생각했다. 설령 독재 체제가 마음에 들지 않아 약간 불만을 토로했다고 해서 각하가 직접 그런 사람들을 다 잡아 가두라고 명령하지 않을 것 같았다. 분명 그 밑에서 통치 전략을 짜는 몇몇 놈들에 의해 그런 반동적 짓거리들이 행해진다고 재민은 믿고 싶었다. 문득 재민은 갑자기 각하가 허수아비가 아닐까 하는 생각이 들었다.

"근데 재민이 형, 저 사람 형이랑 친구 아냐?"

박영식을 두고 최영호가 뜬금없는 질문을 던졌다. 재민이 덤덤하게 대답했다.

"이 년 선배야. 저 양반 사람 참 좋지. 법 없이도 살 사람이야. 비슷하게 생겼어도, 각하하고는 이미지가 좀 다르지 않나?"

"전두환이 인상은 훨씬 더 더럽지. 저 낯짝으로 어쩌다가 대통령이 됐을까. 깡패가 딱 어울리는데……."

각하의 인상에 대한 팽동수의 평가였다. 국민 상당수가 그와 마찬가지 생각을 갖고 있었지만, 재민은 조금 달랐다. 얼핏 각하가 무섭게 생긴 듯하지만, 정작 박 전 대통령에 비해 훨씬 덜 까칠한 인상의 소유자였다. 만약 대머리가 아니었다면, 분명 지금보다 훨씬 더 부드럽고 수더분한 인상이었을 것이다. 인물만큼은 한 나라의 지도자가 되기에 전혀 손색이 없다고 재민은 각하를 평가했다. 재민이 팽동수를 향해 입을 열었다.

"얼핏 보기에 무서워 보이지만, 주위 사람들은 정말 잘 챙긴대. 특히 아랫사람은 한번 인연을 맺으면, 끝까지 각하에게 충성한대. 사람이 조잡하면, 똘마니들이 그렇게 따르겠어?"

각하는 로맨티스트

밝은 달이 광활한 청와대 뜰을 비추고 있었다. 도심 한가운데 자리 잡은 대통령의 처소가 이따금 새소리만이 들릴 뿐 이처럼 고요하다는 게 이상했다.

각하는 문득 고향을 떠올렸다. 평범한 어린 시절의 그 고향 말이다. 비록 힘이 센 골목대장이긴 했으나, 한 나라의 리더가 될 줄은 꿈에도 몰랐다. 역시 사람의 운명은 뜻대로 되는 게 아니라는 생각이 각하의 뇌리를 스치고 지나갔다.

지난 이삼 년의 세월은 정말 꿈만 같았다. 박정희 전 대통령께서 이십 년도 못 채우시고 세상을 떠난 건 참으로 아쉬운 일이었다. 군대에 있을 때부터 항상 자신을 보살펴 준 은인이었다.

그분을 시해한 무리를 모두 작살냈고, 무려 이십 년 동안 그분 외에 아무도 앉아 보지 못한 청와대를 차지했다. 각하는 이 모든 게 아직도 잘 믿기지 않았다. 그래서 가끔 영부인에게 자신을 꼬집어보라고 시키기도 했다.

각하는 겸손한 사람이었다. 솔직히 지금까지 자신이 차지하고 누리는 모든 것이 과분하게 느껴졌다. 결정된 대로 칠 년만 대통령질 하고, 그 자리에서 내려온다고 해서 특별히 크게 서운할 것도 없었다.

하지만 문제는 아랫사람들이었다. 오늘만 해도 같은 성씨 세 놈이 몰려와 7년 임기 이후를 대비해야 한다고 떠들어 댔다. 적법한 절차를 거쳐 7년 단임제로 정해진 헌법을 무슨 수로 고친단 말인가? 무슨 수로 국민들을 설득한단 말인가? 그리고 오매불망 다음 청와대 주인 자리를 고대하고 있는 친구 노태우는 어찌한단 말인가?

"내가 한번 더 해야겠다고 하면 어쩔 수 없이 수긍하겠지만, 속으로는 엄청나게 나를 욕하겠지."

어린 시절부터 깔끔한 인생을 살고파 했던 각하로선 이런 고민을 하는 것 자체가 피곤했다. 솔직히 처음부터 자신이 원해서 이 자리까지 온 건 맹세코 아니었다. 어찌하다 보니 갑자기 자신이 주목받는 위치에 오르게 됐고, 어느 순간 많은 사람이 운명이라며 왕좌를 차지해야 한다고 부추긴 것이다. 지나간 세월을 돌이켜 보며 각하는 자신이 등 떠밀려 여기까지 온 것이라고 생각했다. 그런 면에서 보면 자신은 유비나 유방과 같은 사람이었다.

남들이 얘기하는 것처럼 박정희 전 대통령이 자신을 총애했고, 또 그 덕을 상당히 누린 것도 틀림없는 사실이었다. 그러나 그분의 도움이 아니더라도 자신은 때가 되면 별을 달 자격이 충분한 군인이었다.

솔직히 박 전 대통령이 일방적으로 각하를 총애한 것만은 아니었다. 각하는 5·16 당시 육사 내 사조직 칠성회의 리더로서 육사 생도들을 독려하며 혁명 지지 데모를 주도했다. 물론 엄청난 공을 세운 것은 아니지만, 일개 생도의 위치를 감안하면 5·16의 성공에 상당한 역할을 한 것만큼은 틀림없었다.

물론 각하가 박 전 대통령을 위해 한 일이 천이라면, 박 대통령이 각하를 위해 베푼 은혜는 만 이상이었다. 각하는 1976년 박 전 대통령이 청와대경호실작전차장보의 자리에 자신을 앉혀준 것을 아직도 매우 고맙게 생각하고 있었다. 아마도 그 고마움은 무덤에 갈 때까지 잊지 않을 것이라고 각하는 다짐했다. 당시 박 전 대통령은 육군참모총장의 반대를 거스르면서까지 각하를 발탁하기 위해 애를 썼다. 그 인사 발령이 없었다면, 각하는 절대로 지금의 위치에 있을 수 없었을 것이다.

각하는 박 전 대통령이 너무도 그리웠다. 자신이 곤경에 처할 때마다 항상 은혜를 베풀어 준 은인이었다. 차지철 대통령 경호실장의 미움을 받아 한직으로 밀려났을 때도 다시 불러준 이가 박 전 대통령이었다. 그때의 감사함이란, 박 전 대통령을 위해 자신의 모든 걸 바칠 수 있을 정도였다.

그렇다. 이처럼 장부는 자신을 인정해 주는 사람을 위해 목숨을 바치는 것이다. 각하는 박 전 대통령을 위해서라면 목숨을 초개처럼 버릴 수 있었다. 사마천의 사기에 등장하는 섭정도 그랬고, 진시황을 암살하려 역수를 넘었던 형가도 마찬가지였다. 그들은 자신과 직접 아무 원한도 없는 자들을 죽이기 위해 길을 나선 멋진 사나이들이었다. 그들은 자신들을 인정한 자들을 위해 짧은 인생을 기꺼이 내던진 풍운아였다.

타인을 위해 목숨을 초개 같이 버린 장부들을 떠올리니, 갑자기 박선호, 박흥주 등 김재규의 부하들이 생각났다. 만약 자신이 아니라 김재규가 역사의 승자였다면, 그들도 분명 그 공로를 인정받아 지금 자신의 부하들처럼 신바람 나게 살 수 있었을 것이다. 김재규, 박선호, 박흥주, 셋 다 참으로 운이 없었다.

각하는 아직도 박 대통령을 시해한 김재규를 용서하지 못하고 있었다. 이미 그가 형장의 이슬로 사라진 지 오래임에도 불구하고 말이다. 하지만 그가 차지철을 없애준 건 아무리 생각해도 고마운 일이었다. 차지철 때문에 1978년 1사단으로 쫓겨 간 일은 지금 생각해도 너무나 억울했다.

각하는 여러 차례 김재규와 마주치면서 그를 꽤 괜찮은 사람으로 여긴 바 있다. 박 대통령이 왜 김재규보다 차지철을 더 가까이 두는지 의아하게 여기기도 했다. 김재규가 판단 착오를 일으켜 박 대통령을 시해하지만 않았다면, 그도 꽤 괜찮은 사람으로 역사와 많은 사람의 인식 속에 남았을 것이다. 함께 법정에 선 부하들이 끝까지 김재규를 부정하지 않는 것을 보며 솔직히 내심 부러웠다.

"지금 내 수하 중 김재규의 부하들처럼 나를 위해 목숨을 걸 자들이 몇이나 될까? 노태우? No! 성이 같은 세 친구? Maybe! 장세동? 아마도!"

각하가 김재규의 부하들 중에 가장 아쉽게 생각한 인물은 박흥주였다. 얼굴도 잘생겼고 강직했으며 정말 성실한 군인이었다. 그가 김재규가 아니라 자신의 수하였으면 얼마나 좋았을까? 각하는 안타까웠다. 박흥주가 마지막으로 가족에게 남긴 편지를 각하도 읽어 보았다. 슬프기 그지없는 사연이 담긴 마지막 편지였다.

겉으론 사나이 중의 사나이지만, 마음은 풀잎처럼 약한 장세동이 한 번은 박흥주의 유가족을 도와주자고 제안한 적이 있었다. 인간적으로 생각하면 각하도 그렇게 하고 싶었다. 하지만 국가 원수를 시해한 세력을 돕자는 건 말도 안 되는 얘기였다. 그렇게 함으로 국가의 정통성을 손상시킬 수는 없었다.

차가운 밤공기로 가득 찬 청와대를 돌아보며 각하의 마음은 한층 센

티멘털해졌다. 누군가와 술이라도 한잔 하고 싶었다. 지금 이 순간 각하는 인생의 동지 영부인이 너무도 그리웠다.

"함께 이 맑은 공기를 마시며 청와대 경내를 거닐어 보자고 할까?"

하지만 각하는 자신이 없었다. 오늘 오후에 놀러온 둘째 아들 친구와 복식으로 테니스를 할 때 공을 제대로 받아넘기지 못하는 영부인에게 또다시 핀잔을 늘어놓았다. 평소 같으면 이런 각하의 핀잔을 잘 견디는 영부인이었지만, 이번만큼은 아무래도 자식의 친구 앞에서 모욕을 당했다고 여기는 듯했다.

"아니, 그 정도를 이해 못해 주나? 나라를 다스리는 입장이 얼마나 부담이 많은 위치인데, 그 정도 싫은 소릴 했다고 그렇게 토라지나?"

마음속으로 넋두리를 늘어놓던 각하의 표정이 환해졌다. 아무리 토라지고 화를 낸다 해도 여전히 영부인은 처녀와 총각으로 만난 그때처럼 싱그럽고 사랑스러웠다. 각하는 못 견디게 영부인이 보고 싶었다. 하지만 그렇다고 해서 곧바로 그녀 앞에서 무릎을 꿇을 수는 없는 노릇이었다. 사나이 체면에 절대로 그럴 수는 없었다.

"그렇다면 사과는 하지 않고 어떻게든 무마하는 방법이 뭐가 있을까?"

각하는 골똘히 생각했다. 그런데 이때 경호실 말단으로 있는 어린놈 하나가 멀리서 뛰어오는 게 보였다. 얼마나 서둘러 뛰어왔는지, 그리 먼 거리가 아니었음에도 불구하고 놈은 헐떡댔다.

"급한 일 아니면 좀 느긋하게 다녀라. 운동회도 아닌데 왜 그렇게 방정맞게 뛰나?"

어린놈이 가쁜 숨을 몰아쉬며 대답했다.

"각하! 영부인께서 빨리 오시랍니다."

각하는 뛸 듯이 기뻤지만, 애써 아닌 척 퉁명스럽게 대꾸했다.

"왜?"

"같이 연속극 보시자네요."

모처럼 만에 찾아온 밤 시간의 여유였다. 하마터면 오늘 오후 테니스 시합 때문에 오랜 냉전을 가질 수도 있었는데, 항상 그렇듯 마음이 너그러운 영부인은 마치 아무 일도 없었던 것처럼 각하를 맞아주었다.

대형 TV에서 드라마가 방영되고 있었다. 각하와 영부인은 다정히 손을 잡은 채 널따란 거실 소파에 사이좋게 앉아 TV를 시청했다. 영부인은 드라마에 집중하고 있었지만, 각하는 TV 화면과 영부인을 번갈아 쳐다보고 있었다. 물론 그가 더 사랑스럽게 바라보는 건 영부인 쪽이었다.

경호실 고위 참모가 구석 책상에 앉아 의례적인 사무를 보고 있었다. 놈은 일에는 집중하지 않은 채 각하와 영부인을 바라보며 가끔씩 미소를 흘렸다. 이를 눈치 챈 각하가 입을 열었다.

"으음, 임자, 왜 실실 쪼개나?"

참모 놈이 순식간에 웃음을 멈추었다.

"죄송합니다. 그냥……."

각하의 양미간이 약간 치켜 올라갔다. 모든 사람이 두려워하는 바로 그 인상이었다.

"자네, 지금 우리가 다정하게 손잡고 텔레비전 본다고 비웃나?"

이제 참모는 정신이 바짝 들었다.

"비웃다니요? 각하, 무슨 그런 말씀을? 전 그냥 두 분이 너무 다정하신 게 너무 보기 좋아서요. 항간에 각하가 무서운 분이라고들 떠드는데, 그런 자들이 이런 모습을 봐야 할 것 같아서요."

치켜 올라갔던 각하의 미간이 슬그머니 고도를 낮췄다. 진정한 사나이답게 각하는 부드럽고 동시에 강한 어조로 얘기했다.

"남자란 말이야, 조강지처한테 잘해야 돼요. 남편이 마누라랑 이렇게 다정하게 손잡고 텔레비전 보는 거, 좋잖아? 안 그렇소, 여보? 부부가 서로를 평등하게 여기고 존중하는 거, 이거 우리가 서양 놈들한테 배워야 돼요."

각하의 말에 영부인이 호호호 웃어 젖혔다.

"그럼요. 각하께서 얼마나 로맨티스튼데. 왜 그런데 사람들이 각하를 짐승이라고 하는지 모르겠어요? 물론 남녀가 은밀하게 둘이만 있을 땐 당연히 짐승이 돼야겠죠. 호호호."

영부인의 말을 듣고 나니 각하는 억울했다. 각하 스스로도 자신은 로맨티스트라고 생각했다. 사나이다운 로맨티스트. 그런데 아직도 상당수의 국민들이 자신을 살인마라며 저주하는 상황이 각하는 매우 섭섭했다.

솔직히 박 대통령이 시해된 직후 대한민국의 상황은 춘추전국이었다. 국민들은 김영삼, 김대중, 김종필 중 하나가 대통령이 될 거라고 믿었지만, 군 내부에서 그렇게 되리라고 믿는 사람은 거의 없었다. 어차피 박 대통령 다음 통치자도 군에서 나와야 했다. 자신이 아니더라도 군인 중 그 누군가가 지금의 이 자리를 꿰찼을 것이다.

사람들이 정승화는 사심이 없는 사람이라고들 했으나, 각하는 그렇게 믿지 않았다. 어차피 그도 확실한 기회가 주어졌다면 분명 절대 권력을 차지하기 위해 자신과 똑같은 길을 걸었을 것이라고 각하는 믿어 의심치 않았다.

"내가 아니면 남이 그 자리를 차지했을 것이고, 그렇게 되면 나와 내 가족은 온갖 수치와 모멸을 견디며 살아야 하는 운명에 처했을 것이다.

그렇다면 운명에 맞서 내 것을 얻기 위해, 그리고 지키기 위해 애쓴 게 어떻게 악하다고 할 수 있단 말인가?"

사람들은 수양대군을 조카의 보위를 찬탈한 나쁜 놈이라고 얘기하지만, 각하는 그렇게 생각하지 않았다. 어차피 조카 단종은 그 자리를 지켜내기에는 너무도 어리고 어리석었다. 그렇다면 수양대군이나 안평대군 중 하나가 보위를 차지하는 건 당연지사였다.

둘 중에 수양대군이 상대적으로 기민하게 거사를 일으켰고, 좀 더 하늘이 내려준 운이 따랐다고 해서 그를 악한으로 몰아세우는 건 아무리 생각해도 몰인정하다고 각하는 생각했다. 오히려 보위에 오른 세조에 의해 왕조가 안정되고, 조선 중기로 이어지는 번영의 기틀을 마련하지 않았는가. 각하도 세조처럼 즉위 과정이야 어찌됐든 더 나은 국가의 장래를 위해 분골쇄신 봉사함으로 역사적 사명을 감당해야겠다고 마음속으로 다짐했다.

그런데 12·12보다 더 열 받는 건 광주였다. 각하는 또렷하게 기억하고 있었다. 결코 자신이 직접 발포를 명하지 않았다는 사실을. 물론 총기 사용에 대한 이야기가 나왔을 때 무슨 방법을 취하든 무조건 빠른 시일 내에 사태를 진압하라고 명령한 건 사실이다. 하지만 그것이 시민을 향한 발포를 의미하는 건 아니었다.

그때 각하는 대통령도 아니었다. 자신이 무슨 자격으로 광주 시민을 향해 총을 쏘라고 직접 명령할 수 있단 말인가. 각하는 정말 마음이 답답했다. 그는 임기가 끝난 후 사랑받는 대통령으로 물러나고 싶었다. 독재자로 국민들에게 기억되고 싶지 않았다. 이 부분에 있어 각하는 박 대통령과 자신이 판이하게 다르다고 생각했다.

박 대통령 서거 얼마 전 부산과 마산에서 민주화 시위가 뜨겁게 일어날 때였다. 당시 차지철 경호실장이 "탱크를 동원해서라도 시위를 무력으로 진압해야 한다. 캄보디아는 수백만 명의 국민을 죽였다. 우리도 한 백만 명쯤은 죽여도 된다"고 헛소리를 지껄일 때, 박 대통령은 그를 질타한 게 아니라 오히려 맞장구를 쳤다. 아무리 자신이 존경하는 박 대통령이지만, 국민의 목숨을 그렇게 파리처럼 여기는 것은 결코 안 될 일이었다. 그런 박 대통령에 비해 겨우 이백 명도 안 되는 수가 사망한 광주 때문에 마음 찜찜한 자신은 분명 가슴이 여린 지도자라고 마음속으로 되뇌었다. 이런저런 생각에 사로잡힌 각하는 TV연속극에 집중할 수가 없었다.

"호호호호."

갑자기 영부인이 깔깔 웃어 댔다. 각하가 웬일인가 TV를 보니 박영식의 빛나는 민머리가 화면을 가득 채우고 있었다. 심난한 기분을 한 방에 날려 버리려는 듯 각하도 영부인을 따라 호탕하게 웃어 젖혔다. 각하는 TV 화면을 가리키며 영부인을 향해 입을 열었다.

"임자, 저 사람, 저기 박영식이 말이야, 나랑 비슷하게 생기지 않았어?"

영부인은 각하와 TV 화면 속 박영식을 번갈아 보며 더 크게 웃어댔다. 웃음이 커질 때면 앞사람을 손으로 마구 때리는 영부인 특유의 버릇이 빛을 발했다. 맞아 주면서도 각하는 이런 귀여운 영부인의 모습에 흐뭇했다.

"비슷한 게 아니라 똑같죠. 어쩜 저렇게 판박이일까? 옛날에 암살 방지를 위해 임금과 똑같이 생긴 사람을 내세우기도 했다는데, 당신은 저 사람 고용하면 되겠네요."

"그럼 내가 박영식 역할을 하면 되겠네. 텔레비전 드라마도 나가고."

각하의 농담을 비웃듯 영부인이 픽 웃었다.

"얼굴만 같으면 뭐해요? 저 양반처럼 연기를 잘해야지."

"무슨 소리? 내가 나름 연기 좀 할 줄 아오. 어릴 때 소학교에서 연극할 때 만날 주인공만 했다니까. 계속했더라면……."

"계속했더라면 박영식 아류 정도는 됐겠죠."

각하를 제대로 한 방 먹인 게 통쾌하다는 영부인은 계속 웃음보따리를 쏟아냈다.

"무슨 소리? 내가 박영식이보다는 인물이 훨씬 낫지. 머리만 안 벗겨졌어도, 신성일처럼 주인공도 할 수 있었을 거요."

"아니에요, 각하. 저는 신성일처럼 기생오라비 같은 남자보다 돌같이 우직한 남자가 좋아요. 각하처럼."

말을 마친 영부인이 다정하게 각하의 어깨에 기댔다. 각하는 오늘따라 이런 영부인이 정말 사랑스러웠다. 유일하게 불만족스러운 그 뾰족한 턱조차도 아름답게 느껴졌다. 참모 놈은 또 웃다가 핀잔을 들을까봐 아예 고개를 돌려 외면했다. 갑자기 각하가 TV 화면 속 박영식을 보며 혀를 찼다.

"저 사람 참 연기 잘하는데, 대머리라고 주인공을 안 시켜줘요. 아니 대머리라고 신성일이 하는 역할 같은 거 못하게 하는 게 말이 돼. 이거 너무 불공평하잖아. 서양은 율 브리너 같은 애들도 다 주인공 하고 그러는데, 왜 우리나라만 안 되는 거야? 하여튼 대한민국 사람들 참 못됐어요. 저 사람이 진지한 연기하면 좀 진지하게 받아들여야 할 거 아냐. 슬픈 연기를 하는데도 벗겨진 대머리만 보면 웃어 대니, 연기자로서 얼마나 자괴감을 느끼겠냐고?"

"그러니까 이 대한민국에서 대머리로 살아간다는 건 참 불행한 일이네요. 대머리를 자연스럽게 받아들이는 서양 사람들이 참 부럽네요. 나

참, 인종차별이니 지역 차별이니 하는 말은 들어 봤어도 대머리 차별은 처음 듣네요."

자신이 한 말이 꽤나 재미있다는 듯 영부인이 다시 웃었다. 골똘히 영부인의 얘기를 듣던 각하의 뇌리에 무언가가 번쩍 스치고 지나갔다.

"아니, 혹시 사람들이 박영식이 보면서 나를 떠올리고 비웃는 거 아냐? 저 사람 땜에 내가 괜히 놀림감이 되네."

"누가 당신을 비웃어요? 당신은 모든 국민이 존경하고, 또 두려워하는 위대한 대한민국의 영도자예요. 그런 당신을 대머리란 이유로 비웃는 자가 있다면, 그런 놈은 버르장머리를 고쳐줘야죠."

"그렇지? 누가 나 대머리라고 속으로 비웃고…… 안 그러겠지?"

"그럼요. 난 당신의 이 빛나는 민머리가 너무 좋아요. 장점이 한둘이 아니잖아요. 우선 남성미 만점이죠, 율 브리너처럼. 비 내릴 때 머리 안 젖어서 좋고요. 그리고 또 대머리는 비듬이 없잖아요. 어깻죽지에 하얗게 비듬 떨어진 남자들, 얼마나 밥맛인데요. 호호호."

각하는 자신의 대머리를 자랑스러워하는 영부인이 너무도 고마웠다. 각하에게 있어 가장 큰 행운은 대한민국이란 나라를 손에 넣은 것보다, 영부인을 아내로 차지한 것이었다. 각하는 거칠게 영부인을 잡아당겼다. 그녀의 아담한 몸이 각하의 넓은 품에 쏙 들어왔다.

참모 놈은 고개를 돌리고 있었지만 각하와 영부인이 나누는 이 모든 대화를 낱낱이 듣고 있었다. 그는 지금까지 단 한번도 그런 생각을 해본 적이 없었으나 오늘 각하 부부의 대화를 듣고 보니, 박영식의 얼굴을 보며 각하를 조롱하는 자가 분명 있으리라는 결론에 도달했다. 국민들이 그런 생각을 하지 않도록 하기 위해 무언가 조치를 취할 필요가 있었다. 놈이 자신들의 대화에 귀를 기울이고 있다는 사실도 모른 채 각하 부부는 순진하기도 하고, 엉뚱하기도 한 대화를 계속 이어갔다.

"근데 각하, 과학이 그렇게 발달하는데, 대머리 하날 못 고치나요?"

영부인의 말대로 아직까지 대머리를 완벽하게 치료하는 약이 개발되지 않고 있다는 사실이 각하는 믿기지 않았다.

"그러게 말이야. 아니 과학자 놈들은 도대체 뭐하는 거야? 대머리 하나도 못 고치고. 그런 약만 개발하면 충분히 노벨상감인데. 과학기술처에 지시해서 빠른 시일 내에 약을 개발하라고 해야겠어. 이거 참, 대머리인 게 오늘처럼 서러운 건 처음이네."

그날 밤 자기 집무실로 돌아온 참모 놈은 늦게까지 퇴근하지 않았다. 각하가 대머리에 대해서 거론한 이상 무언가 조취는 취해야 했다. 박영식의 대머리 때문에 각하가 온 나라의 조롱거리가 되는 것은 결코 용납할 수 없었다. 한참 창밖을 바라보며 고민하던 놈은 뭔가 결심한 듯 자기 책상으로 다가와 앉아 어디론가 전화를 걸었다. 상대방이 전화를 받자 그는 매우 고압적인 태도로 지시했다.

"내 말 잘 들어. 탤런트 박영식이 있지?"

상대방이 바로 누군지 알아차리지 못했는지, 참모 놈의 목소리가 커졌다.

"너 새끼야, 간첩이야? 박영식이를 모르게."

아마도 상대방이 그제야 누군지 알게 된 듯했다.

"그래, 인마, 그 대머리 박영식이. 그 사람 오늘 부로 모든 텔레비전 프로그램 출연 정지시켜."

상대방이 뭔가 난색을 표명한 듯했다. 놈의 눈초리가 사납게 치켜 올라갔다.

"그럼 인마, 어디 미국 같은 데로 이민 가는 걸로 설정을 바꾸면 되잖

아. 어쨌든 한 달 내로 정리해."

상대방이 이번엔 이유가 무엇인지 묻고 있는 듯했다.

"사유가 뭐 필요 있어. 그 민대가리 새끼 때문에 각하가 사람들한테 놀림감이 되잖아. 토 달지 말고 한 달 내로 실행해."

말을 마친 참모 놈은 신경질적으로 전화를 끊어 버렸다.

결국 박영식은 드라마 종료를 한참 앞두고 있는 상황에서 피디를 통해 해고를 통보받았다. 애초 박영식을 섭외할 때 연속극 종료까지 출연을 약속했던 피디는 매우 난감해 했다. 피디는 끝까지 해고의 원인을 알기 위해 국장에게 이유를 물었다. 하지만 국장은 자신도 정확한 이유를 모른다며 피디에게 위에서 내려온 지시이니 따르라고 종용할 뿐이었다.

박영식은 드라마 제작국으로 국장을 찾아갔다. 평소 법 없이도 살 사람이란 소릴 듣는 박영식이지만, 이날만큼은 결코 분을 참을 길이 없었다. 박영식은 국장 앞에서 탁자를 꽝 내려쳤다.

"아니, 멀쩡하게 잘하고 있는 사람을 왜 갑자기 드라마에서 빼는 겁니까? 이게 말이 되냐고요? 제가 맡은 역할이 점쟁이입니다. 근데 병이 났다고 갑자기 미국으로 간다는 게 말이 됩니까? 미국에선 수정 구슬로 점을 치는데, 한국 점쟁이가 거기서 무엇으로 밥 먹고산다고 미국을 갑니까?"

박영식의 하소연에 국장이 옹색한 대답을 내뱉었다.

"미국에도 LA나 뉴욕 가면 다 한인 사회가 있어요. 거기서 한국식으로 점을 친다고 하면 되지. 아니 그리고 어차피 드라마에서 빠지는데, 점쟁이가 미국 가서 뭐해서 밥 먹고살든 시청자들이 신경을 쓰나?"

"국장님, 그건 너무 무책임한 말씀입니다. 시청자들을 무시하는 처사라고요. 매일 나오던 역할이 갑자기 없어지면 시청자들이 황당할 거 아니에요?"

박영식의 질타에 국장은 한숨을 내쉬었다.

"이보시오, 박 형. 지금 당신이 시청자들 걱정할 때가 아니야. 자네 걱정을 하라고."

"그래서 묻는 거 아닙니까? 왜 저를 자르는 겁니까? 제발 제가 맡은 점쟁이 역할이 원래부터 미국 가는 것으로 설정돼 있었다고는 하지 마세요. 그런 개소리를 믿으라고 하면 저 진짜 화납니다. 이 방송국 싹 불질러 버릴지도 몰라요."

"이보게, 진정하게. 요즘 세상에 그런 얘기 함부로 지껄이다가 삼청교육대 바로 끌려가."

"씨팔, 다 필요 없어요. 처자식 굶겨 죽이게 생겼는데, 제가 뭐 눈에 뵈는 게 있을 것 같습니까? 저 돌아 버릴 것 같습니다. 빨리 진짜 이유를 말씀하세요. 안 그러면 국장님 배우들한테 리베이트 받은 거 다 까발릴 겁니다."

박영식의 막말에 국장은 뜨끔했다. 국장은 박영식을 달래기 위해 애를 썼다.

"이봐, 박 형, 당신도 알잖아. 내가 당신 싫어하지 않는다는 거."

"그러니까 말씀해 달라고요, 제발!"

박영식의 절규에 국장도 체념한 채 진실을 말할 수밖에 없었다.

"자네가 대통령 각하와 닮은 게 문제야. 닮아도 너무 닮았어."

"닮았다니요?"

"자네나 각하나 모두 다 대머리가 아닌가."

박영식은 국장의 말을 믿을 수가 없었다. 아니 세상천지에 통수권자인 대통령과 대머리인 게 같다고 해서 밥그릇을 빼앗다니. 박영식은 이 현실을 결코 용납할 수 없었다.

"대통령이 시킨 겁니까?"

"설마 그렇게 높은 데 있는 분이 당신 같은 일개 탤런트를 자르라고 직접 명령했겠어? 그리고 이 마당에 누가 시켰든 그게 뭐가 중요한가. 중요한 건 당신이 더 이상 드라마에 출연을 못한다는 거지."

박영식은 분을 참지 못한 채 주먹으로 가슴을 치며 울분을 토해냈다.

"아니 씨팔, 대머리니까 텔레비전에 나오지 말라는 게 도대체 말이 됩니까?"

"이 나라에선 말이 되네."

"지금 저 약 올리십니까? 우는 애 뺨 때리는 겁니까? 한번 사고 치고 삼청교육대 끌려가는 꼴 보여 드릴까요?"

"그러지 말게, 제발. 만약 자네가 이 사실을 발설하고 다니면서 불만을 토로하면 분명 잡혀가서 비참한 꼴 당할 걸세."

급기야 박영식이 울음을 터뜨렸다. 그건 진정 오열이었다. 지금 자신에게 벌어지는 현실이 너무도 가혹했다. 지금까지 오로지 연기자로서 한눈 안 팔고 살아왔다. 그렇게 번 출연료로 처자식을 먹여 살려왔다. 연기 외엔 다른 아무 재능도 없는 그이기에 더더욱 앞길이 막막했다. 아이들 과외도 접어야 하고, 아내와의 주말 외식도 안녕이었다.

"나도 참, 뭐라고 위로의 말을 해야 할지 모르겠네. 왜 하필 대통령이 대머리가 돼가지고……."

나름 위로랍시고, 국장이 한마디를 던졌다. 박영식은 천천히 울음을 멈추었다. 운다고 해결될 문제가 아니었다. 땅이 꺼져도 솟아날 구멍은 있다고 했다. 박영식은 이럴 때일수록 더욱 차분해져야 한다고 다짐했다.

"그럼 가발 쓰겠습니다. 대머리인 게 싫어서 가발 하나 장만하는 장면만 넣으면 되잖아요? 제발 부탁드립니다, 국장님. 제가 안 벌면 저희 식구들 다 굶어 죽습니다."

박영식의 말에 잠시 골똘히 고민하던 국장이 결국은 고개를 가로저었다.

"가발 쓴다고 시청자들이 자네인 걸 모르겠나? 그리고 그렇게 계속 자넨 출연시켰다가 문제 생기면 누가 책임지나? 나도 아직 아이들 대학도 못 나왔네. 자네 처지는 안 됐지만 나도 도와줄 수가 없네."

박영식은 절망했다. 이것으로 20년 넘게 쌓아온 연기 인생이 끝났다 생각하니, 너무도 서러웠다. 국장은 그에게 특별히 한 달치 출연료를 추가로 지불하겠다고 약속했다. 만약 그 부분에 문제가 생기면 자신이 책임을 지겠다고 했다. 하지만 박영식은 이런 국장의 약속이 전혀 위로가 되지 않았다. 망연자실한 박영식이 입을 열었다. 그의 목소리엔 전혀 힘이 없었다.

"이렇게 끝나는군요. 어차피 연기자로서 끝난 인생인데, 제가 뭘해서 먹고살아 갈 수 있겠습니까?"

"끝난 건 아니지. 영화판 가봐. 거기선 그나마 일자리를 찾을 수 있을 거야. 그리고 어차피 각하께서 7년 단임으로 물러나기로 약속하지 않았는가. 이제 3~4년만 버티면 자넨 다시 브라운관으로 복귀할 수 있네."

그래도 국장은 끝까지 박영식을 위로하기 위해 애를 썼다. 그도 마음이 매우 언짢았다. 하지만 끝까지 앉아서 박영식의 하소연을 듣고만 있을 수는 없었다. 국장은 마치 급한 약속이 있는 것처럼 서둘러 일어섰다.

"정말, 미안하네. 하지만 난들 어찌하겠나. 어쨌든 난 중요한 회의가 있어서 나가 봐야 되겠네."

모든 게 끝났다. 이제 박영식에게 남은 건 눈물뿐이었다. 문을 열고 나가는 국장을 바라보지도 않은 채 박영식은 얼굴을 감싸고 엉엉 울기 시작했다. 문을 거의 닫은 국장이 돌아서며 위로랍시고 한마디를 던졌다.

"거기 테이블 위에 있는 담배나 피우고 가게. 내가 해줄 수 있는 게 그것밖에 없어서 정말 가슴이 아프네."

앵커의 변명

벌써 아내 김현숙이 떠난 지도 5년의 세월이 흘렀다. 제사상은 조촐했다. 생전에 청빈하게 살았던 아내의 생활 태도와 딱 어울리는 수준이었다. 재민은 아내의 영정 사진을 보며 그리운 옛 시절을 떠올렸다.

재민이 고개를 돌려 이번에는 벽에 걸린 커다란 액자 속 사진을 바라보았다. 수영의 첫 돌 때 공원에서 찍은 사진이었다. 사진 속 아내의 모습은 눈부셨다. 그때 그 모습은 재민의 마음속에 영원히 박제된 봄꽃처럼 아름다웠다.

겨우 한 살. 하지만 남들보다 성장이 빨라 공원을 아장아장 뛰어다니던 수영의 모습이 선명했다. 그 딸이 어느새 성장하여 대학생이 되었다. 엄마 없는 빈자리가 엄청났음에도 불구하고, 딸은 씩씩하게 잘 커주었다. 특별히 과외를 시킨 것도 아니었는데 공부도 매우 잘했다. TV 옆 장식장 위엔 수영이 뛰어난 성적으로 받아온 여러 개의 트로피가 놓여 있었다. 그리고 벽에도 상장이 들어 있는 액자 여럿이 걸렸다. 재민은 자주 수영의 트로피와 상장들을 보며 흐뭇한 미소를 짓곤 했다.

얼마 전 수영은 재민에게 재혼을 하는 게 어떻겠느냐고 물었다. 물론 재민은 아내 외의 다른 여자와 부부의 연을 맺고 싶은 생각은 전혀 없었다. 하지만 아비의 입장을 측은히 여길 줄 아는 딸의 마음이 참으로 고마웠다. 재민에게 수영은 모든 면에 있어 완벽에 가까운 딸이었다. 솔직히 그 어떤 놈과 혼인하다 해도 성이 차지 않을 게 분명했다. 재민은 영정 사진 속 아내를 향해 수영을 지켜 달라고 신신당부했다.

근데 이처럼 훌륭한 딸 수영에게 요즘 문제가 생겼다. 귀가 시간이 점점 늦어지고 있었다. 재민은 이유를 추궁하고 싶었으나, 대학생이 된 딸을 아이 취급하고 싶지 않단 생각에서 자제하고 있었다.

재민이 벽에 걸린 시계를 보았다. 민정당 창당 기념으로 받은 그 시계가 저녁 8시 조금 넘은 시각을 가리키고 있었다.

"혹시 엄마 기일인 걸 까먹은 걸까?"

재민은 오늘따라 수영이 꽤나 괘씸하단 생각이 들었다.

전화벨이 울렸다. 보안사 계장 배석봉이었다. 이상했다. 배석봉이랑 몇 차례 술자리로 어울린 적이 있긴 했으나, 그가 집으로 전화한 건 참으로 의외였다. 또한 평상시에 항상 밝은 목소리로 인사하던 것과 달리 배석봉의 목소리는 가라앉아 있었다.

'무슨 일일까? 혹시 수영이에게 무슨 일이 생긴 건 아닐까?'

재민은 마음속으로 온갖 상상을 떠올리며 전화를 받았다.

"배 형, 어인 일이시오? 집으로 다 전활 주시고."

"형님, 지금부터 제 말 잘 들으세요. 사람은 각자 자기에게 주어진 일을 열심히 해야 합니다. 회사 다니는 사람은 열심히 일터에서 일하고, 학생은 열심히 공부를 해야 합니다."

재민이 묵묵히 듣고 있는 가운데 배석봉이 의외의 얘기를 꺼냈다.

"근데 요즘 형님 딸, 하라는 공부는 안 하고 쓸데없는 일에 열을 올리고 다닙니다."

재민은 순간 피가 역류하는 느낌을 받았다. 수영이 나이 또래의 학생이 쓸데없는 일에 열을 올린다는 게 무얼 의미하는지 너무도 잘 알기 때문이었다.

"형님을 위해서 말씀드립니다. 학교 내에서 불온한 학생들과 어울리지 않게 하세요. 그러다가 큰일 납니다. 형님이 지금까지 모든 인생을 바쳐 이룩한 그 자리까지 위태로워질 수 있습니다. 지금은 애송이지만, 이대로 가다 고학년이 되면 훨씬 더 중요한 위치로 올라갈 겁니다. 형님, 무슨 수를 쓰더라도 막으셔야 합니다. 아무리 세월이 흘러도 지금 이 세상은 안 바뀝니다, 당분간. 괜히 발 한번 잘못 담갔다가는 쥐도 새도 모르게 죽거나, 늙어 죽을 때까지 비참하게 사는 겁니다. 저희는 다 알고 있습니다. 따님에게 엄마의 전철을 밟지 말라고 진심으로 충고하세요. 제 말 안 들었다가 소 잃고 외양간 고치지 마시고요."

배석봉의 말은 결코 따뜻한 충고가 아니었다. 무서운 협박이었다.

같은 시간. 수영은 대학교 내 지하 어느 교실에서 다른 남녀 학우 30여 명과 함께 한 학생의 연설을 듣고 있었다. 그의 이름은 박제동으로 후배들에게 존경을 받는 복학생이었다. 학생들의 손에는 각각 전두환 대통령과 5공 정권을 규탄하는 문구의 전단지가 들려 있었다.

"지긋지긋했던 이십 년의 군사독재가 박정희의 죽음으로 끝나는가 했더니, 서울의 봄은 사라지고 우린 또다시 칠 년의 암흑 속에 살고 있습니다. 국방을 지키기 위해 총칼을 들어야 할 군인들이 또다시 그 총과 칼을 국민들을 향해 겨누고 있습니다. 칠 년 단임제라고요? 웃기지 마십시오. 칠 년이 아니라 분명 박정희처럼 한 이십 년은 해먹으려고 정권 연장을 획책할 것입니다. 앞으로 대한민국의 역사가 또 다른 이십 년, 삼십 년 암흑의 세월이 아니라고 누가 자신 있게 말할 수 있겠습니까? 이제 우리 학생들이 4·19 정신을 되살려 분연히 일어나 이 독재 정권 타도를 위해 애써야 할 때입니다. 우리는 지금 절호의 기회를 맞고 있습니다. 전두환이가 미국에서 돌아온 후 대학생들을 향하여 유화적 제스처를 펼치고 있습니다. 원수들이 허술한 틈을 타 일제히 봉기하여 대한민국 민주주의의 봄을 쟁취합시다. 이 아름다운 우리의 수도에 또다시 '서울의 봄'이 꽃필 수 있도록 저 원수들을 몰아냅시다."

연설 중간중간 박제동이 힘차게 오른팔을 뻗어 보였다. 그때마다 수영을 비롯한 학생들은 열렬히 박수를 쳐댔다. 수영은 민주 투사인 박제동에게서 커다란 매력을 느끼고 있었다. 적어도 남자라면 세상에 한 번 태어나 그와 같이 옳은 일을 위해 목숨까지 걸 수 있어야 한다고 그녀는 생각했다.

그런 면에서 보면 그녀의 아버지 재민은 한없이 초라했다. 모든 국민의 인기를 한 몸에 받는 뉴스 앵커의 위치에서 올바른 목소리를 내지 못한 채 앵무새로 살아가는 아버지가 너무도 한심했다. 대학에 들어오기 전까지 수영은 아버지 재민을 모든 면에서 사랑했다. 하지만 지금은 모든 면에서 밉고 한심했다.

박제동의 연설을 열심히 듣던 수영이 벽에 걸린 시계를 봤다. 거의 9시에 가까웠다. 수영은 오늘이 어머니 김현숙의 기일임을 잘 알고 있었다. 물론 아버지 재민이 기다리고 있을 거란 사실도 말이다. 그녀는 집회가 끝나는 대로 서둘러 집으로 향하기로 마음먹었다.

이제 더 이상 딸을 기다릴 수 없었다. 잘못하다가는 제사를 치르지 못한 채 기일을 넘길 수도 있었다. 재민은 어쩔 수 없이 혼자서 아내에게 제사를 올려 주기로 결정했다.

영정 사진 속 아내는 천진난만하게 웃고 있었다. 그런데 이를 바라보는 재민의 마음은 울고 싶은 지경이었다. 지금까지 아내가 없는 가운데 정말 딸 하나는 제대로 키웠다고 스스로 우쭐했던 재민이었다. 그런데 요즘 그 딸이 변했다. 변해도 정말 엄청나게 많이 변했다. 두 시간 전 받은 배석봉의 전화는 심란한 재민을 더더욱 심란하게 만들었다.

재민은 죽은 아내에게 평소 그녀가 좋아하던 막걸리 한 사발을 따라 주었다. 그러고 나서 절을 올렸다. 사진 속 아내는 여전히 천진난만하게 웃고 있었다. 재민은 벌써 몇 년째 제사를 지내면서도 항상 술이 먼전지, 절이 먼전지 헷갈렸다. 한 가지 확실한 건 그걸 틀렸다 해서 죽은 아내가 언짢아하진 않을 거란 사실이다.

절을 마친 재민은 영정 사진 속 아내의 얼굴을 쓰다듬었다. 마치 그녀가 살아 곁에 숨 쉬고 있는 듯 재민은 아내에게 속삭였다. 소리만 듣는다면, 아무도 그녀가 죽은 걸 눈치 못 챌 것 같았다. 변함없이 징그럽게 정확한 서울 사투리였다.

"당신이 수영일 지켜 줘야 돼. 내 힘으로 벅차단 말이야. 그 애는 당신은 존경하지만, 난 하찮은 버러지로 평가해. 당연히 내 말을 안 듣지. 그러니까 당신이 수영이 꿈속에 나타나 얘기해줘. 그 아이 혼자의 힘으로 바꿀 수 있는 세상이 아니잖아. 이 야수의 세상을 어떻게 그 가냘픈 아이가 바꿀 수 있단 말이야?"

넋두리를 늘어놓으면서도 재민은 단 한순간도 사진 속 아내 현숙에게서 눈을 떼지 않았다. 재민은 조금 전까지 자신을 향해 웃고 있었던 그녀가 이제는 자신을 비웃고 있다고 생각했다. 하지만 아랑곳하지 않은 채 재민의 하소연은 계속됐다.

"당신 덕택에 우리 딸 일류 대학에 들어갔잖아. 걔가 당신 닮아서 공부를 잘하잖아. 물론 얼굴은 잘생긴 날 닮았지만……"

죽은 아내에게 농까지 던지는 자신의 모습에 재민은 실없이 웃음을 터뜨렸다. 지난 몇 년간 아내의 빈자리로 인해 못 견디게 괴로웠으나, 그나마 수영에 대한 희망 때문에 버틸 수 있었다. 근데 이제 그 딸은 더 이상 품 안의 자식이 아니었다. 중년의 아비가 뭐라 충고한다 해도 그녀는 그 말을 귀담아들으려 하지 않았다.

문밖에서 발걸음이 가까워지는 소리가 들려왔다. 잠시 후 수영이 무거운 가방을 맨 채로 허겁지겁 문을 열고 들어섰다. 열두 시가 가까운 시간이었다. 그나마 기일을 넘기지 않은 것만으로도 고마워하자고 재민은 스스로 다짐했다. 신발을 벗자마자 수영이 헐레벌떡 다가왔다. 그녀가 겸연쩍어 할까봐 재민이 먼저 수영을 향해 실없는 농담을 툭 던졌다.

"통금이 없어지니까, 이제 완전히 물 만난 고기구나? 말 같은 계집애가 이 밤까지 어디서 날뛰고 놀았을까?"

아버지의 말에 수영이 귀엽게 눈을 흘겼다.

"아빠, 놀다니요? 도서관에서 저녁까지 공부하다가 그만 깜빡 잠든 거예요. 시간이 벌써 이렇게 된 줄 몰랐어요. 아빠, 정말 미안해요."

얼마나 서둘러 뛰어왔는지, 수영이 헐떡거리고 있었다. 수영의 변명이 새빨간 거짓인 게 뻔했지만, 그래도 재민이 딸의 거짓말에 화가 난 건 아니었다. 아버지에게 걱정을 끼치지 않기 위한 것임을 잘 알기 때문이었다. 수영은 영정 사진 속 엄마를 향해서도 미안한 마음을 표현했다.

"엄마, 죄송해요."

말을 마친 수영이 엄마 영정 사진을 향해 절을 올리려 손을 모았다. 재민은 매우 염려스러운 표정으로 딸 몰래 그녀를 올려다보았다.

그날 밤 매우 고단한 탓인지 수영은 밤새 한 차례도 깨어나지 않고 곤히 잘 잤다. 하지만 재민은 정반대였다. 거실 낡은 소파에서 잠시 눈을 붙였을 뿐, 거의 뜬눈으로 밤을 지새웠다.

수영이 잠든 사이 재민은 슬며시 도둑처럼 문이 열고 그녀의 방으로 들어갔다. 재민이 손바닥을 펼쳐 수영의 눈 위에서 흔들었다. 아무 반응이 없었다. 수영이 곤히 잠든 걸 확인한 재민은 한동안 딸을 물끄러미 내려다보았다. 사랑스러운 딸을 보며 재민은 내심 자신처럼 우유부단한 겁쟁이보단 용맹스럽고 양심적인 아내를 본받길 원했다.

하지만 이런 위선적 소망은 수영의 가방을 열었을 때 산산조각이 났다. 가방 속에서 눈에 가장 먼저 들어온 건 책 한 권이었다. 재민은 조심스럽게 그 책을 꺼내 보았다. 《깃발과 함성》이란 책이었다. 재민의 눈초리가 치켜 올라갔다. 입술은 파르르 떨렸다. 읽어 본 책은 아니나, 불온서적으로 규정된 것은 틀림없었다.

재민은 수영이 곤히 자고 있다는 것도 잊은 채 미친 듯 그녀의 가방을 뒤졌다. 가방을 무겁게 만든 건 책 한 권이 아니었다. 가방은 전단지로 가득했다.

전단지는 두 가지 내용이었다. 각하가 광주 학살의 원흉이란 것과 제5공화국 정부가 합법적인 집단이 아니라는 것이었다. 재민의 입에서 절로 한숨이 쏟아져 나왔다. 살면서 가장 무서운 공포가 그의 등골을 스치고 지나갔다. 아내에 이어 딸마저 잃을 수 있다는 두려움이 그를 미치게 만들었다.

재민은 초저녁 배석봉의 전화를 떠올렸다. 국가가 국민을 감시하는 요즘, 보안사의 꽤 높은 위치에 있는 인물이 조심하라고 귀띔을 해주었다면 볼 장 다 본 일이었다. 이미 그들은 수영이 속한 학생운동 집단을 훤히 꿰뚫고 있는 게 분명했다.

아까는 무척 불쾌했지만, 오히려 그렇게 냉정하게 충고해 준 배석봉이 고마웠다. 그의 귀띔이 없었다면, 이대로 넋 놓고 있다가 낭패를 볼 게 분명했다. 재민은 속으로 다짐했다. 무슨 일이 있어도 수영의 마음을 돌려놓겠다고 말이다.

양심의 문제 때문에 학생들이 체제에 저항한다는 건 매우 아름다운 일이다. 하지만 재민은 자기 딸이 아니라 남의 자식들이 그 일을 맡아 주길 소망했다. 아무리 아름다운 저항이라도, 자신의 딸이 그 맨 앞에 서는 건 절대로 용납할 수가 없었다.

재민은 매우 억울했다. 이미 사랑하는 여인 1을 잃었다. 이제 딱 하나 남은 사랑하는 여인 2까지 잃은 채 살아가고 싶은 마음은 전혀 없었다. 아무리 양심에 걸린다 하더라도, 평생 딸에게 비겁하며 부도덕한 인간이라 손가락질을 받는다 하더라도, 그는 절대로 딸을 이런 위험한 상황에 방치하지 않겠노라고 다짐하고 또 다짐했다.

그날 밤 재민은 쓰레기봉투를 꺼내 전단지를 모두 담았다. 그리고 수영이 그렇게 소중하게 생각하는 그것들은 새벽 5시 아파트를 순회하는 쓰레기차에 실려 어딘가에서 폐기 처분됐다.

어젯밤 차린 제사상 때문에 전기밥솥으로 밥을 짓는 것 말고는 따로 음식을 준비할 필요가 없었다. 재민은 밥상을 다 차려 놓고 수영을 부르려 했으나, 병 주고 약 주고 하는 것 같아 그냥 그녀가 깨어나길 기다리기로 했다.

밥상을 차린 지 한 10분 쯤 지났을 때 수영이 살며시 방문을 열고 나왔다. 화가 나면 더욱더 침착해지는 수영이었다. 의자에 앉은 수영이 아무 말 없이 물끄러미 재민을 바라봤다. 참 기특하게도 수영은 매우 차분하게 화를 다스리고 있었다. 재민이 태연한 척하며 먼저 입을 열었다.

"잘 잤니? 모처럼만에 포식하겠네, 아침에."

말을 마친 재민이 먼저 젓가락을 들었다. 하지만 그저 시늉일 뿐 입맛이 있을 리 만무했다. 수저나 젓가락을 잡지 않은 채 수영이 한참 동안 아버지 재민을 물끄러미 보았다. 겉으로는 부드러운 눈길이었으나, 실제로는 노려보는 것이었다.

"아빠, 전단지 어디로 치웠어요?"

재민은 당연히 접하게 될 이 질문에 대한 답을 준비하기 위해 지난밤을 거의 뜬눈으로 새웠다. 하지만 아무리 생각해도 답은 떠오르지 않았고, 그건 지금도 마찬가지였다.

"어디다 감췄냐고요?"

좀 더 강한 어조였다. 분명 보통 딸이 아버지에게 하는 어투는 아니었다. 뭐라 말할까 잠시 고민하던 재민은 그냥 정공법으로 부딪히기로 마음먹었다,

"너는 학생이야. 아직 세상 돌아가는 일에 대해 목소리를 낼 나이가 아니라고."

수영도 방문을 열고 나오기 전 최대한 아버지 재민을 이해하기로 마음먹었다. 하지만 중요한 전단지를 감췄거나 폐기 처분했을 사람을 마주 대하니 막상 그렇게 여유롭고 아름다운 마음을 유지하기가 쉽지 않았다.

"아버지 같은 기성세대가 비겁하게 움츠리니까 학생들이라도 나서야죠."

수영의 말에는 분명 조소가 섞여 있었다. 당연히 재민도 지금 자신이 이 세상에서 가장 사랑하는 존재가 자신을 경멸하고 있다는 걸 너무도 뚜렷하게 느끼고 있었다. 하지만 자신이 전단지를 없앤 건 수정할 수 없다. 그녀가 화를 내는 건 당연한 일이었다. 아니, 오히려 그녀가 지금처럼 예의를 갖춰 주는 게 오히려 대견스러울 정도였다. 다시 무슨 말을 할까 난감해하던 재민이 어렵게 입을 열었다.

"난 지금 우리나라가 경제적으로 힘을 갖춰야 할 때라고 본다. 외교적으로도. 그래서……."

어떻게든 딸을 설득하려는 아버지의 논리는 전혀 설득력을 갖추지 못한 채 헤매고 있었다. 평소 말하는 것이라면 누구보다 자신 있는 재민이지만, 지금 그는 수영 앞에서 무슨 말을 해야 할지 몰라 땀을 뻘뻘 흘리고 있었다.

하지만 이대로 물러설 수는 없었다. 어떻게든, 억지로라도 딸을 설득해야만 했다. 설득할 수 없다면, 집구석에 가두기라도 해야겠다고 재민은 속으로 다짐했다.

"물론 나도 백 퍼센트 동의하는 건 아니지만, 당분간은 강력한 권위를 갖춘 대통령과 정권이 필요할 시기라고 생각해. 그러니까 너도 이 정권에 최소한의 기회를 주어야지."

재민의 구차한 논리에 수영이 결국 폭발하고 말았다. 지금까지 단 한 차례도 아버지에게 얼굴을 붉힌 적 없는 딸이었다. 그런데 지금 이 순간 수영은 아버지 재민에게 화를 버럭 내며 폭언을 쏟아붓기 시작했다.

"전두환이 어떻게 집권했는지 몰라서 그러세요? 그가 거기 앉기 위해서 얼마나 많은 사람이 피를 흘렸는지 몰라서 그런 말씀을 하시는 거예요? 광주에서만 수백 명이 죽었다고요, 이 정권 탄생을 위해서. 아빠는 박정희 이십 년이 지겹지도 않아요? 그 이십 년 동안 얼마나 많은 사람이 죽었죠? 인혁당 사건은 뭐죠? 왜 그 여덟 명이 아무 죄 없이 죽어가야 했죠? 그리고 죽산 조봉암은?"

"죽산은 5·16 전에 죽었어. 그건 자유당 때라고."

기관총을 갈기듯 연이어 자신을 몰아붙이는 수영에게 재민이 던진 반격의 한마디였다. 수영이 비웃듯 탄식 섞인 웃음을 흘렸다.

"그래요. 조봉암은 자유당 때 죽었죠. 제가 착각했네요."

재민은 수영을 향해 소심하고 유치한 반격을 이어갔다.

"그리고 인혁당 사건은 아직도 진실이 무엇인지 완전히 밝혀진 사건이 아니야. 그때 죽은 사람 중 몇몇은 자유당 때부터 사회주의 노선을 추구한 전력이 있던 사람들이야."

"사회주의 노선을 추구한다고, 모두가 다 빨갱인가요? 그 사람들이 김일성의 지령이라도 받았단 얘기냐고요? 아빠의 두 눈과 귀가 다 먼 거 같으니까 제가 말씀드릴게요. 지난 1974년 4월 긴급조치 4호가 발표되고, 학생들의 저항이 심해지니까 본보기로 희생양을 찾은 거죠. 그래서 증거 조작하고 고문해서 원하는 답 얻어 내고, 사형선고 내리고 열여덟 시간 만에 죽인 거죠. 딴소리 나올까봐 두려우니까!"

"그건 유신 때 얘기잖아. 지금 각하와 박정희 대통령은 달라. 5·16은 쿠데타지만, 지금 각하는 그래도 합법적 모양새를 갖춰서 집권한 거라고."

재민은 자신이 말하고도, 그 말이 참 우스꽝스러웠다. 도대체 합법적 모양새를 갖춘다는 건 뭘 말하는 걸까? 지금 각하께서 합법적 모양새를 갖춰 집권했다면, 과거와 현재 세상의 모든 독재자가 아무 문제가 없는 게 되는 것이다.

참으로 옹색한 변명에 재민은 스스로 너무 부끄러웠다. 과연 왜 자신이 각하를 위해 그런 변명을 늘어놓아야 하는 것인지 잘 이해가 되지 않았다. 오로지 자신의 일념은 딸을 절대 위험에 처하지 않게 하겠다는 것뿐이었다. 아버지로서 그런 생각을 하는 게 과연 잘못된 것인지 재민은 누군가에게 물어보고 싶은 심정이었다.

"통일주체국민회의를 통해서 대통령이 된 게 합법적인가요? 조직폭력배가 자신을 지지하는 똘마니들의 추대를 받아 보스의 자리에 오르는 것과 뭐가 다르죠? 그래요, 그러고 보니까 전두환이 깡패 두목하면 딱 맞겠네요."

수영의 말은 한마디도 틀린 게 없었다. 이 언쟁에서 재민이 이길 방법은 하나도 없었다. 하지만 그 어리석은, 그 그릇된 부정 때문에 재민은 딸 앞에서 계속 망신을 자초하고 있었다.

"그래, 네 말대로 절차상의 문제가 있었다고 치자. 그래도 다수의 국민은 그분을 대통령으로 받아들이잖아. 새 각하가 청와대를 차지한 이후에 세상은 점점 더 나아지고 있어. 유신을 끝으로 경제성장은 끝이라고들 얘기했지만, 안 그렇잖아. 여전히 수출 실적은 폭발적이잖아. 컬러 TV 보급 속도도 엄청나고, 프로야구가 생겨서 온 국민이 좋아하잖아. 자고로 백성이 등 따숩고 배부르면 모두가 다 좋아하게 돼 있어."

"그게 다 국민들을 다른 데 한눈팔게 하려는 더러운 음모라는 걸 왜 모르세요? 그리고 아빠, '따숩고'는 '따뜻하고'란 뜻의 전라도 방언이에요. 앵커씩이나 되시면서, 사투리를 쓰시면 안 되죠?"

기가 막혔다. 뭐라 말해도 재민은 딸을 이겨낼 방법이 없었다. 자식에게 수모를 당한다고 생각하니 서럽기도 했으나, 한편으로 이처럼 딸이 똑똑한 게 매우 대견스러웠다. 계속 언쟁을 이어가는 게 버거웠으나, 그래도 재민은 딸과의 대화를 멈추고 싶진 않았다. 비록 구차한 변명일 수도 있지만, 재민은 지금의 각하가 분명 남다른 면이 있고, 또 대한민국의 현재 모든 상황을 고려할 때 최상의 카드임에 틀림없다고 확신하고 있었다. 어쩔 수 없이 그는 계속해서 각하를 위한 변명을 늘어놓았다.

"그래, 네 말이 다 옳다. 그래도 이제 대통령 된 지 채 3년도 안 됐잖아. 이왕 이렇게 된 거 기회를 한번 줘야지. 칠 년 동안 대한민국의 기틀을 잘 닦아놓고, 그 다음에 좀 더 온순한 인물한테 넘겨주면 되잖아. 노태우나, 김종필이나……."

수영은 재민의 헛소리에 할 말을 잃은 듯했다. 전 대통령이 약속대로 칠 년만 하고 물러난다는 말을 믿는 아버지가 순진한 건지, 저능한 건지 헷갈렸다.

"아빠는 진심으로 전두환이 칠 년만 하고 물러날 거라고 생각하세요?"

"지킬 거니까 약속했겠지. 믿어 보자."

"그리고 노태우나 김종필이 과연 대통령이 될 자격이 있는 사람들이라고 생각하세요. 그들이 청와대 주인이 될 자격이 있느냐고요?"

"그건 나중에 국민들이 판단할 거야. 이럴 때 너 같은 학생들이 더욱 열심히 공부해야 세상이 더 나아지는 거야."

수영은 벽창호와 같은 아버지 재민이 너무도 답답했다. 결국 이 어려운 때 피는 남들이 흘릴 테니까, 너는 눈과 귀를 닫고 자신만을 위해 공부나 하란 소리였다.

잠시 둘 사이에 무거운 적막이 흘렀다. 재민은 한참 동안 듣고만 있었던 젓가락을 내려놓았다. 수영도 이제 한계에 부치는 듯했다. 벽창호 아버지와 무슨 수로 대화를 계속할 수 있을지 매우 난감했다. 어쩔 수 없이 그녀는 아버지의 마음에 상처를 주기로 했다. 물론 아버지를 이 세상에서 가장 사랑하기 때문에 너무나 가슴이 아팠다. 하지만 같은 이유 때문에 이 논쟁을 그냥 회피할 수는 없는 노릇이었다. 땅이 꺼질 듯 한숨을 내쉰 수영이 재민을 뚫어져라 보며 입을 열었다.

"그래서 아빠는 유신 십 년 동안 그랬던 것처럼, 계속 앵무새처럼 그 범죄자들이 시키는 대로 원고 읽으려고요?"

재민은 당황했다. 지금까지 앵커 아버지를 둔 걸 자랑스러워한 딸이었다. 그런데 지금 그 딸이 아버지를 경멸하고 있는 것이었다. 재민의 입술이 파르르 떨리고 있었다. 하지만 그건 분노 때문이 아니었다. 부끄러움 때문이었다. 아버지의 속상한 마음 따윈 관심도 없다는 듯 수영은 계속해서 공격의 고삐를 늦추지 않았다.

"아빠는 언론인으로서 최소한의 자부심도 없으세요?"

재민은 아무 대꾸도 할 수 없었다. 이런 아버지의 태도에 절망한 듯 수영이 큰소리로 외쳤다.

"그렇게 오랫동안 충실하게 유신의 앵무새 노릇을 하더니, 이젠 또 새로운 주인의 앵무새로 살다가 은퇴하고 싶으냐고요?"

재민은 울고 싶었다. 이 세상에서 유일하게 자신을 위로할 수 있는 단 한 사람인 딸이 자신을 적대적으로 대하는 이 순간, 그의 편이라고 여겨지는 사람은 이 세상에 단 하나도 없었다. 재민은 그 어느 때보다 지금, 죽은 아내가 그리웠다. 그녀가 자신에게 올 수 없으니, 차라리 자신이 그녀를 따라가고픈 마음이 간절했다. 그녀가 살아 있었다면 남편을 무차별 공격하는 딸에게 "그래도 네 아빠가 착하잖아"라며 편을 들어줄

게 분명했다. 생전 아내는 줏대가 분명하면서도 항상 너그럽게 타인을 대하고 베푸는 아량이 있었다. 최소한 끌려가서 짓밟히기 전까지는 그랬다.

한참 동안 재민은 할 말을 잃은 채 그저 멍하니 수영을 바라보았다. 재민이 조용히 한마디를 던졌다.

"그래서 너 혼자 세상을 바꿀 수 있다고 생각하니?"

수영은 수준 낮은 아버지의 질문에 답답했다.

"당연히 혼자선 불가능하죠. 그러니까 힘을 모아야죠. 아빠, 악은 언제나 선보다 훨씬 더 힘이 세요. 그래서 선은 똘똘 뭉쳐야 하는 거라고요."

"힘을 모으는 것도 때가 있는 거야. 때가 무르익지 않았을 때 힘을 모으려다가 잘못되면, 그야말로 개죽음인 거라고."

"아무리 그러셔도 소용없어요. 전단지는 다시 찍으면 그만이고요."

재민은 이제 마지막 방법을 강구하기로 했다. 그건 읍소였다.

"아빠가 정말 마지막으로 이렇게 너한테 빈다. 대학 졸업한 후엔 네 마음대로 해라. 근데 그전까진 제발 학생의 본분에 충실해주길 바란다."

"아빠, 걱정하지 마세요. 아빠 말씀대로 공부 열심히 할 거예요, 하지만 운 좋아 대학까지 다니면서 세상 돌아가는 일에 무관심하다면, 그런 공부가 무슨 의미가 있겠어요?"

수영은 아버지의 인생을 난도질하면서 훈계하는 자신의 태도를 돌아보았다. 아무리 자신의 주장이 옳다 하여도, 홀아비로 지난 수년간 자신을 길러준 이에 대한 예의는 아니었다. 수영은 조금 부드러워진 목소리로 재민을 향해 입을 열었다.

"걱정하지 마세요. 전 이제 신입생이에요, 아무도 제게 관심 없다고요. 앞에 나서는 일 없을 테니까 신경 안 쓰셔도 돼요."

자신이 알고 있는 사실을 말할까 말까 머뭇거리던 재민이 고민 끝에 입을 열었다.

"다른 건 몰라도 너 박제동인가 하는 학생이랑은 어울리면 안 돼."

아빠가 어떻게 그 선배의 이름까지 알고 있을까? 그렇다면 혹시 자신이 속한 집단이 이미 노출됐단 말인가? 수영은 당황했다.

"아빠가 대단한 사람이라서 그런 걸 알고 있는 건 아니야. 방송국에는 보안사 사람들이 나와 있어. 그중에 아빠랑 가깝게 지내는 분이 귀띔해 줬어. 더 이상 네가 깊이 학생운동에 개입하기 전에 막으라더라. 괜히 발 한번 잘못 담갔다가 쥐도 새도 모르게 죽거나, 비참하게 살게 될 거라고."

수영은 두려웠다. 그리고 화가 났다. 국민을 이처럼 감시하는 정권이라면 서둘러 퇴출시키는 것이 올바른 길이라는 확신이 더더욱 강하게 마음에 자릴 잡았다.

"만에 하나라도 네가 잘못된다면, 나는 너 없는 세상에선 단 일 초도 살고 싶은 생각이 없다."

재민이 말을 마치자마자 숟가락을 들었다. 결코 시장해서가 아니었다. 오랜만에 보는 푸짐한 밥상인데도 전혀 입맛이 당기지 않았다. 돌을 씹는 것처럼 어두운 표정으로 밥을 입안으로 꾸역꾸역 밀어 넣었다. 이런 재민의 표정이 밝을 리 만무했다. 심란하긴 수영도 마찬가지였다.

땡전뉴스

국민 모두에게 모처럼만에 찾아온 달콤한 공휴일이었다. 재민은 숙직 때문에 오후에 출근했다. 텅 빈 사무실에 들어선 재민은 그만 못 볼 걸 보고야 말았다. 기자 출신인 보도국 최세민 차장이 새파랗게 어린 보안사 직원에게 뉴스 검열을 받으며 쩔쩔매고 있었기 때문이다. 최세민은 교활하며 표리부동한 아나운서실장 박세표와 달리 투철한 기자 정신으로 무장한 강직한 성품의 소유자였다. 그는 나이가 박세표와 동갑이었으나, 워낙 맑은 사람이라서 진급은 상대적으로 훨씬 더 늦었다. 하지만 이런 그도 이대팔 가르마의 보안사 직원 앞에서는 어쩔 수 없이 고양이 앞의 쥐였다.

보통 휴일이면 사전뉴스 검열도 오전에 마무리되는 게 대부분이었다. 하지만 이날은 웬일인지 보안사 직원이 늦게까지 남아 있었다. 새파랗게 어린, 최세민에 비해 무려 열댓 살이나 어린 보안사 직원 놈이 구둣발을 책상 위에 올려놓은 채로 거만하게 뉴스 원고를 훑어보고 있었다. 창밖 날씨도 흐린데 선글라스 차림에 역시 이대팔 가르마를 한 그의 모습은 재민으로 하여금 광대를 떠올리게 했다. 재민이 자신을 우스꽝스럽게 생긴 놈이라며 마음속으로 조롱하는지도 모르는 채 놈은 온갖 거만을 다 떨며 뉴스 원고 위에 빨간 줄을 좍좍 긋고 있었다. 이런 놈을 내려다 보는 최 차장의 떨떠름한 표정이 애처로웠다.

검열을 다 마친 보안사 놈이 뉴스 원고를 팽개치듯 최세민 차장 앞으로 던졌다. 누가 봐도 열댓 살이나 많은 어른에게 할 수 없는 패륜적인 행동임에 틀림없었다.

"요즘 뉴스 원고가 왜 이래? 장사 한두 번 하는 것도 아니고, 뭐가 되는지 뭐가 안 되는지 일일이 알려줘야 되나? 똥인지 된장인지 꼭 먹어봐야 압니까?"

"죄송합니다."

어쩔 수 없이 최세민이 고개를 조아렸다.

"그리고 내가 벌써 수도 없이 얘기했잖아? 무조건 각하와 관련된 뉴스가 가장 먼저 나가야 된다고. 시계가 땡 하면 바로 '전두환 대통령 각하께서는' 하면서 시작하는 거야. 모르겠어요?"

놈은 다 반말로 하고, 마지막 말만 존대를 섞는 이상한 어투를 선보이고 있었다. 최세민 차장은 왜 오늘만큼은 다른 뉴스가 먼저 방송이 돼야 하는지에 대해 설명하려 입을 열었다.

"죄송합니다. 오늘 아침에 막 포클랜드에서 전쟁이 일어나서……."

"포클랜드? 그 조그만 나라에서 전쟁이 일어난 게 뉴스거리가 되나?"

무식한 놈이 주둥이를 나불거렸다. 최세민이 꾹 참으며 설명을 계속했다.

"포클랜드는 나라가 아니라 섬인데요. 아르헨티나하고 영국이 서로 영유권을 주장하다가 전쟁이 일어난 겁니다."

최세민의 설명을 듣던 놈의 눈초리가 치켜 올라갔다. 그의 표정 변화를 감지한 최세민이 더욱 고개를 조아렸다. 보안사 놈이 인상을 쓴 채로 지껄여댔다.

"그래서 지금 당신이 내게 그 뉴스가 각하와 관련된 뉴스보다 중요하다고 가르치는 거야? 그렇습니까?"

"아니, 그게 아니라……."

최세민이 애써 자기감정을 억누르며 굽실거렸다. 놈은 최세민의 말을 자르며 소릴 질렀다.

"이 양반이 뭐 이렇게 말이 많아. 포클랜드 전쟁이든 지랄이든, 예수가 재림해도 각하와 관련된 뉴스가 먼저야, 알았어? 눈이 오나 비가 오나, 평일이나 공휴일이나 항상 시침이 땡 하면 각하 소식이 젤 먼저 나오는 겁니다. 알겠습니까?"

"네, 알겠습니다. 죄송합니다."

포클랜드 전쟁이 영국의 승리로 굳어져 갈 즈음 대한민국을 뒤흔든 '우범곤 순경 총기 난사 사건'이 일어났다. 대한민국 경상남도 의령군 궁류면에서 우범곤이 저지른 총기살인 사건으로 무려 62명이 죽고, 33명이 중경상을 입었다.

아침 일찍 재민은 라디오 뉴스를 전하기 위해 스튜디오에 나와 있었다. 다른 아나운서들은 공설운동장이 있는 가까운 교외에서 보안사 직원들과 축구 시합을 겸한 야유회를 즐기고 있었다. 재민과 같은 신세인 젊은 엔지니어가 뉴스 원고를 기다리는 그를 놀려 댔다.

"아니 저야 뭐 졸병이니까 괜찮지만, 어떻게 이런 날 대한민국 최고의 앵커를 뉴스를 시킵니까? 그것도 라디오 뉴스를? 짬밥이 있지."

"그럼 어떡하나? 다들 야유회 갔는데, 이럴 때 나 같은 고참이 때워 줘야지. 그리고 솔직히 나, 오늘 같은 땡볕에 땀 뻘뻘 흘리면서 공 차는 거 질색이야. 차라리 뉴스 하는 게 나아."

조금 시간이 지난 후 뉴스 원고가 배달됐다. 역시 붉은 줄이 죽죽 그어진 원고를 들고 재민은 라디오 부스 안으로 들어갔다. 뉴스 원고 첫 장을 넘기는 순간, 재민은 김이 팍 샜다. 거의 백 명에 가까운 사람이 죽거나 다친 '우범곤 순경 총기 난사 사건' 대신 여전히 각하 관련 소식이 맨 꼭대기에 자리 잡고 있었다. 시침이 숫자 12와 만나기 약 3분 전 재민은 부스 안과 밖을 연결하는 토크백(talk-back) 스위치를 누르고는 라디오 피디를 향해 불만을 쏟아냈다.

"뭐야 이거, 또 땡전뉴스냐? 이 사람아, 사람이 예순 명 이상 죽었어. 근데도 땡전이 먼저야?"

"그럼 어떡합니까? 그 순서대로 안 했다가는 저나 선배님이나 끌려가서 작살난다는 거, 잘 아시잖아요."

"내가 당신한테 뭐라고 그러는 게 아냐. 이거 정말 해도해도 너무하잖아. 이 정도는 국장의 재량으로 좀 안 되나? 아니 국민들이 뭐라고 하겠어? 그렇게 많은 사람이 죽었는데, '대통령 각하께서 아침 일찍 일어나셔서 화장실 가셨다가 세수하시고 출근하셨습니다'라고 뉴스를 시작한다는 게 말이 되느냐고?"

말을 마친 재민이 허탈하게 웃어 젖혔다. 창 너머 피디와 엔지니어도 이 말이 안 되는 현실에 쓴웃음을 짓고 있었다. 피디가 노파심에 토크백 스위치를 켜고는 한마디 주의할 내용을 얘기했다.

"오늘 슬픈 사람 겁나게 많으니까, 좀 차분한 톤으로 해주세요. 특히 우순경 사건 전하실 때."

"오케이!"

시계를 보니 1분 45초가량이 남아 있었다. 장난기가 발동한 재민은 스스로를 조롱하듯 우스꽝스럽게 땡전뉴스를 읽기 시작했다.

"열두 시 땡, 대통령 각하께서는 어제 영부인 여사와 오붓한 시간을 보내기 위하여 한 시간 일찍 퇴근하셨습니다. 열두 시 땡, 대통령 각하께서는 오늘 영부인 여사와 또 오붓한 시간을 갖기 위해 예정된 국무회의를 한 시간 늦게 시작하셨습니다. 열두 시 땡, 대통령 각하께서는 이번 주말 영부인 여사와 테니스를 칠 예정이십니다."

장난스럽게 땡전뉴스를 읽던 재민의 눈에 웃음을 참지 못하는 피디와 엔지니어가 보였다. 이런 보도를 해야만 하는 시대에 살고 있다는 것이 참 불행하다는 생각이 들었다. 재민은 울고 싶었다. 하지만 어쩌랴. 맞설 용기가 없으니.

어쨌든 땡전뉴스는 비극보다는 코미디의 요소를 훨씬 더 갖춘 제5공화국의 위대한 작품이었다. 아니 정확히 말하자면 5공 치하 방송이 만들어낸 걸작이었다.

'정성을 다하는'으로 시작하는 캠페인 송이 들려왔다. 재민은 뉴스를 전하기 위해 집중했다.

"슬기로운 생활의 벗 여러분의 케이비에스가 잠시 후 정오를 알려드립니다. 중파 711킬로헤르츠, 에프엠 97.3메가헤르츠, 케이비에스 제일 라디옵니다"라는 후배 여자 아나운서의 말이 오늘만큼은 정말 지겹게 느껴졌다.

'띠띠띠' 소리에 이어 시침이 숫자 12에 다다랐다. 땡 소리와 함께 생방송(on-air) 사인에 불이 켜졌다. 언제 우스꽝스러운 짓을 했냐는 듯 재민의 목소리는 차분했다.

"케이비에스 제일 라디오 정오 뉴습니다. 전두환 대통령께서는 오늘……."

딸 수영이 안타까워한 대로 여전히 재민은 앵무새처럼 땡전뉴스를 읽어 내려가고 있었다.

재민이 '우범곤 순경 총기 난사 사건' 대신 열심히 땡전뉴스를 읊고 있을 때 동료 선후배 아나운서들은 보안사 직원들과 함께 축구 시합을 펼치고 있었다. '축 아나운서실 대 보안사령부 공동 야유회'라고 적힌 플래카드가 바람에 흩날리고 있었다. 양측이 열심히 응원하는 가운데 22명의 선수가 그라운드를 누비고 있었다. 정말 배꼽 잡을 일은 모든 보안사 선수가 이대팔 가르마 머리란 점이었다. 얼마나 많은 양의 포마드를 발랐는지, 웬만한 바람과 헤딩에도 가르마가 전혀 흐트러지지 않았다.

그늘진 스탠드 한쪽에서 배석봉이 방송국 담당 보안사 국장과 함께 경기를 관람하고 있었다. 자신의 출세에 큰 영향을 줄 수 있는 인물이기에 배석봉은 그를 대하는 게 참으로 조심스러웠다. 몇몇 젊은 여자 아나운서가 국장의 곁에서 과일을 깎아 주기도, 부채질을 하기도 했다. 심지어 국장에게 안마를 해주는 아나운서도 있었다. 물론 출세에 혈안이 된 저급한 행동이었다. 그에게 눈도장을 찍으려는 듯 남자 아나운서 몇몇이 또한 국장의 주변을 맴돌았다.

그럼에도 불구하고 국장은 안색이 흙빛이었다. 보안사 팀이 일방적으로 깨지고 있었기 때문이다. 눈치 없는 후배 아나운서 엄정찬이 국장의 속도 모른 채 또다시 골을 넣었다. 그에게 해트트릭을 안겨준 골이 스코어를 오 대 삼으로 벌려놓았다. 물론 이기는 팀은 아나운서 쪽이었다. 국장은 마음 같아선 해트트릭을 기록한 아나운서를 데려다가 정강이를 실컷 걷어차고 싶었다. 아니 거기서 그칠 게 아니라 삼청교육대에라도 처넣어 버리고 싶었다. 하지만 오늘처럼 아나운서들과 친목을 다지자고 함께 야외로 나온 날 그들 중 하나를 두들겨 팰 수는 없는 노릇이었다. 결국 국장의 분노는 보안사 팀 선수들을 향해 그 칼날이 뻗었다. 그가 못마땅한 표정으로 배석봉을 향해 입을 씰룩거렸다.

"저 병신 새끼들이 군바리가 맞나? 어떻게 계집애 같은 아나운서 애들한테 저렇게 개박살 날 수가 있냐? 군인이란 새끼들이! 저래 가지고 빨갱이들이 쳐들어오면 제대로 싸움이나 해보겠어? 한심한 새끼들!"

배석봉은 뭐라 대답할까 난감했다. 오늘 처음 등장한 엄정찬 아나운서만 아니었어도 분명 보안사가 이길 수 있는 경기였다. 국장의 포악한 성미를 잘 알면서, 아나운서 팀에게 져주라고 부탁을 해놓지 않은 자신이 정말 저주스러웠다. 만약 이대로 경기가 끝난다면, 분명 보안사 팀원 중 누군가의 뼈 하나가 부러질 게 당연했다. 배석봉이 국장의 눈치를 보며 조심스럽게 입을 열었다.

"이 아나운서 팀은 대한민국 방송 전체에서, 아니 신문까지 포함, 전체 언론사 중에서 가장 축구 솜씨가 뛰어난 걸로 소문나 있습니다."

국장의 얼굴이 붉으락푸르락해지는 걸 보며 배석봉은 긁어 부스럼을 만든 게 아닌가 하는 두려운 생각이 들었다. 그가 예상한 대로 국장의 표정이 마치 벌레를 씹은 듯 보였다. 그가 배석봉을 흘겨보며 욕설을 쏟아 냈다.

"그래서 새끼야, 우리가 이렇게 무기력하게 박살 나도 좋다는 얘기야, 지금?"

"아니, 그게 아니라……."

"그게 아니면 뭐야, 새끼야? 보안사 간부면 이런 상황에서 묘안을 내야

될 거 아냐? 아나운서 애들을 전부 다 고자로 만들든지, 아니면 심판을 매수해서 한 세 놈 퇴장시키고 하든지. 도대체 대한민국 군바리 정신은 어디로 간 거야? 박 대통령 각하께서 뭐라고 하셨어? 안 되면 되게 하라! 씨팔, 그렇게 좀 못해, 응? 지금 지하에서 박 대통령이, 청와대에서는 각하께서 통곡하신다고, 이 새끼야!"

국장은 전형적인 무식한 군바리였다. 배석봉은 이런 그가 못마땅했지만, 어떻게든 비위를 맞추는 것 외엔 별다른 뾰족한 방법이 없었다. 배석봉은 아부 카드를 꺼내 들었다.

"국장님이 한번 솜씨 좀 보여 주시죠. 육사 때 실력 십분의 일만 발휘해도 저 허깨비 새끼들보다는 낫지 않겠습니까?"

저급하고 단순한 국장의 표정이 일순 부드러워졌다.

"내 나이 이제 내일모레면 쉰이야. 내가 뛴다고 뭐가 달라지겠어?"

"뭔 소리십니까? 도움이 되는 정도가 아니라, 국장님은 우리 팀 마지막 희망이십니다. 오늘 모처럼만에 제대로 한번 뛰어 보시지요."

"그럴까?"

"그럼요."

배석봉이 맞장구를 쳤다. 부하가 자신을 치켜세우자 기분이 좋아진 국장은 옛날 얘기까지 늘어놓으며 허풍을 떨기 시작했다.

"내가 이래 봬도 말이야, 육사 시절 각하하고 게임까지 뛰어본 사이라고. 각하를 상대로 골도 넣었지. 각하께서 내가 볼 차는 걸 보시더니 나한테 차라리 축구선수를 하지, 뭣 하러 군인이 되려고 하느냐고 말씀하시더라고."

"그래서 뭐라고 하셨습니까?"

"축구선수는 별을 달 수 없지만, 군인은 분골쇄신하면 언젠가는 별을 단다는 희망이 있지 않습니까, 하고 대답했지."

"그랬더니 뭐라고 하시던가요?"

"곧바로 엎드려뻗치라고 하시더군."

"왜요?"

"어린놈이 벌써부터 별 욕심낸다고, 별이 그렇게 좋으면 감방 가면 된다고 그러시더니, 곧바로 농담이라고 하시면서 내 어깨를 툭 치시더라고. 그러면서 내 패기가 맘에 든다고 그러시는 거야."

"역시 대단한 각하시군요."

배석봉이 표정이 한층 밝아졌다. 반대로 국장의 표정은 마치 전투를 목전에라도 둔 듯 사뭇 비장했다.

"나는 그 순간 마음을 먹었지. 내가 출세하려면 이분을 잡아야 한다. 이분이 죽으라고 하면 죽고, 이분을 대신해서 목숨을 버려야 한다면 그렇게 하겠다고 마음속으로 다짐, 또 다짐했지."

"국장님도 참 대단하시네요."

배석봉이 고개를 끄덕이며 극도의 아부를 떨어 댔다. 국장이 갑자기 고개를 갸우뚱하더니 배석봉에게 물었다.

"근데 우리 뭔 얘기하고 있었지?"

"아니, 그러니까요…… 국장님이 뛰어 주셨으면 얼마나 좋겠냐고 말씀드렸습니다."

"정말? 주책 아닌가?"

"주책이라뇨? 무조건 하프타임 끝나면 들어가시죠. 국장님이 뛰시면 2점차 정도는 분명히 뒤집을 수 있습니다."

배석봉의 말은 용한 점쟁이의 점괘처럼 맞아떨어졌다. 배석봉은 서둘러 국장에게 유니폼을 입혔다. 그러고는 국장 몰래 아나운서 팀 선수들을 만나 살살하라고 주의를 주었다. 특히 엄정찬 아나운서에게는 만약 한 골이라도 더 넣는다면 멀리 지방으로 좌천시키겠다고 엄포를 놓았다.

후반전에서 아나운서 팀은 당연히 한 골도 추가하지 못했다. 좌천이 두려운 엄정찬은 아예 공이 가까이 오면 도망치는 어이없는 모습을 보였다. 반대로 보안사 팀 국장이 공을 잡으면 아나운서 팀은 수비를 설렁설렁했다. 그렇다고 해서 너무 티가 나게 봐주는 인상을 주는 건 더더욱 금물이었다. 전반에 무려 다섯 골이나 넣으며 즐거움을 만끽했던 아나운서 팀은 후반전에서 지옥을 경험했다. 골을 넣어서도 안 되고, 상대 팀 대장에게는 티 안 나게 골을 먹어야 했다. 정말 하기도 싫고, 하기도 어려운 지옥과 같은 일이었다.

아나운서 팀의 부단한 노력으로 인해 보안사 팀이 2점을 추가, 시합은 5대5 무승부로 끝이 났다. 물론 보안사 팀이 기록한 2점은 모두 국장의 골로 이루어졌다. 의기양양해진 국장은 그나마 자신 때문에 비겼다면서 연신 우쭐댔다. 반대로 엄정찬 아나운서는 한쪽 구석에서 애꿎은 골대를 연신 발로 차고 있었다. 생각 같아선 헤딩으로 국장의 코뼈라도 부러뜨리고 싶은 마음이 간절한 듯 보였다.

이날 저녁엔 아나운서와 보안사 팀이 단합 차원에서 회식을 하기로 계획돼 있었다. 그 회식이 열리기 전 보안사 팀 선수들은 오리걸음으로 운동장을 세 바퀴나 돌아야만 했다. 국장은 뒤에서 따라가며 말총으로 후배 보안사 직원들의 이대팔 머리통을 찰싹찰싹 두들겨댔다.

"이 새끼들 동작 봐라. 군기가 빠져 가지고! 우리가 정승화를 때려잡은 보안사야, 이 자식들아. 쪽팔린 줄을 알아. 알았나!"

국장의 헛소리에 보안사 팀 선수들이 일제히 "예!"라며 함성을 내질렀다. 그들의 얼굴에서 땀이 소나기처럼 쏟아지고 있었다.

먼발치서 아나운서들은 씁쓸한 표정으로 국장의 이와 같은 만행을 지켜보는 수밖에 없었다. 특히 해트트릭을 기록한 엄정찬 아나운서는 분노에 사로잡힌 표정으로 국장의 어이없는 짓거리를 바라보고 있었다. 땡볕이 어느새 사라지고, 시원한 봄바람이 몰려왔다. 석양이 슬그머니 내리고 있었다.

회식은 돼지갈비집에서 이뤄졌다. 후반전에 두 골을 넣으며 보안사를 패배의 위기에서 구한 국장이 상석에 앉아 거만을 떨고 있었다. 어느 아나운서도 축구 시합 내용을 되새기고 싶어 하지 않았다. 하지만 이를 아는지 모르는지 국장의 지겨운 축구 무용담은 끝날 줄을 몰랐다. 여전히 그의 비위를 맞추기 위해 남녀 아나운서 몇몇이 그의 주변에서 수발을 들고 있었다.

국장의 곁에는 배석봉이, 그리고 좌우로 대충 나이와 직급순에 따라 아나운서들이 앉았다. 보안사 팀 선수들은 전원 회식에 참석하지 못했다. 시합에 임하는 자세가 엉터리였다며, 국장이 모두를 집에 돌려보냈기 때문이다.

오리걸음으로 세 바퀴나 운동장을 돈 보안사 팀 선수들은 아마도 국장의 명령에 쾌재를 불렀을 것이다. 피곤한 몸으로 식당에 앉아 국장에게 시달리는 것보다 집에 가는 게 훨씬 더 나았을 테니 말이다.

국장이 연이어 폭탄주를 돌리는 바람에 상당히 많은 수의 아나운서가 이미 취해 있었다. 술이 거나해진 국장이 엄정찬 아나운서를 불러 술을 따라 주었다. 맥주 반, 소주 반의 폭탄주였다. 엄정찬은 애써 못마땅한 표정을 숨긴 채 받아 마셨다. 엄정찬이 술을 목구멍으로 넘기는 사이 국장은 그의 활약상에 대한 호평을 늘어놓았다.

"오늘 수고했어. 아까 보니까 전성기 내 실력을 보는 것 같더군. 오늘 MVP는 자네하고 날세. 근데, 이 사람아 그 정도 실력이면 차라리 축구를 하지, 재미없게 왜 아나운서가 됐어?"

폭탄주를 다 마신 엄정찬이 잔을 내려놓으며 대답했다.

"축구는 서른만 돼도 내리막길이지만, 아나운서는 환갑 넘어서까지 할 수 있잖습니까?"

"이 사람, 욕심이 지나치구먼. 그래 환갑 넘어서까지 아나운서질을 하겠다고? 하하하, 그래, 그래, 나도 할 수만 있다면 이 짓을 죽을 때까지 하고 싶네. 최소한 지금 각하께서 청와대 주인 노릇을 하는 기간만이라도 이 자리를 뺏기고 싶지 않아."

말을 마친 국장이 다시 엄정찬의 맥주잔에 폭탄주를 따라 주었다. 잔을 돌리지 않고 자신에게만 집중적으로 주는 게 이상했지만, 엄정찬은 그냥 받아 마셨다. 그런데 국장은 두 잔으로 끝낼 생각이 없는 모양이었다. 그는 연거푸 다섯 잔이나 더 폭탄주를 만들어 엄정찬에게 건넸다. 영문도 모른 채 엄정찬은 폭탄주 일곱 잔을 마시고는 거나하게 취해버렸다.

술기운이 오르자 용감해진 엄정찬이 조금 격앙된 목소리로 항의했다.

"아니 국장님, 왜 자꾸 저만 따라 주시는 거예요?"

엄정찬의 말에 잠시 그를 노려보던 국장이 씩 웃었다. 그러더니 방금 엄정찬이 마시고 내려놓은 잔을 뒤집어 들어 보였다. 잔 안에서 몇 방울의 소주와 맥주가 섞인 폭탄주가 흘러내렸다. 엄정찬이 영문을 모르겠다는 듯 고개를 갸우뚱하자 국장이 다시 그 잔에 맥주와 소주를 따라 주었다.

"어른이 따라줄 때는 한 방울도 안 남기고 마시는 게 예의야. 벌주라고 생각하고 마셔. 만약 한 방울이라도 떨어진다면, 또다시 마실 각오를 하게."

술은 엄정찬의 가슴에 만용을 불어넣었다. 연거푸 일곱 잔이나 폭탄주를 마신 게 억울한 그는 국장에게 직접 불만을 터뜨렸다.

"국장님, 그게 말이 됩니까? 그리고 만약 그렇다면 사전에 알려주셨어야죠."

국장의 표정이 다시 굳어졌다가 미소로 바뀌었다.

"군대에서는 말이 돼. 이런 것뿐만 아니라 뭐든 윗사람이 얘기하는 건 다 말이 되는 얘기야. 자네도 군대는 갔다 오지 않았나? 그리고 사전에 말을 안 해주는 이유는 간단해. 그럼 재미가 없잖아."

"저는 그거 별로 재미없는데요."

말을 마친 엄정찬이 단숨에 폭탄주를 목구멍 안으로 털어 넣었다. 그러고는 한 방울이라도 떨어뜨리지 않기 위해 잔을 쪽쪽 빨아댔다. 국장은 엄정찬의 말대답에 속으로 화가 난 게 분명했다. 하지만 그는 산전수전 다 겪은 야전의 용사였다. 베트남 정글에서 수십 명의 베트콩 이마 가죽을 벗겼다며 스스럼없이 자랑을 늘어놓는 미치광이였다.

"그래, 물론 재미없지. 내가 평생 군에만 있었으니 무슨 재미를 알겠나? 부하들 기강을 다스리는 것도 재미없고, 훈련하는 것도 재미없었어. 근데 월남 가서 베트콩들 가죽 벗기는 건 엄청나게 재미있더라고."

폭탄주 잔을 내려놓는 엄정찬의 표정이 순간 어두워졌다. 술에 취했음에도 국장이 자신에게 열 받았음을 알아차렸기 때문이다. 국장은 엄정찬을 향해 실실 웃으며 폭탄주 잔을 거꾸로 들었다. 다행이 술은 한 방울도 떨어지지 않았다.

"됐네. 내가 원한 게 바로 이거야. 이제야 자네가 깨달았군."

눈치 9단인 배석봉이 일촉즉발의 위기를 감지하고는 국장에게 건배를 제의했다. 국장은 흔쾌히 승낙하고는 곧바로 일어서서 아나운서들을 향해 잔을 내밀었다.

"자 우리, 오늘 이런 자리 마련해 주신 각하와 영부인을 위하여 건배합시다. 자 다들 앞에 놓인 잔을 드세요. 내가 선창하면 모두가 다 따라하는 겁니다."

너무 많은 폭탄주를 아나운서들과 주고받은 까닭에 국장은 이미 혀가 꼬부라진 상태였다. 배석봉은 이런 그를 지켜보는 게 매우 불안했다. 모두가 잔을 들자 국장이 큰소리로 외쳤다.

"전두환 대통령 각하와 육영수 여사를 위하여!"

"전두환 대통령 각하와 육영수 여사를 위하여!"

아나운서 모두가 아무 생각 없이 국장을 따라 외쳤다. 하지만 곧바로 상당수가 국장이 외친 내용이 잘못됐음을 깨달았다. 하지만 그 누구도 이 고압적인 분위기 속에서 국장의 실수를 지적할 용기를 내지 못했다.

급랭한 분위기 가운데 다들 국장의 반응을 살피고 있었다. 국장은 자신의 실수를 깨닫지 못한 채 왜 모두가 다 얼어붙었는지 영문을 몰라 고개를 갸우뚱했다.

그런데 갑자기 이 분위기를 깨는 커다란 웃음소리가 터져 나왔다. 이미 여덟 잔의 폭탄주를 마셔 겁대가리를 상실한 엄정찬 아나운서였다.

"아하하, 국장님……."

배석봉은 엄정찬의 주책을 어떻게 무마할까 머리를 굴려댔다. 하지만 뾰족한 수는 떠오르지 않았다. 배석봉은 대충 분위기를 무마하기 위해 괜한 헛웃음을 지었다.

"아니 뭐, 술 드시다 보면 헷갈려서 실수할 수도 있는 거지. 하하하."

모두가 다 알고 있는데, 국장은 여전히 자신의 실수를 깨우치지 못하고 있었다. 국장은 고개를 갸우뚱하며 배석봉에게 물었다.

"무슨 실수를 했다는 거야? 누가?"

배석봉은 매우 난처했다. 하지만 다른 이의 실수도 아니고, 국장 스스로가 한 실수이니 그냥 말해 주는 게 좋겠다고 그는 생각했다.

"그게, 국장님께서 영부인의 성함을 육영수 여사라고 하셔서……."

국장은 전혀 믿을 수 없다는 듯 어깨까지 들썩이며 자신의 실수를 부정하려 했다.

"내가? 설마?"

"국장님이 진짜 그러셨어요. 저는 일부러 그러신 줄 알았는데요."

국장은 그제야 자신이 한 실수의 내용을 알아챘다. 민망했는지 그는 일부러 크게 웃어젖혔다.

"정말 내가 '전두환 대통령 각하와 육영수 여사를 위하여!'라고 했단 말이야? 하하하, 내가 미쳤나 보다. 이거 청와대에 알려지면 당장 모가지 감인데. 이봐, 배석봉이, 자네 절대로 각하께 고자질하면 안 되네. 하하하."

"국장님, 저도 사람들이 그렇게 실수로 부르는 거 여러 차례 봤습니다. 사람인데, 그럴 수 있는 거죠. 하하하. 전두환 대통령 각하와 육영수 여사! 국장님 덕에 모두 크게 한번 웃었습니다."

모두가 배석봉과 국장을 따라 웃었다. 사실 진짜 웃겨서라기보다는 안도의 웃음이라고 하는 게 더 정확했다. 자칫 험악해질 뻔했던 술자리가 다시 화기애애한 분위기로 바뀌었다. 그러나 이미 술이 거나하게 취한 엄정찬은 여전히 시한폭탄이었다. 국장의 실수가 왜 벌어졌는지를 설명한답시고, 그는 열지 말아야 할 입을 열었다.

"국장님, 신경 쓰지 마세요. 아무래도 박 전 대통령께서 너무 오랫동안 이 나라를 통치하셨으니까…… 대통령이 바뀐 건 우리들 생각 속에 확실하게 각인돼 있지만, 상대적으로 영부인은 덜 드러나는 위치니까……."

국장의 입가에서 웃음이 싹 가셨다. 자신의 실수에 대해 새파랗게 어린 아나운서 놈이 비아냥대고 있다는 생각이 들었기 때문이다. 하지만 대취한 엄정찬이 이를 알 리 만무했다.

"하긴 누가 우리 대통령 각하를 못 알아보겠어요. 그 빛나는 머리를……."

말을 채 마치지도 못한 채 엄정찬이 웃음을 터뜨렸다. 하지만 그를 따라 웃는 이는 아무도 없었다. 국장은 엄정찬이 못마땅했지만, 분위기를 망칠 수 없어서 꾹 참기로 결심했다. 배석봉이 다시 분위기를 바꿔 보기 위해 입을 열었다.

"국장님, 아나운서들이 거의 다 한자리에 모였는데, 한 말씀 하시지요."

"그럴까?"

국장이 느릿느릿 거만하게 일어섰다. 그는 마이크 앞도 아닌데 마치 방송이라도 하는 듯 꽤나 무게를 잡으려 했다. 국장은 표준어로 말하려 했으나, 경상도 사투리를 숨긴다는 건 불가능했다. '마아'로 시작하는 투박한 어투는 영락없이 각하의 아류였다.

"마아, 에에, 아나운서실 덕택에, 저희들이 청와대로부터 많은 칭찬을 듣고 있어요. 저희가 일을 잘하는 것도 아닌데, 보도국과 아나운서실 전체가 잘해 주셔서 저희가 덕을 많이 봅니다. 마아 감사드리고요. 앞으로도 더더욱 열심히 해주시기 바랍니다."

국장의 말이 끝나기도 전에 박수가 쏟아져 나왔다. 그 박수는 뼈 속 깊이까지 아부로 똘똘 뭉친 박수임에 틀림없었다. 표정이 환해진 국장이 배석봉의 어깨를 쓰다듬으며 격려했다.

"저는 방송국에 매일 오는 사람도 아니고, 여기 배석봉 계장이 정말 잘해 주고 있어서 저는 참 든든합니다. 마아 아무쪼록 여러분들께서도 여기 배 계장 많이 도와주시기 바랍니다. 마아 다시 건배 한번 더 합시다. 전두환 대통령 각하와 육영수 여사께서는, 여러분들을 사랑하십니다."

말을 마치자마자 자신의 조크가 스스로 너무 재미있다는 듯 국장이 큰소리로 웃기 시작했다. 물론 아까보다 이번이 조금 더 웃긴 건 사실이었다. 다른 사람들도 배꼽을 잡고 웃어 댔다. 심지어 엄정찬도 웃고 있었다. 철없는 여자 아나운서 하나가 키득대며 부르짖었다.

"하하하, 국장님 아까 하신 말씀, 진짜 웃기네요. 하하하."

모두가 과장된 웃음을 만드느라 애썼다.

"근데 유재민 앵커는 안 오시나?"

갑자기 국장이 주위를 살피며 물었다. 배석봉이 곧바로 대답했다.

"오늘 당직이라서 아마 일곱 시 라디오 뉴스 마치면 올 겁니다. 지금쯤 올 때가……."

배석봉이 손목시계를 보려는데, 재민이 서둘러 들어오고 있었다.

"저기 오시네요."

배석봉이 국장에게 재민의 등장을 알렸다. 국장을 제외한 모두가 다 일어나 재민을 반겼다. 그만큼 재민은 동료 선후배들로부터 두루 존경을 받고 있었다. 국장이 앉은 채로 거만하게 손을 내밀며 자신의 옆에

와 앉으라고 말했다.

"아니, 오늘 같은 날 누가 천하의 유재민 앵커를 당직 세운단 말이오?"

재민을 하대하듯 하는 국장은 사실 나이가 그와 동갑이었다. 지금 그가 똬리를 틀고 앉은 자리가 그를 싸가지 없게 만든 것이다.

"아니 뭐, 괜찮습니다."

국장의 곁에 앉으며 재민이 건성으로 대꾸했다. 배석봉이 이런 재민을 거들었다.

"유재민 선배의 매력이 바로 그거죠. 본인이 오늘 같은 날 굳이 당직을 서지 않아도 되는데, 후배들 귀찮게 하기 싫으셔서……."

"너 왠지 나 들으라고 하는 말 같다."

국장이 배석봉의 쳐다보며 떨떠름하게 한마디 내뱉었다. 난처한 재민이 끼어들었다.

"아닙니다. 후배들을 배려해서가 아니라, 저는 그냥 방송하는 게 좋습니다. 카메라 앞도 좋고요, 마이크 앞도 좋습니다. 그래서 스케줄 정해지는 대로 무조건 따르는 겁니다."

"혹시 후배들이 앵커 자리 빼앗을까봐 악착같이 방송하는 거 아니오?"

맞든 아니든 참으로 예의 없는 말이었다. 재민은 마음속으로 부글부글 끓었으나, 참는 방법밖에 없었다. 국장이 자신을 싫어하지 않으니, 괜히 입바른 소리를 해서 척질 이유가 하등 없었다.

그런데 또다시 엄정찬이 말썽을 일으켰다. 술 취했으면 잠자코 입을 닫거나 그냥 일찍 귀가하면 될 텐데, 엄정찬은 국장과 멀지 않은 자리에 앉아 계속해서 그의 심기를 건드리고 있었다.

엄정찬은 독특하게도 평소에는 재민을 선배라며 깍듯이 호칭했다가도, 술만 취하면 형이라고 부르는 이상한 버릇이 있었다, 그런 엄정찬이 재민을 보며 술김에, 그리고 반가운 마음에 한마디 농을 던진 게 큰 재앙을 불러왔다.

"오랜만에 라디오로 땡전뉴스 하시니까 소감이 어때요, 형님?"

모두가 엄정찬의 말에 경악했다. 물론 '땡전뉴스'란 게 방송국 내에서는 비공식적으로 공공연하게 쓰는 말이었지만, 각하를 섬기는 보안사 사람들 앞이라면 다른 얘기였다. 국장이 고개를 갸우뚱하며 배석봉에게 물었다.

"땡전뉴스가 뭐냐?"

국장의 급작스런 질문에 배석봉은 뭐라 대답할까 참으로 난감했다.

"그게……."

이미 크게 사고를 친 엄정찬이 다시 주책없이 국장과 배석봉 사이에 끼어들었다.

"모든 뉴스가 '땡!' 하면 '전두환 대통령 각하께서는'으로 시작해서 생긴 말이에요."

아뿔사! 이미 엎질러진 물이었다. 배석봉도 더 이상 술 취한 포악무도 국장을 말릴 방법이 없었다.

"열둘! 열셋! 열넷!"

"이 개새끼, 이거 숫자 하나도 똑바로 못 세나?"

"열다섯! 열여섯!"

"크게 해라. 크게."

화장실 안에서 국장이 엄정찬의 뺨을 갈기고 있었고, 그는 따귀 숫자를 세고 있었다. 술 취한 채 국장에게 말을 함부로 내뱉던 패기 찬 아나운서는 오간데 없고, 두려움에 질린 엄정찬이 크나큰 수모를 당하고 있었다. 빰을 때리다가 잠시 멈춘 국장이 매서운 눈으로 엄정찬을 노려보았다. 여차하면 얼굴이라도 뜯어먹을 듯 무시무시한 짐승의 두 눈으로 말이다.

엄정찬의 코에서 흐른 피가 바닥 곳곳을 붉게 물들이고 있었다. 하지만 그는 두려움에 소매로 닦을 엄두조차 낼 수가 없었다. 그의 와이셔츠에도 피가 많이 묻어 있었다. 재민과 배석봉이 어쩔 줄 모른 채 곁에서 있었으나, 이미 독이 오를 대로 오른 국장을 말릴 방도가 없었다. 화장실 안에서 무슨 일이 벌어지고 있는지 알 리 없는 손님 하나가 소변을 보기 위해 들어서려다가 상황을 파악하고는 도망치듯 뒷걸음질 치며 사라졌다.

잠시 폭행을 멈춘 국장이 이번에는 냅다 엄정찬의 정강이를 걷어찼다.

"뭐야, 새끼야? 땡전뉴스? 너 이 새끼, 대통령 각하가 홍어 좆으로 보인단 말이지?"

이미 매의 공포에 무릎을 꿇은 엄정찬은 어떻게든 더 맞지 않기 위해 자존감을 팽개친 채 국장에게 매달렸다.

"죄송합니다, 국장님. 한번만 살려주십시오. 저는 그냥 방송국에서 다들 그렇게 얘기해서……."

"뭐?"

꼭지가 돌대로 돈 국장이 온 힘을 다해 엄정찬의 다른 쪽 정강이를 걷어찼다. 얼마나 세게 걷어찼는지, 엄정찬이 외마디소리를 내지르며 쓰러졌다. 머리를 더러운 화장실 타일에 처박은 엄정찬은 두려움에 고통도 잊었는지 오뚜기처럼 곧바로 일어나 부동자세로 섰다. 머리에서도 피가 흘러내리기 시작했다. 국장이 얼어선 엄정찬의 뺨을 톡톡 건드리며 물었다.

"어떤 새끼들이야, 말해? 대통령 각하에 대한 뉴스를 '땡전뉴스'라고 욕한 놈들이 누구야?"

"특별히 누구라고는 할 수 없습니다. 그냥 왔다 갔다 하면서 주워들었습니다."

국장이 뱀처럼 웃었다. 마치 먹잇감을 눈앞에 둔 뱀처럼 그는 몸서리칠 정도로 징그럽게 웃었다.

"이 새끼, 이제 보니까 의리 있네. 그러니까 '땡전뉴스'라고 한 놈들을 보호하겠다는 거지? 눈물 난다, 이 개새끼야! 네놈이 한번 끌려가서 피똥을 싸봐야, 그 알량한 의리가 얼마나 하찮다는 걸 깨닫게 되지. 암, 깨닫게 되고 말고."

두려움이 뼈에 사무친 듯 엄정찬이 몸서리를 쳤다. 의기양양한 국장은 계속해서 먹잇감의 자존심을 짓밟아 댔다.

"병신 새끼야, 걱정하지 마. 이런 좆같은 일로 너처럼 하찮은 새끼 끌고 가서 족칠 정도로 우리가 한가한 줄 아니? 국가는 너처럼 별 볼일 없는 새끼들이 지랄하는 거, 아무 관심 없어. 김대중이나 정승화 정도면 몰라도……."

"고맙습니다, 국장님."

그랬다. 자신에게 참을 수 없는 수모를 안겨 주고 있는 국장에게 엄정찬은 감사하다고 말하고 있었다. 재민은 극단의 공포가 이렇게 허망하게 인간을 무너뜨릴 수 있다는 실험을 지켜보는 것 같아 마음이 무척 씁쓸했다.

국장이 이번에는 엄정찬의 이마를 검지로 쿡쿡 찔러 댔다.

"너 이 새끼 끌려가서 좆 되지 않는 대신 다음 주 월요일까지 '땡전 뉴스'를 입에 올린 새끼 삼십 명 이름 적어와. 안 그러면 너 아나운서 짓 더 이상 못하는 줄 알아. 니가 실력으로 방송국 들어왔는지 모르지만, 그 실력과 아무 상관없이 쫓겨날 수 있다는 걸 내가 보여 줄게. 알았어?"

"예!"

엄정찬은 자신의 대답이 무얼 뜻하는지도 모르는 채 그저 이 상황을 피하기 위해 책임질 수 없는 대답을 하고 말았다. 넋이 나간 채 서 있는 엄정찬의 정강이를 국장이 또다시 걷어찼다.

"그리고 이 새끼야, 대통령 바뀐 지가 언젠데, 니가 지금 무슨 억하심정으로…… 뭐? 전두환 대통령 각하와 육영수 여사?"

배석봉은 자신의 귀를 의심했다. 조금 전 영부인의 이름을 착각하고 말한 건 분명 국장 자신이었다. 지금 그는 자신의 실수까지도 몽땅 다 눈앞에서 부들부들 떨고 있는 엄정찬에게 떠넘기고 있었다.

배석봉은 비록 자신이 보안사에 몸담고 있지만, 국장과 같은 인간으로 살아가긴 정말 싫었다. 오히려 국장 같은 놈들 때문에 대통령 각하의 본래 모습이 국민들에게 나쁘게 인식된다는 생각이 들었다.

"과연 각하는 자신의 똘마니가 이렇게 악하고 어이없는 놈이란 사실을 알고 있을까?"

재민은 너무도 답답했다. 사람을 육체적으로 괴롭히는 방법도 가지가지였다. 국장이 이번에는 엄정찬의 한쪽 귀를 세게 잡아당겼다.

"너 이 새끼, 안 되겠어. 축구도 잘하고 해서 그나마 내가 봐주려고 했는데, 너 완전 불순분자야. 너 정부에 불만 있지? 넌 새끼야, 당장 해고야. 그리고 너 같은 새끼는 정신 개조가 필요해. 따라와, 새끼야!"

국장은 엄정찬의 귀를 잡아당겼다. 당장 그를 끌고 가 고문이라도 할 기세였다. 잠자코 비굴하게 국장의 온갖 못된 짓을 바라만 보고 있던 재민은 정신이 번쩍 들었다. 지금 하는 짓으로 보아 국장은 마음만 먹으면 엄정찬의 인생을 아무 거리낌 없이 망가뜨릴 수 있는 극악무도한 놈이 틀림없었다.

솔직히 늦게 식당에 도착했기 때문에, 재민은 사건의 진상에 대해 제대로 파악하지 못한 상태였다. 하지만 지금 상황에서 그건 별로 중요한 게 아니었다. 서둘러 엄정찬을 놈의 마수로부터 구해내야 했다. 평소 결코 침착함을 잃지 않는 재민이 다급한 목소리로 국장에게 호소했다.

"국장님, 젊은 친구가 모처럼 술이 떡이 돼서 실수한 거니까 너그럽게 용서해 주십시오. 제가 들어 보니까 오늘 세 골이나 넣었다는데, 얼마나 흥분했겠습니까? 제가 이 친구 잘 압니다. 결코 정부나 각하에 대해 불온한 마음을 먹을 친구가 아닙니다. 이런 친구에게 다시 기회를 주셔서 방송인으로 각하와 국가를 위해 일하게 해주셔야지요. 이런 친구 끌고 가서 무슨 쓸모가 있겠습니까?"

살길은 매달리는 것뿐이라고 생각했는지, 엄정찬이 무릎을 꿇었다. 국장의 바지를 부여잡은 그는 짐승처럼 울부짖었다.

"제발 한 번만 용서해 주십시오. 오늘 국장님께서 한턱 내주셔서 제가 너무 기쁜 마음에 흥분했습니다. 정말 한번만 봐주세요. 저 이제 둘째 아이가 갓 돌 지났습니다. 만약 방송국에서 쫓겨나기라도 하면 저하고 마누라뿐만 아니라 갓난쟁이들까지 인생 망가집니다. 살려 주십시오, 국장님."

말을 마친 엄정찬이 서글프게 울기 시작했다. 재민에게 지금 광경은 얼마 전 최영호 피디가 새파란 보안사 놈에게 얻어터질 때보다 훨씬 더

처참한 상황이었다.

"이렇게 반성하고 있지 않습니까? 국장님, 제 체면을 봐서라도 딱 한 번만 눈감아 주십시오."

화가 누그러졌는지 국장이 물끄러미 엄정찬을 바라보았다. 그러고는 또 한 차례 그의 귀를 잡아당겼다. 엄정찬이 신음 소리도 내지 못한 채 귀를 잡힌 상태로 일어섰다. 국장은 코를 엄정찬의 얼굴에 들이밀었다. 술 냄새가 진동했다. 여전히 두려움에 떠는 엄정찬의 뺨을 한 차례 더 갈긴 국장이 한층 누그러진 소리로 말을 던졌다.

"이 새끼, 이거 술 냄새 나는 거 좀 봐라. 나이도 어린놈이 술이나 처먹고 어른 앞에서 실수나 하고……."

하마터면 배석봉이 웃을 뻔했다. 폭탄주를 직접 여덟 잔이나 만들어 먹여 놓고 이제 와 술 취했다고 엄정찬을 책망하는 그의 태도는 정말 어이가 없었다. 배석봉은 이 몰염치한 국장에게 망신을 주고 싶어 견딜 수가 없었다. 하지만 현실적으로 그럴 수 없기에 어쩔 수 없이 국장의 비위를 맞추려고 살살거렸다.

"국장님처럼 통 크신 분이 눈감아 주셔야지요. 한 번만 봐주시면, 이 친구가 평생 얼마나 고마워하겠습니까? 나쁜 의도로 그런 건 아닙니다. 다 술이 원수죠. '땡전뉴스'는 각하께서도 들으셔서 알고 계시다고 들었습니다. 각하는 원래 그렇게 마음이 너그럽고, 통이 크신 분입니다."

"그래서? 각하는 통이 크신데, 나는 좀팽이다, 이건가? 당신 지금 나를 은근히 비꼬는 것 같다."

"국장님, 그리고 솔직히 영부인 이름 잘못 말한 거 말입니다. 그거 국장님이 먼저 말씀하신 거예요. 박 전 대통령께서 이십 년 가까이 통치하셨으니까 이 사람이나 국장님이나 다 그 말이 입에 배서……."

국장이 배석봉을 노려보았다. 그는 배석봉의 정강이를 걷어차려고 구두 앞코를 슬쩍 들려다가 멈추었다.

"그러니까 니 말은 박 전 대통령께서 지겹도록 오래 해 먹었다는 얘기냐?"

"아니 뭐, 꼭 그렇단 말씀은 아니고요."

"너 지금부터 내 말 잘 들어라. 아랫놈들 중에 나한테 쪼인타 한번도 안 까인 놈은 너밖에 없다. 그만큼 내가 널 인정해 왔단 얘기지. 내가 좋은 말로 할 때 잘 들어라. 지금 각하나 나나 박정희 대통령을 우상으로 생각하고 있다. 그분이 계셨기에, 각하나 내가 존재할 수 있는 거다. 앞으로 단 한번만 더 내 앞에서 박 대통령 욕하면 귀싸대기 날아간다."

국장이 이글거리는 눈으로 노려보자 배석봉이 슬쩍 외면했다. 이 정도에서 놈의 분노를 잠재우지 않으면, 배석봉이 봉변을 당할 수도 있어 보였다. 배석봉을 위해 재민은 모욕을 참아 내며 또 한 차례 국장 앞에서 비굴해졌다.

"아니 국장님, 우리나라에서 골수 빨갱이나 간첩들 말고 박정희 대통령을 존경하지 않는 사람이 어디 있습니까? 저도 박 대통령을 존경합니다. 제 생각에 그분은 링컨보다 훨씬 더 훌륭한 대통령이었습니다. 여기 이 친구나 배석봉 씨나 다 박 대통령을 존경합니다."

국장의 분노가 확실히 꺾인 게 틀림없었다. 재민은 이 틈을 타 일부러 엄정찬을 혼내는 시늉을 했다.

"이 사람, 지금 뭐하고 있어. 용서해 주셨으니까 감사하다고 말씀드려야지. 자네 또 한번만 술 마시고 행패 부리면 그땐 내가 용서 못하네."

평상시 누구에게도 싫은 소리 한마디 못하는 재민이 엄정찬에게 일부러 마음에도 없는 쓴소리를 해대느라 진땀을 흘리고 있었다.

"감사합니다, 국장님. 감사합니다."

재민 덕에 마치 지옥에서 밧줄 하나를 잡은 듯 엄정찬이 울먹였다. 국장도 재민이 봐달라고 부탁하는데 계속해서 엄정찬을 험하게 다룰 수는 없는 노릇이었다. 국장이 한층 부드러운 목소리로 엄정찬에게 물었다.

"너 이름이 뭐냐?"

"엄정찬입니다."

"너 새끼야, 유 앵커한테 감사드려. 이 양반 덕택에 끌려가 뒈지는 거 면했다 생각하고 평생 은인으로 모셔라. 알았냐?"

"네. 절대로 그 은혜 잊지 않겠습니다."

"엄정찬이 기어들어 가는 소리로 대답했다.

"그럼 제가 데리고 나가겠습니다."

말을 마친 재민이 여전히 국장 앞에서 굽실거렸다. 국장이 거만하게 고개를 끄덕였다. 국장에게 고개 숙여 인사한 후 재민은 엄정찬을 부축해 화장실을 나가려 했다.

"이리 와봐라."

국장이 부르자 엄정찬은 심장까지 얼어붙는 느낌이었다. 불안하긴 재민도 마찬가지였다. 두 사람이 거의 동시에 고개를 돌려 국장을 쳐다봤다. 국장은 곧바로 양복 윗주머니에서 10만 원권 수표 한 장을 꺼내 엄정찬에게 건넸다.

"와이셔츠에 피 많이 묻었다. 가서 새로 하나 사 입어라."

얼떨결에 돈을 받은 엄정찬은 몸 둘 바를 몰랐다. 그가 떨리는 목소리로 울먹거렸다.

"고맙습니다. 국장님, 정말 고맙습니다.

국장은 엄정찬의 말에 아무런 대꾸도 하지 않은 채 거울 속에 비친 자신의 모습을 바라봤다. 그의 손과 상의에도 엄정찬이 흘린 피가 흥건했다. 그는 곧장 싱크대로 가서 고개를 숙이고는 손과 얼굴을 씻기 시작했다.

재민은 무사히 엄정찬을 데리고 화장실을 탈출하는 데 성공했다. 화장실을 벗어나자마자 엄정찬이 목 놓아 울기 시작했다. 재민이 서럽게 울먹이는 그의 어깨를 토닥였다.

"괜찮아. 괜찮아."

괜찮지 않다는 걸 너무도 잘 알면서도 재민은 어쩔 수 없이 상투적인 말로 그를 위로하려 했다. 하지만 전혀 위로가 안 된다는 듯 엄정찬의 울음소리는 더욱 커졌다. 마치 황소의 울부짖음처럼 커다란 엄정찬의 울음소리는 그칠 줄을 몰랐다.

갈비집 홀은 조금 전과 달리 상당히 한산해졌다. 손님 중 상당수는 화장실에서 벌어진 일을 보고선 피신한 게 분명했다. 회식 자리를 돌아보니 국장이 보이지 않았다. 아직도 화장실에 있는 게 분명했다.

후배 아나운서 몇 명이 참 안 됐다는 표정으로 재민에게 부축돼 나가는 엄정찬을 바라봤다. 그들 중 여자 둘이 배웅하려 나오려 하자 재민이 손짓으로 그들을 말렸다.

재민은 서둘러 이곳을 벗어나고 싶었다. 굳은 표정으로 밖을 향하던 그의 눈에 벽에 걸린 각하의 모습이 들어왔다. 예수나 석가보다 훨씬 더 환하게 온 세상을 비추는 시원한 이마는 언제 봐도 예술 작품이었다. 심하게 까진 이마가 오늘따라 조명으로 인해 더 밝게 빛나는 듯했다. 언제 봐도 자신감 넘치는 늠름한 모습을 보며 재민은 대한민국의 미래가 그의 이마만큼이나 밝을 거란 확신이 들었다.

하지만 국가만 있고, 국민은 없는 나라가 무슨 의미가 있단 말인가. 국장과 같은 대통령 똘마니들이 그 알량한 권력을 손에 쥔 채 국민들을 뺑뺑이 돌리는 이 더러운 현실 속에서 재민은 오늘따라 심한 무기력감을 느꼈다. 그는 애써 스스로를 위로하려 했다. 대통령이 분명 그 똘마니들의 악행을 몰라서 그렇지, 안다면 추상같은 권위로 국장 같은 무가치한 똘마니들을 쓸어낼 것이라고 굳게 믿고 싶었다. 문을 열고 나가기 전 재민은 액자 속 각하를 향해 인사 말씀을 올렸다.

"안녕히 계십시오, 각하. 건투를 빕니다."

각하는 아는가, 아침이슬의 슬픔을?

칠판에는 "독재 타도!", "빛나는 대머리, 가카는 물러가라!", "살인마 전두환, 찢어 죽여라!" 등의 살벌한 문구가 적혀 있었다. 수영은 다른 30명 정도의 학생과 함께 전단지를 접고 있었다. 내일이면 대학교 입학 후 처음으로 가투를 나간다. 두려워서라기보다는 아버지 재민 때문에 수영의 마음은 매우 어지러웠다.

자신은 학생으로서 양심을 지키기 위해 독재자를 상대로 싸운다지만, 이로 인해 아버지가 피해를 입는다면 그건 매우 불행한 일일 것이다. 비록 싸울 용기가 부족한 소시민이지만, 그래도 재민은 다른 여러 면에서 정말 훌륭한 아버지였다. 엄마 김현숙이 죽은 후 한 차례도 한눈팔지 않고 딸을 지키기 위해 최선을 다한 열부였다.

수영은 차라리 엄마와 아버지의 위치가 바뀌었으면 얼마나 좋았을까 생각했다. 그러나 곧바로 그건 잘못된 남성 중심적 사고란 걸 깨달았다. 어쩌면 엄마가 아빠에 비해 부모로서 좀 더 쉬운 역할을 맡았던 게 아닌가 하는 생각도 들었다. 양심을 내세우며 선한 싸움을 한다는 것도 어려운 일일 것이다. 하지만 아버지 재민처럼 오랫동안 재혼도 하지 않은 채 딸을 지키는, 어쩌면 전혀 빛나지 않는 일에 삶의 모든 걸 던지는 게 더 어렵고 고결한 게 아닐까 하는 생각 말이다.

재민이 자신을 위해 희생한 걸 생각하니 수영은 갑자기 매우 미안한 마음이 들었다. 엄마의 기일 밤 아버지의 삶을 매우 비겁한 삶이라고 비판한 게 마음에 걸렸다.

'그렇다면 나는 아버지보다 더 올바르게 살고 있는가. 지금 내가 하려는 일은 무슨 의미가 있는가. 나는 왜 이 일을 하려는가. 선배들 얘기처럼 겨레와 백성을 위한 건가. 후손에게 더 나은 세상을 물려줘야 할 의무 때문인가. 아니면 멋진 선배 박제동을 향한 가슴의 끌림 때문인가.'

스스로에게 여러 질문을 던져 보았지만, 수영은 명확한 답을 얻을 수가 없었다. 모든 게 명확한 줄 알았는데, 막상 출정을 하루 앞두고 나니 아무것도 명확한 게 없었다. 이런 마음 자세로 내일 가투에 나가서 혹시 동료들에게 누나 끼치지 않을까 하는 염려가 수영의 마음을 괴롭혔다.

"조금 두렵지?"

전단을 챙기는 손이 한층 느려진 수영 곁에 어느새 박제동이 와 서 있었다. 그가 부드럽게 수영의 어깨를 쓰다듬었다. 사모하는 마음 때문에 평상시 이런 상황이었다면 분명 가슴이 쿵쾅쿵쾅 뛰었을 텐데 오늘만큼은 오만가지 염려 때문에 별 감흥이 없었다.

"처음엔 다 그래. 나도 신입생 때 첫 가투 나가기 전날 화장실을 한 스무 번은 들락날락했을 걸, 아마."

"저는 화장실 한번도 안 갔는데요."

수영이 무덤덤하게 대답했다. 박제동은 이런 후배가 사랑스럽다는 듯 귀를 부드럽게 잡아당겼다. 수영은 별로 아프지 않았지만, 괜히 신음을 내며 박제동의 장난을 받아주었다. 여전히 미소를 잃지 않은 채 박제동이 입을 열었다.

"고맙다. 니가 궂은일을 다 해줘서 준비가 한결 수월했어."

"아니에요. 내가 고맙죠, 선배님"

수영이 빙그레 웃으며 화답했다. 제동은 다시 한 차례 수영의 어깨를 부드럽게 툭툭 쳤다. 잠시 후 그는 학생들을 향해 외쳤다.

"자아 서두릅시다. 경찰이 뜰지도 모르니까."

박제동의 말이 채 끝나기도 전에 교실 복도 쪽 유리창이 쨍그랑 깨졌다. 그의 말대로 경찰들이었다. 계속해서 유리창이 박살 나더니 경찰들이 깨진 유리창으로 진입을 시도했다. 호루라기 소리가 사방에서 들려왔다.

경찰들은 다짜고짜 곤봉으로 학생들을 내려치기 시작했다. 어떻게 비밀이 샜는지를 고민할 겨를이 없었다. 가투를 준비하던 학생들은 사력을 다해 도망치기 시작했다. 다행히 후문 쪽 퇴로를 향한 창문은 열려 있었다. 날렵한 남학생 몇몇이 백 미터 허들 선수처럼 가뿐히 창틀을 넘어 이리저리 어지럽게 도망쳤다. 몇몇은 빠져나가는 데 성공했다. 하지만 대부분은, 특히 여학생 다수는 잡혀 무릎꿇림을 당하고 있었다.

손을 잡아준 박제동 덕분에 일단 경찰들로부터 벗어나는 데 성공한 수영이 뒤를 돌아봤다. 경찰들은 여학생이라고 해서 봐주는 게 없었다. 그들은 무슨 철천지원수라도 진 듯 여학생들에게 곤봉 세례를 베풀고 있었다.

안타깝지만 어쩔 수 없는 노릇이었다. 본능적으로 잡히지 않기 위해 수영은 미친 듯 달렸다. 느려 터진 아버지 재민이 아니라 날렵했던 엄마

현숙의 운동신경을 타고 태어난 게 참으로 감사했다.

탈출에 성공한 학생들 앞에 높은 담이 있었다. 멀리서 쫓아오는 경찰들이 보였다. 자세히 보니 탈출한 여학생은 자신 하나였다. 담이 높았지만, 박제동의 등을 딛고 쉽게 뛰어넘을 수 있었다.

얼마나 달렸는지 몰랐다. 한 십 분 이상 달린 것 같은데 불과 몇 백 미터도 못 간 듯했다. 수영은 박제동의 손을 잡은 채 어느 골목 안을 뛰고 있었다. 좋아하는 사람의 손을 잡고 뛰는데 느낌은 최악이었다.

어느새 둘은 2층으로 된 두 개의 연립주택 건물 사이를 뛰어넘고 있었다. 멀리 골목으로 둘을 쫓는 경찰의 모습이 보였다. 경찰들은 빠른 속도로 간격을 줄이고 있었다. 바로 앞의 건물 옥상이 시야에 들어왔다. 하지만 멀리뛰기 선수가 아닌 담에야 절대로 넘을 수 없는 거리였다. 만약 뛰어넘으려다가 못 미치면, 얼굴이고 뭐고 다 박살 나 버릴 게 분명했다.

방법은 단 하나였다. 아래로 점프하는 것이다. 다행히 조금 전까지 보이던 경찰들도 보이지 않았다. 박제동이 수영의 손을 잡아당겼다. 뛰어내려야 한다는 것이다. 망설이고 말 시간의 여유가 없었다. 아버지 재민처럼 고민하며 물러서느냐, 복숭아뼈가 박살나더라도 엄마 현숙처럼 용기 있게 몸을 던지느냐, 둘 중 하나였다.

채 5초도 되지 않아 수영이 마치 장대높이뛰기 선수처럼 몸을 날렸다. 하지만 결과는 최악이었다. 땅을 디딜 때 발목을 접질린 수영은 엄청난 고통에 몸부림쳤다. 이어서 박제동도 뛰어내렸다.

안전하게 땅을 디딘 박제동이 손을 내밀었다. 발목을 쥔 채 괴로워하던 수영이 안타까운 표정을 지으며 그의 손을 뿌리쳤다. 건물 2층에서 경찰이 아래를 내려다보고 있었고, 골목 어귀에서도 경찰들이 쫓아오고 있었다.

"빨리 가요."

수영이 외쳤다. 박제동이 머뭇거리자 그녀의 목소리는 한층 더 커졌다.

"빨리 가라고요!"

수영을 두고 가는 게 마음에 걸리지만, 어쩔 수 없었다. 박제동은 한 차례 수영을 손을 꽉 쥐었다 놓았다. 수영이 빨리 가라며 그의 손을 뿌리쳤다. 박제동은 그대로 돌아서 반대쪽 골목을 향해 달음박치기 시작했다. 그는 달리는 데는 선수였다.

수영이 멀어지는 제동의 뒷모습을 바라보았다. 호루라기 소리가 점점 가까워지더니 경찰들이 빠른 속도로 그녀를 스쳐지나갔다. 수영은 발목을 쥐었던 손을 아예 놓아 버렸다. 지금 이 순간 수영은 박제동의 안전한 탈출 외엔 아무것도 생각지 않기로 했다. 어떤 수모가 자신을 기다리고 있다 하더라도 두려움에 떨거나 비굴하지 않겠노라고 굳게 다짐했다.

수영은 그대로 등을 바닥에 댄 채 벌렁 누워 버렸다. 온몸에서 힘이 빠져 나가는 듯했다. 광포한 독재자가 선량한 백성들을 핍박하는 세상인데도, 양떼구름 둥둥 떠가는 하늘은 너무도 어여쁘게 푸른빛을 뽐내고 있었다.

대학생들이 굴비처럼 엮인 채로 닭장차에서 끌려 내려졌다. 포승줄에 묶여 내리던 수영의 왼쪽 발목은 다른 쪽에 비해 두 배 정도로 부어올라 있었다.

경찰들은 내리는 남학생들에게 사정없이 몽둥이찜질을 해댔다. 수영은 동료 남학생들이 고통받는 걸 보며 자신이 여성이란 게 매우 다행이란 생각과 함께 미안한 마음이 들었다. 아주 정확히 하자면 전자의 마음이 좀 더 강했다.

하지만 이런 수영의 생각은 부질없었다. 취조실 문 앞에 다다르자마자 걸음이 느리다며 경찰 하나가 몽둥이로 내려찍었다. 어깻죽지가 깨지는 듯 고통이 엄습했다. 조금 전 골목에서 발목을 접지른 것과는 비교도 되지 않는 고통이었다. 더 이상 매질이 필요 없을 정도로 빨라진 자신의 걸음에 놀란 수영은 어쩌면 살아서 이 지옥을 빠져나오지 못할 수도 있을 거란 불길한 예감이 들었다. 아니 비록 육신이 살아나올 수 있다 하더라도, 영혼은 분명 이 지옥에서 산산조각이 날 것 같았다.

끌려오는 동안 닭장차 안에서 절대 두려워 말자고 다짐하고 또 다짐했지만, 모든 게 물거품이었다. 이제 그녀의 마음에 두려움 외엔 아무것도 없었다. 박제동이 안전하게 도망치는 데 성공했는지, 아버지 재민이 자신 때문에 얼마나 가슴이 무너져 내릴지 등에 대한 염려는 더 이상 그녀의 안중에 없었다.

사복 경찰이 녹슨 쇠문을 열었다. 둔탁한 소리와 함께 문이 열리자 이번에는 다른 경찰이 수영의 옆구리를 사정없이 걷어찼다. 짧은 외마디 비명에 이어 연약한 그녀의 몸이 붕하고 날더니 철제 계단 아래를 향해 굴렀다. 계단 이곳저곳에 몸을 부딪치더니 이윽고 그녀는 지하 차가운 시멘트 바닥에 내동댕이쳐졌다.

수영이 고개를 쳐들었다. 무릎이 깨져 찢어진 청바지를 뚫고 피가 흥건히 쏟아지고 있었다.

마치 상처 입은 먹잇감을 눈앞에 둔 맹수처럼 경찰들이 여유로운 표정을 지으며 계단을 천천히 내려왔다. 그들이 걸음을 옮길 때마다 소름 끼치는 쇳소리가 수영의 뇌리를 견딜 수 없는 공포로 두들겼다.

가까스로 몸을 일으킨 수영은 둘 중 한 놈의 양미간을 스치는 미소를 보았다. 놈은 이 무섭고 비인간적인 행위를 최대한 천천히 즐길 만반의 준비를 한 맹수임에 틀림없었다.

몸서리처지는 그 표정을 볼 수 없기에 수영은 고개를 돌렸다. 그녀의 시야에 지하 취조실 전체가 들어왔다. 바닥과 벽은 모두 회색 시멘트로 치장돼 있었는데, 군데군데 크고 작은 시커먼 자국들이 보였다. 수영은 분명 그것이 많은 사람이 흘린 핏자국이라 생각했다.

철제문 반대편을 보니 물은 담겨 있지 않았지만 수도가 연결된 사각의 탕이 있었다. 문을 닫은 밤 시간의 목욕탕 같았다. 사복을 입은 경찰 놈들이 거기서 무슨 짓을 했을지 가히 짐작이 갔다. 수영이 천장을 보니 거기엔 말로만 듣던 통닭구이 고문용 쇠사슬과 막대들이 주렁주렁 달려 있었다. 이런 데서, 각하가 항상 습관처럼 말씀하신 대한민국 국민의 절대적 자유가 구현될 것 같아 보이진 않았다.

수영이 고개를 돌렸다. 순간 그녀의 시야에 잡힌 건 커다란 구둣발이었다. 가슴을 걷어차인 수영이 나가떨어졌다. 비명도 지르지 못한 채 기절해 버리고 만 것이었다. 영화 같은 데서 주먹이나 발길질 한 방에 누군가가 기절하는 걸 보고 비웃던 사람이라도 이 상황을 보았다면, 그것이 현실에서도 가능하다는 걸 깨닫게 됐을 것이다. 타인의 고통에 둔감한 두 놈은 먹잇감이 정신을 잃었다는 사실도 인지하지 못한 채 무차별 폭행을 퍼부어 댔다. 기절한 수영의 몸은 이제 두 맹수에 의해 갈기갈기 찢기기 시작했다.

"옷 벗어!"

얼마나 오래 기절했는지 모르지만, 이제 막 눈을 뜬 수영에게 경찰 하나가 내뱉은 말이었다. 수영은 마치 자동차가 자신의 몸을 수차례 밟고 지나간 듯 몸 전체가 욱신거렸다. 얼마나 땀나도록 신나게 자신을 두들겨 댔는지 두 놈 모두 와이셔츠가 흥건히 젖어 있었다.

"옷 벗으라고, 이 미친년아!"

온 힘을 다해 일어나려는 수영을 향해 또다시 험한 언어폭력이 쏟아졌다. 수영이 눈을 돌려 욕한 경찰을 올려다봤다. 위에서 내려다보는 입장에선 그녀가 눈을 치켜뜨며 노려본다는 생각이 든 모양이었다. 놈이 기분 더럽다는 표정을 한 차례 짓더니 시멘트 바닥에 침을 뱉고는 몽둥이로 수영의 어깻죽지를 내려쳤다. 겨우 몸을 일으키려던 수영이 다시 나가자빠졌다. 비겁한 놈은 수영을 내려다보며 사자처럼 포효했다.

"뭘 꼬나봐, 이 개 같은 년아! 옷 벗으라는 얘기가 안 들려서 자꾸 말을 시켜?"

"내 말이 외국어로 들리니?"

두 놈이 번갈아가며 수영의 혼을 빼놓았다. 어찌할 바 갈피를 잡지 못하는 수영의 몸뚱이 위로 다시 무차별 폭행이 쏟아졌다. 놈들은 고도의 고문 전문가답게 절대로 그녀의 얼굴을 상하게 하진 않았다. 계속 가해지는 몽둥이찜질에 수영이 고통을 참지 못한 채 상처 입은 짐승처럼 외마디 소리를 토해냈다.

"알겠어요. 알겠어요. 이제 그만 때리세요."

더 이상 매를 참을 수 없기에 수영이 소릴 질러 댔다. 잡혀 오기 몇 시간 전까지의 투사처럼 늠름했던 모습은 오간 데 없었다. 뜨거운 햇살 아래 살기 위해 본능적으로 기는 지렁이 같은 모습만이 있었다. 공포에 질린 수영은 놈들이 원하는 대로 옷을 벗기 시작했다. 하나둘씩 블라

우스 단추를 푸는 수영을 향해 한 놈이 다시 몽둥이로 때리려는 시늉을 하며 지껄였다.

"빨리 해, 이년아. 어우동 쇼 하니? 밤 샐 거야?"

몽둥이찜질을 당하지 않기 위해 수영의 손이 더욱 분주히 움직였다. 마치 애벌레가 허물을 벗듯 수영은 서둘러 블라우스와 바지를 가냘픈 몸에서 분리해 냈다. 속옷도 벗어야 하는 것인가? 잠시 망설이던 수영이 손을 등 뒤로 돌려 브래지어 후크를 풀어내려 했다.

"됐어, 이년아. 우리가 언제 다 벗으라고 했어. 누굴 파렴치범으로 아나?"

"너 또 밖에 나가서 성고문 당했다고 떠들어 대라. 우린 나랏일 하는 소중한 분들이시다. 그런 헛짓거리 하는 사람들이 아니라고."

두 놈은 수영을 끌어와 테이블 앞에 놓인 의자에 앉혔다. 수영이 다시 눈을 들어 이 무시무시한 고문의 현장을 돌아봤다. 아직 제대로 고문을 받은 것도 아닌데 벌써 부들부들 몸이 떨려왔다. 속옷만 걸친 탓에 실제로 오한이 밀려왔다.

한참 그렇게 시간이 흘렀다. 한 놈이 주머니에서 담뱃갑을 꺼내더니 둘이 사이좋게 나눠 피웠다. 그리고 둘은 시시콜콜 세상 돌아가는 일에 대해 떠들어 댔다. 한 놈이 가족 얘기를 꺼냈을 때 수영은 비로소 이 두 마리 짐승도 집에 가면 인간으로 변신하는 존재란 걸 깨달았다.

얼마나 시간이 흘렀는지 몰랐다. 소름 끼치는 금속음과 함께 철제문이 열리더니 정장 차림의 중년 사내 하나가 천천히 철제 계단을 밟으며 내려왔다. 분명 자신을 구하러 온 자가 아니란 걸 알았기에 그 발자국 소리는 수영의 심장을 멎게 할 정도의 무서운 소음으로 다가왔다.

한참 뜸을 들이며 계단을 걸어 내려온 중년의 사내가 테이블을 사이에 둔 채 수영과 마주 앉았다. 몸집은 씨름선수처럼 거대했고, 눈빛은 유도선수처럼 날카로웠다. 게다가 공포의 이대팔 가르마에 검은 정장 차림인 것으로 보아 분명 보안사에 소속된 자임이 분명했다. 중년 남자의 목소리는 매우 사무적이며 건조했다. 그는 덤덤하게 천장에 매달린 고문 도구를 가리켰다.

"저거 보이지? 우리가 원하는 대답을 하지 않으면 저기 매달아서 코에다가 고춧가루가 섞인 물을 부을 거야. 되게 고통스러워."

나지막한 그의 소리가 오히려 더욱 무섭게 수영에게 다가왔다. 수영은 그야말로 오들오들 떨기 시작했다. 결코 지하 취조실의 낮은 온도 때문만은 아니었다. 수영은 입술을 꽉 깨물며 울음을 참고 있었다. 여기서 울어 버리면, 그냥 모든 게 무너지는 것이었다. 비록 고문에 못 이겨 입을 열더라도 육체적 한계가 허락하는 선까지는 저항하고 싶었다. 인간이라고 자신을 내세우려면 적어도 그 정도는 돼야 한다고 이 두려운 상황에서도 수영은 마음속으로 다짐했다. 최소한의 존엄을 지키려 애쓰는 수영의 모습이 정말 애처로웠다.

"그럼 시작하지."

중년의 사내가 다시 입을 열었다.

"우린 너 같은 피라미들한테 관심 없어. 너도 알겠지만 박제동이가 우리 목표야. 박제동이 어디 있어?"

수영은 침묵했다.

"니가 그놈하고 그렇고 그런 사인 거 다 알고 물어보는 거거든. 그러니까 시간 낭비하지 말고 어디 있는지만 말해."

한참 침묵이 흘렀다. 하지만 이대로 계속 고요함이 지속될 수는 없는 노릇이었다. 수영이 입을 열려 하는데, 사내가 선수를 쳤다.

"모른다고는 하지 마라."

사내가 수영을 향해 득의양양한 미소를 날렸다. 수영도 이에 질세라 독한 표정을 지어 보였다.

"알지 못합니다. 물론 안다 해도 말씀드리지는 않았을 겁니다."

수영의 당돌한 대답에 사내의 뚱뚱한 얼굴 위로 잠시 당황한 빛이 스쳐 지나갔다. 하지만 이 분야 베테랑답게 그는 곧바로 여유를 회복했다. 그가 잠시 엷은 미소를 지어 보였다. 하지만 그건 그야말로 진짜 잠시였다. 짧은 순간 미소가 흐르던 그 얼굴이 순식간에 분노로 일그러졌다.

"이런 씨발 년이!"

사내가 마치 역도선수가 바벨을 들기 직전에 이상한 기합 소리를 내듯 외마디소리와 함께 수영을 향해 주먹을 뻗었다. 수영은 본능적으로 눈을 감았다. 그런데 이삼 초가 지나도 중년 사내의 주먹은 수영의 얼굴에 다다르지 않았다. 지금쯤 코뼈가 무너졌거나, 치아 서너 개쯤이 시멘트 바닥을 뒹굴고 있어야 맞는데 말이다. 수영이 조심스럽게 눈을 떴다. 우습게도 중년 사내의 주먹은 수영의 코 1센티 앞에 멈춰 있었다. 장난이었다.

"안 때렸잖아, 이 병신 같은 년아!"

도대체 이게 뭔가. 이놈이 정말 미치광이가 아닌가. 갑자기 수영은 멍해졌다. 아무 생각도 할 수 없었다.

따스한 느낌이 허벅지를 타고 흘러내렸다. 오줌이었다. 어느새 발목을 타고 흘러내린 오줌이 시멘트 바닥을 적시고 있었다. 속옷만 입고 있었기에 이 광경이 더욱 적나라하게 보였다. 사내가 주먹을 뻗는 순간 수영의 오줌 구멍이 무방비 상태로 열려 버린 것이었다. 공포만으로 가득 찼던 처녀 마음을 헤아릴 수 없는 엄청난 수치심이 공격해 들어왔다. 수영을 때리려는 시늉을 했던 보안사 직원 놈이 손가락으로 바닥에 흐르는 수영의 오줌을 가리켰다.

"이년이 오줌을 쌌네요. 야, 너 몇 살이니?"

"세상을 바꿀 생각을 하기 전에 오줌이나 먼저 가려라."

사복 경찰 한 놈이 이 유치한 아기 놀이에 끼어들었다. 세 놈이 거의 동시에 마치 누가 더 크게 웃는지 경쟁이라도 하는 듯 연달아 너털웃음을 터뜨렸다. 수영은 아무런 대꾸도 하지 않기로 마음먹었다. 말을 섞으면 섞을수록 놈들만 더욱더 의기양양하게 만들 게 분명했기 때문이다. 놈들은 때론 어르기도 하고, 때론 협박도 하면서 수영의 입을 열려 했지만 한번 다문 그녀의 입은 열릴 줄을 몰랐다.

줄다리기가 지쳤는지 보안사 놈이 책상을 한 차례 내려치고는 나가버렸다. 고문이 얼마나 손쉽게 사람의 입을 열게 하는지 수영은 얼마 지나지 않아 깨달을 수 있었다.

한 20여 분 후 수영은 사복 경찰들에 의해 거꾸로 공중에 매달렸다. 한 놈이 호스로 그녀의 몸에 찬물을 끼얹었다. 물세례를 받고 나니 차라리 팬티에 방뇨했던 찝찝함은 사라졌다. 하지만 채 30초도 지나지 않아 추위가 엄습해 왔다. 겨울은 아니었지만, 그래도 속옷 차림에 물벼락을 맞은 채로 매달려 있자니 한기가 밀려오는 건 당연했다. 다른 놈이 마지막으로 박제동의 행방에 대해 물었다. 수영은 마음먹은 대로 아무 대꾸도 하지 않았다. 그러자 놈이 마치 귀찮은 노동을 앞둔 일꾼처럼 싫은 표정을 지으며 고개를 가볍게 저었다. 그러더니 수영의 얼굴보다 더 커다란 손으로 우악스럽게 그녀의 긴 머리카락을 사정없이 끌어당겼다. 수영의 머리가 허공에서 거꾸로 젖혀졌다. 순식간에 고통의 신호가 수영의 뇌로 전해졌다. 그녀가 외마디 비명을 질렀다. 하지만 이 고통은 이어지는 다음 고통에 비하면 워밍업이었다.

주전자를 집어든 놈이 다짜고짜 고춧가루 물을 그녀의 코로 집어넣었다. 먼저 그녀의 코를 자극한 것은 차가운 물이었다. 곧이어 고춧가루가 그녀의 콧 속 점막을 공격하기 시작했다. 곧바로 코안을 칼로 후벼 파는 듯 고통이 밀려왔다. 도저히 참을 수 없는 괴로움에 수영은 머리를 이리저리 마구 흔들어댔다. 하지만 그럴 때마다 그녀의 머리칼을 쥔 손이 더욱 우악스럽게 힘을 발휘했다.

고춧가루 물 공격은 단 한 차례로 끝나지 않았다. 마치 세상이 끝날 때까지 계속될 것처럼 엄청난 두려움과 육체적 고통이 수영의 영혼을 금방이라도 무너뜨릴 듯 위협했다. 콧물과 침을 질질 흘리는 그녀에게는 더 이상 인간의 평범한 존엄조차도 남아 있지 않았다. 그녀의 머릿속엔 이 고통에서 벗어나야 한다는 생각 외엔 온통 백지장이었다.

"그만…… 그만! 얘기할게요."

물이 계속 콧구멍으로 넘어가기 때문에, 그녀의 목소리는 마치 양치할 때 물을 입에 물고 소리를 내는 것과 흡사했다. 고춧가루 물을 들이붓던 놈이 마치 항복을 받아낸 승자처럼 여유로운 표정을 지어 보였다.

"그러니까 왜 사서 고생을 하니? 아저씨들이 좋은 말로 할 때 불었으면 고통도 당하지 않고, 오줌도 안 싸도 됐잖아. 이게 뭐니? 숙녀가 쪽팔리게."

성취감에 가득 찬 놈의 의기양양한 얼굴이 이 무서운 정권의 상징처럼 피폐해진 수영의 영혼을 압도해 왔다. 고춧가루 고문을 채 몇 분도 버티지 못하는 나약한 주제에 세상을 바꿔 보겠다고 나선 자신이 심하게 부끄러웠다.

수영은 밀려오는 자괴감에 괴로웠다. 그리고 슬펐다. 그 감정은 무슨 수를 쓴다 하더라도 절대로 이 악독한 체제를 무너뜨릴 수 없다는 절망 같은 것이었다. 도대체 얼마나 많은 고문이 더 자행돼야 모두가 소망하는 아름다운 세상이 올 것인지 수영은 막막했다. 한 가지 확실해진 건 언젠가 그런 세상이 도래한다 해도 자신은 그 혁명의 모서리 한 부분도 감당할 수 없는 연약한 대학생 계집애일 뿐이라는 사실이었다.

커다란 돌산 앞에 맨손으로 맞서려던 수영의 어리석은 시도는 그녀가 박제동의 행방을 경찰들에게 불었을 때 산산이 부서지고 말았다. 경찰들이 취조실에서 나가자 수영이 대성통곡하기 시작했다.

재민은 9시 뉴스를 마치자마자 집에 전화를 걸었다. 계속 여러 차례 시도를 했지만, 당연히 집에 있어야 할 수영은 전화를 받지 않았다. 평상시 아무 말도 없이 늦게 귀가하는 일이 거의 없는 수영이기에 재민은 불현듯 불길한 생각이 들었다. 무엇보다도 얼마 전 배석봉이 귀띔해 준 사실이 크게 마음에 걸렸다.

집에 돌아와 딸과 함께 밤참이라도 먹으려던 그의 계획은 완전히 수포로 돌아갔다. 현관문을 열고 들어온 그를 반기는 건 어둠뿐이었다. 재민은 외투도 벗지 않은 채 낡은 소파에 걸터앉았다. 그렇게 한참 그는 어둠 속에 앉아 있었다.

창 너머로 희미하게 스며드는 불빛이 벽에 걸린 시계를 비추고 있었다. 귀가한 지 벌써 한 시간 반, 벽시계가 자정이 다 된 시간을 알려주었다.

전화 송수화기를 든 채 망설이던 재민이 용기를 내어 다이얼을 돌렸다. 이 야심한 시각에 누구에게 전화를 한다는 건 커다란 실례였다. 하지만 언제나 그렇듯 배석봉 계장은 여타 보안사 직원과 다르게 매우 상냥하게 응대했다.

배석봉도 정확히 수영이 어디로 잡혀갔는지에 대해서는 대답하지 못했다. 알면서도 말하지 못하는 게 아닌가 하는 의구심이 들었지만, 평상시 그의 성품으로 볼 때 재민에게 거짓말을 할 위인은 아니었다. 친절한 배석봉은 다시 한 차례 수영에 관해 조언하길 꺼려 하지 않았다. 물론 그건 이번에 집에 돌아오면 휴학을 시키는 한이 있더라도 운동권에 얼씬 못하게 해야 한다는 말이었다. 실상 조언보다는 명령에 가까운 말이었다.

잠시 알아보고 전화하겠다던 배석봉 대신 다른 한 통의 전화가 걸려온 건 12시가 조금 지난 시간이었다. 재민은 불안한 표정으로 다시 수화기를 들었다. 상대방은 가까운 경찰서 서장이었다.

재민이 문을 열고 들어섰다. 당연히 가정 먼저 그를 반긴 건 초상화 속 늠름한 각하의 모습이었다. 자정이 훨씬 넘은 시간인데도 경찰들이 성실하게 자신들의 일에 열중하고 있었다. 물론 그들의 일 대부분은 시국 사범과 운동권 학생들을 잡아들이는 일이었다.

경찰들을 독려하던 서장이 재민을 알아보곤 반가운 표정을 지으며 달려왔다. 하지만 현재 재민의 마음은 누군가에게 반갑게 인사할 상태가 아니었다. 재민이 굳은 표정으로 그와 인사를 나눴다. 정말 웃긴 건 그도 각하와 마찬가지로 머리 위 고속도로가 상당히 넓다는 점이었다. 경찰서장이 고개를 꾸벅하더니 마치 오래된 친구처럼 친한 척을 했다.

"9시 뉴스 잘 보고 있습니다. 역시 뉴스는 케이비에스가 최고죠. 그중에서 유재민 앵커가 또 최고고요."

재민은 그의 몸에 밴 비굴한 굽실거림이 역겨웠다. 하지만 잘 생각해 보면 그 표현의 농도 차이가 있을 뿐, 아부하고 굽실거리는 건 자신도 마찬가지였다. 서장이 경찰서 내를 가리키며 계속 주둥이를 놀려 댔다.

"이거 보세요. 경찰들이 밤잠도 못자고 이렇게 시민들을 위해서 일합니다. 그러니까 대한민국 경찰들에 대해 애정을 가지시고, 잘 보도해 주십시오."

"죄송합니다. 제 딸이 아직 집에 돌아오지 않아서……."

재민이 채 말을 맺지도 않았는데, 서장이 대수롭지 않은 일이라며 떠들고 나섰다.

"뭐 별일 있겠습니까? 아마 어디서 놀고 있을 겁니다."

"그래도 이런 일이 처음이라서요. 혹시 오늘 데모하다가……."

"설마요? 대한민국 최고 앵커분의 따님이 그런 나쁜 놈들하고 어울릴 리가 있겠습니까? 하긴 통행금지 해제된 이후에 데모가 더 많아진 건 사실입니다. 저희 경찰서도 지금 숫자로 일을 할 수 없을 정도예요. 각하가 백성을 사랑하는 마음으로 아량을 베푸신 건데 왜 젊은이들이 그걸 악용하는지 모르겠습니다. 생각 같아선 각하께서 다시 통금을 복원시켜 주셨으면 좋겠다는 생각입니다."

서장은 자기 얘기만 늘어놓을 뿐 재민이 무슨 말을 하려는지에 대해선 전혀 관심이 없는 듯했다.

"아, 예에, 어쨌든 불철주야 수고가 많으시네요."

재민이 불편한 표정을 감추며 건성으로 받아쳤다. 이때 말단으로 보이는 경찰 하나가 서장에게 전화를 받으라고 외쳤다. 전화기를 쥔 그의 두 눈이 휘둥그레졌다.

"정말이야?"

자기 방에 들어가서 커피나 한 잔 하자는 서장의 제안을 뿌리친 채 재민은 문을 열고 현관 앞으로 나왔다. 밤공기가 매우 상쾌했으나, 재민의 마음은 그렇지 못했다. 숯처럼 새카만 마음을 달래기 위해 재민은 곁에 선 총각에게 담배 한 개비를 달라고 했다. 그는 친절하게 불까지 붙여 주었다. 재민은 뱃속 깊이 연기를 빨아들인 후 투포환 선수가 멀리 공을 밀어내듯 연기를 멀리 보내기 위해 강하게 숨을 내쉬었다. 하얀 연기가 어둠 속에서 선명한 구름을 만들며 멀어졌다. 재민은 고개를 들어 하늘을 바라보았다. 야밤이라서 그런지 하늘 위로 희미하게 별들이 보였다. 재민은 그중에서 별 하나를 골라 아내의 별로 정했다. 그리고 그 별에 대고 빌었다. 이 순간 딸 수영이 어디에 있든 엄마의 입장에서 그녀를 지켜 달라고 말이다.

시간이 얼마나 지났을까? 재민은 더 이상 아무것도 모르는 상태에서 이렇게 딸을 만나기 위해 경찰서에 머물 수는 없다고 생각했다. 답답한 마음에 담배 한 개비가 또다시 절실했지만, 아쉽게도 그의 주변에는 더 이상 담배를 가진 사람이 안 보였다.

재민이 경찰서 밖으로 무거운 발걸음을 옮기려 할 때 닭장차 한 대가 경찰서 안으로 들어오는 게 보였다. 곧이어 문이 열리고 학생들이 굴비처럼 엮여 끌어내려졌다. 누가 먼저랄 것도 없이 학생들은 김민기의 〈아침이슬〉을 부르기 시작했다.

"긴 밤 지새우고 풀잎마다 맺힌 진주보다 영롱한 아침이슬처럼. 내 마음에 설움이 알알이 맺힐 때 아침 동산에 올라 작은 미소를 배운다."

죽은 아내 현숙이 평소 즐겨 부른 그 노래였다. 장례식이 끝난 후 그녀의 묘지에서 어린 딸 수영과 함께 부른 노래였다. 그 어린 딸이 뭘 안다고, 목매여 토해 내던 가슴 아픈 언어였다. 어느새 재민도 〈아침이슬〉을 따라 부르기 시작했다. 물론 누구에게 들키지 않을 정도로 작은 목소리로 말이다.

"아가리 다물어, 개새끼들아!"

경찰 하나가 몽둥이로 맨 마지막에 내린 남학생의 머리를 내려쳤다. 순식간에 그의 이마에서 피가 흘러내리기 시작했다. 수갑을 찬 그는 피가 흐름에도 불구하고 계속해서 당당하게 노랠 불렀다.

"태양은 묘지 위에 붉게 떠오르고, 한낮에 찌는 더위는 나의 시련일지라. 나 이제 가노라, 저 거친 광야에 서러움 모두 버리고 나 이제 가노라."

집으로 향하던 재민의 발걸음이 다시 학생들을 따라 경찰서 내부를 향하고 있었다.

경찰 둘에게 양팔을 제압당한 남학생이 피를 흘리며 경찰서 내로 들어섰다. 대어를 낚은 듯 경찰서 안은 축제 분위기였다. 그중에서도 경찰서장이 가장 반가운 표정으로 뛰어나와 이 학생을 맞았다. 거물을 잡았다는 기쁨 때문인지 입이 찢어질 정도로 그의 얼굴이 환하게 부풀어 올랐다. 물론 그의 이마도 형광등 불빛에 아름답게 피어나고 있었다. 재민은 흥미로운 표정으로 구석에 서서 이 광경을 지켜보기로 작정했다. 서장이 고개를 돌려 외면하는 남학생을 향해 호기 어린 목소리로 지껄였다.

"신출귀몰한다더니, 박제동이도 별거 없네. 이거 이렇게 또 만나니 반갑다, 박제동이!"

재민은 자신의 귀를 의심했다. 얼마 전 배석봉이 조심하라고 귀띔을 해줬던 바로 그 학생, 수영의 삶을 위태롭게 만들고 있는 바로 그 학생이었다. 박제동이 고개를 돌려 서장을 향해 씩은 미소를 날렸다.

"서장님, 오랜만입니다. 근데 박정희 똘마니하고 전두환 똘마니 중에 어떤 게 낫습니까?"

순간 서장의 표정이 굳어졌다. 축제 분위기에 사로잡힌 경찰 중 하나가 일어서서 발로 박제동의 옆구리를 찼다. 쓰러진 박제동을 밟으며 그가 다른 동료 경찰들을 향해 외쳤다.

"야, 이 개새끼 주둥이 좀 지져 줘라."

그의 말이 끝나자마자 다른 경찰들이 몰려들어 제동에게 뭇매를 가하기 시작했다. 그들은 재민이 같은 공간 한쪽에서 지켜보고 있다는 사실을 전혀 모르고 있었다. 국민을 위해 존재하는 경찰들이 아무리 야밤이라 하더라도 경찰서와 같은 공개 장소에서 이렇게 사람을 흠씬 두들겨 팰 수 있단 말인가.

이미 이마에서 많은 피를 흘리던 박제동의 몸이 만신창이가 되는 건 순간이었다. 재민은 이 상황이 도저히 이해가 되지 않아 그저 멍하니 바라볼 뿐이었다. 박제동이 폭행당하는 걸 만족스럽게 쳐다보던 경찰서장이 문득 어두운 구석에서 같은 광경을 지켜보는 재민을 발견했다. 비열한 그는 곧바로 흥분한 경찰들을 뜯어말렸다.

"이 사람들아, 아무리 그래도 애를 그렇게 때리면 어떡해? 빨리 조서 꾸며서 집어넣어."

말과 달리 그의 표정은 재미있는 이벤트를 재민 땜에 망쳤다는 듯했다. 그는 재민에게로 다가와 매우 친절한 척 굴었다.

"험한 꼴 보여서 죄송합니다. 아무래도 격무에 시달리다가 범인을 잡으면 경찰들이 가끔씩 격해지는 경우가 있습니다. 별거 아닙니다. 그냥 못 본 걸로 하세요."

지금 이자가 제 정신인가. 아니 어떻게 본 걸 안 볼 걸로 한단 말인가. 어린 학생을 초죽음이 되도록 폭행하고 나서 별거 아니라고 말하는 이

서장 놈이 도대체 인간인지 금수인지 재민은 납득이 되지 않았다.

폭행 현장을 TV 앵커에게 들켰으니 아무리 독재 치하라 하더라도 경찰들 입장에선 당황할 수밖에 없었다. 특히 서장은 안절부절못한 채 재민에게 굽실대기 바빴다.

모두가 우왕좌왕하는 사이 박제동이 갑자기 용수철처럼 일어서 밖으로 튀어나갔다. 순식간의 일이었다. 수갑을 찬 채 경찰서 내부를 빠져나간 그는 주차장을 통과한 후 정문을 향해 달려가고 있었다. 정문을 지키던 경찰들이 돌아볼 틈도 없이 박제동이 순식간에 정문을 통과했다. 따라 나온 경찰들이 잡으라며 소릴 질러댔다.

하지만 박제동의 탈출 시도는 경찰서 정문을 나섬과 동시에 실패로 끝나고 말았다. 한밤중 차가 없는 한산한 거리를 폭주하던 지프차가 갑자기 거리로 뛰쳐나온 박제동을 그대로 들이받았다. 뒤에서 따라 나오던 재민이 조금 떨어진 곳에서 사고 장면을 목격했다.

순식간에 허공에 떠오른 박제동의 몸뚱이가 그대로 바닥에 곤두박질쳤다. 미동도 없는 것으로 보아 머리를 받은 것 같았다. 반대쪽에서 오던 승용차가 그의 몸 위로 밟고 지나갔다. 승용차는 곧바로 어둠 속에 묻혀 버렸다.

박제동을 잡기 위해 쫓아 나왔던 서장과 경찰들의 얼굴이 흙빛으로 변했다. 죽기 전 경찰들에게 집단 폭행을 당한 탓에 박제동의 온몸이 피투성이였다. 종종걸음으로 달려 나와 현장을 목격한 재민도 크게 당황하긴 마찬가지였다.

재민을 태운 택시가 통행이 거의 없는 한적한 4차선 도로를 달리고 있었다. 개미새끼 한 마리 없다고 말할 정도로, 아까운 한 청년의 목숨을 앗아간 밤은 무섭게 침묵하고 있었다. 재민은 괴로움에 고개를 숙인 채 머리칼을 감싸 쥐었다.

"유 선생님이 직접 보셨잖아요? 지가 도망치다가 이렇게 된 거. 내일 언론에서 떠들어댈 겁니다. 선생님께서 오늘 밤 경찰서 안에서 보신 것만 말씀하지 않는다면, 별 문제없이 해결될 수 있습니다. 잘 좀 부탁드리겠습니다."

경찰서장이 자신들의 책임을 무마하기 위해 방금 전 재민에게 늘어놓았던 변명이었다. 그들에게 목숨의 소중함은 아무 의미도 없어 보였다.

솔직히 그가 그렇게 말하지 않았더라도 재민은 침묵할 생각이었다. 자신이 본 걸 곧이곧대로 떠들어 봤자 좋을 일이 하나도 없음을 재민은 너무도 잘 알았다. 갑자기 자신이 민주 투사가 되어 국민에게 양심의 소릴 전달하는 도구가 된다는 건 어불성설이었다.

멀리 검문소가 보였다. 통금이 없어졌다고, 심야검문까지 없어진 건 아니었다. 택시가 검문소에 다다르자 귀여운 얼굴의 정복 경찰 하나가 다가와 길을 막아섰다. 경찰은 손짓으로 뒷좌석의 재민에게 차창을 내리라고 요구했다. 재민이 고개를 내밀자 그가 정중히 거수경례를 했다. 서울시민의 불쾌감을 최소화하기 위해서 그나마 이 젊은 경찰은 예의를 지키려 애쓰고 있었다. 재민은 생각했다. 이런 아름다운 청년도 이 악독한 체제의 물을 먹다 보면 순수를 잃어 버릴 것이라고.

"신분증 좀 보여 주십시오!"

재민은 아무 대답 없이 방송국 사원증을 꺼내 보였다. 케이비에스 마크가 붙은 것을 보고는 그가 유심히 재민의 얼굴을 살폈다. 이내 경찰의 표정이 환해졌다.

"뉴스 잘 보고 있습니다."

말을 마치자마자 그가 재빨리 메모 한 장을 꺼냈다. 그러고는 매우 쑥스럽다는 표정으로 이를 재민에게 들이밀었다.

"근무 중에 이러면 안 되는 거 잘 압니다. 하지만 사인 하나만 부탁드릴게요. 아픈 홀어머니가 계신데, 진짜 좋아하실 겁니다."

억울한 한 젊은 목숨이 눈을 감은 날, 또 하나의 건전한 대한민국 젊은이가 근무 수칙을 어기면서까지 아픈 어머니를 기쁘게 하기 위해 애쓰는 모습에 재민은 갑자기 가슴이 울컥했다. 그 어머니의 아들만큼은 오래 살아서 자유로운 세상을 만끽하길 바라는 마음으로 그는 사인에 한마디를 보태 적었다.

"어머니, 아름다운 마음을 보았습니다. 사람의 마음."

앵커의 슬픔

지난 저녁뿐만 아니라 오늘 아침, 점심까지 재민은 세 끼를 거르고 있었다. 어제 박제동의 죽음을 직접 본 충격 탓이기도 했지만, 역시 유일한 핏줄 수영의 행방을 알 수 없다는 게 정확한 이유였다.

재민이 넋이 나간 모습으로 창 너머를 바라보는데, 후배 아나운서 하나가 헐레벌떡 뛰어 다가왔다. 숨을 헐떡이며 그녀가 입을 열었다.

"유 차장님, 뭐하세요? 열두시 다 됐어요."

재민이 벽시계를 바라봤다. 정확히 정오 2분 전이었다. 갑자기 수영이 재민의 마음으로부터 쑥 빠져나갔다. 책상 위에 놓인 뉴스 원고를 든 재민은 장재근보다 더 빠른 속도로 뉴스 주조를 향해 부리나케 뛰기 시작했다.

재민이 라디오 뉴스를 하기 위해 스튜디오 문을 열고 들어오는데 벌써 캠페인 송이 들려오고 있었다.

"정성을 다하는 국민의 방송……."

재민은 피디나 엔지니어에게 인사할 틈도 없이 쏜살같이 부스 문을 열고 안으로 뛰어 들어갔다. 이럴 때 문을 닫는 건 피디의 몫이었다. 항시 부지런한 재민이 이런 실수를 저지르는 건 극히 드문 경우였다.

그가 부스 안 의자에 앉자마자 캠페인 송이 끝났다. 곧바로 생방송 시작을 알리는 불이 켜졌다. 아나운서로서 이미 여우가 다 된 그이지만, 가쁜 숨은 어찌할 수가 없었다. 애써 아닌 척하지만 그는 헐떡대고 있었다. 매번 뉴스 전에 들리는 메시지가 또다시 울려 퍼졌다.

"슬기로운 생활의 벗 여러분의 케이비에스가 잠시 후 정오를 알려드립니다. 중파 711킬로헤르츠 에프엠 97.3메가헤르츠 케이비에스 제일 라디옵니다."

띠띠띠 소리에 이어 땡하고 뉴스 시작을 알리는 시계 소리가 들려왔다.

"케이비에스 제일 라디오 정오 뉴습니다. 전두환 대통령께서는 오늘 낮……."

별 내용 없는 땡전뉴스에 이어 박제동의 사망 소식이 이어졌다. 오전 내내 멍한 상태로 원고를 한번도 읽어보지 않았기 때문에 재민은 틀리지 않기 위해 집중하려 애썼다. 물론 다른 뉴스들과 마찬가지로 이 뉴스도 축소와 조작, 그리고 검열로 얼룩진 위대한 창작물이었다.

"어젯밤 XX경찰서에서 있었던 XX대학교 학생 박제동 군에 관한 속봅니다. 부검 결과 이 사건은 경찰의 가혹 행위에 이어진 교통사고가 아니라, 평소 심장이 좋지 않았던 박 군이 경찰서에서 도망치다가 심장마비로 쓰러졌고, 그 직후에 차에 치인 것으로 알려졌습니다. 경찰은 사고 후 신속하게 박 군을 병원으로 옮겼지만, 도착 직전에 사망한 것으로 드러났습니다. 박 군의 시신은 가족들의 요청에 따라 내일 영결식에 이어 화장될 것이라고 경찰은 밝혔습니다. 다음 뉴습니다."

가족들의 요청에 의해 화장한다는 것은 물론 새빨간 거짓말이었다. 이런 무시무시한 거짓 뉴스를 재민은 아무 감정도 없이 앵무새처럼 읽어 내려갔다. 어젯밤 박제동의 죽음을 목격한 후 괴로웠던 심정은 어디론가 사라지고, 재민은 어느새 이 악독한 체제의 부품 중 하나로 돌아가 자신의 역할을 충실히 수행하고 있었다.

아나운서실로 돌아간 재민은 수영에 대한 걱정으로 여전히 제정신이 아니었다. 다시 넋이 나간 표정으로 물끄러미 창밖을 내다보는 재민 곁에 배석봉이 나타났다.

"우리 유재민 형님, 또 이 세상 고통 혼자 다 짊어지고 가신다."

친절한 목소리에 재민이 돌아섰다.

"어어, 배석봉 씨."

"얼굴 표정이 왜 그래요?

"수영이."

"수영이가 왜?"

재민은 어젯밤에 그토록 걱정이 되어 전화했는데도, 마치 몰랐던 일처럼 얘기하는 배석봉이 얄미웠다. 재민이 수심 가득한 표정으로 말을 이어갔다.

"배석봉 씨 말대로 경찰서 갔는데, 그 사람들도 모른다고 하더라고."

배석봉이 이해가 되지 않는 듯 고개를 갸우뚱했다.

"아니 아직도 안 들어왔단 말이야? 경찰서에 없다면 어디로 간 거지? 특별히 엄청난 거물도 아닌데 설마 거길……."

"거기라니?"

말꼬리를 흐리는 배석봉 때문에 재민의 불길한 마음이 증폭됐다.

"경찰서에 없으면 나한테 연락을 하셨어야지. 아니, 이 형님 답답하네. 이런 주변머리로 아나운서 아님 뭐해 먹고 사셨을까?"

재민이 배석봉의 손을 잡으며 간절하게 매달렸다.

"배 형, 정말 찾아줄 수 있어?

배석봉이 호탕하게 웃어 젖혔다. 대한민국에서 보안사 빽 정도면 안 될 게 뭐 있겠냐는 자신감이 묻어 있었다.

"당연하죠. 대한민국에서 우리가 맘먹으면 안 되는 일 없습니다."

그것이 옳든 그르든 지금 그건 재민에게는 중요하지 않았다. 수영이 어디에 있느냐, 잘 있느냐만이 그의 관심사였다. 재민은 배석봉의 손을 잡고는 마치 윗사람에게 굽실대듯 연신 고개를 구부렸다.

"고마워요, 배석봉 씨. 내가 이 은혜 꼭 갚을게."

또다시 비굴하게 고개를 구부리는 유재민 앵커의 모습은 어용 언론의 진정한 표상이었다.

수영이 눈을 떴다. 물론 눈을 떴다고 해서 뭐가 보이는 건 전혀 아니었다. 불빛이라고는 전혀 찾을 수 없는 칠흑 같은 공간에서 수영은 브래지어와 팬티 차림으로 깨어났다. 수갑을 찬 채 구부려 새우잠을 잔 탓에 팔과 어깨 등에 피가 통하지 않아 온몸이 저려왔다.

한기로 인해 수영은 부들부들 떨고 있었다. 그럼에도 불구하고 수영은 더 이상 고문을 당하지 않아도 된다는 사실에 안도하고 있었다. 하지만 그 컴컴한 어둠 속에서도 죄책감은 금방 그 어떤 실수도 없이 수영을 찾아냈다. 수영은 박제동의 은신처를 발설한 대가로 고문의 고통으로부터 해방될 수 있었다. 하지만 진짜 고문은 이제부터였다.

박제동이 잡혔을까. 그렇다면 앞으로 그의 운명은 어찌되는 것인가.

그가 수감된다면 면회라도 갈 수 있을까. 면회를 간다 해도 무슨 낯으로 그의 얼굴을 볼 것인가. 학교로는 돌아갈 수 있을까. 학우들은 나를 어떻게 대할까. 남은 학창시절을 투명 인간으로 살아야 하는가. 동료를 고발한 멍에를 짊어진 채 말이다.

수영은 괴로움에 마구 고개를 저어 댔다. 양손으로는 머리칼을 쥐어뜯었다. 하지만 그 어떤 행동도 그녀의 양심을 자유롭게 할 순 없었다. 그녀는 박제동의 안전을 진심으로 기원했다. 차라리 한껏 울음이라도 터뜨렸으면 원이 없겠다고 생각했으나, 눈물은 한 방울도 나오지 않았다. 이런 정신적 고통과는 반대로 어깨와 팔의 경련이 점차 사라짐에 따라 그녀의 육신은 평화를 되찾아 가고 있었다. 그 순간 그녀는 문득 깨달았다. 정신이 무너질 때 타락하고픈 인간의 욕망을 말이다.

죽음보다 무서운 철제문 열리는 소리가 들리더니, 희미한 빛이 새어 들어왔다. 희미하다고는 하나 벌써 하루 가까이 빛을 보지 못한 수영에겐 강렬한 헤드라이트 같은 느낌으로 다가왔다. 뚜벅뚜벅 계단을 내려서는 구둣발 소리가 들려왔다. 순간 수영은 불빛에 비친 자신의 팔과 배 등을 관찰했다. 멍투성이였다. 고문에서 벗어나니 수치심도 다시 되찾은 듯했다. 벌거벗은 채 엎어져 있던 수영은 간신히 몸을 일으켜 세우려 애썼다. 하지만 매를 많이 맞은 탓에 일어나는 게 결코 쉽지 않았다. 계단을 내려온 놈들은 자신을 고문한 사복 경찰 둘이었다. 그중 한 놈이 마치 엄청나게 놀라운 사실이라도 알았다는 듯 호들갑을 떨었다.

"유재민 앵커가 아버지라며? 처음부터 말을 하지 그랬어?"

수영은 아무 대꾸도 하지 않았다. 의지도 없었고, 그럴 기운은 더더욱 없었다.

"너 아버지 잘 둔 줄 알아라."

도대체 뭐가 아버지를 잘 됐단 얘긴가. 수영은 놈의 상투적인 헛소리가 경멸스러웠다. 주둥이 벌리는 데 재미를 붙인 놈이 어쩌고저쩌고 하며 계속 아가리를 놀려 댔다. 다른 한 놈이 벽의 스위치를 올리자 취조실 전체에 환하게 불이 들어왔다. 수영은 양손으로 브래지어만으로 가린 자신의 가슴을 가렸다. 다른 놈이 손에 쥔 종이 봉지를 던지자, 그 안에서 수영이 잡혀올 때 입은 옷이 삐져나왔다.

"아버지 만나러 가야지."

놈들은 언제 자신들이 수영을 고문했냐는 듯 상냥한 옆집 오빠 내지는 아저씨처럼 그녀를 부드럽게 부축해 일으켜 세웠다.

수영은 자신이 안내돼 온 이 공간이 도대체 어딘지 알 길이 없었다. 그냥 어느 휴게실이나 학교 양호실처럼 쾌적하며 안락한 느낌이 드는 곳이었다. 수영은 그 공간 긴 의자 위에 완전히 벌거벗겨진 채로 누워 있었다.

뚱뚱하다기보다는 후덕해 보이는 중년 여인 둘이 달걀을 이용해 수영의 몸 전체를 마사지하고 있었다. 몸에서 푸른 멍을 빼자는 수작이었다. 수영이 눈을 들어 천장을 바라보았다. 선풍기 날개에 낀 더러운 때가 눈에 들어왔다. 수영은 정지된 천장 선풍기를 그저 멍하니 바라보았다. 조금 전까지 그렇게 엉망으로 망가진 몸은 놀랍게도 많이 회복된 듯했다. 역시 고문은 고문 전문가에게, 마사지는 마사지 전문가에게 맡기는 것이 옳다.

한참 후 마사지가 끝나자 수영이 가운을 입었다. 다른 사람들이 입은 옷을 오랫동안 세탁하지 않은 탓에 역겨운 냄새가 그녀의 코를 찔렀다. 잠시 후 문이 열리고, 뚱뚱한 이대팔 가르마 보안사 놈이 쇼핑백 하나를 들고 들어왔다. 이름만 대면 알 만한 시내의 백화점에서 뭔가 사 온 거였다. 놈은 언제 그랬냐는 듯 수영을 취조할 때와 달리 나긋나긋한 목소리로 마사지 아줌마들에게 지시했다.

"잠깐 나가 있어요."

서둘러 여자 둘이 나가자 놈은 쇼핑백에서 화사한 원피스 하나를 꺼내 수영에게 보였다.

"신경 써서 골라 봤는데 마음에 들지 모르겠네."

고문 전문가라고 하기엔 너무도 상냥하고 친절한 말투였다. 수영은 그 원피스를 받아들고는 더러운 가운을 벗었다. 좀 전과 달리 수영에게서 수치심은 상당히 멀리 달아난 듯 보였다.

"이 옷 입고 가. 이거 상당히 고가야. 너 여기 들어온 기념으로 주는 선물이야."

수영이 옷을 거의 다 입을 걸 확인한 놈은 가져온 서류 봉투 하나를 꺼냈다. 그 안에는 서류 한 장과 인주가 들어 있었다.

"찍어. 별거 아냐. 그냥 요식행위야. 나가서 여기 일 발설 안 한다고 약속하는 거야."

수영이 힘없이 고개를 치켜들며 놈의 얼굴을 쳐다봤다. 놈은 정작 자신이 고문한 대상과 눈이 마주치자 조금 기가 죽은 듯했다. 그의 두 눈이 수영을 향해 '어쩔 수 없는 거다. 직업이니 이해해 달라'고 호소하는 듯했다. 자신은 이 체제의 똘마니일 뿐 악마는 아니라고. 그럼에도 불구하고 놈은 수영에게 마지막으로 한번 더 겁을 주기 위해 입을 열었다.

"복잡하게 얘기 안 할게. 나가서 여기 일 얘기하면 너는 죽어. 그러니까 그냥 똥 한번 밟았다고 생각하고, 열심히 공부나 해."

말을 하던 중에 놈이 고개를 위아래로 움직이며 수영의 얼굴과 몸매를 살펴봤다.

"예쁘게 생겼네. 몸매도 준수하고. 이 아가씨야, 이런 외모면 탤런트를 하든지, 아니면 아버지처럼 아나운서가 되든가 해야지, 왜 운동을 하고 그래? 운동은 백옥자나 박찬숙 같은 애들이 하는 거지. 너 백옥자 알지? 아시아의 마녀 백옥자 말이야."

전혀 웃기지 않는 놈의 썰렁한 조크를 수영은 잠자코 들어줬다. 그녀는 마치 삶의 모든 걸 포기한 사람처럼 체념의 표정을 지었다.

잡혀 오기 전 모습에 거의 가깝게 꽃단장을 한 수영은 차를 통해 경찰서로 옮겨졌다. 재민은 벌써 세 시간 넘게 휴게실에서 초조한 모습으로 딸 수영을 기다렸다.

문이 열렸다. 재민이 돌아봤다. 수영을 고문한 놈들이 그녀를 데리고 들어왔다. 딸을 발견한 재민이 일어나 그녀에게 다가갔다. 아버지의 품에 안긴 수영은 곧장 눈물을 흘리기 시작했다.

수영은 자신이 아버지 재민보다 훨씬 더 강하다고 생각했으나, 그건 환상일 뿐이었다. 그녀는 이 악독한 시대를 이를 꽉 문 채 비굴하게 견뎌 내는 아버지가 자신보다 훨씬 더 강한 사람일 수도 있을 거라고 생각했다. 아버지를 바라보는 그녀의 두 눈에 이슬이 맺혔다.

재민이 다가와 딸의 어깨를 다독였다. 그의 표정은 매우 착잡했다. 말 많은 보안사 놈이 재민에게 다가와 또다시 그 미친 주둥이를 나불대기 시작했다. 그의 어투는 고문 전문가라고는 상상할 수 없을 정도로 친밀했다.

"따님이 괜히 분위기에 휩싸여서 그런 거니까 너무 나무라지 마십시오."

놈은 곧바로 마치 친절한 오빠나 되는 것처럼 수영에게도 말을 건넸다.

"우리 또 만나면 안 된다."

재민에게 그 말은 농담이었으나, 수영은 그 속에 담긴 뜻이 무엇인지 정확히 알기에 마음속으로 치를 떨었다.

"죄송합니다. 잘 주의시키겠습니다."

재민이 별수 없이 고개를 숙여 굽실거렸다. 놈은 모든 게 만족스럽다는 듯 빙그레 미소를 지어 보이더니 양복 안주머니에서 작은 포켓용 수첩과 만년필을 꺼냈다. 어이없게도 이런 상황에서 사인을 해달라는 거였다. 잠시 망설이는 재민을 향해 놈이 입을 열었다.

"부탁합니다, 유 선생님. 마누라하고 애들한테 자랑 좀 하게요."

수영은 기가 막혔다. 그토록 무자비하게 자신의 몸과 자존감을 짓밟은 놈이 평범한 대한민국 가장이라니 말이다.

재민은 결코 내키지는 않았지만, 정성스레 사인을 해주었다. 그랬더니 친구 따라 강남 간다고, 다른 놈도 사인을 해달라고 졸라 댔다. 재민은 언짢음을 감춘 채 그놈에게도 동일한 친절을 베풀었다.

돌아오는 길에 부녀는 거의 30분 가까이 아무 말도 나누지 않았다. 둘 다 해야 할 말이 있었지만, 입을 열 분위기가 아니었다. 재민은 먼저 수영에게 무슨 일이 있었는지 궁금했고, 수영은 박제동이 어찌됐는지를 알고 싶어 했다. 한참 만에 재민이 썰렁한 분위기를 깼다.

"대공수사담당 경찰들이라 험상궂은 줄 알았는데, 애들이 착하고 매너가 좋네."

수영이 픽 웃었다. 대공수사담당 경찰들이 방금 아버지가 말한 유형의 인간들이 아니라는 걸 잘 알고 있으니 말이다.

잠시 망설이던 수영이 단도직입적으로 박제동에 관해 물었다. 역시 잠시 망설이던 재민은 그가 경찰서에서 도망치려다 자동차 사고로 죽었다는 사실을 알려줬다.

재민이 채 말을 맺기도 전에 수영이 통곡하기 시작했다. 두 사람은 집에 돌아올 때까지 단 한마디도 주고받지 않았다.

집에 돌아온 수영은 목욕탕에 들어가 물을 걸어 잠근 후 밤늦게까지 구슬프게 울었다. 거실에 앉은 재민에게도 그 울음소리가 가슴 아프게 전해졌다. 비록 딸의 행동이 마음에 들지 않았지만, 지금 그녀가 겪고 있을 마음의 고통은 충분히 이해할 수 있었다. 하지만 그는 수영의 눈물이 박제동에 죽음에 대한 죄책감 때문이란 사실은 알지 못했다.

재민은 몇 차례나 목욕탕 문을 두들기려다가 그만두었다. 수영의 울음은 자정 가까이 돼서야 멈추었다. 목욕탕에서 나온 그녀는 재민에게 다가와 공손히 취침 인사를 하더니 자기 방으로 사라졌다.

새벽이 가까울 즈음 재민은 용기를 내어 살금살금 수영의 방문을 열고 들어갔다. 이불을 뒤집어 쓴 채 얼마나 울었는지, 수영의 두 눈이 퉁퉁 부어올라 있었다.

재민은 침대 모서리에 우두커니 앉아 자는 딸을 한참 내려다보았다. 그러다가 문득 수영의 잠옷 단추를 조심스럽게 풀었다. 그의 눈에 수영의 어깨 밑 가슴 윗부분에 미세하게 남아 있는 멍 자국이 보였다. 고문의 흔적이 분명했다. 어둠 속에서 재민은 분노를 억제하지 못한 채 연신 한숨을 토해냈다. 아내 현숙을 고문으로 망가뜨린 놈들이 딸까지 짓밟은 것이었다. 재민은 치를 떨었다.

무엇이 문제인가? 나인가? 수영인가? 이 세상인가? 각하인가?

재민은 그날 밤 자신의 무기력함과 싸우며 거의 뜬눈으로 밤을 지새웠다.

각하를 닮은 사나이, 가발을 쓰다

보도국에서 삼군 사관학교 체육대회를 앞두고 중요한 회의가 열리고 있었다. 최영호 피디와 유재민 앵커, 카메라맨 팽동수 등 이번 체육대회를 중계할 주요 인물들이 보도국 회의실에 앉아 보안사 배석봉 계장의 말을 경청하고 있었다.

"이번 축구 경기는 대통령 각하께서 취임하신 후 처음으로 직접 경기장에 모습을 보이시는 삼군 사관학교 체육대회 중 가장 중요한 시합입니다. 물론 편파적으로 하라는 얘긴 아니지만, 그래도 가능하면 육사가 더 부각되도록 좀 중계해 주십사 부탁드립니다. 그리고 특히 내일 열리는 육사와 해사의 축구 시합은 각하께서 가장 큰 관심을 갖고 있는 경기니까, 아무 실수 없도록 신경 써서 준비하고 중계해 주십시오."

배석봉이 매우 진지한 표정으로 떠드는 가운데, 상당수는 필기까지 하며 중계 준비에 열을 올리고 있었다. 하지만 최영호는 만날 하는 똑같은 중곈데 웬 호들갑이냐는 투로 계속 하품만 하고 있었다.

회의가 다 끝난 후 최영호와 팽동수, 그리고 재민이 휴게실에 앉아 코

앞에 닥친 삼군 사관학교 체육대회 중계에 대해 얘기를 나눴다. 이때 최영호는 중계 때 촬영을 총괄할 팽동수에게 파란색 책자 하나를 던지듯 건넸다.

"이게 뭐야?"

"몰라. 개새끼들이 새 보도 지침이라고 자세히 읽어 보래."

"알았어."

팽동수는 별 생각 없이 책자를 받아 가방에 집어넣었다. 주는 이도, 받는 이도 건성으로 생각한 이 책자가 나중에 이들의 인생을 처절하게 망가뜨리게 될지는 아무도 몰랐다.

최영호와 팽동수는 일찍 귀가해 새 보도 지침을 읽고 숙지했어야 함에도 불구하고 한잔 하자는 재민의 꾐에 넘어가 방송사 근처 돼지갈비집으로 향했다.

세 사람은 먼저 시원한 맥주를 따라 건배한 후 단박에 들이켰다. 항상 그렇듯 모든 불평불만은 최영호 피디의 몫이었다. 그는 술잔을 내려놓자마자 욕설을 쏟아 냈다.

"씨팔! 아무리 각하가 납시어도 그렇지, 무슨 공영방송이 육사하고 해사 축구 시합을 중계하냐고? 월드컵도 아니고!"

"또, 또 쓸데없는 소리해서 혼나려고?"

재민이 최영호를 타일렀다. 하지만 불만스러운 건 팽동수도 마찬가지였다.

"야, 영호야, 그냥 술이나 마셔. 그 새끼들이 뭘하든 우린 중계만 잘하면 돼."

"형만 잘하면 돼. 또 내일 넋 놓고 있다가 커트 놓치지 말고 잘하라고."

최영호가 핀잔을 주자 팽동수가 손가락으로 그를 가리키며 역정을 냈다.

"너만 잘하면 돼, 새끼야! 제발 내일 중계할 때는 욕 좀 하지 마. 입이란 게 음식을 먹는 데 쓰는 건데, 너는 어찌 된 게 그걸로 걸레를 빠니?"

항상 이런 식이다. 서로를 매우 아끼는 사이임에도 불구하고 최영호와 팽동수는 항상 '톰과 제리'처럼 만나기만 하면 으르렁댔다. 최영호가 팽동수를 기분 나쁘다는 투로 바라보자 재민이 중간에 끼어들었다.

"그래, 동수 형 말이 맞아. 최 피디는 생방할 때 흥분해서 욕하는 거, 그거 고쳐야 돼."

말을 마친 재민이 또 한 차례 건배를 제의했다. 서너 잔 비우고 나니 셋 다 취기가 오르기 시작했다.

거나하게 취한 재민이 잔을 들다가 문득 문을 열고 들어오는 한 중년 남자와 눈이 마주쳤다. 그 남자는 참기름을 담은 소주병이 가득한 바구니를 들고 있었다. 가발 차림에 안경까지 쓰고 있었지만, 재민은 한눈에 그가 박영식임을 알아챘다. 재민을 보지 못한 그는 곧장 카운터에 앉은 주인 사내에게로 향했다.

"어떡하죠. 저희 참기름 필요 없는데."

주인은 친절했지만, 분명히 거절 의사를 밝혔다. 그는 박영식이 탤런트라는 사실을 아직 알아차리지 못한 듯했다. 이에 아랑곳하지 않은 채 박영식은 참기름을 팔기 위해 저돌적으로 매달렸다.

"그러지 말고 좀 사주십시오. 저희 마누라가 직접 만든 거라 맛이 기가 막힙니다."

"됐어요, 아저씨!"

말을 하던 주인 사내가 고개를 갸우뚱했다.

"근데 아저씨, 탤런트 아니에요?"

갑작스런 질문에 당황한 박영식은 아무런 대답도 하지 못한 채 돌아서려 했다. 먼발치서 안타깝게 이를 지켜보던 재민이 일어서며 큰소리로 외쳤다.

"박 선배님!"

워낙 큰소리로 불렀기에 모두가 재민을 쳐다봤다. 박영식도 마찬가지였다. 실내를 매운 손님들이 재민을 가리키며 텔레비전에 나오는 사람이라고들 수군댔다. 박영식은 후배 앞에 참기름 바구니를 든 채 섰다는 게 창피했다. 순식간에 몸을 돌린 그는 도망치듯 문을 열고 밖으로 나갔다. 평상시 이런 상황이면 그냥 조용히 자리에 앉을 재민이었지만, 취기 탓에 그는 박영식을 좇아 뛰어나갔다.

돼지갈비집 밖 도로로 나선 재민이 계속 "박 선배!"를 외치며 좇아갔다. 박영식이 젖 먹던 힘을 다해 후배를 따돌리려 애썼으나, 참기름 병이 담긴 바구니의 무게 때문에 속력을 낼 수가 없었다. 재민이 순식간에 어렵지 않게 박영식과의 거리를 좁혔다.

더 이상 따돌릴 수 없다고 판단한 박영식이 멈춰 섰다. 고개를 돌려 재민을 쳐다보는 그의 표정은 매우 처량했다.

가까운 공원 벤치에 앉은 두 사람은 한동안 말이 없었다. 조금 전 돼지갈비집 주인 사내에게 팔려 했던 참기름 두 병이 어느새 재민의 곁에 가지런히 놓여 있었다. 재민이 말없이 담배를 꺼내 박영식에게 건넸다. 그러고는 불을 붙여 주었다. 박영식이 연기를 내뿜었다.

"홀아비가 참기름은 얻다 쓰려고?"

말을 마친 박영식이 한숨을 내쉬었다. 재민은 박영식의 질문이 재미있다는 듯 피식 웃었다.

"왜요, 선배님? 마누라 간 다음에 제가 살림 다 합니다. 말 같은 딸년이 있어도 살림을 할 줄 알아야죠."

"미안해, 이런 민망한 꼴을 보여서."

"아닙니다. 제가 한번도 챙겨드리지 못해 죄송해요. 그동안 어찌 지내셨습니까?"

박영식이 뭐라 대답할까 잠시 망설였다.

"처음엔 미안하다며 한 석 달 생활비조로 몇 푼씩 주더라고. 그러더니 결국 아무 연락도 없고……. 토끼 같은 자식새끼들 굶길 수는 없잖아."

재민은 하루아침에 날벼락을 맞은 박영식이 너무도 불쌍했다. 가족에게 헌신적이고, 연기자로서 열심히 살아온 그에게 각하와 닮았다는 이유 하나로 졸지에 내려진 형벌은 아무리 생각해도 가혹했다.

갑자기 재민은 만약 자신도 대머리였다면 지금 어떻게 됐을까를 상상해 봤다. 프리랜서가 아니라 방송사에 매인 몸이니 쫓겨나진 않았겠지만, 지금처럼 9시 뉴스 등을 진행하는 앵커로서의 활약은 할 수 없었을 것이다. 재민은 스스로에게 질문을 던졌다. 만약 나에게서 뉴스 앵커 자리를 빼앗아 간다면? 만약 그런 일이 벌어진다면, 내가 사랑하고 보람을 갖는 일을 더 이상 할 수 없다면 나는 어떻게 될까?

이런 생각을 하고 나니 자신의 일자리를 잃고도 굳건하게 살아가는 박영식이 너무나 위대해 보였다. 하지만 이런 재민의 생각과 달리 그의 입을 뚫고 나온 질문은 매우 엉뚱했다.

"근데, 왜 하필 참기름이에요?"

박영식의 대답도 재민의 질문만큼이나 엉뚱했다.

"대머리하고 잘 어울리잖아. 둘 다 잘 미끄러지니까."

재민이 껄껄대며 웃기 시작했다. 누가 봐도 별로 웃기지도 않은데, 그는 한참 배꼽을 잡으며 웃어댔다. 후배가 웃자 박영식도 잠시 시름을 잊은 채 같이 웃었다. 물론 둘 다 웃고 있지만, 웃는 게 결코 마냥 즐거워 웃는 건 아니었다. 재민이 또다시 바보 같은 질문을 던졌다.

"근데, 선배님 지금처럼 가발 쓰고 나오면 안 되나요?"

먹고살기 위해 똑같은 질문을 드라마 국장에게 던진 바 있는 박영식은 그에 대한 답을 알기에 떨떠름한 웃음만을 지어 보였다.

그날 밤 재민은 박영식을 데리고 돼지갈비집으로 돌아가 새벽까지 술을 마셨다. 박영식이 최영호, 팽동수와 술을 마시는 사이 재민은 자신의 인지도를 이용, 바구니에 담긴 참기름을 손님들에게 다 팔아치웠다. 샌님인 재민이 이런 일을 하다니, 이는 참으로 놀라운 일이었다.

다음 날 아침, 재민은 엄청난 두통을 느끼며 일어났다. 어젯밤은 박영식과 행복했는데, 오늘 중계방송을 생각하니 큰일이었다. 최영호와 팽동수도 토할 정도로 대취해서 집에 돌아갔으니, 오늘 컨디션이 좋을 리 만무했다.

방문을 열고 나가 보니 수영이 기특하게도 아침식사를 준비해 놓고 기다리고 있었다. 콩나물국과 계란프라이까지 갖춘 제대로 된 밥상이었다.

비록 그동안 부녀 사이에 별 대화는 없었으나, 잡혀갔다 나온 후 수영의 생활은 재민이 느끼기에도 큰 변화가 있었다. 비록 어젯밤 과음으로 머리와 뱃속은 엉망이었지만 딸을 바라보는 재민의 마음은 흐뭇했다. 재민이 조심스럽게 말문을 열었다.

"고맙다, 니가 그동안 딴 데 신경 안 쓰고 열심히 공부해 줘서."

수영이 대답 대신 어색한 미소를 지어 보였다. 아무 말 없이 고개를 숙인 채 숟가락을 들려는 딸에게 재민이 물었다.

"오늘 아빠가 육사하고 해사 축구 중계방송을 하거든. 같이 가서 구경하고, 끝난 담에 아빠랑 한잔 하고 들어오지 않을래? 너도 이제 성인이 됐으니까……."

수영은 순진한 아버지를 바라보며 혀를 찼다. 아무리 자신의 생활이 바뀌었다 해도 결코 마음이 편해진 건 아니었다. 박제동의 은신처를 불었다는 죄책감과 동료 학생들을 배신했다는 자괴감은 여전히 그녀를 미치도록 괴롭게 하고 있었다.

"학기말 시험 준비 땜에 도서관 가야 돼요."

냉랭함이 느껴지는 말투였다. 이어지는 말은 더 매정했다.

"저 같은 사람이 열심히 공부해야 세상이 나아진다면서요."

나쁜 년! 말을 꺼냈다 본전도 못 건진 재민은 그냥 고개를 콩나물국에 처박은 채 닥치는 대로 콩나물을 입속에 우겨 넣기 시작했다.

각하와 영부인

동대문 운동장이 그야말로 인산인해를 이루고 있었다. 입추의 여지가 없다는 말이 실감 날 정도로 빈자리는 눈을 씻고 찾아봐도 찾을 수가 없었다. 물론 관중 대부분은 생도이거나 그들 때문에 운동장을 찾은 가족이나 애인이었다.

단상 중앙에는 대한민국의 희망인 각하와 영부인이 차분하게 앉아 있었다. 그리고 각하 내외를 중심으로 수많은 정부와 군 관리, 그리고 국회의원들이 자릴 잡고 있었다. 얼핏 보기에 평화롭지만, 각하 주변의 경비는 물 샐 틈 없이 삼엄했다.

내빈 대부분은 각하 내외에게 굽실거리느라 정신이 없었다. 각하와 영부인이 앉은 자리 앞엔 그들만을 위한 TV 모니터가 설치돼 있었다. 단상에서 꽤 떨어진 곳에 또 다른 모니터가 설치돼 있고, 두 명의 이대팔 가르마를 한 보안사 직원들이 앉아서 중계방송을 보고 있었다.

포근한 봄 날씨도 가히 예술적이었다. 구름마저 드리워져 멋진 군 축제를 즐기기에 안성맞춤이었다. 하늘은 분명 각하와 그의 정권을 축복

하는 게 틀림없었다.

육군 의장대와 여러 여고가 연합한 밴드부의 공연이 이어졌다. 이들이 보여준 움직임은 정말 기계에 가까운 통일성을 과시했다. 육사와 해사의 시합이었으나, 공사 응원단도 매스게임을 펼치며 흥을 돋우었다.

모든 사전 행사가 끝나자 그라운드에 육사와 해사 대표 선수들이 모습을 드러냈다. 그들이 등장할 때 각 스탠드에 위치한 응원단이 운동장이 떠나가도록 함성을 질러 댔다. 하지만 이 함성은 곧 이어질 함성에 비하면 아무것도 아니었다.

장내 아나운서가 각하와 영부인을 소개하자 운동장은 무슨 폭발이라도 일어난 듯 굉음으로 가득 찼다. 각하가 손을 들어 자기 백성들의 열화와 같은 환호에 답했다. 영부인도 마찬가지였다. 관중들의 떠들썩한 환영은 각하와 영부인이 자리에 앉은 후에도 계속됐다. 잠시 후 각하가 직접 일어서서 관중들에게 이제 자신을 향한 환호성을 멈추라고 손을 내저었다. 참으로 겸손한 군주의 모습이었다.

지난밤 떡이 되도록 술을 마신 삼인방은 각자의 위치에서 중계방송을 준비하고 있었다. 유재민 앵커는 중계석에, 최영호 피디는 중계차에, 그리고 팽동수 촬영감독은 운동장 전체를 담은 크레인 장비 위에 자리하고 있었다. 중계 참여 스태프들은 헤드폰 마이크를 통해 이야기를 주고받았다. 뷰파인더를 보던 팽동수가 모니터에 비친 각하의 측면 얼굴을 보며 헤드폰 마이크에 대고 입을 열었다.

"최영호, 대통령은 카메라를 프로필로 가면 더 험상궂어 보이니까, 웬만하면 사이드는 짧게 가."

중계차 안에서 담배를 피우며 스태프들을 진두지휘하던 최영호가 역시 헤드폰 마이크에 대고 역정을 냈다.

"또, 또 하나님 같은 피디가 하는 일에 참견한다. 동수 형, 연출은 내가 하니까, 촬영이나 실수하지 마, 제발!"

"뭐 새끼야!"

화를 내려던 팽동수는 최영호의 성격을 알기에 바로 꼬리를 내렸다. 그는 오히려 웃으며 비꼬듯 한마디를 내뱉었다.

"알았어요, 최 감독님. 또다시 거창한 생방송 좀 하시나 보네요."

중계석에서 김성수 축구 해설위원과 함께 앉아 방송 자료들을 살펴보던 재민이 신경질을 냈다. 술자리에서나 하는 '톰과 제리' 다툼을 이렇게 어마어마하게 규모가 큰 중계에서도 하고 있으니 기가 막힐 노릇이었다. 중계방송을 진행하는 앵커는 방송용 마이크만 피하면 무슨 말이든 할 수 있었다. 계속해서 최영호가 욕설을 내뱉으며 투덜대자 재민이 신경질을 냈다.

"에이, 새끼가 또 지랄이네."

"네?"

재민의 혼잣말에 김 해설위원은 자신에게 욕하는 줄 알고 깜짝 놀란 표정을 지었다. 민망한 표정의 재민이 이를 무마하기 위해 말을 보탰다.

"아니 김 위원님한테 그런 게 아니고요, 최영호 피디 땜에요. 생방송만 시작하려고 하면 주둥이가 완전히 화장실이 되거든요."

해설위원 김성수도 이런 최영호의 명성을 익히 알고 있다는 듯 웃었다.

"그러니까 얼마나 다행이에요, 그 사람이 피딘 게? 만약 앵커였다면 벌써 끌려가서 뒈지게 좀 맞았을 겁니다."

재민도 씁쓸한 표정으로 따라 웃었다.

최영호와의 입씨름에서 자발적으로 패배한 팽동수가 헤드폰 세트를 집어던졌다. 중계차의 최영호가 들을 수 없기 때문에 팽동수는 마음껏 욕설을 내뱉었다.

"이 새끼가 아직 방송 시작도 안 했는데 지랄을 하네, 재수 없게. 애새끼가 아주 입이 개야, 개."

곁에서 포커스를 맡은 조수가 장난스럽게 최영호 피디의 편을 들고 나섰다.

"팽 감독님도 만만치 않잖아요."

"내가 그렇게 욕을 많이 하니?"

"그럼요. 특히 저희 조수들한테 엄청나게 욕하시잖아요."

자신도 최영호와 똑같은 욕쟁이란 말에 팽동수는 심기가 뒤틀렸다. 그는 포커스를 맡은 조수에게 한마디 쏘아붙였다.

"넌 새끼야, 카메라 움직일 때 포커스나 잘 봐. 일 잘하면 내가 왜 욕을 하니, 너희들한테?"

중계차 안의 최영호 피디는 여전히 매우 들떠 있었다. 생방송만 되면 도지는 그의 시궁창 주둥이병은 특별한 약도 없는 듯했다. 최영호가 흥분된 어조로 일부러 재민에게 들으라고 마이크에 대고 떠들어 댔다.

"청와대에서 우리 유재민 앵커 형님 인기가 최고라는데, 오늘 중계방송 잘해서 우리도 형님 덕에 청와대 가서 각하하고 겸상 한번 해봅시다. 청와대 밥 예술이라는데, 좀 얻어먹어 보자고."

듣다 못한 재민이 토크백(talkback) 스위치를 올렸다.

"너 같은 욕쟁이랑은 안 가. 각하와 영부인 앞에서 개망신 당할 일 있니?"

"하하하. 그러게요, 우리 우아하신 앵커 형님!"

최영호가 재민의 힐난에 장난스럽게 낄낄거렸다.

같은 시간 배석봉은 KBS 내 보안사 파견실에서 양발을 테이블 위에 올려놓은 채 편안한 자세로 TV를 보고 있었다. 육사와 해사의 축구 시합 중계로 유재민 앵커를 비롯한 보도국, 아나운서실 사람 상당수가 자리를 비웠고 보스인 국장마저 출타한 터라, 그는 모처럼만에 아무 부담 없이 쉴 수 있었다. 너무 부담이 없기에 조금 심심해진 그는 담배를 피워 물고는 TV를 켰다.

화면에 팡파르가 울려 퍼지는 가운데 관중들이 아우성을 쳐대는 현장 전경이 펼쳐졌다. 카메라가 인파와 그라운드 내 선수들 모습에 이어 각하를 비롯한 내빈들의 모습을 비춰 주었다. 각하가 다정하게 영부인과 담소를 나누는 모습이 정겹게 보였다. 배석봉은 추상같이 국정을 호령하는 각하가 반대로 조강지처를 매우 부드럽게 대하는 모습에 매료됐다. 진정 각하는 멋진 남자의 표상이었다.

"원, 투, 쓰리! 커트!"

중계차 최영호의 지휘 아래 육사와 해사의 축구 시합 생중계가 시작됐다. 곧바로 중계석 모니터 화면에 재민의 얼굴이 떴다. 중계방송의 달인, 특히 생방송의 능구렁이인 재민이 항상 그렇듯 계산된 들뜬 톤으로 중계방송을 시작했다.

"여러분, 안녕하십니까? 우리 국방을 지키는 군인들의 사기를 진작시키고, 삼군 사관학교 생도들의 애국심 고취를 위해 마련된 삼군 사관학교 체육대회! 오늘은 육군과 해군 사관학교가 맞붙는 축구 결승전을 보내드립니다. 지금 이곳에는 전두환 대통령 각하를 비롯한 수많은 내빈들과 국민들, 그리고 사관생도들이 입추의 여지가 없는 상황 속에서 심판의 호각 소리를 기다리고 있습니다."

중계방송 시작을 알리는 재민의 멘트가 현장 곳곳에 설치된 커다란 스피커를 통해 흘러나왔다. 곧이어 애국가 제창과 순국선열에 대한 묵념이 있겠다는 현장 아나운서의 멘트가 들렸다. 각하와 영부인, 그리고 그 주변을 메운 내빈들이 한꺼번에 일어났다. 일상적인 일이지만 중계방송의 달인답게 재민은 호들갑을 떨며 마이크 앞에서 열을 올렸다.

"순국선열에 대한 묵념과 국기에 대한 경례를 위해 전두환 대통령 각하와 육영수 여사께서 단상에서 일어나셨습니다."

양발을 테이블 위에 올려놓은 채 편안하게 TV를 보던 배석봉이 너무 놀라 벌떡 일어나 자세를 고쳐 잡았다. 너무 놀란 탓에 물고 있던 담배가 입에서 튀어나왔다. 배석봉의 인상이 확 구겨졌다.

"저게 미쳤나? 육영수 죽은 지가 벌써 십 년 다 됐는데……."

잠시 고민하던 배석봉이 꽁초를 발로 비벼 끄고는 전화 송수화기를 집어 들었다.

각하와 영부인이 자리한 단상 근처에서 작은 흑백 모니터로 상황을 지켜보던 젊은 보안사 직원의 눈초리가 치켜 올라갔다. 이놈 역시 이대팔 가르마였다. 험상궂은 표정의 그가 혼잣말로 떠들었다.

"이런 개새끼가? 뭐, 육영수 여사?"

그의 상사로 역시 멋진 이대팔 가르마를 자랑하는 자가 영문을 모르겠다는 표정을 지었다.

"방금 들으셨죠?"

"뭘?"

"영부인을 육영수 여사라고 그런 거요?"

"그게 뭐 어때서?"

"육 여사 돌아가신 지 거의 십 년 가까이 됐거든요."

"그러네. 근데 누가 그렇게 말한 거야?"

"누구겠어요?"

"방금 니가 그랬잖아. 육영수 여사라고."

"내 참 답답하시네요. 방금 중계하는 아나운서가 영부인을 육영수 여사라고 불렀다고요."

고참 보안사 직원의 눈이 휘둥그레졌다. 이제야 무슨 말인지 깨달은 것이다.

"정말?"

"이 새끼들 혼 좀 내줘야겠습니다. 다녀올게요."

말을 마치자마자 젊은 보안사 직원이 일어섰다. 고참에게 목례를 한 후 그는 쏜살같이 사라졌다. 고참은 굳은 표정으로 모니터를 주시하기 시작했다.

애국가에 이어 순국선열에 대한 묵념이 시작됐다. 단상의 각하는 진지한 표정으로 고개를 숙인 채 대한민국이 이 정도로 성장하기까지 헌신을 아끼지 않은 순국선열들을 떠올렸다. 각하는 항상 이런 순간이면 여러 명의 위인을 동시에 생각하기보다는 한 인물을 선택해서 그의 업적에 집중하곤 했다. 보통 이런 경우 그의 마음에 떠오르는 인물은 주로 박정희 전 대통령이었다. 비단 각하 자신을 오늘의 위치에 올려준 고마운 분이기 때문만은 아니었다.

만약 박정희 전 대통령이 없었다면, 유신과 새마을운동이 없었다면 과연 대한민국이 어찌됐을까? 빨갱이들이 판치는 개판 대한민국이 되지 않았을까? 생각만 해도 각하는 아찔했다.

그런데 이처럼 진지하며 거룩해야 할 순간에 곁에서 들려오는 영부인의 낄낄대는 소리가 각하의 심기를 긁기 시작했다. 아무리 남편으로서 그녀의 철딱서니 없음을 사랑한다 해도 순국선열에 대한 묵념을 하는 시간에 깔깔 웃는다는 건 용납할 수 있는 도를 넘어서는 것이었다.

한마디 싫은 소리를 할까, 말까? 이 어려운 선택의 순간, 영부인은 웃음도 모자라 사래가 들렸는지 기침까지 해댔다. 각하는 어쩔 수 없이 영부인의 마음을 최대한 상하지 않게 하는 선에서 부드럽게 일침을 가했다.

"이봐요. 지금 국민의례 하는데 이게 웬 추태요, 품위 없게?"

"죄송해요, 여보. 근데 방금 못 들었어요?"

"뭘?"

각하가 시큰둥한 표정을 지었다. 영부인이 가까이 놓인 TV 모니터를 가리키며 입을 열었다.

"저 아나운서가 날더러 육영수 여사래요."

각하의 눈이 휘둥그레졌다.

"아니, 그분 돌아가신 게 벌써 언젠데……."

"그래도 기분 나쁘지 않은데요. 육영수 여사는 온 국민이 좋아한 분이잖아요. 얼굴도 정말 미인이고."

말을 마친 영부인이 살포시 입을 가리며 호호호 웃어댔다. 각하는 이렇게 겸손하고 귀여운 아내와 이 긴 세월을 함께 살아왔다는 게 매우 행복했다.

중계차 안에서 재민의 실수를 눈치 챈 건 입사 5년차로 조연출을 맡은 나이 어린 피디였다. 뭔가 이상한 듯 고개를 갸우뚱하던 그는 조심스럽게 최영호 피디를 향해 말문을 열었다. 그의 목소리는 신중했다

"저기, 제 생각엔 방금 유재민 앵커가 영부인을 육영수 여사라고 한 것 같습니다."

생방송만 되면 도지는 최영호 피디의 시궁창 주둥이병이 다시 빛을 발했다.

"그게 뭐 어쨌다고, 씨발놈아?"

이미 한두 번 당한 게 아닌 듯 조연출은 아무렇지도 않게 최영호의 욕설에 대꾸했다.

"육영수 여사 돌아가신 지 십 년 가까이 됐거든요."

최영호의 얼굴에 핏기가 확 가셨다. 갑자기 사색이 된 그는 단상을 비춘 카메라 모니터에 담긴 각하 부부의 모습을 지켜봤다. 영부인이 웃음을 참는 모습이 역력히 보였다. 당황한 상황에서도 최영호의 입을 통해 쏟아져 나오는 말들은 여전히 지저분했다.

"씨팔, 재민이 형, 뭐하는 거야? 육영수 숨 쉬는 거 접은 지 십 년이야, 씨팔!"

최영호의 욕설이 바로 마이크가 달린 헤드폰 세트를 타고 재민의 귀로 흘러들어 왔다. 중계석의 재민은 최영호의 욕설이 정확히 무슨 뜻인지 몰라 고개를 갸우뚱했다. 자신이 무슨 일을 저질렀는지 모르는 그는 김성수 해설위원을 쳐다보았다. 그도 무슨 일이 벌어졌는지 모르는 듯했다. 재민이 이번에는 현장 FD(촬영 현장에서 연출을 돕는 스태프)에게 양팔을 벌리며 무슨 영문인지 물었다. FD 역시 아무 것도 모른 채

그저 벙찐 표정을 지을 뿐이었다.

매우 구슬픈 가락의 음악이 흐르는 가운데 영부인은 여전히 웃음을 멈추지 못한 채 키득대고 있었다. 보다 못한 각하가 타이르듯 나지막이 외쳤다.

"순자야!"

카메라에 달린 모니터를 통해 단상을 관찰하던 팽동수 촬영감독의 눈에 이를 악물며 웃음을 참으려는 영부인의 모습이 비쳤다. 평상시 하늘이 무너지더라도 느긋할 팽동수였지만, 지금은 그럴 수 없는 다급한 상황이었다. 팽동수는 헤드폰 세트에 달린 마이크에 대고 버럭 소리를 질렀다. 물론 그 상대는 최영호 피디였다.

"영호야, 뭐하니? 빨리 운동장으로 화면 넘겨. 국민의례 하는데 영부인이 낄낄대잖아?

"컷! 카메라 포!"

화면이 곧바로 운동장에서 몸을 풀고 있는 선수들을 비추었다. 그런데 우스꽝스럽게도 마침 그중 한 선수가 코를 파고 있었다.

"오늘 씨팔, 왜 이러냐?"

어이없는 상황이 연이어 발생하자 중계차 안의 최영호는 당황하기 시작했다. 그럼에도 그는 일부러 아무렇지도 않다는 듯 곁에 앉은 조연출에게 허세를 부렸다.

"이게 다 생방송의 재미지, 뭐. 웃기지 않니? 전두환 대통령 각하와 육영수 여사! 하하하."

분위기 전환을 위해 입에서는 농담을 쏟아내고 있었지만, 최영호의 얼굴에서는 땀이 흘러내리고 있었다. 절대로 더워서가 아니었다.

"물 좀 갖다 줘라."

최영호의 주문에 조연출이 신속하게 콜라병을 대령했다. 최영호는 조연출을 한 차례 흘겨보더니 단숨에 콜라를 마셨다. 순식간에 탄산을 너무 많이 들이킨 탓에 최영호가 심하게 기침을 했다. 입으로 튀어나온 콜라가 자기 옷을 적시자 최영호가 마구 욕설을 내뱉으며 콜라병을 바닥에 팽개쳤다. 콜라병은 바닥에 닿자마자 산산조각이 나고 말았다.

바로 이 순간 한 사내가 구두 발로 중계차 문을 차고 들어왔다. 단상 곁에 있던 이대팔 가르마의 젊은 보안사 직원이었다. 무시무시한 표정을 지으며, 그가 최영호에게로 다가왔다.

"어떤 새끼가 책임자야?"

보안사 놈의 갑작스런 등장에 놀란 중계석 스태프들이 일제히 최영호를 쳐다봤다. 최영호는 갑작스럽게 나타난 이 사내가 도대체 누구일까 궁금했다. 대케이비에스의 현장 중계차를 박차고 들어올 정도면 보통 사람이 아닐 거란 생각이 들었으나, 중계를 책임지는 담당 피디로서 비굴한 모습을 보일 수는 없었다. 최영호가 천천히 일어나 호기롭게 보안사 직원에게 맞섰다.

"내가 책임자야. 당신 도대체 여기가 어딘지 알고 지금 이러는 거야? 너 뭐하는 놈……."

최영호가 말을 마치기도 전에 놈이 그의 정강이를 걷어찼다. 최영호가 바로 땅에 엎어졌다. 얼마나 아픈지 곧바로 정강이를 두 손으로 감싸 쥔 그의 한쪽 눈에서 닭똥 같은 눈물이 흘러내렸다.

"너 이 개새끼, 한번 뒤져 볼래?"

물어봤으면 대답을 듣는 게 당연했다. 하지만 놈은 최영호에게 대답할 틈도 주지 않았다. 대신 그의 멱살을 낚아챈 후 뺨을 갈겼다. 배구선수의 것 같은 손에 다시 한 차례 가격을 당한 최영호는 휴지 조각처럼 바닥을 나뒹굴었다. 전에 방송국에서도 젊은 보안사 직원에게 폭행을 당한 바 있는 최영호의 얼굴에 공포가 가득했다. 그는 그저 맞지 않기 위해 양손으로 얼굴을 감싼 채 벌레처럼 몸을 웅크렸다. 하지만 보안사 놈의 폭행은 멈출 줄을 몰랐다. 잠시 정신을 가다듬은 최영호가 계속 얻어터지면서도 억울하다는 듯 입을 열었다.

"도대체 어디서 오신 분인데 이러세요?"

보안사 놈이 눈초리를 치켜떴다. 한번 더 최영호의 멱살을 거머쥔 놈은 박치기로 그의 얼굴을 들이받았다. 최영호의 안경이 날아갔다. 앞니 끄트머리가 부러져 나가고 찢긴 입술에서는 피가 흐르기 시작했다. 놈은 자기 분을 못 이겨 씩씩댔다.

"그래, 아예 한번 개겨 보겠다는 거지?"

안경 없이 한 치 앞도 보지 못하는 최영호가 땅에 엎드려 안경을 주우려 애썼다. 최영호의 시력이 심각하게 나쁜 걸 알아차린 놈은 잠시 미안했던지 그가 안경을 주울 동안은 폭행을 멈추었다.

최영호가 겨우 안경을 주워 꼈다. 한쪽 알이 완전히 빠개진 탓에 최영호의 몰골이 참으로 우스꽝스럽게 보였다. 한쪽 시력만을 회복한 최영호가 용기를 내어 재차 호소했다.

"도대체 왜 이러시는지, 말씀 좀 해주세요."

최영호의 말을 듣던 놈의 얼굴이 재차 일그러졌다. 무차별 폭행이 다시 시작됐다. 최영호의 호소는 아무 효력도 없었다. 그는 다시 벌레가 자신을 보호하듯 양팔로 몸을 가린 채 속수무책으로 두들겨 맞는 수밖에 없었다.

꽤 오랫동안 영문도 모른 채 맞던 최영호가 손을 내밀어 보안사 놈의 주먹을 막았다.

"저 지금 이 생방송 진행해야 되거든요. 이제 그만 좀 때리세요. 나중에 책임지시기 싫으면……."

자기 분에 못 이겨 최영호를 폭행하던 보안사 놈이 정신이 번쩍 든 듯했다. 각하까지 참석한 육사와 해사 축구 경기 중계를 망치면, 분명 나중에 자신이 책망을 들을 게 확실하기 때문이었다.

"한번만 더 육영수 여사라고 했다간 이 중계하는 모든 새끼 초상 치를 줄 알아!"

"알겠습니다."

울상이 된 최영호가 힘없이 대답했다. 무섭게 엄포를 놓은 놈은 빈 플라스틱 의자를 찾아 앉았다. 마치 연쇄살인마가 사냥을 마친 후 그 허탈감을 달래듯 놈은 담배를 피워 물었다. 그러고는 마치 한숨을 내쉬듯 한 차례 길게 내뿜었다. 최영호의 얼굴은 온통 피투성이였다. 코피는 물론이었고, 코뼈가 주저앉은 듯 대칭이 맞지 않아 보였다.

다시 자기 자리에 앉은 최영호는 헤드폰 세트를 썼다. 그는 마이크에 대고 호소하듯 재민에게 외쳤다. 존댓말이었다.

"유재민 앵커, 제발 잘 좀 해주십시오. 부탁드립니다. 육영수 여사라고 하시면 안 됩니다."

중계석의 재민은 방금 이어폰을 통해 들은 최영호의 말이 도대체 뭔지 몰라 좌불안석이었다. 멍청한 FD에게 재차 손짓으로 물어보았지만, 녀석은 아직도 사실 파악을 못하고 있는 듯했다.

중계석 근처에 있던 보안사 고참이 재민의 곁에 나타나 쪽지를 건넸다. 쪽지에는 '당신, 영부인을 육영수 여사라고 했어, 조심해!'라고 적혀 있었다.

재민의 얼굴은 순간 흙빛으로 변했다. 물론 그는 전혀 그렇게 말한 기억이 없었다. 방송을 하는 사람이라면 누구나 다 그런 실수를 할 수 있고, 때론 기억조차 못한다는 걸 재민은 잘 알고 있었다. 하지만 그런 일이 자신에게 일어날 거라곤 꿈에도 생각하지 못했다. 정말로 이렇게 큰 물의를 일으킬 만한 실수를 저지르리라곤 상상조차 해본 적이 없었다. 재민의 얼굴이 사색으로 변한 사이 김성수 해설위원도 쪽지를 보고는 사태가 심각함을 알아챘다.

잠시 후 그라운드에서 몸을 푸는 선수들의 모습이 TV 화면에 보였다. 이어서 각하와 영부인이 내빈들과 악수를 나누는 모습이 소개됐다. 그 중에는 육사와 해사 유니폼을 입은 장성도 상당수였다.

이십 년 넘게 거의 매일 생방송을 해온 재민이지만, 이 순간만큼은 방송 새내기처럼 떨고 있었다. 재민은 옷 속으로 땀이 흠뻑 젖는 것을 느꼈다. 이마에는 구슬땀이 송송 맺히기 시작했다. 재민은 모니터에 비치는 내용을 보며 집중하기 위해 애썼다. 실수를 반복하지 않기 위해 마음속으로 '전두환 대통령 각하와 이순자 여사'를 골백번 외치고 또 외쳤다. 모골이 송연한 상태로 재민이 힘겹게 멘트를 시작했다.

"전두환 대통령 각하와……."

재민은 틀리지 않기 위해 잠시 호흡을 가다듬은 후 방송을 이어갔다.

"영부인께서는 참석한 내빈들과 일일이 인사를 교환하고 계십니다. 오늘 이 자리에는……."

"아야!"

중계방송을 진행하던 최영호가 뒤통수를 감싸 쥐었다. 거만한 자세로 중계차 안 의자에 앉아 TV 모니터로 지켜보던 젊은 보안사 직원 놈이 테이블 위에 놓인 서류 뭉치로 재차 최영호의 머리통을 가격했다.

"저 앵커 새끼 저거, 왜 영부인 성함을 빼먹는 거야. 개기는 거지?"

놈은 자신보다 거의 스무 살 가까이 많은 방송 진행자를 앵커 새끼라고 불렀다. 예절과는 담을 쌓고 지내는 후레자식임이 분명했다. 지금 이 놈의 행동이 바로 예의를 잃은 채 모든 걸 총칼로 밀어붙이는 이 시대의 상징이었다.

정신적 공황 상태에 빠진 최영호 피디는 아무런 대답도 할 수 없었다. 놈이 또다시 그의 머리통을 후려갈겼다. 놈은 최영호를 사람으로 인식하지 않는 듯했다. 마치 동물을 학대하는 인간 말종처럼 계속해서 최영호를 괴롭혔다. 또 얻어터질까 두려워진 최영호가 겁먹은 표정으로 조심스럽게 입을 열었다.

"또 틀릴까봐 조심하는 겁니다."

최영호의 대답을 듣자마자 놈은 종이 서류뭉치를 바닥에 패대기치듯 내던졌다.

"좆까지 말고 빨리 유재민이한테 영부인 성함도 얘기하라고 해. 방송 보시다가 저런 걸로 언짢아하시면 우리가 괴롭다고, 개새끼야!"

"네, 알겠습니다."

울상이 된 최영호가 잠시 후 헤드폰 세트의 마이크에 대고 조심스럽게 또박또박 얘기했다.

"유재민 씨, 전두환 대통령 각하와 영부인이 아니고요. 전두환 대통령 각하와 영부인 이순자 여사입니다."

여전히 정신이 오락가락하는 상태인 최영호는 지금 자신이 옳게 말한 것인지를 되새겨보기 위해 잠시 머뭇거렸다. 틀리지 않은 것 같았다. 그는 숨을 고른 후 평소답지 않게 고운 소리로 타이르듯 재민에게 말을 건넸다.

"영부인 이순자 여사라고 해주세요. 부탁드립니다."

울상이 된 표정을 애써 숨긴 채 최영호가 보안사 놈을 올려다보았다. 놈은 여전히 짐승을 대하듯 눈을 내리깐 채로 최영호를 노려보고 있었다.

중계석의 미련한 FD가 이제야 겨우 상황을 알아차리고는 카메라 앵글 밖에서 재민을 위해 '전두환 대통령 각하와 이순자 여사'라고 적힌 커다란 도화지 판을 들어줬다. 모니터 속 TV 화면에 시축을 위해 자리에서 일어나는 각하의 모습이 보였다.

각하가 일어나자 내빈들이 따라 일어났다. 각하는 내빈들과 일일이 악수하며 천천히 그라운드로 내려갈 채비를 하고 있었다. 재민은 곧바로 앵무새처럼 멘트를 시작했다.

"지금 막 전두환 대통령 각하와……."

재민이 크게 심호흡을 했다. 하지만 FD가 들고 있는 도화지에 꽂힌 눈은 단 한 차례도 깜박거리지 않았다.

"이순자 여사께서 일어나셨습니다. 지금 이번 육군사관학교와 해군사관학교의 축구 대회에 참석한 내빈들과 일일이 악수를 나누고 계십니다. 이어서 각하 내외분께서는 그라운드로 내려가 출전한 양교 선수 모두를 격려하고 시축하실 예정입니다."

중계차 내 TV 모니터에 정면 풀 쇼트로 내빈과의 인사를 다 마친 각하 내외가 그라운드를 향해 발을 옮기는 게 보였다. 최영호가 조심스럽게 외쳤다.

"카메라 포로 컷!"

최영호가 말을 마치자마자 모니터 화면이 각하의 뒤통수를 배경으로 멀리 그라운드 잔디를 비추는 롱 쇼트/풀 쇼트로 바뀌었다.

크레인에 올라탄 팽동수 촬영감독이 손으로 크레인 기사에게, 부감으로 띄우라는 사인을 줬다. 멀리 운동장과 선수들을 배경으로 각하가 영부인과 함께 계단을 내려가는 늠름한 모습이 모니터에 잡혔다. 각하 일행은 계속 계단을 밟으며 내려가고, 팽동수가 올라탄 크레인이 반대로 계속 상승하면서 자연히 각하의 벗겨진 머리 상부가 그대로 화면에 노출되기 시작했다. 팽동수가 줌을 당기자 각하의 시원한 대머리가 더 확실하게 드러났다. 그라운드에 다다른 각하의 모습은 이제 민둥산 머리만이 보일 따름이었다. 민둥산 머리는 머리칼 하나 찾기 어려울 만큼 매끄러웠다.

이때 잠시 자리를 비웠던 촬영 조수가 나타났다. 모니터를 통해 화면을 확인한 조수의 얼굴이 사색이 됐다. 그는 소릴 높여 팽동수를 불렀다. 그리고 그가 아래를 내려다보자 빨리 내려오라고 손짓했다. 영문을 알지 못하는 팽동수가 조수를 향해 신경질적인 표정을 지었다.

팽동수는 크레인 기사에게 내려가겠다는 신호를 보냈다. 하지만 크레인이 땅에 도달했을 때 그는 내리지 않은 채 못마땅한 표정으로 촬영 조수를 바라봤다.

"웬 호들갑이야? 생방송에 헷갈리게……."

팽동수의 말을 듣는 둥 마는 둥 촬영 조수가 재빨리 바지 뒷주머니에서 파란 책자를 꺼내 한 페이지를 펼쳐 보였다. 어제 최영호 피디에게 건네받았으나 미처 읽어보지 못한 새 보도 지침서였다. 크레인에서 내려오려던 팽동수는 순간 양다리에서 온 힘이 빠져나가는 걸 느꼈다. 읽어보지 않아도, 뭔지 알았기 때문이었다. 각하의 대머리를 온 천하에 노출시켰으니, 이젠 죽음 목숨이라고 생각하는 게 맞을 듯했다. 촬영조수가 흥분된 톤으로 지껄였다.

"이거 안 보이세요? 각하의 벗겨진 머리가 나오지 않게 절대로, 각하의 뒤나 위에서 촬영하면 안 된다고 쓰여 있잖아요?"

팽동수는 촬영 조수가 건넨 보도 지침서를 들여다보았다. 정확히 그가 말한 대로 쓰여 있었다. 팽동수가 문득 카메라에 부착된 모니터를 쳐다봤다. 각하의 매끄러운 대머리가 햇빛에 반사돼 넓은 그라운드를 비추고 있었다. 인자한 각하께서는 그라운드에서 선수들과 일일이 악수를 나누며 그들을 격려하고 계셨다. 만에 하나 불순분자가 테러를 저지르지나 않을까 하여 그를 수행하는 경호원들은 경계를 늦추지 않았다.

어느새 중계차에서 단상 근처로 돌아온 젊은 보안사 직원이 양 눈썹을 씰룩댔다. TV모니터를 통해 각하의 대머리 상단이 그대로 노출된 걸 확인했기 때문이다. 그의 얼굴이 다시 짐승으로 변했다.

"오오, 그래. 니들이 오늘 단체로 개긴다, 이거지?"

말을 마친 놈이 서둘러 일어났다. 하지만 이번에 고참 보안사 직원이 그를 막아섰다.

"니 약발 갖곤 안 되나 보다. 이번엔 내가 가볼게."

무슨 일이 벌어지고 있는지 알 리 없는 재민이 경기를 앞둔 상황에서 김성수 해설위원과 대화를 나누고 있었다.

"김 해설위원께서는 오늘 경기 어떻게 전망하십니까?"

김 해설위원이 억센 경상도 사투리로 대꾸했다.

"아, 마아, 아무래도 객관적 전력이 해사가 좀 더 앞서지만은요. 아무래도 마아, 대선배님이신 대통령 각하께서 직접 경기장을 응원할라꼬 찾아 주셨으니까, 오늘만큼은 육사가 사기가 올라갈 것이고, 좀 더 유리하지 않을까 생각합니다."

중계차 안 최영호의 헤드폰 세트를 통해 팽동수의 다급한 말이 흘러 들어 왔다.

"야, 영호야! 큰일 났다!"

화가 치민 최영호는 애꿎은 팽동수에게 짜증을 냈다.

"왜 또 그래, 씨팔?"

최영호가 채 말을 맺기도 전에 이번에 좀 더 나이가 많은 고참 보안사 직원이 문을 박차고 들어왔다. 스태프 모두가 일제히 올려다보는 가운데 그가 성큼성큼 최영호에게 다가섰다.

"왜 또 그래? 씨팔?"

고참 보안사 직원이 욕쟁이 최영호의 흉내를 냈다. 곧바로 어리둥절한 표정의 최영호 뺨 위로 불꽃이 번쩍 튀었다.

"빨리 딴 데로 돌려, 씨발놈아!"

최영호가 뺨을 어루만지며 물었다.

"어디서 오신지는 알겠는데요, 도대체 이번엔 왜 또 그러세요?"

고참 보안사 직원이 이번에는 발로 최영호의 복부를 걷어찼다. 고통으로 얼굴이 일그러진 최영호가 배를 감싸 쥔 채 뒷걸음질 치다가 자신의 자리에 자동으로 앉았다. 움츠린 최영호의 몸 위로 또다시 매질이 가해졌다.

"어떤 씹새끼가 각하 민머리를 훤히 잡으라고 했어? 그것도 가까이서……."

상황을 깨달은 최영호가 재빨리 헤드폰 세트를 다시 꼈다. 팽동수의 다급한 목소리가 들려왔다. 울상이 된 최영호가 이번에는 팽동수에게 하소연을 내뱉었다.

"카메라 원으로 컷! 팽동수 씨, 대통령 각하 정면 말고는 절대로 잡지 마세요. 다들 정신 좀 차려주세요. 부탁드립니다."

중계석 모니터 화면에 그라운드를 배경으로 각하 일행의 반대편 관중석이 비쳐졌다. 각하가 선수들과 악수를 나누는 장면이 갑자기 화면에서 사라지자 재민은 더 크게 당황하기 시작했다. 영문을 알지 못하는 그는 FD를 향해 소리를 내지 않은 채 입 모양으로만 왜 그러느냐고 물었다.

헤드폰 세트를 통해 최영호가 다시 중계방송을 지휘하는 소리가 들려왔다. 하지만 그의 목소리는 자신감을 상실한 채 매우 위축돼 있었고 뭐라고 하는지 잘 들리지도 않았다. 이때 마침 재민의 앞에 선 FD가 하얀 종이에 매직펜으로 쓴 글귀를 들어 보였다. '실수하지 마세요. 최 피디 조터졌대요'라고 적혀 있었다. 재민의 얼굴이 하얘졌다.

머리가 하얘지긴 중계차 안의 최영호도 마찬가지였다. 넋이 나간 최영호는 바로 바로 커트를 넘기지 못한 채 얼어붙어 있었다. 최영호가 그 어떤 결정도 못 내린 채 계속 화면에 각하가 보이지 않자 고참 보안사 직원이 불같이 화를 냈다.

"니들 다 오늘 끌고 가서 통닭 만들어 줄까, 이 개자식들아?"

무시무시한 표정으로 최영호에게 다가온 그가 주먹으로 세게 최영호의 뒤통수를 후려갈겼다.

"이제 곧 각하께서 시축하시는데 카메라로 잡아야 할 것 아냐? 계속 딴 짓거리 할래?"

또다시 때리려고 보안사 직원이 주먹을 치켜들자 최영호가 본능적으로 움츠렸다. 그는 극도로 공포에 질린 표정을 지으며 그를 올려다봤다.

"아아, 네, 시키시는 대로 하겠습니다."

최영호는 곧바로 최대한 정신을 똑바로 차리려고 애쓰며 마이크에 대고 외쳤다.

"카메라 투!"

최영호가 말을 마치자 TV 화면이 다시 각하를 비추었다. 선수들과 개별적으로 인사를 마친 각하께서는 시축을 준비하고 있었다. 육사 시절 명 수문장으로 명성을 떨친 각하이지만, 볼을 차는 실력도 만만치 않았다. 각하에게 발길질을 당한 공은 해국사관학교 골키퍼의 곁을 아슬아슬하게 스치며 골인됐다.

비록 강하게 찬 슛이었으나 충분히 막을 수 있을 것으로 보였다. 골키퍼가 일부러 봐주었다고 말하고 싶었으나, 재민은 말을 아끼기로 했다. 괜히 쓸데없는 조크를 던졌다가 그것 때문에 나중에 곤란을 겪고 싶진 않았기 때문이다.

어쨌든 시축까지 마친 각하께서는 영부인과 함께 다시 단상을 향해 발걸음을 옮겼다. 각하를 향한 관중들의 환호는 실로 대단했다. 그들의 성원에 제대로 답하기 위해 각하는 아주 천천히, 정말 가능한 한도 내에서 가장 느린 속도로 움직이며 단상으로 돌아왔다.

각하 내외가 자리에 앉자마자 곧바로 킥오프가 이어졌다. 경기가 시작되자, 다시 재민은 열을 올리며 최선을 다해 중계방송에 임하려 했다. 솔직히 이제 경기에만 집중하면 되니 더 이상 영부인의 이름을 잘못 부를 일도 없었다. 재민은 안심했다. 자신의 실수가 단 한번으로 끝나지 않을 거란 사실을 꿈에도 모른 채 재민은 중계방송에 몰두하고 있었다.

유재민 앵커와 김성수 해설위원의 열띤 중계방송이 아주 작은 볼륨으로 들리는 가운데, 각하와 영부인이 다정하게 대화를 나누고 있었다. 물론 여전히 손을 잡은 채였다. 먼저 말문을 연 건 영부인이었다.

"당신은 누가 이겼으면 좋겠어요?"

육군사관학교 골키퍼 출신인 각하에게 육사와 해사의 축구시합에서 누가 이겼으면 좋겠냐는 질문을 던지다니, 참으로 천진난만한 영부인이었다. 하지만 너그러운 각하는 이 철딱서니 없는 질문에도 전혀 언짢은 표정을 짓지 않았다. 오히려 아주 친절하게 영부인에게 설명하려 애썼다.

"여보, 예를 들어 당신이 졸업한 경기여고랑 세화여고랑 배구시합을 한다면 어디가 이기면 좋겠소?"

각하는 아주 상식적인 대답을 기대하며 질문했다. 하지만 곧이어 영부인의 입에서 튀어나온 대답은 참으로 엉뚱했다.

"내가 정확한 건 아닌데, 나 다닐 때는 세화여고가 없었던 것 같아요."

영부인의 말이 틀린 건 아니었다. 분명 당시에는 세화여고가 없었다.

하지만 그건 각하께서 기대한 대답은 분명 아니었다. 각하는 애초 영부인의 질문이 말도 안 된다는 걸 잘 설명하기 위해 이번에는 자신의 과거를 예로 들었다.

"내가 왕년에 육사 골키퍼였잖아. 그런데 육사랑 해사랑 붙으면 내가 누굴 응원할까?"

영부인은 각하의 말을 이해하지 못하겠다는 듯 고개를 갸우뚱했다.

"그건 말이 안 되죠. 이제 각하는 이 나라의 대통령이니까 매사에 중립을 지켜야죠. 육사든 해사든 어느 한쪽을 편들면 되겠어요?"

각하는 계속해서 엉뚱하게 자신의 질문을 곡해하는 영부인이 너무도 사랑스럽게 보였다. 그는 계속해서 이 귀엽고 괴이한 대화를 이어가고 싶었다.

"물론 당연하지. 대통령이라면 최소한 겉으로는 중립을 지켜야겠지. 하지만 대통령도 사람인데 마음속으로는 누구든 자유롭게 응원할 수 있는 거 아냐?"

각하의 말에 영부인이 곰곰이 생각하는 듯했다. 각하는 또다시 엉뚱한 말이 그녀의 입에서 나올까봐 힌트를 주기로 했다.

"누구든 팔은 안으로 굽는 거 아냐? 내가 경상도 사람이니까 영호남이 붙는다면 당연히 경상도를 응원할 거고, 육사와 해사가 붙는다면……."

각하의 말이 끝나지도 않았는데, 영부인이 대답했다.

"그럼 육사죠. 그런 당연한 걸 질문이라고 물어보시는 거예요?"

영부인에게 의외의 한방을 먹은 각하가 어이가 없다는 듯 웃으며 고개를 흔들었다. 그리고 이 사랑스러운 조강지처를 향해 자신의 이마보다 더 환하게 빛나는 미소를 지어 보였다.

시작한 지 얼마 되지도 않았는데 첫 골이 터졌다. 절묘한 센터링에 이어 육사의 중앙 공격수가 멋진 논스톱 슛으로 득점을 올렸다. "슛! 골인!"을 외치는 재민의 목소리는 컸으나 평상시 스포츠 중계 때 보여주던 활기는 찾아볼 수 없었다.

"네에, 드디어 육군사관학교가 선취골을 뽑아냈습니다. 정확한 센터링에 이어진 깔끔한 슈팅! 육사의 골 결정력이 참 놀랍습니다."

재민의 시야로 기뻐 길길이 날뛰는 단상의 내빈들이 보였다.

육사의 골이 터지자마자 누구보다 각하가 가장 먼저 일어나 환호성을 질렀다. 영부인도 덩달아 일어나 남편과 함께 기쁨을 나누었다.

"여보, 한번 돌아보세요. 모두 다 육사를 응원하나 봐요."

아무 생각 없이 기뻐 날뛰던 각하가 영부인의 말을 듣고는 단상을 죽 둘러봤다. 육군 장성이거나 육사 출신이 아닌 내빈 중에도 상당수가 육사 팀의 첫 골에 자신보다 더 기뻐 흥분한 모습을 보이고 있었다.

이런 가운데 각하의 눈에 딱 한 장성이 들어왔다. 해군 복장에 별을 셋씩이나 달고 있는 그는 모자까지 치켜들며 날뛰고 있었다. 각하는 아주 못마땅한 표정으로 그를 노려봤다. 자신보다 그의 머리가 훨씬 더 빛나고 있다는 사실은 각하를 더욱더 기분 나쁘게 만들었다. 천진난만하게 기뻐하던 영부인이 문득 각하를 쳐다봤다. 수십 년 함께 살며 각하의 표정이 각각 뭘 의미하는지 영부인은 누구보다 더 잘 알고 있었다. 주변 환호성이 너무 시끄럽기에 영부인은 각하의 귀에 대고 크게 말했다.

"여보, 왜 그래요? 당신 원하는 대로 육사가 골을 넣었는데……."

각하는 굳은 표정으로 해군 장성을 가리켰다.

"저 새끼 좀 봐. 저거 해군 장군이니까 분명 해군사관학교 나온 새낄 텐데, 육사가 골 넣었다고 저렇게 기뻐 날뛰니, 저게 인간이냐고."

각하의 인상이 더욱더 굳어졌다.

"애새끼가 아부를 해도 유분수지. 저런 새끼들이 나 죽으면 바로 노태우한테 붙어먹을 놈이야."

각하의 말에 영부인이 잠시 생각하다가 입을 열었다.

"노 장군이 해사 나왔어요?"

정말 미치겠다는 표정으로 영부인을 바라보던 각하가 이번에는 버럭 화를 냈다.

"지금 노태우가 어딜 나왔느냐가 중요한 게 아니잖아?"

박력 만점의 남편이 지금처럼 화를 내는 경우를 한두 번 겪은 게 아닌 영부인은 전혀 동요의 빛을 보이지 않았다. 마치 갓난아이를 타이르듯 영부인은 각하를 달랬다.

"뭐 그런 거 가지고 그렇게 성질을 부리고 그러세요. 저 양반 아들이 육사에 다니는 걸 수도 있잖아요?"

맞다. 그럴 수도 있다. 역시 영부인은 한없이 답답해 보이다가도 이처럼 문득 무척 똘똘한 생각을 할 수도 있는 현모양처였다.

"에이, 설마."

무안해진 각하는 말을 얼버무렸다.

육사가 골을 넣은 후 점점 분위기가 고조되자 경직됐던 재민도 서서히 긴장을 덜어낼 수 있었다. 자주 콤비를 맞춘 김 해설위원이 옆에 있다는 사실도 무거운 분위기를 없애는 데 큰 도움이 됐다. 재민의 목소리가 점차 열기를 띠기 시작했다.

"네, 드디어 육군사관학교가 선제골을 넣으며 1대0으로 앞서가기 시작했습니다. 시청자 여러분들도 보셨다시피, 육사 골키퍼 출신이신 대통령 각하께서 기뻐하시는 모습이 참 인상적이었습니다. 김성수 해설위원께서는 육군사관학교의 첫 골 어떻게 보셨습니까?"

재민의 질문에 약간 말투가 어눌한 김 해설위원이 잠시 뜸을 들이다가 입을 열었다.

"아무래도 마아, 팔은 안으로 굽는 거니까, 대통령 각하의 마음이 육사 쪽으로 기우시는 건 당연하겠지요."

재민이 주문한 육사의 첫 골에 대해 분석 대신 김 해설위원은 각하의 심정을 분석한 해설을 늘어놓고 있었다. 재민은 이 시합이 양 사관학교를 위한 것인지, 아니면 각하를 위한 것인지 잘 판단이 되지 않았다.

이때 또 다시 육사의 골이 터졌다. 운동장 정체가 흥분의 도가니였다. 재민이 다시 떠벌리기 시작했다.

"네, 말씀드리는 순간 육군사관학교가 두 번째 골을 터뜨렸습니다."

재민의 눈에 다시 일어나 뛸 듯 기뻐하는 각하의 모습이 보였다. 각하는 두 주먹을 불끈 쥐고 허공에 흔들어 댔다. 다른 내빈들도 마찬가지였다. 재민의 볼륨이 점차 더 커지기 시작했다.

"이게 웬일입니까? 육사가 또다시 골을 터뜨리며 초장부터 아예 해사의 추격 의지를 꺾어 놓고 있습니다. 2대0, 이제 이거 뒤집기 어려운 스코어가 아닌가 합니다. 지금 단상에선 대통령 각하와 내빈들이 일어서서 함께 기쁨을 나누고 있습니다."

이때 영부인도 추가골의 기쁨을 각하와 나누기 위해 일어섰다. 재민의 목소리에서 더 이상 조금 전까지 위축됐던 분위기는 찾아볼 수 없었다. 그는 대한민국 최고의 중계방송 앵커답게 힘차게 멘트를 쏟아냈다.

"말씀드리는 순간 영부인께서도 일어나셨습니다. 전두환 대통령 각하와 육영수 여사께서는 함께 동문 육군사관학교의 추가골을 즐거워하고 계십니다."

김 해설위원의 입이 쩍 벌어졌다. '전두환 대통령 각하와 이순자 여사'라고 적힌 도화지를 내려놓고 있던 FD도 뭔가 이상한 듯 고개를 갸우뚱했다.

영부인이 다시 깔깔 웃어댔다. 유재민 앵커가 또다시 자신을 육영수 여사라고 불렀기 때문이다.

"여보, 이 사람 진짜 웃기네요. 나보고 또 육영수 여사래."

영부인은 각하를 쳐다보며 귀엽게 애교를 떨었다.

"내가 육영수 여사만큼 예뻐요?"

"쟤 좀 맞아야 정신 차리겠는데. 한 번도 아니고 두 번씩이나……."

각하가 농담처럼 한마디를 던졌다. 그런데 바로 그 한마디가 어떤 상황을 불러올지에 대해선 아무도 예측하지 못했다. 그 어떤 나쁜 의도도 없는 순수한 방송 사고가 여러 사람의 삶을 돌이킬 수 없는 불행으로 몰아갈 거란 사실은 더더욱 몰랐다.

어쨌든 재민의 반복된 실수는 모든 이를 아연실색케 만들었다. 최영호 피디는 퇴사를 당하거나 조금 낫다면 지방으로 좌천될 거라 생각했다. 뷰파인더에서 눈을 뗀 팽동수 촬영감독도 체념한 듯 고개를 떨어뜨렸다. 케이비에스 보안사 파견실에서 TV를 보던 배석봉이 자리를 박차고 일어났다. 전화를 걸까 망설이던 그는 외투를 챙겨 입고는 급히 문을 박차고 나갔다.

재민이 홍분한 목소리로 김 해설위원에게 질문을 던졌다.

"어떻습니까? 2대0인데, 아무리 시간이 많이 남아 있다 하더라도 이게 뒤집어질 수 있는 스코어일까요?"

"아아, 마아, 예에, 뭐어, 그렇겠지요. 이게 무슨 야구도 아니고, 2대0이 마아 쉽게 뒤집어지기야 하겠습니까?"

원래도 어눌한 말투인 김 해설위원이 특별히 더 말을 더듬었다. 얼굴이 하얗게 질린 그는 사시나무 떨듯 떨고 있었다. 오로지 재민만이 자신이 같은 실수를 반복한 사실을 모르고 있었다.

FD가 다시 '전두환 대통령 각하와 이순자 여사'라고 적힌 도화지를 치켜들었다. 그제야 재민은 자신이 같은 실수를 반복한 사실을 깨우쳤다. 그의 얼굴이 흙빛으로 변했다.

이때 재민의 곁으로 검은 그림자가 드리웠다. 두려움에 가득 찬 재민이 그림자 쪽을 올려다보았다. 새파랗게 젊은, 바로 최영호 피디를 무자비하게 폭행했던 이대팔 가르마, 그놈이었다. 우뚝 선 놈의 키가 최소한 1미터 90센티는 돼보였다. 중계차 안 같은 내부 공간이 아닌 탓에 재민은 최영호처럼 얻어터지지는 않았다. 하지만 차라리 그때 그냥 몇 대 맞고 끝나는 게 나았을 거란 사실을 재민은 나중에 깨닫게 된다.

놈은 시합이 끝날 때까지 그 자리에 장승처럼 아무런 움직임도 없이 서 있었다. 하프타임 때 화장실에도 가지 않았다. 당연히 재민도 화장실에 갈 수 없었다.

전후반 90분이 모두 지나가고 전광판 스코어보드가 2대0, 육군사관학교의 승리를 알려줬다. 승리한 육사와 패배한 해사 선수 모두 일렬로 선 가운데 각하께서 육사 주장 선수에게 트로피를 전달했다. 이어서 양

팀 주장에겐 격려금이 하사됐다. 중계석에 앉은 재민은 땀을 뻘뻘 흘리며 전혀 자신 없는 표정으로 멘트를 이어갔다.

"오늘 2대0으로 승리한 육군사관학교 선수들에게 전두환 대통령 각하와……."

중계차 안의 최영호와 스태프들이 숨을 죽이며 모니터 속 재민의 입술을 지켜보았다. 최영호의 멍든 얼굴은 그야말로 만신창이였다. 입은 바짝바짝 말라왔다. 이 순간 최영호는 마음속으로 '제발 이순자! 제발 이순자!'를 수없이 외쳤다.

중계석의 재민도 실수를 반복하지 않기 위해 숨을 가다듬었다. 방송 생활 20년, 재민으로선 최고로 긴장한 순간이었다.

"이, 이, 이, 영부인 이순자 여사께서 선수들에게 트로피와 격려금을 주시며 노고를 치하하고 계십니다."

영부인의 이름을 틀리게 말하지 않았다는 안도감에 재민은 눈물을 흘릴 뻔했다. 감동하긴 중계차의 최영호, 카메라를 잡고 있는 팽동수 촬영감독, 그리고 다른 모든 스태프도 마찬가지였다.

"이것으로 케이비에스 특별 생중계방송, 육군사관학교와 해군사관학교의 축구 대회, 육군사관학교가 2대0으로 승리했다는 소식 알려드리면서 중계방송을 마치겠습니다. 지금까지 캐스터 유재민, 해설에 김성수 위원이었습니다. 여러분, 안녕히 계십시오."

모니터로 방송 종료를 알리는 로고와 함께 힘찬 행진곡이 울려 퍼지기 시작했다. 마치 넋이 나간 듯 허탈한 표정의 재민이 헤드폰 세트를 벗었다. 그의 이마뿐만 아니라 귀 주위와 머리 등에서도 비 오듯 땀이 흘러내리고 있었다.

재민이 두려움에 가득 찬 표정으로 그림자 쪽을 올려다보았다. 어린 보안사 직원 놈이 괴물 같은 표정으로 재민을 내려다보고 있었다. 민망함에 재민이 희미한 미소를 지었다. 그도 같이 미소를 지었다. 하지만 그 미소는 재민의 미소와는 느낌이 사뭇 달랐다. 그건 '너 오늘 죽었다'는 의미의 비웃음이었다. 최영호를 짐승처럼 대하던 것과 달리 놈은 정중하게 재민에게 말을 건넸다.

"유재민 앵커님, 함께 가주셔야 되겠습니다."

도축장에 끌려가는 소처럼 재민이 일어섰다. 불쌍한 재민은 고개를 숙인 채 놈을 따라갈 수밖에 없었다.

중계차 안도 초상집이었다. 중계방송을 가까스로 끝낸 최영호 피디가 헤드폰 세트를 벗은 후 고개를 푹 숙였다. 그는 자신의 머리칼을 쥐어짜며 괴로워했다. 고참 보안사 직원이 최영호의 귓불을 잡아당겼다.

"쇼하지 마, 인마. 너는 오늘 그냥 이렇게 기도해. 살아서 돌아오게 해달라고."

최영호가 체념한 듯 일어섰다. 그는 체념한 듯 자신의 귓불을 잡고 있는 보안사 고참 놈을 향해 입을 열었다.

"가시죠."

사고의 불똥은 재민과 최영호뿐만 아니라 팽동수 촬영감독도 비껴가지 않았다. 각하의 빛나는 맨머리만 카메라로 잡지 않았더라도 팽동수는 이 고통의 잔을 피해갈 수 있었을 것이다.

카메라 곁에 놓인 의자에 앉은 팽동수는 허탈한 마음에 한숨을 내쉬었다. 담배를 입에 문 후 불을 붙이려 할 때 이대팔 가르마의 보안사 직원 하나가 담배를 빼앗아 집어던졌다. 재가 되지도 못한 채 아스팔트 바닥을 뒹굴던 담배는 또 다른 보안사 직원의 구두에 짓밟혔다.

재민이 밖으로 끌려 나왔을 때 승리한 육사 선수들을 태운 버스가 막 운동장을 빠져나가고 있었다. 무슨 일이 벌어질지 모른다는 두려움에 재민은 여전히 식은땀을 흘리고 있었다.

재민을 태우기 위해 방송국 보도 차량이 다가왔다. 험상궂은 표정의 보안사 직원은 보도 차량을 막아서더니 유재민 앵커는 잠시 들를 데가 있으니, 그냥 가라고 얘기했다.

놈이 말하는 잠시 들를 데는 도대체 어디인가? 혹시 수영이가 끌려갔던 그런 곳은 아닐까? 오만가지 생각이 재민을 괴롭혔다. 재민은 그냥 모든 걸 체념한 채 다가올 시련을 견디자고 다짐했다.

보도 차량이 떠난 지 얼마 되지 않아 검은 봉고차가 쏜살같이 다가와 재민 앞에 섰다. 문이 열렸다. 최영호 피디와 팽동수 촬영감독이 이미 타고 있었다. 둘 다 이미 여러 차례 구타를 당한 듯 얼굴 상태가 별로 양호하지 못했다. 좀 전까지 공손하던 젊은 보안사 직원이 갑자기 험악한 태도로 돌변했다. 나이도 새파랗게 어린놈이 재민의 엉덩이를 걷어차며 욕설을 퍼부었다.

"빨리 안 들어가고 뭐 해, 새끼야?"

방송사에 입사한 후 아직까지 그 누구로부터 이런 모욕적인 말을 들어본 적이 없었다. 어안이 벙벙한 재민이 물끄러미 젊은 놈을 쳐다봤다.

"뭘 봐, 이 병신 새끼야!"

말을 마치자마자 놈이 소도둑놈 같은 손바닥으로 재민의 뺨을 올려붙였다. 얼굴에서 불이 번쩍 나더니, 순식간에 아픔이 뇌로 전달됐다. 재민은 너무도 민첩하게 차에 올라타는 자신의 모습에 놀랐다. 재민이 짐짝처럼 실리자 곧바로 문이 닫혔다. 차는 곧바로 출발했다.

컴컴한 차 안에는 재민과 최영호, 팽동수, 그리고 보안사 직원 둘이 타고 있었다. 재민은 최영호나 팽동수에게 무언가 말을 건네고 싶었으나 엄두가 나지 않았다. 괜히 말을 꺼냈다가 그들 앞에서 매를 맞는다면 정말 위신이 떨어지기 때문이었다. 다른 두 사람도 마찬가지였다. 셋은 차가 설 때까지 그렇게 아무 말도 나누지 못한 채 서로 멀뚱멀뚱 바라만 보았다.

고문

재민과 최영호, 팽동수는 차에서 내린 후 곧바로 헤어졌다. 솔직히 두 사람이 무슨 죈가. 자신의 반복적인 실수로 인해 죄 없는 두 사람이 곤경에 처할 걸 생각하니 미안하기 그지없었다.

붉은 벽돌담 건물 안에 들어선 후 재민은 사복을 입은 두 명의 경찰에게 인계됐다. 둘 다 짧은 머리에 점퍼 차림이었는데, 그중 하나는 날카로운 인상에 금테 안경을 끼고 있었다. 복도를 지나고 나니 철문 하나가 재민과 경찰들을 가로막았다.

금테 안경이 곧바로 문을 열었다. 내부로 들어선 재민이 슬쩍 보니 아래로 반지하 같은 공간에 테이블 하나와 의자 두 개가 놓여 있었다. 그리로 내려가는 철 계단은 녹이 많이 슨 듯 보였다. 이 공간에서 불빛은 테이블 위에 달린 백열등이 전부였다.

문이 닫히면 어떻게 될까. 재민의 마음에 갑자기 두려움이 엄습했다. 전에 수영이 분명 이런 데 끌려왔을 것이다. 도대체 어떤 수모를 당했을까. 맞았다면 얼마나 맞았을까. 혹시 성적으로 수치스러운 꼴이나 당하지 않았을까.

다시 생각하고 싶지 않은, 딸 수영이 잡혀갔다 풀려났을 때의 악몽이 그를 괴롭혔다. 그때 집에 돌아온 수영은 단 한마디도 하지 않았다. 하지만 그 후 대학 운동권과는 완전히 인연을 끊은 듯했다. 그래서 재민은 그때 한 차례 혼난 게 오히려 약이 되었다고 생각했다.

하지만 재민과 수영은 분명 달랐다. 수영은 정신 차리고 공부해야 할 학생이었다. 그렇기에 충격요법이 필요할 수도 있었다. 하지만 재민은 중년의 어른이었다. 그 어떤 악의도 없는 실수 때문에 이런 곳에 끌려와 정신 개조가 될 만큼 혼쭐이 난다고 해서 무슨 긍정적 효과가 있을지 의문스러웠다.

그래도 국민 모두가 친숙하게 여기는 9시 뉴스 앵커를 때리기야 할까. 분명 이것저것 꼬치꼬치 캐물으면서 귀찮게 하겠지. 재민은 무조건 저자세를 취하면 큰 문제없이 이 위기를 벗어날 수 있으리라 기대했다. 그리고 나가면 괜히 자신 때문에 곤욕을 치른 최영호와 팽동수에게 크게 한턱 내야겠다고 다짐했다.

하지만 이런 재민의 기대는 철문이 닫히는 순간 바로 무너졌다. 꾸물거리던 재민의 엉덩이를 한 놈이 냅다 걷어찼다. 재민은 비명을 지르며 철 계단 밑으로 굴러떨어졌다. 시멘트 바닥에 발목을 세게 부딪친 탓에 재민의 입에서 비명이 절로 새어 나왔다. 죽을 만큼 고통스러웠다. 무릎 부분도 양복이 찢기고 피가 흘러나왔다. 두 놈은 천천히, 아주 천천히 계단을 내려왔다. 구둣발이 철 계단을 밟을 때마다 소름끼치는 소음이 재민을 괴롭혔다.

경찰들은 아무 말도 하지 않은 채 재민을 일으켜 세웠다. 안경을 끼지 않은 놈이 재민의 복부를 무릎으로 올려 찼다. 고통이 순식간에 뇌로 전해졌다. 마치 고환을 차인 것처럼 정신을 차릴 수 없을 만큼 고통스러웠다. 두 놈은 아무 도구도 없이 능수능란하게 재민을 요리했다. 결코 아마추어처럼 얼굴을 때리는 바보짓은 하지 않았다. 가히 매질의 도사라고 일컬을 만한 두 놈은 그렇게 꽤 오랫동안 재민을 두들겨 댔다. 재민의 비명이 꽤 오랫동안 지속됐다.

정신없이 매를 맞던 재민이 더 이상 참지 못하겠다는 듯 두 놈을 똑바로 쳐다봤다.

"도대체 뭣 땜에 이럽니까? 민주주의 사회에서 이렇게 사람을 끌고 와서 개 패듯 패도 되는 겁니까?"

금테 안경을 낀 놈이 곧바로 재민의 가슴팍을 걷어찼다.

"뭐, 민주주의? 이게 대한민국식 민주주의다, 개새끼야! 국가원수를 좆으로 아는 새끼가 어디서 민주주의를 들먹여?"

"국가원수가 아니라 영부인입니다."

"그러니까 영부인을 좆으로 아는 놈이 어디서 헛소리를 지껄이냐고? 너 같은 놈은 좀 맞아야 돼. 아주 많이."

다시 구타가 이어졌다. 재민은 차라리 항거하지 않는 게 낫다고 생각해 그냥 매를 견디기로 마음먹었다. 몸을 웅크린 채 맞는 수밖에 없었다. 세상에 태어나 그렇게 시간이 더디 흐르는 경험은 처음이었다.

재민을 초죽음이 되도록 두들겨 팬 두 놈이 잠시 자리를 비웠다. 한동안 기절한 듯 널브러져 있던 재민이 겨우 눈을 떴다. 그는 사방으로 취조실을 훑어봤다. 바닥과 벽은 모두 회색 시멘트로 치장돼 있었다. 그리고 군데군데 크고 작은 시커먼 자국들이 보였다. 수영이 그런 것처럼 재민도 그것들이 분명 죄 없는 사람들이 흘린 피의 자국이라 생각했다.

철제문 반대쪽을 보니 정사각형에 가까운 조그만 탕이 하나 있었다.

마치 영업이 끝나 문을 닫은 목욕탕처럼 탕 안엔 물이 하나도 없었다. 역시 수영이 그런 것처럼 재민도 이곳에서 어떤 일들이 벌어졌을까를 상상했다. 재민이 천장을 보니 말로만 듣던 통닭구이 고문을 할 수 있는 쇠사슬과 막대들이 주렁주렁 달려 있었다.

약 두 시간쯤 후 두 놈이 돌아왔다. 그 사이 재민은 등 뒤로 수갑을 찬 채 개처럼 시멘트 바닥을 기고 있었다. 온 삭신이 쑤시고 아파 견딜 수 없었다. 한참 후 돌아온 두 놈은 재민의 수갑을 벗기고는 옷을 벗으라고 강요했다. 영문을 몰라 머뭇거리는 재민에게 금테 안경이 날카롭게 소릴 질렀다.

"빨리 벗어, 새끼야!"

"우리 바쁘다. 그러니까 빨리 시키는 대로 해. 더 맞기 싫으면!"

다른 놈이 거들었다. 재민이 아내와 결혼한 후 다른 사람 앞에서 옷을 벗은 것은 사우나에 갔을 때뿐이었다. 재민은 마치 조선 시대 사람처럼 아무 데서나 탈의하는 걸 수치스럽게 생각하는 사람이었다. 그래서 아내와 함께 수영장도 한번 가보지 못한 그런 위인이었다. 그런 그가 전혀 일면식이 없는 새파랗게 어린놈들 앞에서 옷을 벗는다는 건 참으로 굴욕적인 일이었다. 더 맞더라도 재민은 놈들의 요구에 맞서기로 했다. 하지만 그의 항거는 어이가 없을 정도로 소극적이었다.

"싫습니다. 이렇게 추운 데서 감기 걸리면 어떡합니까?"

재민의 말이 끝나자마자 금테 안경이 그의 뺨을 후려갈겼다. 만화에서나 본 수많은 별이 뺨 좌우로 반짝거렸다.

"그냥 벗으라면 벗지, 개새끼가 왜 매를 벌어."

또다시 매질이 시작됐다. 재민의 연약한 항거는 채 1분도 지속되지 못했다. 재민은 매를 견디지 못해 마지막 인간의 존엄마저 잃어버린 채 울먹였다.

"벗을게요. 벗겠습니다. 그러니까 제발 때리지 마세요. 너무 아픕니다."

재민이 서둘러 옷을 벗기 시작하자 매질은 멈추었다. 재민을 두들겨 패는데 열을 올리던 금테 안경이 마치 격렬한 싸움을 멈추고 잠시 쉬는 권투선수처럼 헐떡댔다. 옷을 벗는 동안 재민은 흐르는 눈물을 주체할 수 없었다. 목숨을 부지해 살아 나간다 해도 지금 겪고 있는 이 굴욕감을 잊을 자신이 없었다. 재민은 눈물을 참으려 애썼다. 그건 인간으로서 그가 할 수 있는 마지막 저항이었다. 재민은 결국 팬티만 남긴 채 옷을 다 벗었다. 온몸이 시퍼런 멍투성이였다.

"빤스도 벗나요?"

재민의 질문에 두 놈이 낄낄대며 웃기 시작했다. 금테 안경이 차갑게 한마디 내뱉었다.

"병신 새끼! 여기가 사우난 줄 아니?"

팬티만 입은 채 초라한 몰골로 서 있는 재민에게 안경을 쓰지 않은 놈이 다가왔다. 놈은 능숙한 솜씨로 재민의 팔을 뒤로 꺾어 수갑을 채우더니, 수갑 하나를 더 꺼내 그의 양 발목까지 채웠다. 금테안경은 재민의 입에 재갈을 물렸다. 그는 어정쩡하게 서 있는 재민의 엉덩이를 발로 찼다. 재민이 지른 외마디 비명이 재갈 때문에 메아리처럼 입안을 맴돌았다. 금테안경이 무시무시한 표정으로 재민을 내려다봤다.

"살고 싶으면 우리 돌아올 때까지 얌전히 찌그러져 있어, 새끼야!"

두 놈은 재민에게 엄포를 놓고는 곧바로 그의 시야에서 사라졌다. 사라지는 두 놈의 모습을 지켜보던 재민은 그대로 바닥에 배를 댄 채 엎어졌다. 등 뒤로 찬 수갑 때문에 벌러덩 누울 수도 없었다.

홀로 남은 재민이 보안사 놈들 앞에서 참았던 눈물을 하염없이 쏟아냈다. 아무리 참으려 해도 수치심을 견딜 길이 없었다. 그렇게 한참을 재민은 재갈 때문에 소리도 내지 못한 채 굵은 눈물만 흘렸다.

어린 시절 부모에게 매를 맞은 후 서러움에 실컷 울다 잠들던 것처럼 재민이 선잠에 빠져들었다.

꿈이었을까. 재갈을 문 채 눈물까지 흘리다 잠든 재민은 마치 환상을 보듯 딸 수영이 곁에 와 있는 것을 보았다. 그의 시야로 보이는 수영은 겨우 속옷만을 걸친 채 추위에 부들부들 떨고 있었다. 몸을 웅크리고 앉은 수영은 서러움에 눈물을 쏟아내고 있었다. 어깨와 팔, 허벅지 등에 온통 멍 자국이 가득했다.

"수영아!"

재민은 딸의 이름을 간절하게 불렀다. 그런데 입에 물린 재갈 때문에 소리는 웅성했다. 초점 없는 시선으로 벽을 응시하던 수영이 아버지 재민을 쳐다봤다. 그녀의 두 눈엔 슬픔만 담긴 게 아니었다. 수영은 아버지 재민을 향해 원망의 눈빛을 쏟아 내며 입을 열었다.

"이게 아버지가 기회를 줘야 한다고 말한 이 정권의 실체예요. 이제 아시겠어요? 정신 차리세요, 아빠! 박정희 정권은 엄마를 죽였고, 이 정권은 저와 아빠를 죽일 거예요. 국민을 보호하는 게 아니라 죽이는 정권! 도대체 얼마나 이 늑대 같은 정권에 우리 같이 힘없는 국민들이 기회를 줘야 되죠?"

수영은 말을 마치자마자 야속하게 고개를 돌려 버렸다.

"수영아!"

재민이 다시 딸의 이름을 불렀으나, 여전히 소리는 입안에서 맴돌 뿐이었다. 전혀 아버지의 외침이 들리지 않는다는 듯 그녀는 싸늘하게 초점 없는 눈으로 벽을 바라볼 뿐이었다.

재민은 계속 수영의 이름을 부르다가 꿈에서 깨어났다. 딸의 이름을 부르는 재민의 외침은 여전히 입안을 맴돌았다. 하지만 수영은 그곳에 없었다.

매질 때문인지 꿈 때문인지, 재민은 이마에서 땀을 흘리고 있었다. 동시에 옷을 벗고 있는 탓에 오한으로 떨고 있었다. 캄캄한 취조실을 둘러보며 재민은 흐느꼈다.

"수영아. 내가 잘못했다. 내가 잘못했어."

재민의 넋두리는 여전히 입안을 맴돌았다. 화려한 말재주로 먹고사는 재민이 발음도 제대로 안 되는 말을 쏟아 내는 상황은 참 애처로웠다.

같은 시간 인간미 넘치는 배석봉은 방송사 내 보안사 파견실에서 재민을 구해내기 위해 수모를 감내하고 있었다. 방송국 담당 보안사 총책임자인 국장이 마치 축구공을 차듯 배석봉의 정강이를 힘껏 걷어찼다. 축구선수였던 국장의 발길질에 정강이를 맞았으니, 당연히 눈물이 나도록 아팠다. 하지만 배석봉은 훌륭한 군인답게 절대로 아픈 티를 내지 않으며 장승처럼 꼿꼿하게 서 있었다. 이런 배석봉에게 국장이 성난 얼굴로 욕설을 내뱉었다.

"니가 뭔데 개새끼야, 풀어 줘라 마라, 명령이야?"

배석봉은 침착한 목소리로 설명했다.

"국장님도 유재민 앵커를 잘 알지 않으십니까? 그건 당연히 실숩니다. 각하 내외가 아신다 해도 그냥 웃고 넘기실 일이 아닙니까? 너그럽게 처리해도 아무 문제없으리라 생각합니다.

국장이 대답 대신 재차 배석봉의 정강이를 걷어찼다.

"니가 새끼야, 내 아버지야? 내 국민학교 선생님이야? 니가 날 감히 가르치려고 해?"

"가르치려는 게 아니라 사실을 말씀드리는 겁니다. 국장님도 여기 근무하시면서 사상적으로 불순하다고 생각되는 사람 하나라도 보셨습니까? 그 어떤 불순한 의도도 없는 실수를 이렇게 가혹하게 처벌하면 그건 각하에게도 누가 되는 일입니다."

"좆 까지 마. 실수가 한 번이 아니라 여러 번 반복됐어. 이건 분명 방송국 내에서 조직적으로 이 정권에 대해 불만 있는 놈들이 까부는 거야. 방송국 내에 유재민이하고 피디 놈 말고도 또 불만 세력이 있을 거야. 까봐. 도대체 어떤 새끼들이 무슨 의도로 이런 개수작을 했는지 철저히 조사해 봐야겠어. 각하의 집권에 불만을 품은 새끼들은 몽땅 다 잡아 처넣어야 돼."

배석봉은 어이가 없었다. 숨조차 쉬기 힘든 철권통치 하에 방송사에 근무하는 샌님들이 도대체 무슨 용기로 조직적으로 불만을 드러낸단 말인가. 배석봉은 국장처럼 무식한 자가 완장을 찬 채 권력을 남용하는 이 세상이 원망스러웠다. 반대로 국장은 오히려 배석봉이 답답하다는 듯 타일렀다.

"너그럽게 대하면 감사할 줄 아니? 아냐. 우리가 부드럽게 구니까 이 개새끼들이 우습게 보고 기어오르는 거야. 알았어?"

쉽게 끝날 일이 아니었다. 차인 정강이로 인한 고통이 아니라 재민에 대한 걱정 때문에 배석봉의 표정은 더욱 굳어졌다.

역시 팬티 차림인 최영호 피디도 수모를 당하긴 마찬가지였다. 아니 중계방송을 하던 중에도 심하게 두들겨 맞았으니 재민이 당한 것보다 훨씬 더 많은 수모를 당했다고 할 수 있었다. 한쪽 안경알까지 깨진 탓에 최영호의 몰골은 정말 말이 아니었다. 차가운 시멘트 바닥에 팬티만 입은 채 엉덩이가 노출돼 있으니 치질이 더 심해질 건 불 보듯 뻔했다.

조금 나이가 지긋해 보이는 경찰 하나가 최영호와 마주 앉았고, 그를 두들겨 팼던 경찰 둘이 테이블 주위에 서 있었다. 최영호는 혼이 나간 듯 멍하니 앉아 있었다. 한기를 감당키 어려운지 그는 사시나무 떨듯 떨고 있었다. 마주 앉은 사내가 마치 엄청난 배려라도 베풀듯 부하 경찰에게 최영호의 점퍼를 갖다 입히라고 명령했다.

"감사합니다."

오랜만에 느끼는 온기에 풀이 죽은 최영호는 진심으로 고마워했다. 하지만 사내의 자비는 거기까지였다. 그가 다짜고짜 물었다

"누구누구랑 공모했어?"

최영호가 말도 안 되는 질문에 난감하여 머뭇거렸다. 사내는 곧바로 일어서 자신이 적으려던 공책을 세워 최영호의 머리통을 내려쳤다. 그의 입에서 날카로운 비명이 새어 나왔다.

"유재민 앵커하고 팽동수 촬영감독 말씀이신가요?"

"너희들 셋 말고 이 일에 가담한 다른 놈들이 누구냐고?"

최영호는 너무도 억울했다. 재민과 팽동수 말고도 다른 공모자들이 있다는 추측이 어떻게 가능하단 말인가. 최영호는 최대한 사내의 비위를 거스르지 않기 위해 애를 썼다.

"그냥 방송사곱니다. 흔하게 일어날 수 있는…… 이런 하찮은 일에 무슨 공모자가 있겠습니까?"

곁에 서서 최영호의 말을 듣던 경찰 놈 하나가 그의 뺨을 올려붙였

다.

"대통령 각하의 민머리 뒤통수를 클로즈업하고, 영부인 여사의 이름을 육영수 여사라고 부르고, 그것도 세 번씩이나! 이런 게 너한테는 하찮은 일이냐, 이 새끼야?"

최영호가 한 손으로 불이 붙은 듯한 뺨을 어루만졌다. 아무리 군인들이 총칼로 차지한 무법천지라 해도 어이없는 일로 끌려와서 이런 꼴을 당한다는 게 아무리 생각해도 기가 막힐 뿐이었다. 생각 같아서는 "너희들 마음대로 해라" 하고 쏘아붙이고 싶었다. 하지만 자신은 프로듀서였다. 최영호 피디는 최소한 방송과 관련해서 벌어진 일은 무조건 자신의 책임이라고 얘기할 수 있는 정도의 의식은 갖춘 방송인이었다.

"모든 게 다 제 책임입니다. 그러니까 저 외에 다른 사람들은 돌려보내 주십시오. 특히 유재민 앵커는 9시 뉴스를 해야 되는 사람입니다."

좀 전에 최영호의 뺨을 갈긴 경찰이 이번에는 주먹으로 그의 머리통을 두들겼다.

"그래, 정의의 사도가 되시겠다, 이거지? 지금 니가 남의 걱정할 때가 아닌 것 같다."

놈의 말이 끝나길 기다렸다는 듯 다른 경찰이 최영호에게 물었다.

"보도 지침 수정된 거 알고 있었나?"

"네!"

최영호는 그나마 말이 되는 질문이기에 자신감 있게 대답했다.

보안사 직원이 바로 또 질문했다.

"방송 스태프들한테 모두 새 보도 지침 자세히 읽고 숙지하라고 지시했어, 안 했어?"

중계방송 전날 최영호 피디는 스태프 모두에게 새 보도 지침 책자를 전하며 대통령이 참여하는 행사 시 꼭 지켜야 할 내용과 바뀐 내용에 대해 숙지할 것을 분명하게 지시했다. 하지만 자신이 그렇다고 하면 스태프들에게 불똥이 튈 가능성이 농후했기에 그는 자신 있게 대답할 수 없었다. 그가 힘없이 기어들어가는 목소리로 말했다.

"네, 했습니다."

질문한 경찰이 못마땅한 표정으로 최영호 피디를 한참 노려봤다.

팽동수 촬영감독도 벌거벗은 채 취조를 받고 있었다. 하지만 최영호 피디에 비해 상대적으로 매 맞은 흔적이 덜해 보였다. 아마도 평소 차분하며 무엇이든 잘 받아들이는 성격이 매를 덜 벌게 한 게 분명했다. 팽동수를 취조하는 경찰이 나름 그의 나이를 감안해 존댓말을 썼으나 여전히 비아냥거리는 어투였다.

"어린놈들한테 좆 나게 매나 맞고, 기분 더럽죠?"

팽동수는 치밀어 오르는 울분을 자제한 채 평소의 차분한 성격대로 나지막이 답했다.

"아닙니다. 저희가 큰 잘못을 했으니까 벌 받는 건 당연하죠. 매일 하는 방송이라서 저 자신도 그동안 많이 나태해 있던 것 같습니다."

양처럼 유순한 팽동수의 태도에 취조하던 경찰도 상당히 부드럽게 그를 대했다.

"우리라고 좋아서 이런 짓 하겠습니까? 지금처럼 잘 협조해 주시면 우리 모두 빨리 집에 돌아가실 수 있습니다."

"걱정하지 마십시오. 무조건 사실대로 말하겠습니다."

"그럼 솔직히 말씀해 주시리라 믿고 여쭤보겠습니다. 최영호 피디가 중계방송 전날, 아니 중계방송 직전이라도 바뀐 보도 지침을 주면서 읽어보라고 했습니까?"

팽동수는 바로 답할 수가 없었다. 최영호가 자신에게 새 보도지침을 건네줬는지 바로 생각이 떠오르지 않았기 때문이다. 바로 답을 듣지 못하자 조금 언짢은 듯 경찰의 목소리가 굳어졌다.

"보도 지침을 읽어보라고 지시했습니까, 안 했습니까?"

생각이 떠올랐다. 팽동수는 분명 중계방송 전날 최영호가 방송국 로비 휴게실에서 자신에게 새 보도 지침을 건네며 잘 읽어 보라고 했던 게 기억났다.

팽동수는 진실을 말하기 위해 입을 열었다. 그런데 정작 그의 입에서 쏟아져 나온 말엔 진실이 하나도 없었다. 그는 정녕 최영호 피디에게 조금이라도 해가 되는 짓은 하고 싶지 않았다. 하지만 진실을 말하기에 그의 영혼은 새벽닭이 울기 전 세 번이나 스승을 부인한 베드로처럼 너무도 유약했다.

"그런 적 없습니다."

거짓말을 내뱉은 팽동수는 바로 고개를 떨어트렸다. 그는 마음속으로 자신이 한 거짓말이 최영호에게 너무 나쁜 결과로 작용하지 않기를 빌고 또 빌었다. 하지만 그의 기대는 곧바로 산산조각이 나버리고 말았다.

채 30분도 되지 않아 팽동수가 최영호의 취조실로 대질신문을 위해 끌려왔다. 둘의 만남 중에 유일하게 긍정적인 건 둘 다 잡혀올 때 입었던 웃옷을 걸쳐 입게 해주었다는 점이다. 물론 아랫도리는 팬티 차림이었다.

팽동수는 미리 경찰에게 진술한 것처럼 최영호가 새 보도 지침에 대해 한마디도 말한 적이 없다고 진술했다. 거짓말을 하면서도 그나마 양심은 살아 있었던지 팽동수는 최영호의 두 눈을 한번도 제대로 쳐다보질 못했다.

그나마 다른 스태프들이 곤경에 처할까봐 웬만하면 자신이 책임지려고 했던 최영호는 너무도 뻔뻔하게 거짓말을 하고 있는 팽동수가 믿어지지 않았다. 최영호는 너무나 억울한 마음에 울상이 됐다. 최영호는 팽동수를 뚫어져라 바라보며 호소했다.

"형, 지금 나 죽이려고 그래? 내가 보도 지침에 대해 얘기했잖아, 방송 전날 휴게실에서."

살아야겠다는 본능이 점점 더 팽동수를 뻔뻔한 인간으로 만들었다.

"난 기억이 안 난다니까."

유일하게 방송할 때만 입이 걸어지던 최영호의 입에서 욕설이 튀어나왔다. 분노한 최영호는 이성을 잃어버린 채 팽동수를 향해 쏘아붙였다.

"개새끼! 나이 살이나 처먹은 게 혼자 살려고, 거짓말이나 하고…… 씨팔 새끼!"

팽동수는 문득 이 순간 나이 어린 최영호에게 생방송 때 욕을 먹은 게 행복이었음을 깨달았다. 지금처럼 분노한 최영호에게 진짜 욕을 먹는 건 너무도 서글펐다. 하지만 거짓말을 한 처지에 억울하다 하소연할 수 있는 노릇도 아니었다.

그래도 정말 좋은 사이였는데, 이젠 절대 예전 관계로 돌아갈 수는 없었다. 팽동수는 다신 최영호를 전과 같은 마음으로 만나지 못할 거란 생각에 갑자기 큰 슬픔을 느꼈다.

"이 새끼가 이거 완전 막가는구먼."

대질신문을 지켜보던 경찰 하나가 최영호의 뒤통수를 후려갈겼다. 너무 억울한 탓에 최영호는 그리 크게 고통이 느껴지지도 않았다. 최영호의 시선은 여전히 팽동수에게 고정돼 있었다. 물론 팽동수의 죄 지은 두 눈은 자신 있게 최영호를 바라보지 못했다.

"대선배 앞에서도 완전 쌩 까고 구라 까고 욕지거리까지 해대?"

화가 난 경찰이 최영호의 멱살을 잡아 일으켜 세웠다.

"넌 새끼야, 아직 좀 덜 맞았어. 위아래 몰라보는 놈들은 피똥 싸도록 맞아 봐야 사람 돼."

곧바로 경찰이 복부를 주먹으로 가격하자, 최영호가 외마디 소리를 내며 쓰러졌다. 쓰러진 최영호에게 또다시 무서운 폭력이 쏟아졌다. 최영호는 회복 불능의 상처를 입은 짐승처럼 크게 신음했다.

나이 든 사람에게 욕설을 했다는 이유로 최영호에게 무척 화가 난 경찰은 정말 눈뜨고 보기 힘들 정도로 심하게 그를 짓밟았다. 놈은 이제 마치 스포츠를 즐기듯 자신의 만행을 즐기고 있었다.

순식간에 최영호의 몸은 걸레가 돼버렸다. 만에 하나 사고가 날까 두려웠는지 다른 경찰들이 뜯어말렸다. 최영호를 초죽음으로 만든 놈이 씩씩댔다.

"이 새끼 이거 진짜 정신 개조가 필요한 새끼야."

말을 마친 놈이 구둣발로 최영호의 갈비뼈를 걷어찼다. 최영호가 날카로운 비명을 지르더니 죽기 직전의 벌레처럼 꿈틀거렸다. 최영호는 그냥 이대로 기절해 다신 깨어나지 않았으면 좋겠다고 생각했다. 이런 그의 두 가지 소원 중 다행히도 한 가지가 이루어졌다. 그가 기절하는 데까지는 채 10초의 시간도 걸리지 않았다.

죽는 게 차라리 낫겠다는 최영호의 소원은 이루어지지 않았다. 인간의 명줄은 역시 옛말처럼 고래 심줄만큼 질긴 모양이었다. 천인공노 할 만행을 저지른 놈들이 잠시 자리를 비운 취조실에 시체처럼 최영호 혼자 널브러져 있었다. 팽동수도 오간 데 없었다.

최영호의 터진 입술에서 구슬픈 울음소리가 새어 나왔다. 만신창이가 된 최영호가 바닥에 엎어진 채로 울고 있었다. 몸이 아파서인지, 마음이 아파서인지, 아니면 둘 다인지, 최영호 외엔 그 누구도 알 수 없었다.

한참 후 철문이 열리고 경찰들이 철 계단을 내려왔다. 이미 온갖 지옥을 경험하며 지칠 대로 지친 최영호는 계단을 내려오는 구둣발 소리가 더 이상 무섭지 않았다. 무섭지 않았기에 최영호는 울음을 멈출 생각도 없었다.

잠시 후 돌아온 경찰들은 시멘트 바닥을 적신 핏자국을 보고는 혹시 최영호가 자해를 한 게 아닌가 하여 깜짝 놀랐다. 하지만 자해는 아니었다. 최영호가 서러움에 눈물을 쏟는 사이 차가운 시멘트에 오랫동안 엉덩이가 노출됨으로 그의 항문에서 피가 쏟아진 것이었다.

최영호가 서럽게 운 건 매로 인한 아픔이나 수치심보다는 고질병인 치질이 도졌기 때문이었다. 자해가 아니라는 사실에 안도한 경찰 중 하나가 항문에서 피를 흘리는 최영호를 보며 비웃었다.

"불쌍한 새끼, 유치원생도 아닌데 울긴."

다른 경찰이 최영호에게 다가가 몸을 구부렸다. 최영호의 팬티가 흥건히 피로 젖어 있었다.

놈도 최영호를 불쌍히 여기는 마음은 전혀 없었다.

"형님, 이 새끼 하혈이 진짜 심한데요."

나이가 많은 경찰이 최영호에게 물었다.

"많이 아프냐?"

겉으로는 친절을 가장하고 있었으나 사실은 그 어떤 동정심도 없었다. 울먹이던 최영호가 서서히 울음을 멈추었다. 코를 몇 차례 훌쩍이던 최영호는 서럽게 자신의 처지에 대해 털어놓았다.

"제가 치질이 정말 심한데요, 찬 바닥에 오래 있으면 상태가 더 악화됩니다."

최영호가 경찰들을 올려다보며 애처로운 표정으로 호소했다.

"저, 방석 하나만 주시면 안 될까요?"

최영호의 부탁을 다 듣고 난 젊은 경찰이 그의 엉덩이를 강하게 걷어찼다. 최영호가 다시 외마디 비명을 지르며 굴렀다.

"야, 이 병신 새끼야! 여기가 호텔인 줄 알아? 씹새끼!"

무자비한 놈은 최영호에게 다가와 몸을 구부리더니 팬티를 깠다. 팬티 안을 잠시 살피던 놈이 얼굴을 찡그렸다. 놈은 최영호를 마치 피 흘리며 누워 있는 한 마리 개처럼 취급했다. 놈이 나이가 많은 경찰을 보며 지껄였다.

"형님, 이 새끼 이거 수치질인 거 같은데요."

제대로 농담 한 방을 날렸다는 듯 스스로 만족한 놈이 짐승처럼 웃기 시작했다. 물론 나이 많은 놈도 낄낄거리며 웃음으로 대꾸했다. 천장, 벽, 바닥, 고문 도구, 놈들의 미소, 취조실 그 어느 구석에서도 연민 혹은 동정심과 같은 인간의 면모는 찾아볼 수 없었다.

재민에 대한 폭행이 계속되진 않았으나, 팬티만 입은 채 수갑을 팔 뒤로 찬 상태라서 매우 불편했다. 물론 온몸 곳곳이 쑤시고 저려왔다. 가끔씩 가슴을 찢어놓는 수치심도 재민을 괴롭게 했다.

오랫동안 아무것도 먹지 못해 심한 시장기를 느낄 때 둔탁한 쇳소리에 이어 철문이 열리더니 경찰 둘이 철 계단을 걸어 내려왔다. 금테 안경을 낀 젊은 놈이 마치 개밥 그릇 같은 양푼이 담긴 철제 식판을 들고 있었고, 좀 더 나이가 든 놈은 재민의 입에 물린 재갈을 풀어 줬다. 금테 안경이 양푼을 팽개치듯 바닥에 내려놓았다. 재민은 수저나 젓가락이 없는 것이 의아해서 올려다보았다. 하지만 놈은 그저 싸늘한 표정으로 재민을 내려다볼 뿐이었다.

"수저는요?"

젊은 경찰 놈이 화를 버럭 냈다.

"씨팔 새끼야, 여기가 무슨 호텔인 줄 알아? 주둥이는 뒀다 뭐할래? 그냥 핥아 먹어, 개새끼야!"

어린놈이 정말 싸가지라고는 눈곱만큼도 찾아볼 수 없었다. 이놈은 가족 모임 같은 데서 만나는 친척 어른들이나 동네 아저씨가 뭘 물어볼 때도 지금처럼 대꾸할까.

재민은 수영이 말한 이 정권의 실체가 무엇인지 비로소 온몸으로 느낄 수 있었다. 정권의 모양새가 어떠한가, 또 어떤 철학을 갖고 있는가에 따라 그 주구들의 행동도 결정된다는 걸 깨달은 것이다. 이런 놈들이 지금 자신에게 하는 것처럼 죄 없는 국민을 고문하고 겁박하는 세상이라면 분명 이 정권에 엄청나게 크고 많은 문제가 있다는 사실을 재민은 새삼 깨우쳤다. 그리고 몸서리쳤다.

재민에게 상당한 모욕감을 안겨준 놈들이 다시 사라졌다. 철 계단을 오르는 그들의 구두 뒤꿈치를 보며 절대로 개밥 그릇에 주둥이를 집어넣지 않겠다던 재민의 다짐은 그리 오랜 시간이 지나지 않아 심하게 밀려오는 배고픔으로 인해 쉽게 무너졌다. 재민은 개가 되어 양푼 안의 밥을 먹기 시작했다. 놈들이 어딘가에서 자신이 개처럼 게걸스럽게 먹는 모습을 보며 비웃으리란 생각이 들기도 했지만, 재민은 결국 밥 한 톨도 남기지 않고 깨끗이 양푼을 비웠다.

춥다고 불평한 것도 아닌데 놈들은 친절하게도 재민에게 웃옷을 입혀 주었다. 나이 든 경찰이 재민을 취조하기 위해 앉았고, 금테 안경은 서류철을 든 채 서성대고 있었다. 나이 든 놈이 다짜고짜 물었다.

"딸 유수영이 운동권 학생인 건 알고 있죠?"

재민은 깜짝 놀랐다. 도대체 이 일과 아무 관계도 없는 수영의 이름이 난데없이 튀어나왔으니 말이다. 재민은 수영에게 혹시 이상한 불똥이 튀지 않을까 염려하여 매우 조심스럽게 대답하기로 마음먹었다.

"그냥 입학해서 아무것도 모르고 선배들 따라다닌 것뿐입니다. 제가 잘 타일러서 지금은 전혀 불량한 학생들과 교류하지 않는 것으로 알고 있습니다."

나이 든 경찰의 표정이 굳어졌다.

"우린 지금 당신 딸이 당신의 불온한 사상에서 영향을 받은 것으로 보고 있어요."

"아시리라고 생각하고 말씀드립니다. 저는 지금까지 꽤 오랫동안 텔레비전 뉴스를 진행하는 앵커로 살아왔습니다. 만약 제가 불온한 사상을 갖고 있었다면 그게 가능했으리라 보십니까?"

"충분히 그럴 가능성이 있어. 지금 대한민국에 암약 중인 고정간첩이 수백이야. 대학교에, 언론사에, 또 일반 회사도 간첩 새끼들이 득실득실하지."

놈의 혀에서 더 이상 존댓말은 튀어나오지 않았다. 너무 말도 안 되는 억지 주장에 재민이 목청을 높였다.

“지금 그걸 말씀이라고 하십니까? 누가 그런 소릴 합니까? 제가 간첩이라는 증거 있습니까?

인정미라곤 전혀 없는 금테 안경이 서류철로 재민의 머리통을 갈겼다.

“‘예, 아니오’로만 대답해, 새끼야! 딸년 하나 교육도 제대로 못 시킨 주제에, 어디서 큰소리야?”

재민은 점차 절망에 빠져들었다. 거의 20년 가까이 온 국민에게 라디오나 TV로 뉴스를 전해온 자신에게 간첩의 올가미를 씌우려고 한다면, 대한민국에선 누구든 간첩이 될 수 있다는 얘기였다. 미미한 실수로 인해 누구든 간첩의 누명을 쓸 수 있다고 생각하니 치가 떨렸다.

재민은 정신을 바짝 차려 무슨 수를 쓰더라도 이 호구에서 빠져나가야겠다고 다짐하고 또 다짐했다. 갑자기 배석봉이 혹시 손을 써주지 않을까 하는 기대감이 재민의 마음 깊은 곳에서 솟아올랐다.

각하는 대머리

청와대 각하와 영부인의 거실 분위기는 항상 그렇듯 화기애애했다. '땡!' 하고 저녁 9시가 되자 어김없이 뉴스가 시작됐다. 당연히 첫 소식은 땡전뉴스였다. 항상 자신에 관한 소식이 뉴스 첫머리에 나오는 게 이제 너무 익숙하고 지겹다는 듯 각하는 TV 화면을 외면했다.

"아니 왜 저렇게 만날 당신에 대한 뉴스만 하는 거예요? 그렇게 뉴스거리가 없나?"

"그러게 말이야. 땡 하면 내 뉴스니까 시계 맞춰도 되겠어."

각하가 퉁명스럽게 말하자 영부인이 채널을 돌렸다. 그런데 다른 방송에서도 역시 각하에 관한 뉴스를 전하고 있었다. 내용은 어린이날을 맞아 시골 아이들 수백 명이 청와대를 방문한단 소식이었다.

"아니 그렇게 뉴스거리가 없나? 여보, 유치원 애들 청와대 놀러오는 것까지 뉴스로 내보내야 돼요?"

영부인이 불만스러운 표정으로 각하를 바라봤다.

"미친놈들!"

각하가 대꾸했다. 영부인이 뉴스가 너무 재미없다는 듯 크게 하품을 했다. 각하가 영부인의 손을 부드럽게 쥐며 입을 열었다.

"여보, 재미도 없는 테레비 끕시다. 테레비를 왜 봐? 사랑스런 마누라 얼굴을 쳐다봐야지."

각하의 말은 백 퍼센트 진심이었다. 지금 이 순간 각하의 관심은 언제 봐도 사랑스러운 영부인에게 온통 쏠려 있었다. 매일 격무에 시달리는 각하는 영부인의 손을 다정하게 잡은 채 이렇게 시시콜콜한 얘길 나누는 걸 이 세상에서 가장 큰 행복으로 여겼다.

과일 깎는 재주로 둘째가라면 서러운 영부인이 사과 한 조각을 각하의 입안에 넣어 주었다. 또다시 영부인이 각하의 입에 사과 한 조각을 넣어 주며 그의 하루 노고를 위로했다.

"여보, 오늘 너무 힘들었죠?"

각하가 마치 어린아이처럼 귀여움을 부렸다.

"나 이 짓거리 괜히 했나봐?"

각하가 괜히 엄살을 부렸다. 하지만 영부인은 그 말이 정확이 뭘 뜻하는지 알아채지 못했다.

"이 짓거리라뇨?"

"대통령질 말이야. 이거 진짜 너무 피곤해. 군대에 있었을 때보다 백배 천배 신경 쓸 게 많잖아. 나는 원래 태생적으로 뭘 꼼꼼하게 신경 쓰는 걸 제일 싫어하잖아."

각하의 말에 담긴 의중을 알아챈 영부인이 작심한 듯 장황하게 자신의 생각을 늘어놓았다.

"그럼 한 번만 하고 다음 선거 때 노 장군한테 물려줘요. 약속한 대로 직선제를 실시하고 물러나면 얼마나 국민들이 당신을 우러러 보겠어요.

그리고 팔이 안으로 굽는다고, 이왕이면 가장 친한 사람한테 물려줄 수 있으면 얼마나 좋아요."

그렇지 않아도 요즘 친구 노 씨에게 줄을 대려는 자가 많다는 얘기에 심기가 불편한 각하는 영부인마저 그를 감싸고돌자 팩 토라졌다.

"내가 차라리 김영삼이나 김대중한테 물려주지, 노태우한테는 안 물려준다."

각하가 요구한 보고서를 들고 나타난 참모가 피식 웃었다. 각하의 눈꼬리가 치켜 올라갔다.

"웃어?"

참모가 참으려 애썼으나, 여전히 웃음이 굳게 닫은 입술 사이로 새어 나오고 있었다. 각하가 장난스럽게 한마디를 던졌다.

"왜 임자도 노 장군 쪽에 줄 대고 있나?"

당황한 참모가 둘러대느라 허둥댔다.

"아닙니다, 각하. 저는 아무 말 안 했습니다."

"내가 무슨 말을 했냐고 물은 게 아니잖아. 그쪽에 줄을 대고 있느냐고 물었지."

"저는 군대에 있을 때부터 각하의 영원한 그림잡니다. 아시지 않습니까?"

참모의 대답에 만족한 듯 각하가 고개를 끄덕였다.

"그럼 이제부터 서서히 그쪽으로 줄 대봐. 아무리 생각해도 다음 대통령은 노 장군 아니겠어? 내가 그 사람이 싫은 게 아니라 벌써부터 붙어먹으려는 놈들이 있는 게 속상해서 그런 거야. 괜히 나만 바라보다가 낙동강 오리알 되지 말고 상황에 따라서 현명하게 잘 대처해. 거기 잠깐 앉아 있어. 이 사람 텔레비전 다 보고 들어가면 얘기하자고."

항상 수족들에게 친절한 각하의 따스함에 참모는 또다시 절로 고개가 숙여졌다. 참모는 구석에 놓인 작은 책상으로 가 의자를 끌어낸 후 앉았다.

각하와 영부인은 다시 둘만의 놀이에 몰두했다. 어영부영 꽤 시간이 흘러가더니 드라마가 시작됐다. 영부인은 드라마도 재미없다는 듯 연신 하품을 했다. 각하는 만약 영부인이 잠자리에 들자고 하면 못이기는 척 하며 따를 생각이었다.

그런데 갑자기 영부인이 고개를 갸우뚱했다. 그러고는 각하를 쳐다보며 입을 열었다.

"근데, 요즘 그 당신 닮았다는 그 탤런트, 이름이 뭐더라, 그 사람 요즘 드라마에 안 보이는 거 같아요?"

"으음…… 박영식이. 생각해 보니까 그 사람 요즘 전혀 안 보이는 거 같네."

각하가 거실 구석에 앉아 있는 참모에게 물었다. "자네도, 못 봤지, 박영식이? 그 친구 연기, 참 좋은데……."

"네?"

교활한 참모는 자신이 박영식의 TV 출연을 막아 놓고선 시치미를 뗐다.

"그게 아마도 각하와 이미지가 같다고 해서, 방송사들이 다들 쓰길 좀 꺼려 하는 모양입니다."

참모는 아무렇게나 둘러댔다. 각하가 그의 변명에 혀를 찼다.

"참, 사람들이 쓸데없는 짓을 잘해요. 박영식이가 어딜 봐서 나랑 이미지가 같다고……."

각하가 영부인을 쳐다보며 물었다.

"여보, 내가 그렇게 매가리 없게 생겼어? 박영식이처럼?"

영부인이 핏대를 세웠다. 단지 머리가 벗겨졌다는 이유로 순해 빠지게만 생긴 박영식을 야성미 만점의 각하와 비교하는 건 아무리 생각해도 굉장히 불쾌했다.

"아니, 대머리라고 다 같은 대머린가? 말도 안 돼."

혼잣말처럼 되뇌던 영부인이 참모를 보며 언짢은 표정을 지었다.

"우리 각하가 소싯적부터 얼마나 멋쟁이였는데. 대머리라 그렇지, 얼굴은 율 브리너보다 낫지 않아요?"

"그럼요. 율 브리너뿐만 아니라 코작보다도 나으시죠."

이럴 때는 무조건 영부인의 비위를 맞추는 게 좋다는 걸 참모는 너무나 잘 알고 있었다.

"코작? 맞아 코작. 배우 이름이 뭐더라? 그 사람 정말 멋있는데. 근데 그 사람도 요즘 TV에 안 나오더라고요. 보면 좋을 텐데."

"텔리 사발라스란 배웁니다. 그리고 코작은 얼마 전에 끝났습니다."

잠시 멈칫하던 참모가 조심스럽게 영부인에게 말을 건넸다.

"여사님, 혹시 코작이 다시 보고 싶으시면 방송국에 연락해서 다시 하라고 할까요?"

영부인이 잠깐 망설이는 사이 각하가 참모에게 소리를 버럭 질렀다.

"이 사람이 자기 할 일이나 하지, 쓸데없는 데 왜 신경을 써? 그래, 영부인이 보고 싶다고 해서 코작 다시 하라고 얘기하면 퍽이나 방송국 애들이 대통령을 존경하겠다. 이 사람아, 공과 사는 좀 구별하면서 살아."

영부인이 풀이 죽은 참모를 두둔하고 나섰다.

"다 각하나 저를 위해서 그러는 건데 왜 그렇게 큰소리로 야단을 치세요. 당신은 다 좋은데, 그 기차 화통 삶아 먹을 것 같은 목청이 항상 문제예요."

"아, 아닙니다, 여사님. 각하의 말씀이 맞습니다. 주의하도록 하겠습니다."

저자세로 고개를 숙이는 참모를 보며 각하는 더욱 의기양양해졌다. 그는 자신감 넘치는 소리로 참모에게 지시했다.

"헛소리 그만 지껄이고, 무조건 방송사들한테 전화해서 당장 박영식이 다시 쓰라고 해. 혼나기 싫으면. 나 무서운 거 알지?"

"네, 곧 검토하겠습니다."

검토하겠다는 말에 각하의 밝은 표정이 싹 가셨다. 각하는 화를 내지 않고 조용히 타이르기로 마음먹었다.

"검토는 지금 내가 다 했으니까, 너는 가서 바로 실행해. 내가 건망증이 심하긴 하지만 이건 꼭 확인한다. 그러니까 똑바로 해둬라."

참모가 풀이 죽은 듯 고개를 푹 숙였다.

"아니 대통령을 닮은 관상이라면 덕을 봐야지, 그런 말도 안 되는 대접을 받는다는 게 말이 돼?"

참모가 자신이 무슨 충신이라도 되는 양 호소했다.

"안 됩니다, 각하! 국민들이 그 사람을 보고 각하 얼굴을 떠올리면서 웃습니다."

참모를 물끄러미 쳐다보며 듣던 각하가 느닷없이 아직 깎지 않은 사과 하나를 들어 참모를 향해 힘껏 집어던졌다. 가까스로 피한 참모는 잔뜩 겁먹은 채로 일어나 부동자세를 취했다. 분을 참지 못해 자리에서 일어선 각하는 참모를 향해 소리를 질렀다.

"니가 대통령 해라, 새끼야."

분노한 각하의 얼굴이 이글거렸다. 하지만 곧바로 자신이 너무 흥분했다는 걸 깨달았는지 각하의 어조가 조금 부드러워졌다.

"머리를 좀 써라, 머리를 좀 써요. 대머리인 나도 매일매일 열심히 머리를 사용하는데, 너는 숱도 많으면서 그렇게 대가리가 안 돌아가니?"

참모가 각하의 말뜻을 못 알아채고는 알쏭달쏭하다는 표정을 지었다. 이런 그를 보며 각하가 한심하다는 듯 한숨을 내쉬었다.

"가발을 씌우면 되잖아."

겁먹은 참모는 여전히 각하의 말뜻을 헤아리지 못하고 있었다. 각하는 머리 나쁜 참모를 더 이상 크게 책망하지 않고 친절하게 설명해 주었다.

"박영식에게 가발을 씌우라고. 그럼 사람들이 더 이상 나 닮았다고 수군거리지 않을 거 아냐."

이제야 각하의 말뜻을 알아챈 참모가 한참 생각하더니 입을 열었다.

"박영식이 그 사람이 순순히 그렇게 따라 할까요?"

각하는 돌대가리 참모 때문에 화가 머리끝까지 치밀어 올랐다. 조금 더 이런 상황이 지속되면 이성을 잃고 그를 구타할 것만 같았다. 각하는 화를 참으며 평소의 위엄 서린 목소리로 말했다.

"내일 다시 얘기하지. 나가봐."

참모는 서둘러 일어나 목례를 한 후 사라졌다. 각하는 대통령이 된 후 처음으로 주변 인사들을 새롭게 다 교체해야겠다고 마음먹었다. 자신과의 친분 때문에 자리를 꿰찬 놈 대부분이 방금 이 참모처럼 함량 미달이었다. 각하는 청와대뿐만 아니라 당과 정부 요직에 새로운 피를 수혈할 필요가 있다는 사실을 절실하게 느꼈다.

각하가 이처럼 골똘히 국정을 구상하고 있는 사이 영부인은 무슨 놀라운 사실이라도 발견한 것처럼 탁 하고 무릎을 쳤다.

“그래, 당신도 가발 쓰면 좋겠다. 멋있을 거 같아. 박영식 씨더러 가발 쓰라고 할 것 없이 당신이 쓰면 되잖아요.”

잠시 더 생각하던 영부인이 아무도 생각지 못할 기가 막힌 아이디어를 각하에게 선보였다.

“만약 당신이 가발을 쓴다면 가발업계에서도 좋아할 거예요. 그럼 경제 활성화에도 도움이 되잖아요.”

듣고 보니 그럴싸한 말이었다. 각하는 다시 영부인을 향한 무한한 애정이 마음속으로 밀려왔다. 영부인이 더욱더 애교스럽게 미소를 지었다.

“전 정말 당신이 자랑스러워요.”

“뭐가?”

각하가 물끄러미 영부인을 바라보며 대답을 기다렸다.

“당신은 대한민국 최초의 대머리 대통령이잖아요.”

뭔가 대단한 대답을 기대한 각하는 실망한 눈치였다. 하지만 그는 사랑하는 영부인을 향해 여전히 부드러운 미소로 화답했다.

“그러네. 내가 왜 그 생각을 못했지? 근데, 이승만 대통령도 대머리 아니었나?”

“그 양반은 다 늙어서 빠진 거고요.”

말을 마친 영부인이 각하의 시원한 윗머리를 쓰다듬으며 말했다.

“어쩌다가 이런 복덩어리가 나한테 굴러 왔을까?”

각하는 영부인의 말에 껄껄 웃어 젖혔다. 영부인도 깔깔 대며 웃었다. 청와대가 각하와 영부인의 사랑으로 충만한, 훈훈한 밤이었다.

영부인이 다시 채널을 돌렸다. 열한 시 뉴스가 막 시작됐다. 하지만 그녀가 좋아하는 유재민 앵커는 여전히 찾아볼 수 없었다. 영부인이 각하를 향해 입을 열었다.

"여보, 근데 어제오늘 계속 유재민 앵커가 안 보이네요. 어디 출장 갔나?"

"사실은 걔도 대머리라서 못 나오는 거 아닌가?"

각하의 재치만점 농담에 영부인이 웃겨 죽는다며 깔깔거렸다.

귀가

창밖의 달빛이 거실로 스며들고 있었다. 아버지 재민이 오늘 밤도 집에 돌아오지 않았다. 밤새 우두커니 앉아 꽉 차지 않은 보름달을 바라보던 수영이 졸고 있었다.

새벽 3시, 괘종시계가 우렁차게 울려 퍼졌다. 정신을 차린 수영이 소파에서 일어났다. 얼굴에는 여전히 근심이 가득했다. 당연히 재민이 없는 걸 알면서도 수영은 또다시 그의 방문을 열어 보았다. 침대 이불이 가지런했다. 수영이 불을 켰다. 그리고 깔끔하게 정돈된 방을 한참 멍하니 바라보았다.

거의 뜬눈으로 밤을 새운 수영은 아침 일찍 아나운서실을 찾았다. 유난히 깔끔한 재민의 자리는 더더욱 잘 정돈된 모습이었다. 다른 자리들을 매운 동료 아나운서들의 표정이 매우 침통해 보였다. 수영이 그들 중 눈을 감은 채 골똘히 생각에 잠긴 한 남자 아나운서의 자리로 다가갔다. 돼지갈비집에서 술 먹고 '땡전뉴스'에 대해 말했다가 국장에게 경을 친 '축구의 달인' 엄정찬이었다. 그는 수영에게 배석봉을 찾아가라고 말해 줬다.

배석봉은 자신을 찾아온 수영과 함께 방송국 근처 다방에 들렀다. 솔직히 그녀는 배석봉에 대한 기억이 전혀 없었다. 그런데도 그는 매우 가까운 사이인 것처럼 호들갑을 떨었다.

"니가 수영이야? 벌써 이렇게 컸어? 고등학생 때 봤을 때는 갓난아이 같았는데."

평소 누구에게나 친절한 수영이었지만, 지금은 그 누구와도 노닥거리고 싶지 않았다. 그녀는 단도직입적으로 아버지의 행방에 대해 물었다.

"아빠, 벌써 이틀째 집에 안 들어오셨어요."

배석봉이 대답 대신 어색한 웃음을 짓더니 담뱃갑을 꺼내 탁자에 올려놓았다. 그는 천천히 담배를 꺼내 물고는 불을 붙이고 시원하게 연기를 뿜었다. 그럴싸한 거짓말을 꾸미기 위해 시간을 벌려는 수작이었다. 그는 괜히 미안한 척 겸연쩍은 표정을 지었다.

"나라도 너한테 연락을 해줬어야 하는 건데……."

"네?"

배석봉의 말뜻을 모르는 수영의 두 눈이 커졌다. 배석봉은 계속해서 더욱더 그럴싸하게 거짓말을 지속했다.

"이번 축구 중계 끝나고 나서 갑자기 윗선에서 일본으로 특별 여행을 보내 줬어. 그동안 이런 혜택이 수차례 있었는데, 너희 아버지가 너 혼자 두고는 어디도 못 간다고……."

"아빠는 절대 제게 아무 말도 하지 않고 외박할 분이 아니세요."

"물론 말을 하고 가려고 하셨겠지. 근데 그게 여럿이 가는데 혼자서 시간을 지연하게 할 수도 없고……."

배석봉은 자신의 거짓말이 잘 먹혀들지 않는다는 생각이 들자 괜히

성을 냈다.

"그럼 지금 그 양반이 너한테 말도 안 하고 가출이라도 했다는 얘기야?"

"가출은 아니지만 뭔가 사정이 있어서 못 들어오신 건 분명합니다."

배석봉은 자신의 설명이 전혀 먹혀들지 않는 게 답답했다. 배석봉은 계속해서 거짓말을 장황하게 늘어놓았다.

"다시 말하지만, 그게 중계방송 끝나자마자 바로 떠나게 돼서 그래. 아빠하고 난 형제처럼 지내는데, 내가 그만 깜빡하고 너한테 알리는 것 잊은 것뿐이야."

배석봉이 화제를 돌리려고 갑자기 수영에 대해 떠들기 시작했다.

"요즘 니가 마음잡고 공부 열심히 한다고 아빠가 얼마나 좋아하시는 줄 아니? 훌륭한 아빨 둔 사람이 왜 쓸데없이 못된 학생들하고는 어울려 다녔어?"

수영은 아무 대꾸도 하지 않았다. 괜히 겸연쩍어진 배석봉이 혼잣말을 내뱉었다.

"뭐, 어릴 때 누구든 그렇게 잘못 생각할 수도 있지. 암!"

수영이 조심스럽게 배석봉에게 물었다.

"아빠가 생방송 중에 두 번이나 지금 영부인을 육영수 여사라고 불렀다고 들었어요. 혹시 그것 때문에 대통령 부부께서 화가 나신 건 아닌가요?"

수영의 질문에 배석봉이 껄껄 웃었다. 물론 대충 둘러대려는 의도도 있었지만, 유재민 앵커 같은 사람이 그런 하찮은 실수에 끌려가서 고초를 치러야 하는 현실이 너무나 코미디 같이 느껴졌기 때문이다.

"그건 사람이라면 충분히 할 수 있는 실수지. 각하 부부께서는 그런

일 가지고 문제를 삼을 만큼 그렇게 속 좁은 분들은 아냐. 얼마나 너그러우신 분들인데. 그러니까 너는 걱정하지 말고 집에 가서 공부나 열심히 해. 너희 아빠 내일이면 돌아오실 거야."

수영은 배석봉이 무언가 숨기고 있다는 사실을 감지했지만, 계속 추궁할 수는 없었다. 힘없이 돌아선 수영의 등 뒤에서 갑자기 배석봉이 난데없는 질문을 내뱉었다.

"참, 너 아빠 양복 사이즈 아니?

수영이 돌아섰다. 질문이 너무나 황당한 탓에 그녀는 꽤 오랫동안 물끄러미 배석봉을 쳐다보았다.

취조실은 여전히 캄캄했다. 다행히 놈들은 재민으로 하여금 웃옷을 걸치게 허락했다. 바닥에는 놈들이 갖다 놓은 양푼이 놓여 있었다. 손이 묶인 상태인데 수저와 젓가락도 없었다. 개처럼 핥아 먹으란 얘기였다.

그들이 원하는 대로 재민은 몇 끼를 핥아 먹었다. 그때마다 밥을 바닥에 흘릴 수밖에 없었다. 음식 찌꺼기들이 재민 주위로 지저분하게 널려있었다. 비록 스스로를 볼 수는 없었지만 몰골이 말이 아닐 거라는 건 쉽게 짐작할 수 있었다.

재민은 문득 살갗이 드러난 어깻죽지로 턱을 비벼 보았다. 까칠했다. 수염이 빨리 자라는 재민은 매일 면도를 해야만 개운함을 느끼는 사내였다.

영부인 이름을 잘못 불렀다고 사형에 처할 것은 아니니 언젠가는 내보내줄 게 분명했다. 하지만 도대체 언제나 나갈 수 있을지.

재민은 매일매일 별 감흥 없이 한 일들이 얼마나 소중한 것인지를 새삼 깨달았다. 딸과 함께 아침 식사를 하고, 면도하는 일이 얼마나 소중한가를 말이다.

쇠가 시멘트 바닥과 마찰을 일으키는 소리가 들리더니, 잠시 후 철문이 열렸다. 양푼에 담긴 음식을 먹으려던 재민은 마치 뭔가를 훔치다 들킨 사람처럼 움찔했다. 마지막 자존감은 지켜야 하겠기에 그는 먹는 걸 포기했다. 어느새 터벅터벅 철 계단을 내려온 놈들이 재민을 둘러싼 채로 내려다보았다.

나이가 든 경찰이 새 밥과 국이 담긴 쟁반을 탁자 위에 놓아 주었다. 수저와 젓가락도 있었다. 지금까지 혹독하게 재민을 대한 금테 안경이 한층 부드러운 표정으로 재민을 내려다봤다.

"아참, 이런 정신머리하곤. 풀어 드려야죠."

말을 마친 놈이 빙그레 웃으며 재민의 수갑을 풀어 주었다.

"오늘은 좋은 소식 갖고 왔으니까, 그냥 편안하게 드세요."

금테 안경의 말투가 너무 부드러워진 탓에 재민은 불안했다. 하지만 시장기는 어쩔 수 없었다. 손이 풀려 몸이 자유로워지자 재민은 곧바로 테이블에 앉았다. 아주 짧게 눈치를 보던 재민이 더 이상 배고픔을 참지 못하겠다는 듯 밥을 먹기 시작했다. 국은 마치 물을 마시는 것처럼 순식간에 들이켰다.

몇 분 지나지 않아 식사는 끝이 났다. 밥과 국그릇 모두 바닥을 드러냈다. 나이 든 경찰이 재민의 앞에 앉았다. 사무적으로 서류를 꺼내 탁자 위에 올려놓고는 입을 열었다.

"빨리 나가고 싶으시죠?"

참 어려운 걸 묻는다. 재민은 놈의 머리통을 쥐어박고 싶었다. 대답 대신 재민은 힘없이 고개를 끄덕였다.

"오늘이라도 나가게 해 드릴까요?"

재민은 머리통을 쥐어박는 게 아니라 칼이 손에 쥐어져 있다면 놈의 뱃대지라도 쑤시고 싶은 마음이었다. 상부에서 내보내 주라면 그리하고, 내보내 주지 말라 해도 그리 따를 수밖에 없는 하찮은 주제에 마치 생사여탈권이라도 갖고 있는 것처럼 허세를 떠는 게 경멸스러웠다.

"네."

재민은 마음의 소리와는 달리 겉으로 아주 공손하게, 나지막한 소리로 대답했다. 재민이 마음속으로 살의를 느끼는 것도 모른 채 두 놈은 시건방진 헛소리를 연이어 남발했다.

"저 사실은 유재민 앵커 팬입니다. 부탁인데, 거 9시 뉴스 시작할 때 하는 거 좀 해봐 주시면 안 될까요?"

금테 안경의 주문에 재민이 바로 대꾸를 하지 않자 놈은 재민이 뉴스 하는 것을 흉내 내는 시범까지 해보였다.

"거, 왜 있잖아요, '안녕하십니까, 국민 여러분! 아홉시 뉴스 유재민입니다' 이거 말입니다."

속으로는 이놈의 배도 쑤시고픈 마음이 간절했으나, 재민은 서둘러 나가고 싶은 마음에 순한 양이 되기로 결심했다.

"안녕하십니까, 국민 여러분! 9시 뉴스 유재민입니다. 전두환 대통령 각하께서는……."

금테 안경이 손을 내밀어 재민에게 멈추어도 된다는 제스처를 했다.

"똑같네, 똑같아."

재민이 자신이 뉴스 하는 모습을 흉내 내는 게 똑같은 건 너무도 당연한 게 아닌가. 너무도 당연한 사실을 마치 새로운 발견이나 되는 양 호들갑을 떠는 놈을 보며 재민은 애써 치밀어 오르는 분노를 삭였다.

금테 안경과 함께 웃던 나이 든 경찰이 웃음을 멈추며 재민에게 퉁명스럽게 한마디를 던졌다.

"유재민 씨, 당신 평생 각하와 영부인께 감사하는 마음으로 살아야 할 겁니다."

각하와 영부인 때문에, 특히 영부인 때문에 이 모양 이 꼴이 됐는데 도대체 그들에게 감사하라는 말은 무슨 소린가? 경찰이 몸을 앞으로 구부려 양손으로 테이블을 잡은 채 재민에게 자신의 말뜻을 설명했다.

"대통령 각하와 영부인께서 유 앵커께서 여기 끌려온 거 아시고는 엄청나게 역정을 내셨습니다. 특히 영부인께서는 민주주의 국가에서 그런 작은 실수를 했다고 끌고 가 겁주는 게 말이 되냐면서 당장 내보내 주라고 하셨어요."

재민은 도대체 뭐가 뭔지 헷갈렸다.

"그럼 영부인께서 저를 풀어 주라고 하셨다는 말씀인가요?"

나이 든 경찰이 대답 대신 비열한 미소를 지었다. 곁에서 금테 안경이 거들었다.

"하여튼 이 양반 억세게 운 좋은 분입니다."

말을 마친 놈이 어느새 마치 무척 가까운 사이나 된 것처럼 다가와 재민의 어깨를 부드럽게 다독였다.

"어쨌든 죄송하게 됐습니다. 지금이 박정희 대통령 때도 아닌데, 이런 일로 유 앵커님 같은 분을 끌고 와서 이런다는 게 저희도 마음에 걸렸습니다. 하지만 어찌합니까? 위에서 까라면 까는 거죠. 이해해 주십시오."

말을 마친 놈이 해맑게 웃었다. 좀 전까지 무시무시하다 생각되던 놈의 인상이 갑자기 마음씨 좋게 생긴 평범한 회사원이라 느낄 정도로 부드러워 보였다. 그렇게 생각하니 재민은 더욱더 무서운 마음이 들었다. 나이 든 경찰이 겸연쩍게 웃으며 친절하게 말을 걸어왔다.

"이해해 주십시오. 우리 조직도 변화하는 중이니까 앞으로 더 좋아질 겁니다."

말을 마친 그가 탁자 위에 놓인 서류를 재민 앞으로 들이밀었다.

"지장 찍어요, 이제."

재민이 의아한 표정을 지으며 꾸물댔다.

"요식행윕니다. 여기서 아무 일도 없었다는 걸 증명하는."

잠시 말을 멈춘 그가 재민을 향해 해맑게 미소를 지었다. 그러고는 농담조로 한마디 겁을 주었다.

"그거 안 찍으시면 못 나갑니다."

재민은 이 상황이 하나도 웃기지 않았다. 그런데 경찰 놈은 뭐가 재미있는지 자기 말에 껄껄 웃기 시작했다. 재민은 눈치를 보며 엄지에 빨간 인주를 묻혔다.

재민을 휴게실로 데려다 준 경찰 둘은 아무 말 없이 문을 열고 사라졌다. 한 사내가 창 너머 밖 도로를 내려다보다가 돌아섰다. 재민을 보며 빙그레 웃는 사내는 배석봉이었다. 그는 한 손에 커다란 종이 꾸러미를 들고 있었다.

배석봉을 보는 재민의 마음은 기쁨보다는 불쾌감으로 가득했다. 왜냐면 지난 며칠간 그에게 벌어진 모든 일을 배석봉이 알고 있을 게 분명했기 때문이었다. 배석봉이 환하게 웃으며 낡은 소파에 앉았다. 풀이 죽은 표정의 재민이 따라 앉았다.

"형님, 정말 고생 많으셨습니다. 별것도 아닌 일인데, 괜히 좀 예민하고 까다롭게 구는 놈들이 있습니다."

별것 아닌 일? 배석봉의 말에 재민의 표정이 확 구겨졌다. 물론 그가 나쁜 뜻으로 한 말은 아니었다. 하지만 재민으로선 정말 치가 떨리리만큼 불쾌한 얘기였다. 재민에게 무슨 일이 벌어졌는지, 그걸 배석봉이 모른다는 얘기가 아니다. 그 일로 인해 재민의 마음이 얼마나 무너져 내렸는지는 배석봉은 아무리 죽었다 깨어나도 모를 것이다.

혹시 배석봉도 과거 언젠가 타인을 고문한 적이 있는 건 아닐까 하는 생각이 드니 재민의 불쾌감은 배가 됐다. 하지만 그런 사실이 있었는지 물어볼 수도 없는 노릇이었다. 항상 그렇듯 재민은 이번에도 그저 그렇게, 별일 아니라는 듯 대꾸했다.

"실수를 했으면 당연히 이런 꼴 당하는 거지, 뭐."

"하여튼 형님은 항상 긍정적이십니다. 맞습니다. 괜히 이런 일로 억하심정 품어봤자 좋을 거 하나도 없죠. 호사다마라고 하지 않습니까? 또 좋은 일이 있을 겁니다."

재민은 헛소리를 지껄여대는 배석봉의 면상을 쥐어박고 싶은 마음이 간절했다. 하지만 그런 마음을 말로 표현하지 못한 채 헛기침으로 대신했다. 이런 재민의 의도를 알아챘는지 모르지만, 어쨌든 배석봉은 커다란 종이 꾸러미에서 무언가를 꺼냈다. 한눈에 봐도 고가의 느낌이 물씬 풍기는 세련된 양복이었다.

"명동 최고급 양복집에서 맞춰 왔어요. 각하가 양복 맞추는 집이라는 소문이 난 후에 엄청나게 주문이 밀리는 집인데 겨우겨우 사정해서 한 벌 맞췄습니다."

도대체 내 사이즈를 어찌 알기에 양복을 맞췄단 말인가. 재민이 물끄러미 배석봉을 바라봤다. 이런 마음을 아는지 배석봉이 계속 입을 나불

댔다.

"형님, 내가 누굽니까? 형님에 대해서 속속들이 다 알고 있습니다. 그깟 신체 사이즈 하나 모를 것 같습니까?"

말을 마친 재민이 껄껄 웃어댔다.

"그래서 석봉 씨, 그동안 나까지 감시했나?"

말을 마친 재민의 얼굴에 또다시 불쾌감이 가득했다. 솔직히 배석봉이 모멸감을 주기 위해 한말이 아님을 재민도 잘 알고 있었다. 하지만 피도 눈물도 없어 보이는 보안사 놈들로부터 해방되고 나니 괜히 아는 얼굴 앞에서 투정이라도 부리고픈 마음이었다.

"형님!"

그런데 재민의 기대와 달리 배석봉이 커다란 눈을 부라렸다. 정말 섭섭하고, 또 실망했다는 마음을 그의 두 눈에서 충분히 읽을 수 있었다. 배석봉은 두 눈에는 '나의 친절함을 나약함으로 오인하지 말라'는 강력한 경고의 메시지가 담겨 있는 듯했다. 잠시 꿈틀대 보려던 재민이 금방 지렁이처럼 움츠러들었다.

"이봐요, 석봉 씨! 농담입니다."

재민이 별거 아니라는 듯 얼버무리자 배석봉의 얼굴이 조금 밝아졌다.

"형님이 애지중지하시는 딸내미를 통해서 수치 알아냈지요. 한번 입어 봐요."

재민은 엉겁결에 새 양복을 받아들었다. 하지만 아무리 친절한 배석봉이라도 그의 앞에서 옷을 갈아입을 수는 없었다. 혹시 몸에 멍 자국이라도 배석봉에게 노출된다면, 참으로 민망할 게 분명하기 때문이다.

"석봉 씨, 먼저 나가 있어요. 내가 이거 갈아입고 곧 따라 나갈게요."

재민의 뜻을 알아챈 듯 배석봉이 순순히 자리에서 일어났다. 그는 재민을 향해 부드러운 미소를 지어 보이고는 문을 열고 나갔다.

재민이 천천히 일어나 옷을 갈아입기 시작했다. 이곳저곳 할 것 없이 온몸이 쑤셔 댔다. 하지만 마냥 배석봉을 기다리게 할 수 없기에 재민은 서둘러 옷을 갈아입었다. 종이 꾸러미에는 정장을 위해 필요한 모든 것이 들어 있었다. 양복바지를 먼저 갈아입은 재민은 구두를 신었다. 서둘러 와이셔츠에 이어 양복 윗도리를 입었다. 지금까지 입은 어느 양복과도 비교되지 않을 정도로 착용감이 좋았다.

재민은 낡은 거울 앞으로 가 섰다. 자세히 보니 현재 각하가 아니라 박정희 전 대통령께서 하사하신 거울이었다. 재민은 그 앞에서 넥타이를 매기 시작했다. 붉은색이었다. 그토록 붉은색을 싫어하는 군사독재 세력이 사준 넥타이가 정작 붉은색이라는 게 큰 아이러니였다. 붉은색이 너무 싫어서, '태양은 묘지 위에 붉게 타오르고'란 가사가 싫어서 김민기의 노래 〈아침이슬〉을 금지곡으로 묶은 자들이 아닌가.

재민은 장례식 직후 아내 김현숙을 묻은 그 무덤가에서 떠오르던 태양을 떠올렸다. 동해에서 떠올라 찬란하게 한반도를 비추던, 무시무한 군사독재 세력에 맞서 고사리 같은 연약한 손으로 저항하다 죽은 무명씨 여성 언론인의 무덤마저도 놓치지 않은 채 자비롭게 비춰 주던 그 태양 말이다.

넥타이를 다 맨 재민의 눈가에 이슬이 맺혀 왔다. 참을 수 없는 설움이 그의 가슴을 아프게 했다. 재민은 다시 한번 거울 속 자신의 모습을 바라봤다. 너무도 초라한 몰골이었다. 재민은 주인이 조금이라도 큰소리를 치면 풀이 죽어 숨을 구멍을 찾는 전형적인 똥개의 모습을 거울 속에서 보았다.

재민은 갑자기 자신이 늙어 버렸다는 걸 깨달았다. 지금까지 그 오랜 세월 방송을 하면서 언론인으로서 이룬 게 무엇인가 자신을 돌아봤을 때, 그는 숨이 막힐 듯 괴로웠다. 특히 아내까지 죽음으로 몰고 간 이 무도한 독재 세력에 빌붙어 9시 뉴스 앵커인 게 무슨 대단한 권력이나 되는 것처럼 마음속으로 우쭐댄 자신이 죽이고 싶을 정도로 미웠다. 과거 수영이 한 말들이 깨진 병 조각처럼 날카롭게 자신의 가슴을 후벼 팠다.

"그래서 아빠는 유신 십 년 동안 그런 것처럼, 계속 앵무새처럼 그들이 시키는 대로 원고나 읽으려고요?"

"아빠는 언론인으로서 최소한의 자부심도 없으세요?"

"그렇게 오랫동안 충실하게 유신의 앵무새 노릇을 하더니, 이젠 또 새로운 주인의 앵무새로 살다가 은퇴하고 싶냐고요?"

재민의 두 눈에서 굵은 눈물이 하염없이 흘러내렸다. 그것은 분명 수치심으로 가득 찬 한 중년 사내의 참회가 담긴 눈물이었다. 재민은 한 손으로 눈물을 훔쳐낸 후 거울을 보며 다짐했다. 지금까지 살아온 것보다는 조금이라도 덜 비겁하게 살겠다고 말이다.

마지막으로 넥타이 매듭을 만지며 재민은 거울에 비친 스스로의 모습을 바라봤다. 역시 돋보이는 양복이었다. 각하의 단골집 양복은 역시 그 명성에 걸맞게 맵시가 대단했다.

"옷이 날개란 말은 틀린 말이네요, 형님. 옷걸이가 좋아야 옷이 빛나는 거네요. 각하가 입으신 옷을 보고는 '별거 아니네'라고 생각했는데, 역시 뉴스 앵커가 입으니까 달라도 뭔가 다르네."

어색한 고요를 깨뜨리기 위해 배석봉이 마음에도 없는 말을 늘어놓왔다. 대꾸할 마음이 전혀 없는 듯 재민은 그저 무표정으로 창밖을 바라봤다. 그의 품엔 끌려가기 전 입고 있던 옷이 담긴 종이 꾸러미가 들려 있었다.

눈치를 보던 배석봉이 갑자기 양복 안주머니에서 봉투 하나를 꺼내 재민에게 건넸다. 엉겁결에 봉투를 받은 재민이 힘없는 표정으로 배석봉을 바라봤다. 운전 중인 배석봉이 앞을 보며 입을 열었다.

"아마 돈일 거예요."

배석봉의 말처럼 봉투에는 돈이 들어 있었다. 그것도 빳빳한 만 원권 수십 장이었다. 눈이 휘둥그레진 재민이 배석봉을 바라봤다.

"세어 보세요."

배석봉의 말대로 재민이 돈을 세었다. 정확히 오십만 원이었다.

"각하께서 특별히 하사하신 금일봉입니다. 별것도 아닌 일로 애들이 호들갑을 떨어서 각하와 영부인께서 굉장히 미안해 하고 계십니다. 아마도 일을 벌인 놈들 상부에 끌려가서 혼 좀 날 겁니다."

배석봉의 말에 재민은 마음에도 없는 말로 대꾸했다.

"뭐 다 내 불찰로 생긴 일인데, 그 사람들을 혼낼 필요가 있나? 어쨌든 정말 감사한 일이네요. 기회가 되면 석봉 씨가 각하 내외분에게 감사하다고 전해 주세요."

재민의 말을 듣던 배석봉이 껄껄 웃어댔다.

"각하 같은 분께서 저 같은 보안사 말단 직원을 직접 만나실 일이 있겠습니까? 제가 듣기론 영부인께서 형님에 대해 상당히 호감을 갖고 계신 듯합니다. 아마도 조만간 청와대에서 행사 있을 때 부르시지 않을까 하네요."

재민은 물끄러미 배석봉을 바라봤다. 조금 전까지 자기 연민에 배석봉마저도 까칠하게 대한 게 굉장히 미안했다.

"고마워요, 석봉 씨. 항상 신경 써줘서."

재민이 푸근한 미소를 보이자 배석봉도 기분이 좋아졌다. 재민을 위로하기 위해 배석봉이 입을 열었다.

"형님, 원숭이도 나무에서 떨어집니다. 그냥 똥 한 번 밟았다고 생각하시고, 월요일에 출근하셔서 또 힘차게 뉴스 잘해 주세요. 형님은 대한민국 최고의 앵컵니다."

말을 마친 석봉이 엄지를 치켜세워 보였다.

그날 친절한 석봉 씨는 재민을 집 앞까지 바래다주었다. 사라지는 그의 자동차를 보며 재민은 보안사 같은 데 근무하는 사람이 모두 배석봉과 같다면 얼마나 좋을까 생각했다.

재민이 문을 열고 들어서자 뻐꾸기 소리가 세 차례 울렸다. 자기 방에서 막 나온 수영이 재민을 바라보았다. 딸이 울먹거리려 하자 재민은 아버지로서 그렇게 하지 말게 해야 할 의무감을 느꼈다. 그는 애써 밝은 표정을 드러내기 위해 애를 썼다.

"수영아, 미안하다. 너무 급작스럽게 가다 보니까 얘기도 못했네."

말을 하면서도 재민은 왠지 수영이 자신이 거짓말하고 있음을 알고 있을 거란 생각이 들었다. 심란한 표정의 수영을 바라보던 재민의 머리에 불현듯 좋은 아이디어가 떠올랐다. 재민은 오십 만원이 담긴 봉투를 꺼냈다.

"여행이 너무 짧아서 선물을 못 사왔어. 대신 이걸로 갖고 싶은 거 사."

수영이 무언가 대꾸를 하기 전에 재민이 선수를 쳤다.

"아아, 너무 피곤하다. 좀 자야겠어."

크게 하품을 한 재민은 곧바로 자기 방으로 사라졌다. 수영이 허탈한 표정으로 아버지의 뒷모습을 바라보았다.

수영은 두 시간도 넘게 아버지가 목욕탕에서 나오길 기다렸다. 하지만 재민은 탕 속에 긴 시간 머물렀다. 물이 차가워지면 다시 뜨거운 물을 받았다. 가끔씩 그는 화병에 걸린 듯 거친 한숨을 쏟아 내곤 했다. 분노와 무력감으로 가득 찬 그의 눈에 가끔씩 이슬이 맺히기도 했다.

어둠과 함께 찾아온 비가 밤까지 이어졌다. 자정 즈음 수영은 조심스럽게 아버지 재민의 방문을 열고 들어갔다. 침대 모서리에 앉은 그녀는 러닝셔츠만 입은 채 잠든 아버지의 얼굴을 내려다보았다. 최근 들어 부쩍 늙어 버린 아버지의 모습이었다. 수영의 눈에서 떨어진 눈물 한 방울이 재민의 러닝셔츠 위로 떨어졌다. 그런데도 그는 곤한 잠에 빠져 뒤척이지도 않았다.

이제 수영의 눈에서 하염없이 눈물이 흐르기 시작했다. 혹시나 들킬까 두려워진 수영은 서둘러 두 눈을 훔치고는 일어났다. 살며시 문을 열고 나가려던 수영이 몸을 돌려 자는 아버지를 바라보았다. 그런데 그는 자고 있지 않은 모양이었다.

"왜, 잠이 안 와?"

대답 대신 수영이 고개를 끄덕였다.

"아버지가 말도 없이 사라져서, 다신 돌아오지 않을까봐 걱정했어?"

수영이 다시 고개를 끄덕였다. 눈물이 비 오듯 쏟아져 내리고 있었다. 재민이 일어나더니 창가로 가 문을 열었다. 부드러운 빗소리가 기분 좋게 들려왔다. 한참 창밖 너머 내리는 비를 지켜보던 재민이 수영을 바라보며 입을 열었다.

"수영아, 비도 내리는데 술이나 한잔 하자. 오늘은 왠지 굉장히 맛있을 것 같다."

거실 바닥에는 이미 소주 두 병이 나뒹굴고 있었다. 급작스럽게 만든 골뱅이 안주에 부녀가 모처럼만에 흐뭇한 술자리를 하고 있었다. 수영이 아버지를 보며 눈을 흘겼다.

"아빠, 한번만 더 말 한마디 없이 사라지면, 나도 가출할 거야."

재민이 흐뭇한 표정으로 딸 수영을 보며 고개를 끄덕였다. 어느새 여인의 티가 물씬 풍기는 숙녀가 된 수영을 보며 재민은 처음 본 순간의 아내 모습을 떠올렸다. 수영도 엄마와 마찬가지로 귀염성이 넘치는 얼굴이었다. 편부 슬하에서 큰 문제없이 성장해 준 수영을 보며 재민은 큰 기쁨을 느꼈다.

그런데 문제는 눈물이었다. 기쁨인지 서글픔인지 모를 눈물이 재민의 눈에서 떨어지기 시작했다. 이런 아버지를 보며 수영이 말없이 티슈를 꺼내 건넸다.

"아빠도 이제 늙었나 봐. 지금 이 상황이 눈물을 보일 정도로 슬픈 것도 아니고, 감동적인 건 더더욱 아닌데."

"무슨 소리야? 감동적이지."

재민이 발끈했다. 티슈로 눈물을 닦아 낸 재민이 눈물의 원인에 대해 둘러 댔다.

"갑자기 니 엄마가 보고 싶어서 그런가 봐."

"아빠, 조만간 엄마한테 가자. 다음 주말 어때?"

재민이 수영의 제안에 환한 표정을 지어 보였다.

"좋아. 대신 아침 일찍 가는 거다. 시뻘건 태양이 떠오를 때 그때 가자."

시뻘건 태양이 떠오를 때? 뭔지 모르지만 수영은 아버지 재민의 말이 왠지 듣기 좋았다. 수영이 밝은 표정으로 고개를 끄덕였다. 수영을 한참 바라보던 재민이 가만히 그녀의 한 손을 감싸 쥐었다.

"무슨 일이 있어도 항상 너를 사랑하는 거, 알지?"

대답 대신 수영이 다시 고개를 끄덕였다.

"내가 항상 미안해 하는 거, 알지?"

이번에는 수영이 고개를 가로저었다,

"아냐. 내가 미안해, 아빠. 내가 너무 이기적이었어. 아빠가 그 긴 세월 동안 나 하나 키우느라고 독수공방했는데, 난 한번도 새엄마 찾아 주려고 노력한 적이 없잖아."

가슴이 뭉클해진 재민이 수영의 다른 손마저 꽉 쥐었다.

"아빠, 사랑해!"

그날 밤 부녀에게 더 이상의 소주는 필요치 않았다.

이별

재민은 다시 앵커의 일상으로 돌아왔다. 그 일상이 너무도 지겨운 것이란 사실을 예전에는 미처 몰랐다. 매일매일 뉴스 전에 들려오는 "정성을 다하는"으로 시작하는 캠페인 송이 흐르면 귀를 막아 버리고 싶은 심정이었다. 이어폰을 통해 들려오는 피디의 큐 사인도 듣기 싫었고, '온에어'를 알리는 카메라의 빨간 불빛도 보기 싫었다. 분장하는 것도, TV 모니터도, 매일 똑같은 카메라 움직임도 지겨웠다. 숨이 막힐 것 같았다. 그중 가장 견디기 힘든 것 중 하나는 역시 이것이었다.

"슬기로운 생활의 벗 여러분의 케이비에스가, 잠시 후 정오를 알려드립니다. 중파 711킬로헤르츠, 에프엠 97.3메가헤르츠, 케이비에스 제일 라디옵니다."

매일 정시가 되면 땡 소리에 이어 자신의 입을 통해 국민에게 전달되는 땡전뉴스였다.

"케이비에스 제일 라디오 정오 뉴습니다. 전두환 대통령께서는 어제 저녁……."

그런데 무엇보다도 견디기 힘든 건 매번 뉴스 스튜디오 의자에 앉으면 앵무새가 되는 재민 자신의 모습이었다. 만약 아내가 지금 자신의 모습을 보면 뭐라고 할까. 아직까지도 그렇게 사느냐며 웬만하면 그만 숨을 쉬고 자기를 따라오라고 할 게 분명했다. 재민은 문득문득 이대로 사느니 차라리 죽는 게 낫지 않을까 하는 생각을 했다. 그런 생각을 할 때마다 용기가 없는 자신이 원망스러웠다. 미국 같은 나라처럼 총기를 쉽게 구할 수 있다면, 까짓것 이대로 용기 있게 인생 종칠 수 있을 듯했다.

재민이 짧은 휴가를 다녀온 후 방송국 동료들의 반응도 크게 바뀌었다. 그들은 홀아비가 됐을 때보다 더 재민을 애처롭게 대했다. 재민은 이런 과잉 친절이 정말 불편했다. 마치 자신이 죽을 데라도 다녀온 것처럼 생각하는 그들이 매우 부담스러웠다.

최영호 피디와 팽동수 촬영감독과의 우정도 산산조각이 나버렸다. 재민이 눈길을 주며 밝은 표정을 지어도 둘은 괴롭다는 듯 외면했다. 가까이 다가서서 안부를 물을 때에나 겨우 한마디 대꾸하는 게 전부였다.

둘은 다 징계위원회에 회부되어 방송과는 상관없는 부서로 쫓겨 간 상태였다. 혼자서만 자리를 지키게 된 것도 상당히 괴로운 일이었다. 솔직히 자신이 저지른 잘못 때문에 두 사람의 삶이 엉망이 됐으니까 말이다. 특히 팽동수에게 새 보도 지침까지 잘 전달한 최영호는 아무 죄 없이 끌려가 수모를 당하고 징계까지 받았으니, 아무리 생각해도 정말 억울하기 짝이 없었다. 재민은 몇 차례나 최영호에게 사과를 하기 위해 전화하고, 심지어 집까지 찾아갔으나 기회를 얻지 못했다. 팽동수는 그나마 좀 나았다. 하지만 그도 확실히 재민을 피하려는 게 분명했다.

마치 운명의 장난처럼 셋이 한자리에서 부딪친 건 재민이 6시 저녁 뉴스를 마치고 나온 어느 날 저녁이었다. 뉴스 원고를 든 채 복도를 걷던 재민은 5층 로비 휴게실에서 담배를 문 채 멍하니 앉아 있는 팽동수를 보았다. 재민이 용기를 내어 눈을 마주치기 위해 다가가려 했으나 곁눈질로 재민을 본 그는 서둘러 자리를 떴다. 한참 멍하니 사라진 팽동수를 바라보던 재민이 이번에는 라디오 녹음 스튜디오 쪽에서 나타난 최영호 피디와 맞닥뜨렸다.

"최 피디!"

재민이 애절하게 부르는 소리에도 최영호의 반응은 싸늘했다.

"형, 나중에."

재민은 서글펐다. 특히 최영호에게는 무릎을 꿇고라도 사죄하고 싶은 마음이 간절했다. 하지만 어차피 마음의 문은 최영호가 열어야 했다. 재민은 훗날을 기약해야겠다 생각하며 엘리베이터로 발걸음을 옮겼다.

그런데 정말 얄궂은 건, 인사조차 기피하던 셋이 몇 분 만에 엘리베이터 앞에서 마주친 것이었다. 엘리베이터를 타기 위해 기다리던 팽동수 앞에 최영호가 먼저 나타났다. 최영호와 눈이 마주친 팽동수는 죄책감에 따가운 눈총을 피하려 애썼다. 어쩔 줄 몰라 하는 팽동수를 배려하고 싶은 마음이 최영호에게 전혀 없었다. 죄는 분명 팽동수가 지었기 때문이다.

최영호가 팽동수를 매처럼 노려보는 사이 재민이 그 자리에 나타났다. 팽동수는 매우 민망한 표정으로 둘을 번갈아 보았다. 엘리베이터가 섰다. 팽동수는 구세주라도 만난 듯 엘리베이터 안으로 사라졌다. 사라진 팽동수를 바라보며 최영호가 씩씩댔다.

재민이 국내에 몇 개 안 된다는 커피 자판기에서 두 잔을 꺼내 자리로 돌아왔다. 낮에 사람이 바글거리던 것과 달리 휴게실에는 재민과 최영호만이 앉아 있었다. 굳은 표정으로 앉아 있는 최영호에게 재민이 한 잔을 내밀었다. 서둘러 마시려던 최영호는 뜨거운 탓인지 커피를 테이블 위에 쏟았다.

재민이 주머니에서 휴지를 꺼내 닦아 주었다. 최영호는 뭔가 매우 불안해 보였다. 엉덩이를 들썩이는 것으로 보아 여전히 치질이 그를 괴롭히는 게 틀림없었다. 눈치를 살피던 재민이 조심스럽게 입을 열었다.

"치질은 좀 어때?"

대답 대신 최영호가 조금 전 엘리베이터에서 그런 것처럼 주먹을 들어 테이블을 내려쳤다. 이번에는 재민의 잔에 담긴 커피가 쏟아졌다. 도저히 울분을 참을 수 없다는 듯 최영호가 울부짖었다.

"씨팔, 재민이 형! 나 사표 써야겠어. 도저히 더 이상 이 짓 못하겠어. 너무 쪽팔려. 너무 수치스러워."

"다 나 때문이야. 솔직히 영호 니가 무슨 잘못이니? 그러니까 날 봐서라도……."

"아냐, 형 잘못. 그 개새끼들이 나쁜 놈들이지. 이 좆 같은 군인 새끼들 정권이 문제지. 그리고 팽동수처럼 간에 붙었다 쓸개에 붙었다 하는 놈들 때문이기도 하고."

"동수 형 너무 욕하지 마라. 악해서가 아니라 약해서 그런 거야."

재민의 말에 최영호가 정색했다.

"형, 내 앞에서 그 새끼 두둔하지 마. 나 그러면 형 안 봐."

최영호의 말에 재민이 뜨끔했다. 그는 어떻게든 최영호로 하여금 사직을 철회하게 만들어야 했다.

"지금 그만두면 니가 불만이 있다고 생각해서, 그놈들이 더 쌍안경을 끼고 감시할 거야."

서러움이 복받치는 듯 다시 최영호가 소리쳤다.

"그럼 씨팔, 부끄럽게 그냥 이렇게 쪽팔린 채로 살아? 난 이제 수치스러워서 내 마누라하고 자식 놈들 얼굴도 못 쳐다보겠어. 내가 당한 꼴을 마누라가 알면 날 사람 취급하겠어? 내가 비굴하게 벌거벗고 그 개새끼들 앞에서 구른 걸 자식들이 알면 지 애비를 얼마나 부끄럽게 생각하겠어?"

"그걸 니 처하고 애들이 어떻게 알아?"

재민의 말에 최영호가 울먹이며 또다시 소리를 질렀다.

"그 개새끼들이 내 똥구멍까지 다 봤단 말이야."

재민은 할 말이 없었다. 번듯한 공영방송 뉴스 앵커에게 한 짓이 그렇다면, 피디가 뭔 꼴을 당했을지는 굳이 확인하지 않아도 충분히 알 수 있었다. 무슨 말을 할까 고민하던 재민이 입을 열기 전 한숨을 크게 내쉬었다.

"그건 나도 마찬가지야. 그래도 어떡하니? 참아야지."

최영호가 더 이상은 못 참겠다는 듯 자리에서 벌떡 일어섰다. 분노로 얼룩진 눈으로 재민을 노려보던 그가 손가락질까지 하며 소릴 질렀다.

"좆 까지 마, 형! 형은 치질 없잖아."

무슨 말인지조차 알아듣지 못하는 재민을 향해 최영호가 울상을 지었다.

"치질 걸린 놈 똥구멍을 그놈들이 까봤다고! 알겠어! 형은 그런 굴욕을 겪고도 살아갈 수 있는지 모르지만, 나는 그냥 아무 일 없던 것처럼 살아갈 순 없다고."

아뿔싸! 재민은 이제야 최영호의 말이 뭘 뜻하는지 정확히 깨달았다. 말을 마친 최영호가 짐승처럼 씩씩거렸다. 그의 분노와 슬픔을 재민은 뼛속까지 느낄 수 있었다. 재민의 마음이 무너져 내렸다. 그렇다면 정작 그런 엄청난 수치를 당한 최영호 본인의 마음은 얼마나 처절하게 썩어 문드러졌을까.

최영호의 두 눈에서는 눈물이 흘러내리고 있었다. 그 눈물을 치유할 방법은 이 세상에 아무것도 없었다. 그를 그렇게 만든 놈들을 갈기갈기 찢는 것 외에는 정말 다른 방법이 없었다.

침까지 흘리며 울부짖던 최영호는 커피가 담긴 종이 잔을 들어 바닥에 내팽개쳤다. 그러고는 재민에게 인사도 하지 않은 채 바로 문밖을 향해 뛰쳐나갔다. 순식간의 일이었다. 재민은 그저 멍하니 유리문 너머로 사라지는 그의 모습을 바라볼 수밖에 없었다.

그것이 재민이 마지막으로 본 최영호의 모습이었다. 사표도 제출하지 않은 채 홀연히 사라진 그는 다시 방송국으로 돌아오지 않았다. 아니, 돌아오지 못했다.

청와대

베인 상처가 어느새 아물 듯, 쉬지 않고 흐르는 세월은 수많은 상처를 자연스럽게 치유한다. 끌려가 수모를 당한 일이나 갑작스런 최영호와의 이별에 대한 기억 등이 희미해져 갈 즈음 재민은 뜻밖의 사회 제안을 받았다. 조만간 각하께서 재민을 청와대로 초청하겠다는 배석봉의 말이 예상보다 빨리 이뤄진 것이었다.

어둠이 서서히 내리는 청와대의 뜰은 참으로 아름다웠다. 아름답게 뻗은 거송들 아래 푸른 잔디밭에서 각하와 영부인의 결혼기념일 축하 행사가 막 그 막을 열려 하고 있었다. 이번 행사는 비공식적인 것으로 각하 내외가 평소 가까이 지내는 지인들과 함께하기 위해 마련한 자리였다.

멋지게 꾸며진 야외무대 뒤에선 초대된 연예인들이 자신들의 무대를 꼼꼼히 준비하고 있었다. 평소 같으면 서로 잡담을 나누며 행사 시작을 기다리겠지만, 청와대에서 벌어지는 각하 내외의 행사이니 만큼 연예인들도 꽤나 긴장하고 있었다.

그들 속에 섞인 재민은 한쪽 구석에서 자신이 진행할 원고를 꼼꼼히 살펴보고 있었다. 이런 재민의 곁에 검은 양복을 깔끔하게 차려입은 남자가 가까이 다가와 말을 걸었다.

"죄송합니다, 유재민 선생님. 각하께서 뵙자십니다."

각하께서 보자는 말에 재민은 경기를 일으킬 뻔했다. 영부인의 이름을 잘못 불러 수모를 당한 일이 다시 생생하게 떠올랐다. 경호원을 올려다보는 재민의 얼굴 위로 두려움이 스쳐 지나갔다. 순간 그의 등은 식은땀으로 가득했다.

각하와 영부인은 맨 앞자리에 앉아 담소를 나누고 있었다. 여전히 둘은 매우 사이좋고 행복해 보였다.

양복을 입은 조명기사 한 사람이 땀을 뻘뻘 흘리며 각하의 테이블을 향해 조명을 맞추고 있었다. 각하와 마찬가지로 이마가 심하게 벗겨진 그는 심장박동이 빨리 뛰는 듯 얼굴이 상기돼 있었다. 조명에 반사된 각하의 이마는 찬란하게 청와대 뜰을 밝혀 주고 있었다.

각하와 영부인의 테이블에서 조금 떨어진 곳, 작은 천막 안도 분주했다. 그 안에서 검은 양복을 입은 경호실 직원 여럿이 TV 모니터를 살피고 있었다. 모니터 속 각하의 이마는 오늘따라 조명의 헐레이션 때문에 유난히 더욱 빛나고 있었다. 천막 안 경호원들이 TV 모니터와 각하의 테이블을 향해 조명을 맞추는 조명기사를 번갈아보고 있었다.

"저런 돌대가리 새끼. 헐레이션 하나도 못 잡는 새끼가 무슨 조명을 한다고."

"헐레이션이 뭐야?"

"조명 반사 때문에 대머리가 반짝반짝하는 거."

"그래? 저 새끼 좀 눌러 줘야겠는데."

"혹시 저 새끼 우리가 아무것도 모를 거라고 생각해서 저러는 거 아냐?"

"진짜 그런지 아닌지는 불러서 물어봐야지."

각하와 영부인 곁에 선 재민이 고개를 구십 도로 숙여 깍듯이 인사했다. 각하 내외는 자리에서 일어나지 않았지만, 최대한 밝은 미소로 친절하게 그를 맞아 주었다.

각하가 재민을 향해 손을 내밀자 그는 각하 내외를 지키는 경호원 둘의 눈치를 봤다. 아무리 각하가 악수를 청했더라도 괜히 덥석 손을 잡았다가 경호원들에게 경을 칠 수도 있었다. 이런 모습을 보며 각하가 껄껄 웃더니 그의 손을 덥석 잡았다. 재민은 얼떨결에 각하의 손을 꽉 쥐고는 거의 무릎에 닿을 정도로 몸을 구부렸다. 재민은 너무도 황송해서 몸 둘 바를 몰랐다.

"각하, 평안하셨습니까?

재민은 고개도 들지 못한 채 공손하게 인사했다. 친절한 각하는 이런 재민의 어깨를 솥뚜껑 같은 양손으로 불쑥 잡더니 그대로 일어났다. 재민이 고개를 들자 각하가 빙그레 웃었다. 영부인도 마찬가지였다.

"유재민 씨, 꼭 한번 만나고 싶었어요."

각하는 영부인에게 재민을 소개했다.

"당신 알지, 유재민 앵커?"

영부인은 각하를 향해 귀엽게 눈을 흘겼다.

"매일 밤 테레비에서 보는데 설마 누군지 모를까봐서요."

영부인은 곧바로 재민에게 밝은 미소를 던지며 손을 내밀었다.

"반가워요. 각하하고 저하고는 꼭 유재민 앵커 뉴스 보고 자거든요."

재민은 얼떨결에 영부인의 손을 잡고는 어쩔 줄 몰라 했다.

"영부인을 이렇게 가까이서 뵈니 정말 황송합니다."

영부인은 특유의 귀여운 장난기를 발동시켰다.

"혹시 아직도 저를 육영수 여사로 착각하시는 건 아니죠?"

영부인은 농담이었지만, 재민으로선 뭐라 대답할지 난감한 노릇이었다. 친절한 각하가 영부인을 향해 너털웃음을 터뜨렸다.

"하여튼 이 사람 장난기는……."

"정말 죄송합니다, 여사님. 그리고 그때 신경 써주셔서 너무 감사하고요."

너무도 황송한 마음에 재민이 연신 굽실거렸다. 각하는 이런 재민을 따스한 표정으로 바라봤다.

"이 사람 말 신경 쓰지 마요, 농담이니까."

각하가 이번에는 곁에 선 경호원을 향해 입을 열었다. 영부인이나 재민에게 하는 말투와 달리 지극히 사무적이었다.

"이봐, 봉투 하나만 꺼내서 줘."

각하의 카리스마에 압도된 경호원은 크게 "네!"라고 대답하고는 곧바로 주머니에서 봉투 하나를 꺼내 건넸다. 각하는 아주 천천히 그 봉투를 받아 재민에게 건넸다.

"오늘 사회를 맡아줘서, 내가 고마워 주는 거야."

재민이 또다시 어쩔 줄 몰라 하며 굽실거렸다.

"각하, 감사합니다. 각하!"

각하가 만족스럽다는 듯 재민의 어깨를 부드럽게 두들겨 주었다.

"그래, 가봐요. 언제 한번 내가 따로 초대하지."

"오늘 유재민 앵커 명사회, 기대할게요."

영부인이 재민을 향해 방긋 웃었다.

"네, 영부인 여사님."

영부인에게 인사를 마친 재민이 이번에는 각하를 보며 큰소리로 외쳤다.

"각하, 다시 한번 감사합니다. 그럼 저는 이만 무대로 올라가 보겠습니다."

말을 마친 재민이 마치 임금 앞에서 물러나는 신하처럼 뒷걸음질 치며 물러섰다. 이런 비굴한 재민의 모습을 보며 각하 내외는 자리에 앉았다.

"그래, 우리 또 만나자고."

각하가 재민의 등 뒤에 대고 내뱉은 말이었다.

"저 친구, 나중에 따로 한번 부르지."

각하가 영부인에게 한 말이었지만, 뒷걸음질 치던 재민은 이 말을 정확히 들었다. 하지만 다시 만나자는 약속이나, 나중에 재민을 따로 한번 부르겠다고 영부인에게 한 말씀은 지켜지지 않았다. 각하께서 한번 더 대통령을 하셨으면 가능도 했겠지만, 현명하고 올바른 각하께서는 6월 민주항쟁을 통해 국민들의 뜻을 알고는 깨끗하게 물러났기 때문이다.

하지만 재민은 각하가 다시 만나자고 했어도, 아마도 가능만 하다면 어떻게든 만나지 않으려고 노력했을 것이다. 각하가 나쁘거나 싫어서가 아니었다. 그냥 각하가 너무 무섭고, 그만을 위해 존재하는 것 같은 세상이 더 무서웠기 때문이다.

공연 직전 재민은 인기 여 가수 이은아와 대화를 나누고 있었다. 내용은 그녀의 히트곡의 안무와 관련된 것이었다. 이은아는 그 노래를 부를 때 후렴구 부분에서 손가락을 사방으로 찔러대는 독특한 안무를 선보였다. 재민은 혹시나 그것이 각하 내외나 경호원들의 심기를 건드릴까 봐 심히 걱정됐다.

"노랠 부를 때 후렴구에서 손가락으로 여러 번 앞을 찌르잖아. 그거 조심해야 돼. 내 말은 찌르지 말라는 게 아니라, 각하가 바로 앞에 계시니까 그 부분에 가서는 몸을 조금 옆으로 돌려서 찌르란 말이야. 이렇게."

재민은 자신이 직접 몸을 돌려 손가락을 허공에 찌르는 흉내까지 내며 열을 올렸다. 이은아는 이런 재민을 보며 어이없다는 표정을 지었다.

"아니 이제는 안무까지 검열하나요?"

"그게 아니라 조심하자는 거지. 각하 입장에서 보면 새파랗게 젊은 여자가 자길 향해서 마구 손가락질하고 그러면 좋겠어? 그러니까 내가 하라는 대로 해요."

"그럼 그냥 손가락질하면서 그쪽을 향해서 윙크를 날릴게요. 늙은이가 젊은 여자가 윙크하는데 싫다고 하겠어요?"

재민이 이은아를 향해 답답하다는 듯 고개를 가로저었다.

"그게 아니지. 영부인이 함께 앉아 계신데 거기다 대고 윙크를 날려? 죽으려고 환장했으면 그렇게 해."

이은아가 난감하다는 표정을 지었다. 그리고 그건 당연한 것이었다. 열정적인 춤은 그녀 공연에서 매우 중요한 비중을 차지하는 부분이었다.

"그게 노래하다 보면 흥분돼서, 내 맘대로 조절이 안 돼요. 그거 신경 쓰다 보면 공연이 제대로 안 될 거고요."

"어쨌든 조심해요. 괜히 실수했다가 또 방송출연 정지처분 같은 거 받으면 너무 억울하잖아요."

말을 마친 재민이 이은아의 반응도 기다리지 않은 채 서둘러 자리를 등졌다.

공연이 시작됐다. 무대 위에선 조금 엉뚱한 한 남자 가수가 탐 존스의 곡을 번안한 자신의 히트곡을 부르고 있었다. 그 시간 아름다운 잔디밭에서 조금 떨어진 으슥한 청와대 숲에서 어처구니없는 일이 벌어지고 있었다. 조금 전 각하의 테이블 쪽에 조명을 맞추던 조명기사가 여러 명의 검은 양복 사나이에게 둘러싸여 집단 린치를 당하고 있었다. 겁을 잔뜩 먹은 조명기사가 경호원 중 하나에게 정강이를 걷어차이자 나가떨어졌다. 그는 고통과 두려움 속에서 애써 신음 소리가 새어 나가지 않게 하기 위해 안간힘을 다하고 있었다.

공연장 밖에서 무슨 일이 벌어지고 있는지 알 리 없는 각하와 영부인은 흥겨운 마음으로 공연을 지켜보고 있었다. 초대된 손님들과 청와대 직원들도 마찬가지였다. 남자 가수는 무슨 장난기가 발동했는지 중간에 노래에 담긴 아픈 정서를 표현이라도 한다는 듯 오른손을 겉옷 안으로 집어넣어 자신의 가슴을 어루만졌다.

이때 경호원들이 쏜살같이 무대 위로 뛰어올라 남자 가수를 제압했다. 그들은 충성스런 각하의 경호원답게 백만분의 일의 테러 가능성에도 철저하게 대비하는 자세를 보였다. 남자 가수의 팔이 부러지지 않은 게 천만다행이었다. 물론 그 남자 가수는 제2의 문세광은 아니었다.

그의 품에 권총이 들어 있지 않다는 걸 확인한 경호원들이 겸연쩍은 표정을 지으며 물러났다. 각하는 이 해프닝을 지켜보며 호탕하게 웃으셨다. 역시 너그러운 대인의 풍모였다. 만약 각하께서 이런 너그러운 모습을 보이지 않았다면, 그 남자 가수는 분명 최소한 5년 이상 방송출연 정지처분 정도는 받았을 것이다.

남자 가수의 공연이 어수선하게 막을 내린 후 재민이 무대 위로 올랐다. 남자 가수는 무대를 내려가면서 팔이 아픈 듯 이리저리 흔들어 댔다. 그는 방금 벌어진 해프닝이 각하를 즐겁게 해드리기 위해 미리 꾸민 일이라며 설레발을 쳐댔다.

항상 그렇듯 재민은 매우 활기차게 진행하기 위해 목소리 톤을 올렸다. 그러면서 이전의 실수를 반복하지 않기 위해 애쓰는 모습 또한 역력했다. 그는 일부러 각하와 영부인의 이름을 모두 호명하지 않았다.

"오늘 대통령 각하와 영부인 여사의 결혼기념일 다시 한번 진심으로 축하드립니다."

비록 둘의 이름을 부르지 않았어도, 별 문제없이 행사는 진행되고 있었다. 재민은 마음속으로 안도의 한숨을 내쉬었다.

"자, 이번에는 자타가 공인하는 대한민국 최고 여 가수의 무댑니다. 전 세계 어디 내놓아도 전혀 부끄럽지 않을 자랑스러운 대한민국의 대표 여 가수, 이은아! 큰 박수 주시기 바랍니다."

열렬한 박수 소리에 이어 바로 전주가 시작됐다. 무용수들과 함께 무대에 오른 이은아는 특유의 박진감으로 청와대 무대라는 중압감을 정복해 나갔다. 전주에 맞춰 신나는 율동을 선사한 이은아의 노래가 시작됐다.

"멀리 기적이 우네. 나를 두고 멀리 간다네. 이젠 잊어야 하네. 잊지 못할 사람이지만……."

후렴구로 진입하는 부분에서 이은아는 재민의 말대로 절대 각하의 테이블을 향해 손가락질 하지 않겠다고 다짐하며 앞을 쳐다봤다. 그런데 정작 각하가 보이지 않았다. '에라, 모르겠다'라는 심정으로 이은아는 영부인 혼자 앉아 있는 테이블을 향해 배설하듯 손가락질을 해댔다.

"언젠가는 또 만나겠지. 헤어졌다 또 만난다네."

무대 바로 옆에서 이은아의 행동을 지켜보던 재민은 그녀가 자신의 말을 따르지 않는 게 불만족스러웠으나, 그나마 각하께서 테이블에 앉아 있지 않은 게 다행이라며 스스로 위안했다.

그런데 이게 웬일인가. 검은 양복을 입은 경호실 직원 하나가 무대 곁에서 나타나 양손을 허공에 휘저으며 공연을 중단시켰다. 노래하던 이은아와 연주하던 밴드, 지휘자, 관객들 그리고 재민이 모두 의아한 표정으로 그를 쳐다봤다. 그는 무대 바로 밑 잔디밭을 가로질러 재민에게 다가왔다.

"각하께서 잠시 화장실 가셨습니다. 각하께서 돌아오시면 이번 노래 처음부터 다시 하세요."

황당함에 쩍 벌어진 재민의 입은 한동안 닫힐 줄을 몰랐다.

피디의 죽음

그날 밤, 재민은 태어나서 가장 흉한 꿈을 꾸었다. 다시 보안사 취조실로 끌려간 그는 벌거벗은 채 시멘트 바닥 위에 무릎을 꿇고 앉아 있었다.

그곳에는 벌거벗은 최영호 피디도 엉덩이를 든 채 무릎을 꿇고 앉아 있었다. 보안사 직원 두 놈이 최영호의 벌거벗겨진 엉덩이 틈으로 항문을 쳐다보며 낄낄댔다. 재민은 그저 속수무책으로 난감한 표정을 지은 채 앉아 있었다.

둘 중 젊은 놈이 손가락을 들어 재민에게 가까이 다가오라고 손짓했다.

"야, 이 새끼야! 이리 와서 봐봐. 이 새끼 이거 수치질이다."

재민이 어정쩡하게 그냥 앉아 있자 놈이 험상궂은 표정을 지었다.

"이리 와보라고, 새끼야!"

할 수 없이 재민이 다가갔다. 그는 보안사 놈들과 함께 벌거벗은 최영호의 항문을 쳐다봤다. 심한 치질로 온통 피투성이인 최영호는 수치심에 흐느끼고 있었다.

갑자기 최영호가 트림을 하더니 연달아 방구를 뀌어 댔다. 보안사 직원 놈들이 냄새에 코를 막고 쓰러지는 시늉을 하더니, 마구 깔깔대느라 정신이 없었다. 민망한 최영호가 흐느꼈다. 젊은 놈이 그의 엉덩이를 구둣발로 가볍게 찼다. 최영호가 힘없이 나가떨어졌다. 놈들의 웃음소리와 최영호의 흐느끼는 소리가 어지럽게 섞여 들려오고 있었다.

전화벨이 울렸다. 더 이상 아무 소리도 들려오지 않았다. 너무나 무서운 꿈을 꾸다 깨어난 사람처럼 재민은 식은땀을 흘렸다. 오늘따라 전화벨 소리가 더욱 날카롭게 방에 울려 퍼졌다. 재민은 이마의 땀을 훔친 후 전화를 받고는 긴 한숨을 내쉬었다. 숨을 가다듬고는 재민이 입을 열었다.

"여보세요."

전화 송수화기를 타고 전해지는 상대방의 얘기를 듣는 재민의 두 눈에서 송아지 눈물이 떨어지기 시작했다.

영안실에는 거의 사람이 없었다. 한때 TV 뉴스를 책임지던 프로듀서의 빈소에 그 흔한 정치인이나 연예인의 화환 하나가 없었다. 그 많은 방송국 부장, 국장 중에 화환 하나 보낸 놈이 없다는 사실이 재민은 너무 서글펐다. 하지만 재민은 곧바로 그들의 입장을 이해하기로 마음먹었다. 괜히 죽은 최영호에게 측은지심을 보였다가 찍히기라도 하는 날에는 출세에 지장이 있을 수밖에 없다. 평생 두려움 속에 산 재민은 이날 처음으로 용기를 냈다. 그는 방송국 안의 꽃집에 전화를 걸어 커다란 조화를 주문했다.

재민이 보낸 커다란 조화가 최영호 피디의 마지막 가는 길목에 늠름하게 서 있었다. 영정 사진 속의 최영호는 이제야 그 무거운 세상 짐을 덜었다는 듯 환하게 웃고 있었다. 쓸쓸한 빈소에는 그의 아내와 아들 둘만이 보였다.

재민은 영정 사진 속 최영호를 바라보며 웃었다. 그가 웃고 있으니 웃음으로 화답하는 게 합당하다는 생각 때문이었다. 하지만 웃음을 뚫고 흐르는 눈물은 어쩔 수 없었다. 최영호에게 절을 마친 재민은 그의 두 아들과 맞절을 했다. 재민은 그들의 손을 잡고는 귀에 대고 최영호는 훌륭한 방송인이며 아버지였다고, 무엇보다도 훌륭한 인간이었노라고 말해 주었다.

재민은 오늘밤 이 쓸쓸한 빈소를 지키겠다고 마음먹었다. 무려 대여섯 시간이 지나는 동안 문상객은 대여섯 명밖에 없었다.

그 시간 동안 재민은 최영호의 아내가 가져다 준 국밥에 소주잔을 기울이고 있었다. 다행히 밤 9시가 넘었을 즈음 최영호의 대학 동창과 고향친구 수십 명이 한꺼번에 몰려들었다. 그들은 죽기 전 최영호가 겪은 고통이 무엇이었는지도 모른 채 고스톱을 치며 시끄럽게 떠들어 댔다. 도대체 여기서 최영호의 죽음을 진심으로 슬퍼하는 사람이 몇이나 될까. 재민은 최소한 그 리스트에 자신은 포함된다는 자신감에 안도했다.

소주를 두 병이나 비운 재민이 깜빡 잠든 사이 팽동수 촬영감독이 나타났다. 이미 거나하게 취해 있었다. 마주 앉은 재민과 팽동수는 꽤 오랫동안 한마디도 하지 않은 채 계속 술잔만을 비워 댔다. 재민이 초점이 풀린 팽동수의 눈동자를 유심히 바라봤다. 그가 미쳐가고 있는 게 아닌가 하는 불안감이 재민의 마음을 괴롭혔다.

이곳저곳에서 아무것도 모르는 자들이 최영호의 죽음에 대해 수군댔다. 그들이 추측하는 자살의 원인은 무슨 영화에 등장하는 얘기처럼 허황된 것들이었으나, 동시에 상당히 흥미롭기도 했다. 술 취한 탓에 그들은 별 주저함도 없이 쓰레기 같은 추측들을 쏟아 냈다.

"높은 사람이 배꼽을 맞춘 아나운서를 건드렸대. 거 왜, 영호가 인물은 좀 괜찮았잖아."

"아냐. 원래부터 우울증이 있었는데, 최근에 심해진 거야."

"그 우울증이 바로 치질 때문이잖아. 고통이 너무 심해서, 더 이상 참을 수가 없어서 그런 거지. 에이, 불쌍한 놈!"

최영호의 죽음에 관해 쑥군대는 사내들을 향해 갑자기 팽동수가 버럭 소리를 질렀다.

"조용히 해, 개새끼들아!"

더 이상 헛소리를 들을 수 없다는 듯 팽동수가 평소 성격답지 않게 욕설을 퍼부어 댔다.

"영호는 나 땜에 죽은 거야, 개새끼들아. 나하고 이 정권이 죽인 거라고! 그러니까 그만 개소리들 집어치워, 병신 새끼들아!"

마구 소리를 질러 대는 팽동수는 침까지 흘리고 있었다. 재민이 재빨리 다가가 팽동수를 만류했다. 재민의 목소리도 상당히 컸다.

"그만하세요, 제발. 최영호 마음 편하게, 조용하게 보내 줍시다."

팽동수의 눈에서 눈물이 쏟아져 내렸다. 회한으로 가득 찬 피눈물이었다. 팽동수는 서러움에 복받쳐 엉엉 울었다.

"영호야, 미안하다. 내가 잘못했어. 니가 보도 지침 잘 읽어 보라고 했는데, 읽지도 않아 놓고 그놈들한테 거짓말했어. 너한테 받은 적이 없다고. 매가 너무 무서워서."

팽동수가 점점 더 큰 목소리로 울어댔다.

"나 씨발 이제 어떡하니? 죽어서 니 얼굴을 어떻게 보냐고? 용서해 줘라, 영호야! 제발!"

"형이 죽인 것도 아니잖아요. 그냥 영호하고 함께하면서 좋았던 것들만 기억해요."

재민은 팽동수를 위로하기 위해 애를 썼다. 그런데 그가 갑자기 눈물을 멈추고는 히죽히죽 웃었다.

"맞아, 내가 널 죽인 게 아니지. 그 새끼들이야. 영호야, 그 새끼들이 널 죽였어. 그래, 그래, 하하하하하하하하."

재민의 우려는 현실이었다. 팽동수는 미쳐 가고 있었다. 그는 마치 최영호가 그 자리에 있는 것처럼 얘길 쏟아 냈다. 점점 이성을 잃어가는 팽동수를 재민은 그저 안타까운 표정으로 지켜볼 수밖에 없었다.

팽동수는 죄책감에 무너지고 있었다. 앞으로 절대 최영호에게 용서를 빌 수도, 받을 수 없게 된 현실이 그를 절망으로 몰아넣고 있었다.

재민은 자신의 작은 실수 하나가 이렇게 큰 재앙을 가져왔다는 사실이 기가 막혔다. 그렇게 생각하니 최영호를 죽음으로 몰고 간 가장 큰 원인 제공자는 바로 자신이었다.

재민은 새삼 죽은 최영호에게 씻을 수 없는 죄를 지었다는 사실을 통감했다. 애초 자신의 실수가 없었다면, 이 모든 불행한 일이 아예 벌어질 이유가 없지 않았는가.

재민은 실성할 정도로 괴로워하는 팽동수가 부러웠다. 반대로 정신이 너무도 멀쩡한 자신이 싫었다. 하지만 정신을 빠짝 차려야겠다고 마음먹었다. 이렇게 가다가는 팽동수의 정신이 아예 돌아오지 않을 수도 있다는 두려움이 엄습했다.

그렇게는 절대로 안 된다. 이미 자신의 실수로 한 사람이 죽었다. 또

다른 하나는 미쳐가고 있다. 재민은 하늘에 대고 막연하게 빌었다. 팽동수만이라도 데려가지 말아 달라고 말이다. 만약 팽동수마저 죽게 된다면 자신도 제정신으로 세상을 살아갈 수 없단 사실을 너무도 잘 알고 있었다.

재민은 꼬박 이틀간 집에 들어가지 않았다. 물론 수영에게는 허락을 받아 놓았다. 그는 방송 때문에 자리 비운 걸 제외하곤 줄곧 빈소를 지켰다. 까마득히 어린 것들에게만 상주 노릇을 맡길 수는 없었다.

발인하는 날 팽동수는 끝내 나타나지 않았다. 재민은 다행스러운 일이라고 생각했다. 괜히 최영호의 마지막 길을 지켜보다가 이상한 행동이라도 한다면 낭패이기 때문이다.

벽제 화장터까지 동행한 이들은 주로 고향 친구였다. 방송국에서는 보도국 최세민 차장과 전에 '땡전뉴스' 운운했다가 보안사 국장한테 봉변당했던 엄정찬 아나운서만이 재민과 함께 최영호의 마지막 가는 길에 동행했다.

최영호의 억울한 시신이 불구덩이에서 재로 변하고 있는 동안, 그의 아내와 두 아들이 슬피 울었다. 겉으로는 애써 참고 있었지만, 재민도 마음속으로는 하염없이 눈물을 흘렸다. 눈망울이 촉촉이 젖어오기 시작하자 그는 눈물을 보이지 않기 위해 밖으로 걸어 나갔다.

"욕쟁이였어도 참 인간은 최고였는데……."

엄정찬이 한마디를 내뱉었다. 그도 눈물을 보이지 않기 위해 재민과 똑같이 애쓰는 중이었다.

"사실인가요? 최영호 피디가 유서에 모든 장기를 자신이 이미 정한대로 기증한다고 쓴 게?"

엄정찬의 질문에 재민이 대답 대신 고개를 끄덕였다. 그 사이 눈물

한 방울이 찔끔 그의 왼쪽 눈에서 떨어졌다.

"스스로 목숨을 끊는 순간에도 남을 생각하는 거, 그게 진짜 인류애 아닌가요, 선배님?"

또다시 재민이 고개를 끄덕였다. 눈물 한 방울이 또 떨어졌다. 후배 앞에서 눈물을 보이지 않으려고 고개를 돌려 하늘을 바라봤다. 커다란 느티나무 한 그루가 눈에 들어왔다. 나무에 앉은 참새 수십 마리가 한 순간에 하늘로 솟아올랐다. 최영호의 영혼도 새들처럼 하늘로 솟아올라 오늘이 마감되는 순간에 낙원에 도달하길. 재민은 마음속으로 빌고, 또 빌었다.

6·29선언

뉴스를 전하는 재민의 목소리에서 그 어떤 생기도 느껴지지 않았다. 전혀 감정이 들어 있지 않은 그의 목소리는 극히 사무적이며 기계적이었다.

최근 뉴스를 전할 때 생기를 잃었다는 이유로 많은 동료가 우려를 표명했다. 한번은 박세표 보도부국장에게 불려가 핀잔을 듣기도 했다. 그는 최근 아나운서실장에서 보도부국장으로 승진했다. 하지만 재민은 개의치 않았다. 수영이 대학 졸업을 앞두고 있으니, 더 이상 그녀를 공부시키기 위해 비굴할 필요가 없었다. 여차하면 사표를 내겠다고 결심하고 나니 재민은 한없이 담대해질 수 있었다.

추운 겨울 어느 날, 비로소 큰일이 터졌다. 사표를 낼 이유를 찾던 재민에게 결심을 굳히게 해줄 만한 엄청난 뉴스가 대한민국을 뒤흔들었다. 이를 전하는 재민의 목소리는 여전히 기계적이고 사무적이었다.

"지난 1월 15일 사망한 서울대학교 박종철 군의 사인은 '자기 압박에 의한 충격사'로 밝혀졌습니다. 이로써 지금까지 제기됐던 물고문에 의한

질식사라는 주장은 사실무근인 것으로 드러났습니다."

굳은 표정으로 무성의하게 뉴스를 읽던 재민은 조작된 박종철 고문치사 사건의 전모를 전하는 가운데, 올해 안에 방송국을 떠나기로 마음을 굳혔다. 뭘하더라도 정권의 앵무새가 되어 지속적인 거짓말을 해대는 것보단 나을 거란 생각이 들었다. 그러고 나니 사표를 내기로 결심한 것이 자신의 인생에서 가장 잘한 선택이라는 생각이 들었다.

TV 화면에는 박종철 군이 '탁' 하니 '억' 하고 죽었다고 주장하는 경찰의 인터뷰가 소개되고 있었다. 그의 거짓말 솜씨는 가히 예술적이었다. 자료 화면이 소개되는 동안 멍하니 모니터를 바라보던 재민의 뇌리에 주마등처럼 최영호 피디와 팽동수 촬영감독, 수영, 그리고 자신의 환영이 차례로 떠올랐다.

서러움에 복받친 최영호는 똑같은 얘기를 울먹이며 반복하고 있었다.

"씨발, 그냥 이렇게 쪽팔린 채로 살아, 부끄럽게? 그 개새끼들이 내 똥구멍까지 다 봤단 말이야."

이번에는 팽동수가 실성한 듯 최영호를 향해 울부짖었다.

"나 어떡하니? 죽어서 니 얼굴을 어떻게 보냐고? 용서해 줘라, 영호야!"

한참 흐느끼던 팽동수가 두 눈을 훔치더니 갑자기 낄낄댔다. 완전히 미친놈처럼 말이다.

"아냐. 내가 널 죽인 게 아니지. 그 새끼들이야, 그 새끼들이 널 죽였어!"

팽동수가 말하는 그 새끼들은 과연 누구일까. 완전 실성한 듯 히죽거리던 팽동수의 환영이 사라지고 수영이 나타났다. 잡혀가 곤혹을 치르기 직전 밥상을 마주하고 앉았던 때의 모습이었다. 그녀는 숟가락을 내려놓으며 아버지 재민을 한심하다는 듯 쳐다보았다.

"그래서 아빠는 유신 시절 내내 그런 것처럼, 계속 앵무새처럼 그들이 시키는 대로 원고나 읽으려고요? 언론인으로서 최소한의 자부심도 없으세요?"

환영 속 재민은 고개를 숙인 채 딸로부터 수모를 감내하고 있었다. 수영이 재민을 향해 소리를 질렀다.

"그렇게 또 새로운 주인의 앵무새로 살다가 은퇴하고 싶으세요?"

카메라에 불이 들어오자 정신을 가다듬은 재민이 또다시 온갖 거짓으로 가득 찬 뉴스를 아무 감정 없는 목소리로 읽어 내려갔다.

"대통령 각하는 박종철 군의 죽음은 매우 안타까운 일이지만, 이번 일로 불순분자들이 선량한 학생들을 부추겨 시위를 선동하는 일이 없도록 각별히 유념하라고 경찰에 지시하셨습니다."

온갖 거짓으로 가득 찬 뉴스를 전하고 나온 재민은 속이 울렁거림을 느꼈다. 화장실에 가서 한 차례 시원하게 토악질이라도 하고 싶었다. 한숨을 크게 내쉬고 나니 가슴과 뱃속이 조금 편해졌다. TV 뉴스 스튜디오를 탈출하고 나니 정말 살 것 같았다.

그 순간 재민은 마음속으로 결심했다. 밥을 빌어먹는 한이 있더라도 이렇게는 살 수 없다는 생각이 어느새 그의 마음을 지배하고 있었다. 그것만이 자신으로 인해 불행해진 최영호와 팽동수, 그리고 아내 김현숙과 딸 수영에게 속죄하는 유일한 방법이었다.

오로지 사직만을 생각하며 고개를 숙인 채 터벅터벅 복도를 걸어가던 재민의 앞을 배석봉이 막고 나섰다.

"형님!"

사람 좋은 배석봉이 밝은 표정으로 먼저 인사를 건넸다. 재민의 목구멍에선 마음에도 없는 격려의 소리가 튀어나왔다.

"요즘 박종철이 때문에 힘들죠? 시간이 지나면 다 잊을 테니까 너무 걱정하지 마요."

"그러게 말이에요. 요즘 그것 때문에 죽을 맛입니다."

"그래, 뭐 좋은 소식은 좀 없어요?"

여전히 친절함으로 위장한 마음에도 없는 소리가 또다시 재민의 입에서 튀어나왔다. 이를 눈치 챌 리 없는 배석봉은 밝은 표정으로 대꾸했다.

"뭐 좀 있을 수도 있을 것 같습니다. 그나저나 형님, 상의할 일도 있고 한데, 나가서 소주나 한잔 합시다."

재민은 오늘만큼은 서둘러 집으로 돌아가 사랑하는 딸 수영과 시간을 함께 보내고 싶었다. 그는 마치 힘이 다 빠진 사람처럼 엄살을 피웠다.

"석봉 씨, 나 오늘 몸이 너무 안 좋아요. 몸살인 것 같아요. 담에 합시다."

재민은 말을 마치자마자 배석봉의 반응을 확인하지도 않은 채 바로 목례했다. 배석봉이 고개를 돌렸을 때 이미 재민은 엘리베이터로 향하는 복도 쪽으로 쏜살같이 사라지고 있었다.

닫혔던 엘리베이터가 일층에서 열렸다. 고개를 숙인 채 로비를 향해 엘리베이터 안에서 나오는 재민을 누군가가 멀리서 불렀다. 재민은 그가 가발을 쓰고 있었기에 누구인지 바로 알아채지 못했다.

그가 박영식임을 깨달은 재민은 얼굴이 환해졌다. 박영식을 향해 쏜살같이 달려간 재민은 그의 양손을 부여잡았다. 조금 전 배석봉에게 몸살인 것 같다던 얘긴 완전히 거짓말이었다.

"선배님, 정말 오랜만이네요."

자신을 향해 환히 웃는 박영식을 바라보며 재민은 고개를 갸우뚱했다. 대머리로 인해 출연 정지를 당한 그가 가발을 쓴 채 방송국 로비에서 있다는 게 선뜻 이해가 되지 않았다.

"그런데, 여긴 어떤 일로?"

재민의 질문에 박영식이 대답 대신 환하게 웃으며 가발을 가리켰다. 하지만 재민은 아직도 가발의 의미를 못 깨우치고 있었다.

"못 들었나? 대통령 각하께서 은혜를 베풀어 주셔서 다시 드라마 하게 됐어. 다음 달부터 주말 연속극 시작해."

"진짜요?"

"각하께서 직접 전화까지 해주셨어. 본인 때문에 괜히 피해를 입게 돼서 너무 미안하다시면서 앞으로 드라마에서 나를 많이 찾게 하겠다고 말씀하셨어. 정말 대단하지 않아? 한 나라의 원수가 나처럼 하찮은 사람한테 직접 전화 주셔서 미안하다고 말씀해 주시고. 정말 이런 지도자를 국민들이 모신다는 건 큰 행운이야, 행운."

박영식은 은혜에 감동하여 울먹거렸다. 재민은 애초에 과잉 충성 때문에 박영식을 TV 화면에서 배제한 놈들이 정말 나쁘다고 말하고 싶었으나 박영식의 기쁜 감정을 해치지 않기 위해 포기했다. 재민은 박영식의 손을 꽉 쥐며 진심으로 말했다.

"정말 잘됐네요. 잘됐어요. 그동안 많이 쉬셨으니까 욕심내서 이거저거 다 하셔야죠."

"각하께서 TV 출연을 허락하셨는데도, 놈들이 꼭 가발을 써야 한다고 성화야. 내 참 더러워서 그냥 가발 쓰고 출연하기로 했네."
갑자기 수다스러워진 박영식이 가발을 만지작거렸다.
"어때? 가발 쓰니까 훨씬 젊어 보이지 않나? 다음 번 드라마에선 주인공 자리 좀 노려봐야겠어. 내가 전에 액션영화 주인공도 해봤거든"
박영식의 농담에 재민이 픽 웃었다.
"선배님, 너무 무리하지 마세요. 괜히 액션영화 찍다가 가발 벗겨집니다."
재민은 박영식을 만나 모처럼만에 웃었다. 그와 대화를 나누는 사이 재민은 재미있는 사실을 떠올렸다. 자신을 구해준 이는 영부인이요, 박영식을 살려준 이는 각하란 사실 말이다. 그렇게 생각하니 박영식의 말대로 각하와 영부인이 꽤 괜찮은 사람들일 수도 있다는 생각이 들었다.
결국 문제는 개인이 아니라 체제이다. 그들이 이 시대를, 그리고 권력을 대표하는 위치에 있기 때문에 시대의 악에 대해 결국 그들이 가장 무겁게 책임을 져야 하는 것이다. 비록 그들이 직접 박종철을 고문하지 않았어도, 그렇게 하라고 직접 명령하지 않았다 해도 결국은 그들이 한 것과 마찬가지로 책임을 져야 하는 것이다. 지도자의 무지와 무능, 무관심은 심각한 죄악이기 때문이다.
얼마 전까지 죽을 만큼 힘들었던 사실을 벌써 잊었는지 순진무구한 박영식은 연신 천진난만한 미소를 터뜨렸다.
"참기름 사업도 잘돼서, 그거 하랴, 연기하랴, 갑자기 몸이 두 개라도 모자라게 생겼어."
기쁜 표정으로 떠들어 대는 박영식을 보며 재민도 정말 모처럼만에 환하게 웃을 수 있었다. 그러나 더 기쁜 건 더 이상 군사정권의 꼭두각시로 살지 않기로 한 자신의 결심이었다.

박영식과 헤어진 재민은 차를 타지 않고 집까지 걸어가기 위해 여의도 광장에 들어섰다. 자유로운 인간이 된다 생각하니 밤공기가 참으로 쾌적하게 다가왔다. 재민은 자유의 느낌이 이렇게 좋은 줄 미처 몰랐다. 자유의 냄새가 이렇게 좋은지도 몰랐다. 무려 25년 넘게 국민 개개인이 만끽해야 할 자유를 꽉 틀어쥔 채 그들을 겁박하며 개돼지 다루듯 해온 군인들이 증오스러웠다. 비록 박종철처럼 모든 걸 걸고 투쟁할 자신은 없었지만, 그들의 꼭두각시가 되어 정권의 나팔수나 앵무새가 되지는 않겠노라고 여의도 하늘에 뜬 별들을 바라보며 맹세했다.

집에 도착하니 수영은 아직 들어오지 않았다. 박종철의 죽음이 물과 전기 고문으로 인한 것으로 밝혀진 이상 대학생들의 저항은 불 보듯 뻔한 것이었다. 이번 일을 계기로 만에 하나 수영이 다시 운동권 활동을 재개한다 하더라도 재민은 제지할 생각이 전혀 없었다. 단지 바람이라면, 너무 앞에 서서 싸우는 것만큼은 피했으면 하는 마음이었다.

그날 밤 재민은 열린 창문을 타고 불어드는 상쾌한 바람을 만끽했다. 초여름 날씨 때문인지 아파트 아래 많은 사람이 나와 있는 모습을 볼 수 있었다. 한참 멍하니 창밖을 보던 재민이 서재로 들어가 자리에 앉았다. 오랜만에 벽에 걸린 수많은 훈장을 바라봤다. 불행히도 그중 뭐 하나 자랑스러운 게 없었다. 잠시 재민은 싹 다 버려 버릴까 고민하다가 그냥 두기로 마음을 정했다. 군사정권에 협조한 나약한 방송인의 부끄러운 자화상이었지만, 그래도 그건 모두 재민의 역사임에 분명했다. 만약 훗날 수영이 결혼하여 외손들이 생긴다면, 그들에게 분명하게 자신의 부끄러운 과거를 드러내겠노라고 재민은 다짐했다.

재민은 노트와 만년필을 꺼내 들었다. 잠시 생각을 가다듬은 그는 주저 없이 써 내려갔다. 사표였다.

수영이 귀가하니 막 자정이 지나고 있었다. 그녀가 '아빠'를 외쳤지만, 대답은 없었다.

수영이 서재 문을 열고 들어갔다. 재민은 머리를 책상에 처박은 채 잠들어 있었다. 수영은 책상에서 《깃발과 함성》을 발견하고는 깜짝 놀랐다. 재민이 수영에게 읽지 말라고 했던 그 불온서적을 아버지 본인이 읽고 있던 것이다. 수영은 무한한 애정과 걱정스런 눈빛으로 아기처럼 잠든 아버지 재민을 오랜 시간 내려다보았다.

사표를 제출하기 전 재민은 오랫동안 만나지 못한 팽동수 촬영감독을 찾아갔다. 정신 상태가 더 심각해졌는지 한 공간에서 그를 만나는 게 허락되지 않았다. 유리 벽을 눈앞에 둔 상태로 앉은 재민은 설레는 마음으로 팽동수를 기다렸다.

불과 몇 분 되지 않아 푸른 환자복을 입은 팽동수가 나타났다. 그는 손을 들어 재민에게 반갑다는 표시를 했다. 팽동수가 천진난만하게 웃었다. 그런데 그건 해맑은 아이의 웃음이 아니라 정신이 나간 자들의 얼굴에 나타나는 공허한 미소였다. 팽동수는 마지막으로 보았을 때보다 훨씬 더 나이가 들어 보였고, 살도 많이 빠진 상태였다. 깊이 팬 주름과 하얗게 눈이 내린 머리칼은 팽동수를 환갑의 노인처럼 느껴지게 했다. 재민은 또다시 자신을 향해 웃는 팽동수를 보며 엄청난 죄책감에 신음했다. 아무 신앙도 없는 주제에 그 순간 그는 신에게 팽동수를 향한 무한한 자비를 베풀어 달라고 애절하게 기도했다.

유리 벽을 사이에 둔 채 재민과 팽동수가 마주 앉았다. 팽동수의 얼굴에서 천진한 미소가 싹 걷히더니 회한과 죄책감이 드러나기 시작했다. 괴로운 과거 생각에 사로잡힌 팽동수가 얼굴을 찡그리며 입을 열었다.

"말할 게 있어, 재민 씨."

재민이 팽동수를 바라보며 고개를 끄덕였다. 팽동수가 계속 말을 이어갔다.

"죽기 전 날, 영호 놈이 전화했어. 난 너무너무 반가웠어. 두렵기도 했고."

"뭐라던가요?"

뭔가 대답하려던 팽동수가 갑자기 울먹였다.

"이렇게 얘기하더라고. 나한테, 형님 하나도 안 미워한다고……. 씨발, 눈물 나게 고맙더라고. 자기를 망가뜨린 나 같은 거짓말쟁이를 안 미워한대. 그런 천사 같은 놈이 이 세상에 어디 있어?"

"바보 같은 천사 놈이니까 천사들이 사는 데로 갔을 거예요. 그러니까 너무 괴로워 마세요."

"안 괴롭다면 내가 인간이 아니지. 난 나쁜 놈이야. 평생 괴로워야 돼."

"그런 소리 집어치우시고, 빨리 나으셔야죠. 그래서 뉴스고 스포츠 중계고, 다 다시 하셔야죠."

"그래서 지금 나보고 미쳤다는 거야?"

팽동수가 홱 토라졌다.

"나 안 미쳤어. 그냥 미친 척하는 것뿐이라고. 미친 척 안 하면 그놈들이 잡으러 올 테니까. 나 잡혀가서 두들겨 맞고 싶지 않아. 벌거벗고, 밥도 입으로 개처럼 먹어야 하는 데 다시는 끌려가고 싶지 않다고."

재민은 정신적 지옥에서 고통받는 팽동수에게 괜한 얘길 꺼내 더 괴롭게 만든 게 아닌가 자책했다.

"제가 언제 동수 형이 미쳤다고 얘기했어요? 그냥 빨리 기운을 차리셔야 된다고 했지."

재민의 말에 팽동수가 만족스러운 듯 연신 고개를 끄덕였다.

"그래, 그래. 우리 유 앵커는 역시 내 편이구만. 다들 나보고 미친놈이라고 하니, 나 원 참."

"우리 동수 형 절대로 안 미쳤어요. 내가 보증할게요."

팽동수가 마치 어린애처럼 재민을 향해 환하게 웃어보였다. 자신을 측은지심으로 바라보는 재민을 향해 그가 입을 열었다.

"유 앵커, 최영호 그 새끼한테 면회 좀 한 번 오라고 해. 그 자식 아직도 나한테 삐졌나봐. 아직까지 면회 한번 안 오니 말이야."

재민은 당황스러웠다. 겉으로는 어느 정도 정신이 있는 듯하지만, 실상 팽동수가 미치광이가 돼가고 있음을 확실히 알게 됐으니 말이다.

"그 새끼 요즘도 생방만 하면 욕지거리해대지?"

실성한 듯 웃어 젖히는 팽동수를 보며 재민은 마음속으로 깊은 한숨을 내쉬었다.

마지막 9시 뉴스였다. 재민은 오늘만큼은 정권의 앵무새로서의 역할을 최선을 다해 감당하겠노라고 다짐했다. 그는 굳은 표정으로 또다시 온갖 거짓말이 담긴 뉴스 원고를 읽어 내려갔다. 그의 목소리에서 그 어떤 감정도, 자기 연민도 느낄 수가 없었다.

"경찰이 지금까지의 소극적인 대처 방법에서 탈피, 앞으로 도심에서의 집회는 모두 불법 시위로 규정, 경찰 병력을 총동원해서 원초적으로 봉쇄키로 하였습니다. 이번 시위의 주동자는 모두 북한 공작원이나 불순분자들에게 포섭된 자들로서, 모두 구속 수사하기로 방침을 정했다고 경찰은 밝혔습니다."

그릇된 것을 그르다 하는 국민을 빨갱이로 취급하는 뉴스 원고를 읽으며 재민은 가소로움에 치를 떨었다. 어떻게 그 긴 세월 동안 아무 흔들림 없이 거짓말만 가득한 뉴스 원고를 매일매일 읽을 수 있었는지 스스로 납득하기 어려웠다.

뉴스를 마감하기 직전 재민은 시청자들에게 이번 주로 자신이 저녁 9시 뉴스를 그만둔다는 소식을 짧게 전달했다. 아무도 사전에 재민의 사퇴 선언을 예측하지 못했다. 파장을 우려한 재민은 아예 퇴사한다는 말은 하지 않았다. 방송국 곳곳에서 이 소식을 접한 직원들은 충격에 휩싸였다.

창 너머로 보이는 여의도 밤하늘은 여전히 운치가 있었다. 미리 약속한대로 박세표 부국장이 재민을 기다리고 앉았다. 비서가 가져온 커피를 박세표 부국장이 재민에게 내밀었다. 그는 재민의 갑작스런 발표에 화가 났지만, 그래도 지금까지 좋은 관계를 유지했고 앞으로 자신의 정치 행보에 도움이 될 만한 인물이기에 조심스럽게 접근하기로 마음먹었다. 박세표가 재민의 눈치를 살피며 아주 조심스럽게 말문을 열었다.

"이런 시국에 본인 맘대로 9시 뉴스를 그만두겠다니, 어떡하겠다는 건가?"

재민이 잠시 생각하다가 품속에서 미리 준비해 온 사직서를 꺼내 건넸다. 사직서란 사실을 안 박세표의 두 눈이 휘둥그레졌다.

"사직서? 누구 맘대로?"

"네, 시청자들이 혼란스러워할까봐 사직을 한다는 것까진 밝히지 못한 겁니다. 추후에 좋은 때를 봐서 회사 차원에서 제가 퇴사한 사실을 시청자들에게 알려 주신다면 고맙겠습니다."

사직서 내용을 훑어본 박세표가 이해가 되지 않는다는 듯 고개를 좌우로 흔들었다.

"도대체 왜 그러는 거야. 이제 자네 고생은 끝났어. 내년이면 임원 자린 따놓은 거나 마찬가지야. 그리고 당신이 원한다면 언제든지 집권당 공천 받을 수 있잖아. 나 같은 사람은 당신 같은 인기가 없어서 바닥부터 시작하려고 그러는데 자넨 그 보석 같은 인기를 그냥 아무 이유 없이 팽개치겠다는 거야?"

재민이 무슨 말을 할까 한참 망설이다가 조심스럽게 입을 열었다.

"저는 방송국에 들어와서 이십 년 이상의 세월을 매일 두려움 속에서 살았습니다. 이제 더 이상은 그렇게 살고 싶지 않습니다."

박세표가 매우 불쾌한 표정으로 재민의 말을 끊었다.

"그건 누구나 다 마찬가지야. 그러니까 혼자 우아한 척하지 마. 솔직히 역겹네."

재민이 고개를 끄덕였다.

"맞습니다. 제가 저를 봐도 역겨운데 남들은 오죽하겠습니까? 그래서 더더욱 앞으로 그렇게 살지는 않을 겁니다. 그러니까 수리해 주세요. 안 해주셔도 제 결심은 절대 바뀌지 않습니다."

박세표가 한참 재민을 노려보더니 고민 끝에 입을 열었다.

"당신 혼자 세상을 바꿀 수 있을 것 같은가?"

박세표의 질문에 재민은 얼어붙었다. 질문에 대한 답을 몰라서가 아니었다. 왜냐면 답은 당연히 재민 혼자서 바꿀 수 없다는 것이기 때문이다. 재민은 질문에 대한 답 대신 다른 말로 불필요한 공방에 종지부를 찍기로 결심했다.

"몇 년 전 제가 똑같은 질문을 딸년에게 했습니다. 지금 생각해 보면 참 얼굴이 화끈거리고 부끄러운 말이었죠."

"그래서 사표 쓰고 나가서 데모라도 하겠다는 거야?"

"제가 데모를 시작하진 못할 겁니다. 그 정도 용기는 없는 소인배니까요. 하지만 국민들이 하나둘씩 일어나 집단으로 이 부도덕한 정권에 저항한다면 저도 두렵지만 나서 볼 생각입니다."

"학생들이나 국민들이 아무리 까불어도 각하가 최소한 한번은 더 하게 돼 있어."

"저는 그렇게 생각하지 않습니다. 제가 만나본 그분은 결국은 국민의 소리를 들을 분입니다."

"만약 아니면? 나라가 산산조각 나고 사람이 수백 수천 죽어 나가도 그 양반이 법을 고쳐서 끝까지 하겠다고 우기면…… 그땐 어떡할 거야?"

말을 마친 박세표가 이글이글 타는 눈으로 재민을 노려봤다. 한참 골똘히 답을 생각하던 재민이 드디어 입을 열었다.

"만약 각하께서 치사하게 국민과의 약속을 저버린 채 재임을 꿈꾼다면 국민 모두가 똘똘 뭉쳐서 싸워야죠. 그런 독재자와 싸우는 일이라면, 저도 할 수 있는 한 최대한의 힘을 보탤 겁니다. 그럼!"

말을 마친 재민이 일어섰다. 문을 열고 나가려다 돌아선 그가 박세표에게 뼈아픈 한마디를 던졌다.

"선배님과 저는 국가와 국민들에게 엄청난 죄를 지은 사람들입니다. 언론인이랍시고 대우만 받으려고 했지, 올바른 가치를 위해 싸운 게 하나도 없지 않습니까? 지금까지 저는 언론인으로서의 기본 상식도 없는 주제에 국민들로부터 과분한 사랑을 받았습니다. 저에게도 일말의 양심이 있다면, 이렇게 하는 것이 그나마 최소한 그 양심을 지키는 일일 겁니다. 부디 얼마 남지 않은 방송인으로서의 시간, 어떻게 의미 있게 활용할 것인지 고민해 보시기 바랍니다. 안녕히 계십시오."

말을 마친 재민이 정중하게 목례를 했다. 그러고는 문을 열고 그대로 사라졌다. 단 한 차례도 뒤를 돌아보지 않았다. 자리에 앉은 박세표는 마치 닭을 쫓던 개처럼 멍한 표정으로 채 닫히지 않은, 반쯤 열린 문을 멍한 표정으로 응시하고 있었다.

다음 날 재민은 월차라고 속이고 하루 종일 잠을 잤다. 밤 9시에 TV를 켜니 박세표가 직접 뉴스를 진행하고 있었다. 뉴스 앵커로서 그의 재능은 무에 가까웠으나 그래도 쪼는 성격은 아니라서 무난히 마칠 수 있었다.

밤 10시가 되니 온 세상이 적막했다. 수영마저 아직 귀가하지 않아 재민의 외로움은 더 크게 느껴졌다. 재민은 정말 오랜만에 사진첩을 꺼내 펼쳐 보았다. 결혼식 사진이나 수영의 돌 사진 등을 유심히 바라봤다. 의외로 재민은 덤덤했다. 삶이라는 게 그렇게 특별히 호들갑을 떨 일이 아니라는 생각이 들었다. 누구에 비해 먼저 죽었다고, 사랑을 떠나보낸 후 홀로 남아 외로웠다며 억울해 할 일도 아니었다. 그동안 아내 김현숙이 너무 아까운 청춘에 갔다며 하늘을 원망했다. 김현숙이 청춘에 죽었다고 억울해 한다면 박종철과 이한열은 어떻게 해야 하나.

삶의 연수가 중요한 게 아니다. 박종철과 이한열처럼 확실하게 마침표를 찍고 가는 인생이라면 그렇게 길게 살 이유가 없다. 아무리 골백번 죽는다 해도 자신은 그들의 숭고한 경지에 미치지 못한다는 걸 재민은 너무도 잘 알고 있었다. 하지만 그런 삶을 향해 뜨거운 찬사를 보낼 수 있는 마음의 소유자라는 것만으로도 그는 스스로 대단히 만족스러웠다. TV 앵커라는 자릴 박차고 나온 것만으로도 재민은 스스로에 대해 뿌듯한 자긍심을 느꼈다.

자정이 다 되었는데도 수영은 귀가하지 않았다. 분명 어딘가에서 이 시대를 사는 젊은이로서 자신의 역할을 다하기 위해 애쓰고 있으리라 생각하며 재민은 스스로를 달랬다.

이제 뭘 먹고 살아갈까? 방송 외엔 아무 재주도 없는 내가 뭘하며 남은 삶을 살아갈 수 있을까. 재민은 일부러 걱정하는 데 시간을 할애했다. 그런데 놀랍게도 아무런 걱정거리도 떠오르지 않았다. 이제 곧 수영이 대학을 졸업한다는 것도 재민이 담대할 수 있는 큰 이유가 됐다. 바닷가가 있는 곳으로 내려가 그곳 지역 라디오 방송에서 프로그램 하나 정도 진행하면서 유유자적할 수도 있을 것 같았다. 정 안 되면 대학가 음악다방에서 디제이라도 하면 될 것이다. 재민은 팝과 클래식 음악에 두루 상당한 지식을 갖고 있었다.

재민은 오랜만에 음악이 듣고 싶어졌다. 서재 문을 열고 들어간 그는 닐 영의 〈Heart of Gold〉를 턴테이블에 올려놓았다. 그 옛날 다들 밥 딜런을 숭배할 때 재민의 선택은 늘 닐 영이었다.

"난 살고 싶어요. 난 주고 싶어요. 나는 황금의 마음을 캐는 광부(I want to live, I want to give. I've been a miner for a heart of gold)."

컴컴한 방에는 바늘에서 희미한 불빛만이 새어 나오고 있었다. 재민은 닐 영의 노래처럼 남은 생을 아름다운 마음을 찾아다니며 살겠노라고 다짐했다. 그 황금의 마음이 자신의 것이든, 아니면 남의 것이든 상관없이 말이다.

다음 날 아침까지도 재민은 방송국에 사표를 제출한 사실을 수영에게 알리지 않았다. 출근 시간에 맞춰 집을 나선 재민은 걸어서 명동성당까지 가기로 결심했다. 명동에 도착한 그는 성당이 잘 보이는 어느 2층 생맥주집에 앉아 거리를 내려다봤다. 오전 11시쯤 되니 젊은이들이 하나둘씩 모여들기 시작했다.

재민은 마른 오징어 하나를 시켜놓고 생맥주를 벌컥벌컥 들이켰다. 모처럼만에 느끼는 해방감이었다. 그는 모처럼만의 유유자적을 즐기며 거리에서 주운 인쇄물들을 유심히 살펴보기 시작했다.

'종철아! 잘 가그래이. 아부지는 아무 할 말이 없대이……'라는 글귀가 적힌 사진 속 플래카드가 자식을 잃은 아비의 슬픔을 애절하게 드러내고 있었다. 수영이 얼마나 소중한지 잘 아는 재민은 사랑하는 아들을 잃은 박종철 군의 아버지 마음이 텔레파시처럼 전해졌다.

박종철에 이어 연세대학교 학생 이한열 군이 최루탄에 맞아 사경을 헤매게 되자 국민들의 분노는 극을 향해 치닫고 있었다. 학생들만의 싸움으로 시작된 이 거룩한 저항의 행진에 서울 시민이 하나둘씩 몸을 담기 시작했다. 점심시간이 되자 회사에서 빠져나온 많은 젊은이가 동참한 시위 행렬이 명동성당 앞에 몰려들었다. 골목 사이사이에서 더 많은 사람이 나타났다. 이제 명동은 학생과 시민 인파로 발 디딜 틈 없이 가득 찼다.

멀리서 학생들이 부르는 김민기의 〈아침이슬〉이 들려왔다. 아내 김현숙의 무덤가에서 떠올린 바로 그 노래였다. 〈아침이슬〉을 부르며 행진하는 인파를 향해 최루탄이 날아들었다. 학생들과 시민들이 이곳저곳으로 도망치기 시작했다. 곧이어 전경들이 이들을 뒤쫓았다. 하지만 2층에서 내려다보는 재민의 눈에는 왠지 전경들이 최선을 다하지 않는 것 같다는 생각이 들었다. 그들 중 다수의 마음은 시위대와 매한가지임이 분명했다.

창 아래 시위대를 내려다보던 재민이 앞에 놓인 생맥주를 또다시 단숨에 비웠다. 그러고는 화장실 입구 가까이 놓인 주황색 공중전화 박스로 발걸음을 옮겼다.

재민은 혹시 중간에 전화가 끊길까 하여 미리 동전 여러 개를 넣었다. 벨이 일곱 번이나 울린 후에 수영이 전화를 받았다.

"뭐하고 있어?

무슨 말을 할까 망설이던 재민이 가장 상투적인 질문을 던졌다. 수영의 대답도 상투적이었다.

"공부하고 있어요."

어릴 때 마치 내 몸의 일부처럼 친근한 딸이 대학생이 된 이후론 멀게만 느껴지곤 했다. 잡혀갔다 온 후로는 부녀 관계가 더욱 어색해졌다. 재민의 송수화기를 타고 수영이 듣고 있는 노래가 흘러들어 왔다. 〈아침이슬〉이었다.

"노래 듣고 있었니? 〈아침이슬〉이네?"

"네. 잠시 쉬고 있었어요."

"너, 엄마 보고 싶구나?"

"아녜요. 그냥 집중이 잘 안 돼서요. 세상이 어수선하니까 마음도 좀 어수선한가 봐요."

"이런 세상에서 제정신이라면, 그게 바로 제정신이 아닌 거지. 이 시간에 집구석에 처박혀서 책을 읽는 건 역사에 큰 죄를 짓는 거야."

수영은 순간 재민이 실성한 게 아닌가 했다. 세상 무슨 일이 일어나도 눈과 귀를 막고 공부해야 한다고 말하던 아버지였다.

"《깃발과 함성》을 읽고 나서 깨달았다."

"알고 있어요, 아빠."

"야, 그 책 진짜 좋더라. 어떤 새끼가 그걸 불온서적이래?"

수영은 재민의 급작스런 태도 변화가 왠지 불안했다. 연이어 시위가 발생하는 요즘 괜히 밖에 나돌아 다니다가 전경에게 맞거나 사고를 당하면 큰일이었다.

"아빠, 지금 어디에요? 방송국 아니죠?"

"나 이제 방송인 아냐. 내가 무슨 방송인이니, 앵무새지. 나 이제 더 이상 꼭두각시로 안 살기로 했어."

이때 밖에서 최루탄 터지는 소리가 연이어 들려왔다. 전화 송수화기를 타고 흘러 들어오는 소리에 수영은 재민이 시위 현장 가까이 있음을 눈치 챘다.

"아빠, 빨리 들어오세요. 괜히 학생들 자극하다 봉변당하지 말고 빨리 들어와요. 맛있는 거 해드릴게요."

잠시 생각하던 재민이 빙그레 미소를 지으며 창밖을 바라봤다. 거리 전체가 최루탄 연기로 하얗게 피어오르고 있었다. 연기로 인해 명동성당 앞은 마치 신선들의 동네와도 같은 분위기를 풍겼다.

"그러지 말고 니가 나와. 여기 너무 멋있어, 명동성당. 나 최루탄 연기가 이렇게 아름답게 피어오르는지 정말 몰랐다. 지하철을 타면 금방 올 수 있을 거야. 시위대 감상하다가 저녁에 을지면옥에서 냉면 먹고 들어가자."

"아버지!"

수영은 급작스런 아버지의 변화가 이해되지 않았다. 도대체 무엇이 그의 마음을 이토록 180도 바꿔 놓았단 말인가. 잠시 부녀 사이에 침묵이 흘렀다. 어색한 분위기를 깨기 위해 수영이 뭔가 말을 하려 했으나 아무런 생각도 떠오르지 않았다.

"수영아, 미안해. 아빠가 그동안 너무 비겁했어."

재민이 공중전화 송수화기에 대고 울먹였다. 수영은 울음을 애써 참으며 재민을 위로했다.

"아빤 제게 미안할 거 하나도 없어요. 비겁하지도 않고요. 아빤 단지 저를 지켜주기 위해서……."

"아냐. 난 너한테 너무너무 미안해. 그래서 용서를 빌어. 그리고 아빠 그동안 진짜 겁에 질려 살아왔어. 그렇게 비겁하게 살면서 너한테도 비겁하게 살라고 가르쳤어. 어처구니없게도 그게 올바르게 사는 거라고 말했어. 아빤 죄인이야. 역사에 죄를 졌고, 죽은 니 엄마한테도 씻을 수 없는 죄를 저질렀어. 내 잘못으로 영호 아저씨 죽고, 동수 아저씬 미쳐버렸는데, 난 이렇게 뻔뻔하게 잘 살고 있어. 이 정권처럼."

"아빠, 무슨 일이에요?"

재민이 울먹거렸다.

"나 방송국 사표 냈어. 인간의 탈을 쓰고 어떻게 박종철이 탁 치니 억하고 죽었다는 뉴스를 계속 읽을 수 있니? 내가 그러고도 사람이랄 수 있어? 그건 사람이 아냐. 그건 고양이 앞에 잔뜩 겁에 질린 쥐새끼야. 쥐새끼로 사는 주제에 너처럼 용감한 여인을 철딱서니 없는 어린애라며 모독했어. 수영아, 제발 나를 용서해 줘. 니가 용서하지 않으면 니 엄마도 날 용서하지 않을 거야."

재민의 말을 듣던 수영의 두 눈에서 굵은 눈물이 하염없이 쏟아졌다. 하지만 그녀는 재민에게 울음소리를 들키지 않기 위해 이를 악물고 있었다. 격정적으로 우는 아버지와 울음을 감추려는 부녀 사이에 또 한 차례 긴 침묵이 흘렀다. 그 사이 재민은 전경들이 도망치다 쓰러진 학생들을 마구 몽둥이로 때리는 장면을 목격했다. 그의 표정이 굳어졌다.

"수영아, 오지 마. 지금 전경들이 학생들이 두들겨 패고 있어. 위험하니까 내가 곧 들어갈게."

"아녜요, 아빠. 거기 계세요."

수영이 잠시 말을 멈추고는 흐르는 눈물을 닦아냈다.

"아빠, 제가 존경하는 한 여성이 그러셨어요. 모두가 함께 자유로운 세상을 누리는 건 아니라고요. 누군가는 이 어둠의 세상에서 뼈가 부러지고, 살이 찢기고 엄청난 양의 피를 흘려야 비로소 다른 이들이 자유로운 세상으로 가는 거라고요."

"그게 누군데?"

"엄마요."

"그래, 니 엄마는 항상 제정신이 아니었어."

말을 마친 재민이 픽 웃었다. 수영도 따라 웃었다.

"저, 사실은 아빠 몰래 명동성당으로 나가려던 참이었어요. 아빠 뜻을 거스르는 것이라서 괴로웠는데, 이젠 마음이 편하네요."

딸의 말에 재민이 체념한 듯 고개를 끄덕였다.

"그래, 자랑스러운 내 딸! 빨리 와라. 이제 우리 더 이상 비겁하게 살지 말자."

"아빠, 서둘러 갈게요. 너무 보고 싶어요, 아빠."

재민이 생맥주집을 나설 때 주인이 일회용 마스크를 건네줬다. 하도 시위가 잦은 곳이라 손님들에겐 요긴한 선물이었다. 문을 열고 나가는 재민을 보며 주인은 사인을 요구했다. 재민은 '전두환 대통령 각하와 육영수 여사 만세!'라고 쓰고 싶었으나 점잖게 '사람 사는 세상이 그립습니다'라고 적어 넣었다. 그는 또 자신을 아나운서라는 타이틀 대신 자유인이라고 적었다.

주인은 시위 때문에 요즘 장사가 엉망이라고 불평을 했다. 하지만 학생들의 의로운 싸움에 조금이나마 동참하는 마음으로 일회용 마스크를 준비한다고 덧붙였다. 문밖까지 배웅을 나온 주인은 손님이 없어 잠시 가게 문을 닫았다가 밤늦게 다시 열겠으니, 그때 오면 시원한 맥주 한 잔 내겠다며 안으로 사라졌다.

재민은 밖으로 나가 딸 수영을 맞고 싶었으나 무서워서 그냥 복도 안쪽에서 기다렸다. 최루탄으로 눈이 매운 것도 물론 이유였다. 수영을 기다리는 사이 재민은 주인이 건네준 마스크로 입과 코를 가렸다. 최루탄을 견디는 데도 좋지만 사람들로 하여금 자신을 알아보지 못하게 하는 효과까지 기대할 수 있었다.

재민은 복도 안쪽에서 길 건너편을 바라봤다. 한바탕 소동이 지나간 자리는 온갖 쓰레기와 화염병 등으로 지저분하기 짝이 없었다. 문을 연 가게는 거의 없었다.

얼마 시간이 지나지 않아 수영이 길 건너편에서 모습을 드러냈다. 재민은 순식간에 건물 밖으로 뛰쳐나가 도로를 건넜다. 아버지를 발견한 딸 수영도 벅찬 마음으로 달려와 그의 품에 안겼다. 참 오랜만에 나누는 부녀의 뜨거운 포옹이었다. 재민의 두 눈에서 주르륵 눈물이 흘러내렸다.

"그래, 수영아. 우리 이제 사람답게 살자. 그래서 짐승들의 지배 아래 두려움에 떨지 않아도 되는, 사람 사는 세상을 만들자. 사람이 자신의 의지대로 선택하고 책임지며 살아갈 수 있는 세상을 만들어 보자. 독재자 하나가 산꼭대기에 앉아 국민들에게 이래라저래라 명령하는 세상이라면 당당히 용감하게 맞서 싸우자. 비록 내 손이 고사리손이라 하더라도."

재민은 딸의 품에서 새로운 삶을 살겠다고 굳게 다짐했다.

수영의 말에 따라 재민은 그녀의 손을 잡고 시청 쪽을 향해 걸었다. 그곳에 도착할 때까지는 주로 골목길을 이용해 이동했다. 시청에 가까워졌을 때 재민과 수영은 대로의 행렬에 흡수됐다. 성난 학생과 시민이 최루탄 연기로 뿌연 대로를 가득 매웠다. 셀 수 없이 많은 그들의 얼굴 위로 거룩한 분노가 흐르고 있었다. 그들은 박종철 군과 이한열 군이 뿌린 피의 대가를 요구하고 있었다. 물론 그 피의 대가는 '독재 타도'와 '민주주의'였다.

군중은 "호헌 철폐!"와 "독재 타도!", "전두환은 물러가라!" 등 다양한 구호를 외치며 앞으로 나아갔다. 이처럼 거룩한 민주의 행렬에 동참하는 시민이 다수인데 반해 소 닭 보듯 그저 물끄러미 시위 행렬을 바라보는 무관심한 서울 시민의 수도 상당했다.

"독재 타도! 호헌 철폐!"

재민은 어느새 구령에 맞춰 당당히 구호를 외치는 반국가 세력의 일원으로 숭고한 발걸음을 옮기고 있었다. 마치 수갑으로 묶어 놓은 듯 재민은 절대 딸 수영의 손을 놓을 생각이 없었다. 누가 톱과 같은 날카로운 흉기로 자르지 않는 한 그건 불가능한 일이었다.

이제 겨우 초여름이지만, 마스크까지 끼고 있으니 땀이 얼굴을 흠뻑 적시고 있었다. 마스크를 벗고 땀을 닦는 아버지 재민에게 수영이 준비해 온 물통을 건넸다. 재민은 벌컥벌컥 물을 마셨다. 지금까지 마셔본 물 중 가장 달콤한, 그야말로 생명의 물이었다.

그런데 문제는 그 사이 몇몇 사람이 재민을 알아봤다는 것이다. 바로 옆 사람이 악수를 청하더니, 곧이어 많은 사람이 연이어 손을 내밀었다. 그들은 자신들이 지금 어딜 가는지, 무엇 때문에 행진하는지 잊은 듯 열광적으로 재민에게 다가섰다. 재민은 일일이 손을 내미는 시민들과 악수를 나누었다.

"어젯밤, 안 나오셨던데요? 무슨 일 있으세요?"

"저 어제부로 사표 썼습니다. 누군가의 앵무새로 사는 게 너무 지겹더라고요."

한 시민의 질문에 재민이 당당하게 대답했다. 그 모습은 오만이 아니었다. 오랫동안 소중하다고 생각한 것을 초개처럼 버렸기에 얻은 자신만만함이었다.

"그나저나 방송국이 똥줄 좀 타겠던데요? 어제 뉴스 땜빵한 사람, 진짜 못하던데요."

박세표 얘기였다. 갑자기 얄미운 그의 얼굴이 떠올랐다. 재민은 마치 "임금님의 귀는 당나귀 귀!"를 외친 사내처럼 박세표에 대한 험담을 늘어놨다.

"다음 총선에 아마 나올 겁니다. 절대 찍지 마세요. 야당으로 나와도요."

"박세표니까 한 세 표 정도 얻고 끝나겠네요."

한 사내의 농담에 주변 모든 사람이 껄껄 웃을 수 있었다. 시청을 향해 몇 걸음 더 옮겼을 때 젊은 여성 하나가 가방에서 매직펜을 꺼내며 다가왔다.

"저기, 죄송한데요, 사인 좀 해주세요."

재민은 얼떨결에 수영의 손을 놓고 매직펜을 건네받았다. 사인할 종이가 없기에 난감한 그를 향해 시민들이 빨리 사인을 해주라는 의미로 연신 "유재민!"이라고 외쳐댔다. 다행히 사인을 요구했던 여성이 겉옷을 벗은 후 등짝을 내밀었다. 하얀 티셔츠 위에다 사인을 하란 얘기였다.

재민이 겸연쩍은 표정을 지으며 사인을 마무리했다. 여성이 행복해 하자 재민도 흐뭇한 표정을 지었다. 이를 본 다른 시민들이 펜과 메모지를 꺼내들었다. 눈대중으로 봐도 50명은 족히 돼보였다. 재민은 난감했다. 너무 숫자가 많아 다 사인을 해주기가 어렵기 때문이 아니었다. 조국의 운명이 걸린 이 중대사에, 모두가 다 사경을 헤매고 있는 이한열 군 때문에 마음 졸이고 있는 지금, 이 숭고한 행진을 자신의 사인회와 같은 질 낮은 이벤트로 전락시키면 안 된다는 마음 때문이었다.

최소한 자신 주변의 사람들에겐 사인을 해줘야겠다고 재민은 결심했다. 다시 마스크를 쓴 그는 계속 사인을 하면서 간간이 딸 수영을 바라보았다. 수영 역시 흐뭇하게 웃으며 아버지 재민을 자랑스럽게 바라봤다. 많은 이가 재민에게 몰려들자 잠시 혼잡한 상황이 발생했다. 이를 본 전경 우두머리 하나가 가 확성기로 당장 질서를 회복하지 않으면 진압하겠다며 엄포를 놓았다.

땀을 뻘뻘 흘리며 사인을 하는 사이 재민과 수영은 어느새 시청 앞 광장에 다다랐다. 재민은 뭔가 의미 있는 여러 가지 행사가 진행되길 기대했다. 예를 들어 박종철 군을 추모하거나, 이한열 열사의 회복을 비는 묵념의 시간 같은 것 말이다.

그런데 재민이 도착한지 채 5분도 되지 않아 시청 앞 광장은 아수라장이 됐다. 투척기에서 발사된 최루탄들이 요란한 소리를 내며 허공으로 날아올랐다. 곧바로 여기저기서 회색 연기가 피어올랐다.

시위대에서는 이에 대적하기 위해 수백 개의 화염병으로 응수했다.

곳곳에 떨어져 깨진 화염병에서 아름다운 불꽃들이 피어올랐다. 진압에 나선 전경들이 시위대를 향해 돌진하며 몽둥이세례를 퍼부었다. 하지만 이를 두려워할 사람은 아무도 없었다. 그날 광장에 모인 모든 사람은 각하의 시대가 종말로 치닫고 있음을 피부로 느낄 수 있었다.

"독재 정권은 물러가라!"

"전두환 물러가라!"

"독재 타도!"

재민은 수영의 손을 놓지 않은 채 시위대와 함께 힘차게 구호를 외쳐댔다. 얼마 전까지 두려움에 떨던, 자신의 알량한 자리를 지키기 위해 양심의 눈을 닫고 살았던 재민이 팔을 번쩍 들어 허공을 향해 뻗으며 크게 외쳤다.

"독재 정권 물러가라! 전두환은 물러가라! 영부인도 물러가라!"

끌리는 대로 구호를 쏟아내고 나니 괜히 각하 내외에게 미안한 생각이 들었다. 자신이 잡혀갔을 때 풀어준 이가 영부인이었다. 그리고 각하는 재민에게 친절했다. 박영식이 자신 때문에 피해 입은 사실을 알고는 직접 불러 사과하고 챙겨줄 정도로 마음 씀씀이가 따스했던 각하였는데 말이다.

재민은 곰곰이 생각했다. 그토록 괜찮은 각하라면, 다른 이의 마음을 잘 헤아리는 괜찮은 인간이라면, 현재 절대 다수 국민의 뜻을 받아들이면 그만 아닌가. 무려 7년이나 했으면, 그것도 국민들이 시켜준 것도 아닌데 그렇게 오래 했다면, 당연히 국민의 뜻을 따르는 것이 옳지 않은가.

재민은 각하가 이런 국민들의 염원을 모질게 내칠 만큼 흉포한 인간은 아닐 거란 믿음에 희망을 가져 보기로 마음먹었다.

잠시 각하 생각에 멍해진 재민을 향해 누군가가 화염병을 던져 줬다.

엉겁결에 화염병을 받은 재민은 잠시 망설이다가 힘차게 반대편을 향해 던졌다. 그리고 약 1시간 후 그는 사랑하는 딸 수영과 함께 담대한 마음으로 닭장차에 올랐다.

수갑을 찬 채로 경찰서로 끌려 들어가던 재민이 문득 어두운 서울의 밤하늘을 바라봤다. 맑은 하늘 탓에 별들이 꽤나 선명하게 보였다. 이처럼 어둠 가운데서도 세상을 밝히는 빛들이 있다. 그 빛들은 곳곳에서 자신을 불사르며 어둠과 싸운다. 아무도 알아주지도, 인정해 주지도 않는데 말이다.

그런 불빛들이 암흑과의 싸움에서 모두 목숨을 잃는다 해도 두려워야 할 이유가 없다. 새벽이 지나면 어둠이 결코 감당할 수 없는 환한 태양이 온 누리를 비추며 타오르기 때문이다. 매일 아침 아내 김현숙의 묘지를 비추며 타오르는 그 태양처럼 말이다.

쇠창살 너머로 내동댕이쳐진 재민은 그날 밤을 거의 뜬눈으로 새웠다. 거기서 그는 아내 김현숙과 최영호 피디 그리고 박종철 군의 명복을 빌었다. 그리고 이한열 군과 팽동수 촬영감독이 병상을 박차고 일어날 수 있게 해달라고 아내에게 기도했다.

마지막으로 재민은 각하 내외가 아름답게 청와대 생활을 마감하고 평범한 삶으로 돌아가게 해달라고 빌었다. 각하를 지독히도 싫어한 아내에게 빌었기 때문에 들어줄지는 미지수지만 말이다.

그날 밤 쇠창살 너머에서 재민은, 각하의 세상이 다 지나가고 난 후에는 어느 누구도 영부인의 이름을 잘못 호명하는 등의 작은 실수 때문에 목숨을 잃거나 미쳐 버리는 불행이 없기를 간절히 소망했다.

에필로그

선배 방송인들의 불행한 역사를 전해 들은 후배 아나운서들은 한동안 아무 말이 없었다. 특히 여러 명의 삶을 무너뜨린 육사와 해사의 축구 시합부터 시작된 비극적인 사건에 대해서는 모두 할 말을 잃은 듯했다.

"그래서 팽동수 선배는 어찌됐습니까? 아직 살아 계십니까?"

"올해 초 스스로 목숨을 끊었습니다. 자식이 하나도 없어서 제가 사모님을 도와서 장례를 치렀습니다."

재민이 대답을 했다.

"그놈들이 돌아가신 최영호 선배의 항문을 들추면서 모욕을 준 게 사실입니까?"

또 다른 질문에 재민이 천천히 고개를 끄덕였다.

"그놈들이 지금 뻔뻔히 살아 있단 말 아닙니까? 찾아내서 죗값을 치르게 해야 합니다. 전두환, 노태우 이 새끼들, 정말 찢어 죽여야 한다고요."

덩치가 황소만 한 후배가 열을 올렸다. 재민은 황소 후배가 귀엽기도 하고 가소롭기도 했다. 그때 그 상황이었다면 그가 찍소리도 못할 게 분명하다는 걸 너무나 잘 알고 있기 때문이었다. 재민이 나지막이 입을 열었다.

"지난 며칠 사이 전직 대통령들이 잡혀간 일로 세상이 시끄럽습니다. 모두들 통쾌해 하면서 그분들을 사형에 처해야 한다고들 합니다. 그런데 제가 오늘 제 부끄러운 과거를 드러내며 옛날 얘기를 하는 이유는 그분들을 욕하기 위해서가 아닙니다. 그분들이 악당이니 벌 줘야 한다고 얘기하려는 것도 아닙니다. 만약 제가 그분들을 욕하고 벌 줘야 한다고 했다면 그들의 힘이 막강했던 때 했어야 합니다. 그것이 언론의 의무이기 때문입니다. 하지만 저를 비롯한 수많은 신문과 방송인들은 비겁했습니다. 저도 검열된 뉴스 원고를 읽으면서 그것이 잘못됐다는 사실조차 느끼지 못할 정도로 한심한 방송인이었습니다. 여러분은 제발 저와 같은 비겁한 선배의 전철을 밟지 말기 바랍니다."

"그래도 6월 항쟁 때 사표까지 쓰면서 싸우지 않으셨습니까?"

"그건 뭐 대단한 게 아니었습니다. 최영호 피디가 죽고 팽동수 선배는 미치광이가 됐는데, 혼자서 아무 일 없었다는 듯 사는 게 더 이상 견딜 수 없어서 그랬을 뿐입니다."

"하지만 저희 모두는 선배님을 존경합니다. 앞날이 어떻게 될지도 모르는 상황에서 공영방송 인기 아나운서가 자기 자리를 던진다는 건 누가 뭐라 해도 용기 있는 모습이었다고 생각합니다."

안면이 조금 있는 후배였다. 1987년 즈음엔 신참이었는데, 어느새 세월의 흔적이 그의 머리칼 상당수를 하얗게 변색시켰다.

"그렇게 생각해 주시니 황송할 따름입니다."

입을 열었는데 정작 아무 말도 떠오르지 않았다. 말문이 막힌 재민은 단상에 놓인 물컵을 들어 천천히 마셨다. 그러고는 후배들이 준 소중한 감사패를 쳐다봤다. 재민은 눈시울이 뜨거워졌다. 고마웠다. 하지만 그는 애써 감상적인 마음을 떨쳐 버리려 애를 썼다. 감사패를 집어 든 그는 다시 나지막한 소리로 연설을 이어갔다.

"저는 이 감사패를 받지 않겠습니다. 아니, 받으면 안 되기에 거절합니다. 저는 정권을 감시해야 할 언론인으로서의 역할을 전혀 해내지 못한 부끄러운 사람입니다. 여러분은 언론인으로서 저처럼 살지 마시길 바랍니다. 끝없이 파헤치고 질책하기 바랍니다. 언론이 느슨해지면 세상이 부패합니다. 그러면 부도덕한 권력자들이 박테리아처럼 부패 위에 기생합니다. 부패한 권력은 결국 국민을 비굴하게 만듭니다. 살아남기 위해 권력에 쩔쩔 매게 만듭니다. 군사정권 시절 언론은 국민을 비굴하게 만든 장본인들입니다. 그런 무도하고 무자비한 정권이 다신 이 땅에 발을 붙이지 못하도록 후배 여러분은 국민들과 함께 끊임없이 정권의 행태를 감시하고 비판해야 합니다. 지금 여러분이 누리는 자유는 여러분의 선배나 심지어 여러분들이 잘해서 얻은 게 아닙니다. 전태일과 박종철, 이한열, 강경대 열사와 같은 분의 피가 동맥경화처럼 꽉꽉 막혀 있던 우리나라 민주주의의 혈관에 수혈됨으로 우리가 이 자유 세상의 혜택을 누리는 겁니다. 저와 여러분은 아무 피도 흘리지 않았습니다. 그해 6월 대한민국 민주주의를 위해 피를 흘렸다는 언론인은 불행히 한 명도 없었습니다. 피 흘리지 않았다면, 이 나라 민주주의에 빚을 졌다고 생각하는 언론인이라면 최소한 권력에 대한 감시라도 잘해야 할 것입니다. 누군가 어느 어두운 곳에서 헌법에 보장된 자유를 박탈당하고 있지 않은지, 하고 싶은 말을 했다고 해서 어딘가 끌려가는 등 불이익을 당하지 않는지 눈에 불을 켜고 잘 지켜보시기 바랍니다. 여러분이 잘 감시하지 않으면, 지난 정권처럼 또다시 쿠데타 장본인이 권력을 잡는 일이 일어납니다. 민주 세력이 정권 잡아보겠다고 쿠데타 세력과 손을 잡는 일이 발생합니다."

재민이 숨이 차오르는지 잠시 말을 멈추었다. 그는 이 순간 딱 한 번 만난 각하와 영부인의 모습을 떠올렸다. 꿈속에서 만난 것까지 합치면 물론 두 번이었다. 비록 매우 불편한 자리이기도 했지만, 개인적으로는 상당히 정겨운 만남이었다. 그들이 이 나라 대통령 그리고 대통령의 아내가 아니었다면 꽤 괜찮은 필부요, 현모양처가 됐을 것이다.

재민에게 각하가 지금의 쓴잔을 피해가길 바라는 마음이 아예 없는 건 아니었다. 하지만 어떤 경우라도 그럴 순 없는 노릇이었다. 특정 세력의 절대적 리더가 되어 한 나라를 7년 이상 부정한 권력으로 짓밟는 죄를 저지른 이상, 그에 상응하는 대가를 치르는 건 당연지사였다.

"잘 감시하십시오. 잘 감시하고 비판하지 않으면 대한민국 건국 이래 처음 맞는 부정한 과거 권력에 대한 단죄라는 절호의 찬스를 놓치게 됩니다. 지금 권력은 인기가 하늘을 찌르니 당장 그럴 일이 없겠지만, 지체하면 낭패를 볼 가능성이 높습니다. 다음 정권을 노리는 세력은 십중팔구 전직 대통령들의 사면을 두고 지금 정권과 정치적 흥정을 하려 할 것입니다. 여러분은 저처럼 표리부동했던 선배가 아니라 대한민국 땅에서 민주주의의 대들보를 세우고 이를 수호하기 위해 피 흘리는 분들에게 감사패를 주십시오. 그리고 그분들의 소망이 헛되지 않게 언론인으로서 각자의 역할에 충실하고, 힘을 모아야 할 때는 단결해서 악한 자들과 싸우십시오. 악당들이 짧은 순간의 승리는 차지할 수 있지만, 영원한 영광은 착한 이들의 것입니다. 저는 오늘 물러가면 다신 여러분 앞에 모습을 드러내지 않을 것입니다. 어둠 속으로 사라져 가겠습니다. 왜냐하면 이 밝은 세상은 여러분의 것이지, 저처럼 죄 많은 선배들 것이 아니니까요. 안녕히 계십시오."

더 할 말도 없었다. 재민은 후배 아나운서들을 향해 정중하게 목례한 후 곧바로 출입구를 향해 발걸음을 옮겼다. 간간이 박수를 치는 이도 있었으나, 대체적으로는 영문을 모른 채 우왕좌왕했다.

재민은 오늘 오랜만에 최영호와 팽동수를 모두 찾아가기로 했다. 그러려면 서둘러야 했다. 아내 김현숙의 무덤은 다음 주 수영이 귀국하면 함께 가기로 했다. 태양이 붉게 타오르는 그 묘지 말이다.

저자후기

한 8년 전쯤으로 기억된다. 이름을 대면 알 만한 꽤 유명한 아나운서 출신 선배를 통해 《각하는 로맨티스트》의 모티브가 되는 얘기를 들었다. 지난 7~80년대 많은 국민의 사랑을 받던 TV 뉴스 앵커가 생방송에서 새 영부인의 이름을 여러 차례 잘못 말하는 바람에 엄청난 고초를 겪었다는 이야기 말이다.

이 우스꽝스러운 사건은 모두가 숨죽이고 살아야 했던, 정말 말도 안 되는 야만의 시대를 보여주는 단면이다. 나라를 지켜야 할 군인들이 상전으로 군림하며 국민들의 삶을 피폐케 했던 그 30년 동안, 얼마나 많은 사람들이 이 뉴스 앵커의 경우처럼 인권과 존엄을 짓밟혔을까. 얼마나 많은 사람들이 죄 없이 삶의 터전을 빼앗기거나 목숨을 잃었을까.

우리는 흔히 지난 세상의 죄악을 단순히 그 시대를 지배했던 한두 명 독재자의 어깨에 모두 지우려는 꾀를 부린다. 물론 그들이 천인공노할 자들임에 틀림없다. 하지만 나치 만행의 모든 책임이 히틀러에게 있다 할 수 없듯 만인지상의 위치에 있었다는 이유만으로 모든 책임을 지라는 건 손바닥으로 빛을 가리려는 짓이다. 암울했던 시절, 체제의 조력자들과 그들의 주구로 영달을 꾀했던 '생존의 달인들', 붓과 마이크 앞에서 부끄러워할 줄 몰랐던 언론인들, 매질이 무서워 정의를 외면했던 국민들도 결코 공동 책임으로부터 자유로울 수 없다.

이 소설에서 전직 대통령들이 조금이나마 인간적인 모습으로 묘사돼 있는 이유도 여기에 있다. 그들이 애초부터 머리에 뿔을 단 악마는 아니었을 것이다. 그들은 단지 악과 선의 기로에서 양심이 아니라 이익의 길을 선택했던 것뿐이다. 양심이 침묵하던 시대, 탐욕이 그들을 괴물로 만들었고 두려움은 그들과 맞서야 할 자들의 투쟁 의지를 꺾어 버렸다.

지난 시절 압제 세력으로 군림한 자들 대부분이 역사는 후세의 판단에 맡겨야 한다며 고상을 떤다. 맞는 말이다. 하지만 진실 규명만큼은 그 책임을 후세에게 떠넘길 수 없다. 무조건 당대에 밝혀내야 한다. 세월이 흐르면 흐를수록 누가 장준하 암살과 인혁당 학살, 김대중 납치 그리고 무고한 광주 시민을 향한 발포를 지시했는지를 밝혀내기가 더욱더 어려워지는 것이다.

과거 타인의 삶을 송두리째 짓밟았던 무자비한 자들의 자손이 불경스럽게도 화해와 용서 그리고 미래를 향한 협동의 발걸음을 얘기한다. 그들의 뻔뻔함에 치가 떨린다. 역사 속 가해자와 피해자의 화해는 진실 규명과 회개가 선행돼야 비로소 가능해진다. 참 뉘우침이 없는 화해는 녹조와 적조로 가득 찬 뜨거운 한여름 시내 그리고 바닷물과 같다.

어두웠던 군사독재 30년간 역사와 국민 앞에 죄를 지은 사람들에게 간절히 청한다. 비록 사회 법정에서 정죄되지 않았으나, 이미 늙어 버린 당신들은 곧 당신들의 신 앞에서 그때 왜 그랬는지를 해명해야 할 것이다. 사후 세계에 가서 악하다 책망받지 않으려면 최소한 당신의 숨이 끊어지기 전에 진실을 밝히길 바란다.

이제 와 사실을 밝힌다고 해서 무엇이 달라지겠는가 하고 말하지 말라. 어두운 역사 속 죄악의 진상을 후손에게 알리고 그들로 하여금 진실의 위대함을 믿게 하는 것만으로도 진정 당신의 회개는 완성된다. "진실이 승리한다"는 평범하고도 숭고한 진리를 후손에게 전하지 못하는 세대는 부끄러운 범죄 세대이다. 공권력을 동원, 선거 결과에 영향을 미치려 했던 자들을 눈감아주라고 위대한 민주 선열들이 역사의 재단 앞에 피를 뿌린 게 아니다.

이 책에 기록된 사건들은 사실인 것도 있고, 픽션인 것도 있다. 일부 이름을 비롯한 피할 수 없는 고유명사는 그대로 적어 넣었다. 불필요할 논쟁 거릴 만들지 않기 위해 다른 이름을 만들어낸 경우도 있다. 모두 쉽지 않은 일이었다.

《각하는 로맨티스트》에 등장하는 김현숙과 최영호, 팽동수 등 극악한 시대, 아무 죄도 없이 삶을 내려놓아야 했던 수많은 원혼들에게 부끄러운 글을 바친다.

2013년 9월
이무영